mtb

Zum Buch:

Seine Freunde kann man sich aussuchen, seine Familie leider nicht. Mitch Hertzog ist nicht gerade der größte Fan seines Bruders Stuart. »Stuie«, wie Mitch ihn liebevoll nennt, hat sich gerade mit Amy verlobt, der Leiterin der Personalabteilung des New York Journal. Als Amy und ihre Mitarbeiterin Kate wegen einer fristlosen Kündigung verklagt werden, übernehmen Stuart und Mitch die Verteidigung. Schnell merkt Mitch, im Gegensatz zu seinem Bruder, dass die Kündigung alles andere als gerechtfertigt war. Und er hat noch einen anderen Grund, sich ganz besonders in diesem Fall zu engagieren – Kate.

Zur Autorin:

Meg Cabot stammt aus Bloomington, Indiana. Nach dem Studium zog sie nach New York und schrieb ihren ersten Roman. Inzwischen hat Meg Cabot zahlreiche Bücher veröffentlicht, darunter auch die von Hollywood verfilmte Plötzlich-Prinzessin-Serie. Ihre Bücher werden in über 30 Sprachen übersetzt und haben sich weltweit millionenfach verkauft. Sie lebt mit ihrem Ehemann in Key West.

Lieferbare Titel:

Erste Liebe, zweite Chance
Um die Ecke geküsst

Meg Cabot

Der will doch nur spielen

Roman

Aus dem Amerikanischen von
Claudia Geng

mtb

MIRA® TASCHENBUCH
Band 26144

FSC
MIX
Papier
FSC® C014496

1. Auflage: Juli 2018
Neuausgabe

Originaltitel: »Boy Meets Girl«
Erschienen bei: Avon Books

Published by arrangement with Avon Books,
an imprint of HarperCollins *Publishers*, L.L.C., New York

Umschlaggestaltung: Hafen Werbeagentur, Hamburg
Umschlagabbildung: retales botijero, Greg Ceo / Getty Images
Satz: GGP Media GmbH, Pößneck
Printed in Germany
Dieses Buch wurde auf FSC®-zertifiziertem Papier gedruckt.
ISBN 978-3-95649-819-0

www.mira-taschenbuch.de

Für Benjamin

New York Journal

New York City's Leading Photo-Newspaper

Kathleen A. Mackenzie
Personalreferentin
New York Journal
216 W. 57th Street
New York, NY 10019
212-555-6891

Ida D. Lopez
Servicekraft
New York Journal
216 W. 57th Street
New York, NY 10019

Sehr geehrte Mrs. Lopez,
vergangene Woche baten wir Sie zu einem Gespräch wegen Ihrer wiederholten Pflichtverstöße bezüglich der ~~Zuteilung Verteilung~~ Ausgabe der Desserts im Speiseraum der Geschäftsleitung. Die Problematik hat sich nicht gebessert trotz mehrerer Beratungsgespräche mit ~~mir~~ ~~meiner Chefin Amy Jenkins~~ den Personalverantwortlichen und trotz interner Schulungsmaßnahmen. Ihre Weigerung, bestimmten Mitgliedern der Verlagsleitung ein Dessert ~~zuzuteilen~~ zu servieren, führte zu schriftlichen Beschwerden von leitenden Mitarbeitern dieser ~~renommierten Zeitung~~ Firma.

Mrs. Lopez, ich weise Sie darauf hin, dass Ihr Verhalten gegen die Arbeitsbestimmungen verstößt.

Die Erklärungen, die Sie für Ihr Verhalten angeführt haben, sind nicht ~~zufriedenstellend~~ ~~glaubhaft~~ ~~nachvollziehbar~~ annehmbar. Dieses Schreiben gilt als schriftliche Abmahnung. Wir erwarten eine sofortige und nachhaltige Verbesserung Ihrer ~~Arbeitseinstellung~~ ~~Essenszuteilung~~ Serviceleistung. Sollten Sie unserer Aufforderung nicht nachkommen, wird dies weitere disziplinarische Maßnahmen zur Folge haben.

Mrs. Lopez, wenn ich mir eine persönliche Bemerkung erlauben darf, bitte hören Sie damit auf, bestimmten Leuten aus der Chefetage Ihren Kuchen zu verweigern, auch wenn Sie finden, »die haben keinen verdient«, wie Sie mir letzte Woche erklärten. Sie sind nicht befugt zu entscheiden, wer im Haus einen Nachtisch verdient und wer nicht! Außerdem möchte ich nicht, dass Sie wegen so einer Lappalie rausfliegen! Ich würde Sie echt vermissen – und Ihre Schokokekse!

Mist, elender.

Vom Schreibtisch von
Kate Mackenzie

To do:

1. Wäsche!!!
2. Abmahnung an Ida Lopez fertig schreiben
3. Medikamente in der Apotheke abholen – Allergiemittel, Migränetabletten, Pille
4. neuen Kompaktpuder von Almay besorgen
5. neue Wohnung finden
6. neuen Freund finden
7. besseren Job finden
8. heiraten
9. Karriere machen
10. Kinder/Enkel/große Abschiedsfeier in Ruhestand
11. mit hundert friedlich einschlafen
12. Wäsche aus der Reinigung holen!!!

Sleaterkinneyfan: Was machst du gerade?

Katyperry: ARBEITEN. Belästige mich nicht, du weißt genau, die SBT sieht es nicht gern, wenn wir während der Arbeitszeit chatten.

Sleaterkinneyfan: Die SBT kann mich mal. Außerdem arbeitest du gar nicht. Ich kann dich nämlich sehen. Du schreibst wieder mal eine von deinen To-do-Listen, nicht?

Katyperry: Es mag vielleicht so aussehen, aber in Wirklichkeit denke ich über die Misserfolge und Fehlentscheidungen in meinem Leben nach.

Sleaterkinneyfan: Du liebe Güte, du bist fünfundzwanzig. Du hattest noch gar kein Leben.

Katyperry: Und warum ist meine geistige und seelische Verfassung dann so mies?

Sleaterkinneyfan: Weil du dir gestern Abend bis spät in die Nacht alte Folgen von *Charmed* angesehen hast. Du brauchst es gar nicht erst abzustreiten, ich habe nämlich gehört, wie du bei Cole dahingeschmolzen bist.

Katyperry: O mein Gott, tut mir so leid!!! Habe ich Craig und dich geweckt?

Sleaterkinneyfan: Ich bitte dich. Craig würde nicht mal aufwachen, wenn neben ihm eine Bombe einschlüge. Ich habe dich gehört, als ich im Bad war. Von dieser Hormonbehandlung muss ich alle fünf Minuten aufs Klo.

Katyperry: Es tut mir wirklich sehr leid. Ich schwöre, sobald ich ein Apartment gefunden habe, das ich mir leisten kann, ziehe ich aus und überlasse euch wieder eure Couch. Paula zeigt mir morgen Abend eine Wohnung in Hoboken. $ 1100 kalt, dritte Etage ohne Aufzug.

Sleaterkinneyfan: Würdest du bitte damit aufhören? Ich habe dir schon hundertmal gesagt, dass du bei uns willkommen bist.

Katyperry: Jen, du und Craig wollt ein BABY. Ihr braucht keine ehemalige Studienfreundin, die euer Wohnzimmer in Beschlag nimmt, während ihr versucht, euch fortzupflanzen. Du hast schon genug für mich getan, du hast mir diesen Job besorgt.

Sleaterkinneyfan: Du hast dir unsere Couch mehr als verdient, schließlich nimmst du mir viel ab im Haushalt. Glaub nicht, ich würde das nicht sehen. Selbst Craig hat heute Morgen bemerkt, dass der Kühlschrank obendrauf abgewischt ist. Hast du vielleicht einen kleinen Sauberkeitsfimmel? Wer guckt schon oben auf den Kühlschrank?

Katyperry: Craig scheinbar.

Sleaterkinneyfan: Wie auch immer, du kannst dir keine Wohnung für $ 1100 leisten. Ich weiß schließlich, was du verdienst, schon vergessen?

Katyperry: Es ist die günstigste, in deren Nähe keine Methadonambulanz ist.

Sleaterkinneyfan: Ich habe immer noch nicht kapiert, warum DU diejenige bist, die ausziehen musste. Warum hast du IHN nicht vor die Tür gesetzt?

Katyperry: Ich kann in dieser Wohnung nicht bleiben. Sie erinnert mich zu sehr an die glücklichen Zeiten mit Dale.

Sleaterkinneyfan: Oh, du meinst sicher die Zeiten, in denen du von der Arbeit nach Hause kamst und feststellen musstest, dass einer von Dales Kumpeln den Schrank mit dem Bad verwechselte und auf deine Wildlederstiefel gepinkelt hat.

Katyperry: WARUM MUSST DU DAS AUSGERECHNET HIER AUF DER ARBEIT ERWÄHNEN? Du weißt doch, dass mir bei der Erinnerung immer die Tränen kommen. Ich habe diese Schuhe geliebt. Die sahen echten Coach-Stiefeln zum Verwechseln ähnlich.

Sleaterkinneyfan: Du hättest all seine Sachen die Feuertreppe runterwerfen sollen und die Schlösser auswechseln. *Ich weiß nicht, ob ich dich heiraten will, eins nach dem anderen* – ich meine, was für eine Sorte Mann sagt so etwas?

Katyperry: Äh … die Sorte Exkiffer, der kurz davorsteht, einen Millionendeal mit der Plattenindustrie abzuschließen. Genau der sagt so etwas zu seiner Freundin, mit der er schon seit der Highschool zusammen ist. Ich meine, komm schon, Jen, Dale kann jede Frau haben. Warum sollte er ausgerechnet bei seiner Jugendliebe bleiben?

Sleaterkinneyfan: Meine Güte, ich schwöre dir, würde die SBT mich nicht wie ein Habicht umkreisen, um einen Grund zu finden, mich rauszuwerfen, würde ich jetzt rüberkommen und dir eine runterhauen. Du bist das Beste, was Dale jemals passiert ist, Millionendeal hin oder her, und wenn er das nicht weiß, ist er es nicht wert. Verstehst du mich, Katie? ER IST ES NICHT WERT.

Katyperry: Ja, aber was sagt das denn über MICH aus?

Ich war schließlich zehn Jahre mit ihm zusammen. ZEHN JAHRE. Mit einem Kerl, der sich nach all der Zeit nicht sicher ist, ob er mich heiraten will. Ich meine, was sagt das über meine Menschenkenntnis aus? Im Ernst, Jen, eigentlich dürfte ich gar nicht hier arbeiten. Wie kann ich meinem Arbeitgeber empfehlen, wen er einstellen und wen er feuern soll, wenn ich Menschen so schlecht beurteilen kann?

Sleaterkinneyfan: Katie, deine Menschenkenntnis ist nicht schlecht. Dein Problem ist vielmehr, dass du …

AmyJenkinsDir: logged on

Verzeihen Sie die Störung, meine Damen, aber gibt es nicht eine klare Dienstanweisung, was das Instant Messaging während der Arbeitszeit betrifft? Miss Sadler, ich benötige ein blaues Einstellungsformular für das Kunstressort. Miss Mackenzie, ich möchte Sie sofort in meinem Büro sehen.

Sleaterkinneyfan: logged off

Katyperry: logged off

AmyJenkinsDir: logged off

Sleaterkinneyfan: logged on

Katyperry: logged on

Sleaterkinneyfan: TOD DER SCHRECKLICHEN BÜRO-TYRANNIN!

Katyperrry: Bestimmt hat sie ein unerfülltes Privatleben.

Sleaterkinneyfan: logged off

Katyperry: logged off

Schnäppchen!
Apartment 30's East,
$ 1100 Staffelmiete, provisionsfrei
718-555-7757

Hi! Hier spricht Ron. Bitte hinterlassen Sie eine Nachricht.

(Ton)

Äh… hallo, Ron? Hi, hier ist Kate, Kate Mackenzie. Ich rufe an wegen der Wohnung. Das Apartment in den East Thirties mit der Staffelmiete. Ja. Bitte rufen Sie mich zurück. Wir können jederzeit einen Besichtigungstermin vereinbaren. Im Ernst, notfalls auch ganz kurzfristig, wenn es sein muss. Okay, nur damit Sie Bescheid wissen. Rufen Sie mich an. Sie erreichen mich bis fünf unter 212-555-6891, und danach unter 212-555-1324. Danke. Sie können jederzeit anrufen. Auch nachts.

Geht beim Pieseln was neben das Töpfchen – sei ein Schatz und wisch ab die Tröpfchen!

Mit freundlichen Grüßen
Ihre Personalabteilung vom *New York Journal*

New York Journal
New York City's Leading Photo-Newspaper

Feuilleton
New York Journal

Personalabteilung
New York Journal

Wir, die Unterzeichnenden vom Feuilleton des *New York Journal*, schicken hiermit den Aushang zurück, der auf der Toilette in unserer Abteilung gefunden wurde. Obwohl uns durchaus bewusst ist, dass dies ein Versuch der Personalabteilung ist, auf die Beschwerden wegen mangelnder Sauberkeit der Toiletten im Gebäude auf der 216 W. 57th Street mit Humor zu reagieren, empfinden wir den Text aus folgenden Gründen als Affront:

1. Wir vom Feuilleton pieseln nicht, wir urinieren.
2. Wir vom Feuilleton bezeichnen uns selbst oder andere nicht als »Schatz« (mit Ausnahme von Dolly Vargas, die diesen Ausdruck aber nicht in Zusammenhang mit Toilettenhygiene verwendet).
3. Wir vom Feuilleton benutzen für die Toilettenschüssel nicht den Ausdruck »Töpfchen«.

Eine wirkungsvollere Maßnahme für die Einhaltung einer gewissen Sauberkeit in den Toiletten könnten verstärkte Kontrollen durch das Aufsichtspersonal sein.

Bitte hängen Sie NIE WIEDER solche Mitteilungen in unserer Toilette auf.

Mit freundlichen Grüßen

George Sanchez
Melissa Fuller-Trent
Nadine Wilcock-Salerno
Dolly Vargas

>>>

Von: Kate Mackenzie <kathleen.mackenzie@thenyjournal.com>
An: Jen Sadler <jennifer.sadler@thenyjournal.com>
Betreff: Amys Kloaushang

O mein Gott, das Feuilleton hat den Spruch zurückgeschickt, den die SBT in allen Toiletten aufhängen ließ. Echt lustig! Willst du dabei sein, wenn ich es ihr sage? Ich meine Amy.

Kate

>>>

Von: Jen Sadler <jennifer.sadler@thenyjournal.com>
An: Kate Mackenzie <kathleen.mackenzie@thenyjournal.com>
Betreff: AW: Amys Kloaushang

NATÜRLICH will ich dabei sein. Du weißt, wie enttäuscht sie sein wird, wenn sie das erfährt. Sie sagt, im Studentenwohnheim hat sie immer solche Aushänge verteilt, und die anderen fanden das gut. Das wird bestimmt spaßig!

New-York-Journal-Störfallprotokoll

Name/Titel Protokollant:
Carl Hopkins, Sicherheitsmitarbeiter

Datum/Uhrzeit des Störfalls:
Mittwoch, 13:30 Uhr

Ort des Störfalls:
Speiseraum der Geschäftsführung *NY Journal*

Beteiligte Personen:
Stuart Hertzog, Justiziar *NY Journal*, 35
Ida Lopez, Servicekraft Dessertwagen *NY Journal*, 64

Beschreibung des Störfalls:
S. Hertzog bittet I. Lopez um einen Kuchen
I. Lopez sagt, es sei kein Kuchen mehr da
S. Hertzog sagt, er sehe doch, dass noch Kuchen da sei, sie solle ihm ein Stück geben
I. Lopez sagt, für ihn sei kein Kuchen mehr da
S. Hertzog fragt, warum nicht
I. Lopez sagt, er wisse ganz genau, warum
S. Hertzog verständigt den Sicherheitsdienst
Sicherheitsdienst gibt Hertzog Kuchen

Maßnahmen:
Störfall wurde A. Jenkins, Leiterin der Personalabteilung gemeldet.

Von: Amy Jenkins <amy.jenkins@thenyjournal.com>
An: Kate Mackenzie <kathleen.mackenzie@thenyjournal.com>
Betreff: Ida Lopez

Kate,

danke für Ihre Information die Hygieneerziehung betreffend. Allerdings dürfte Ihnen nicht entgangen sein, dass wir momentan dringendere Angelegenheiten haben als die Einwände des Feuilleton gegen meinen Toilettenaushang.

Es gab schon wieder eine Beschwerde wegen Ida Lopez, der Servicekraft am Dessertwagen oben im Casino. Offenbar wird es immer schlimmer mit ihr. Heute hat sie sich geweigert, Stuart Hertzog von Hertzog, Webber & Doyle, den Rechtsanwälten des Hauses, ein Stück Zitronenkuchen zu geben. Wie Sie wissen, sind die Desserts im Speiseraum der Geschäftsleitung nicht rationiert. Als Miss Lopez gefragt wurde, warum sie Mr. Hertzog den Kuchen verweigerte, gab sie zur Antwort, er wisse das ganz genau.

Mr. Hertzog hat natürlich nicht die geringste Ahnung, was Mrs. Lopez damit meint. Er hat die Frau noch nie zuvor bewusst wahrgenommen.

Da Mrs. Lopez bereits für einen ähnlichen Verstoß abgemahnt wurde, denke ich, wir sollten die Entlassungspapiere vorbereiten. Sie brauchen die schriftliche Abmahnung wegen des Vorfalls vergangene Woche nicht rauszuschicken, sondern kümmern sich bitte sofort um die Kündigung. Mrs. Lopez soll bis spätestens 17:00 Uhr erfahren, dass ihre Dienste beim *NY Journal* nicht länger erwünscht sind. Sorgen Sie bitte dafür, dass Mrs. Lopez anschließend vom Sicherheitsdienst zu ihrem Spind begleitet wird, den sie komplett zu räumen hat. Die Security soll sie nicht aus den Augen lassen, bis sie ihre Schlüssel und ihren Mitarbeiterausweis abgegeben und das Gebäude verlassen hat.

Die Kantinenleitung hat mich darüber informiert, dass Ida Lopez sich bei den Verlagsmitarbeitern großer Beliebtheit erfreut, was uns unerklärlich ist. Darum wäre es das Beste, wenn dieser Fall außerhalb dieser Abteilung nicht publik gemacht wird. Vergessen Sie nicht, dass Personalangelegenheiten grundsätzlich vertraulich zu behandeln sind.

Ich erwarte die Entlassungspapiere von Mrs. Lopez spätestens um 15:00 Uhr auf meinem Schreibtisch.

Amy

Amy Jenkins
Personalabteilungsleiterin
New York Journal

Diese E-Mail ist vertraulich und ausschließlich zur Kenntnisnahme des Empfängers gedacht. Sollten Sie diese E-Mail versehentlich erhalten haben, informieren Sie bitte den eigentlichen Empfänger, und löschen Sie sie anschließend aus sämtlichen Ordnern.

>>

Von: Tim Grabowski
<timothy.grabowski@thenyjournal.com>
An: Kate Mackenzie
<kathleen.mackenzie@thenyjournal.com>
Betreff: Ida Lopez

Hallo Katie,
Ida gehört zu deinem Sachbereich, richtig? Wenn ja, dann musst du alles tun, was in deiner Macht steht, um diese Kuchenepisode mit Hertzog aus dem Weg zu räumen. Ida ist das Herzblut vom *NY Journal*. Ohne sie und ihren Kuchenwagen werde ich nicht in der Lage sein, weiterzumachen. Außerdem denke ich, spreche ich vielen Kollegen aus der Seele, wenn ich sage: Wenn es jemanden gibt, der keinen Kuchen verdient hat, dann ist das Stu Hertzog.

Ich verlasse mich darauf, dass du das Richtige tust, schließlich bist du die einzig Humane in der Personalabteilung (abgesehen von Jen natürlich).

T.

Von: Nadine Wilcock-Salerno
<nadine.salerno@thenyjournal.com>
An: Kate Mackenzie
<kathleen.mackenzie@thenyjournal.com>
Betreff: Ida Lopez

Sag, dass das nicht wahr ist! Hier im Haus geht das Gerücht um, dass Amy Jenkins den Kopf unserer besten Kuchenbäckerin auf einem Silbertablett haben möchte. DU MUSST DAS VERHINDERN!!! ICH BRAUCHE IDAS KAROTTENKUCHEN! Wenn möglich, direkt aus einem fahrbaren Tropf, der mittels einer Kanüle in meinem Arm mit mir verbunden ist.

Das ist mein Ernst, Kate. Lass nicht zu, dass Ida gefeuert wird.

Nad ☹

Von: Mel Fuller-Trent
<melissa.fullertrent@thenyjournal.com>
An: Kate Mackenzie
<kathleen.mackenzie@thenyjournal.com>
Betreff: Ida Lopez

Liebe Kate,
ich war heute im Casino Zeuge, als Ida Lopez sich geweigert hat, Stuart Hertzog, dem Justiziar des Hauses, Kuchen zu servieren. Alles, was ich sagen kann, ist, dass

Mr. Hertzog ausgesprochen unhöflich war zu Mrs. Lopez, noch bevor sie sich weigerte, ihn zu bedienen. Ich meine, er hat so getan, als habe er eine Art unveräußerliches Recht auf Kuchen. Wenn es erforderlich ist, kann ich das eidesstattlich erklären. Das mache ich gerne. Nur bitte verhindere, dass Mrs. Lopez gefeuert wird. Ihre Schokokekse sind nämlich überirdisch.

Mit lieben Grüßen
Mel Fuller-Trent

>>

Von: George Sanchez <george.sanchez@thenyjournal.com>
An: Kate Mackenzie <kathleen.mackenzie@thenyjournal.com>
Betreff: Mein Leben beim New York Journal

Ihr dürft sie nicht rausschmeißen!

Das ist mein Ernst. Ihre Ingwerplätzchen sind das Einzige, was mich hier vor dem Wahnsinn bewahrt – abgesehen vom Getränkeautomaten.

George Sanchez
Redaktionsleiter
New York Journal

Von: Dolly Vargas <dolly.vargas@thenyjournal.com>
An: Kate Mackenzie
<kathleen.mackenzie@thenyjournal.com>
Betreff: Casinodame

Schätzchen, du darfst einfach nicht zulassen, dass diese nette kleine Dame, die am Dessertwagen bedient, gefeuert wird. Ihre fettarmen Joghurt-Muffins sind ZUM STERBEN. Ich habe die Lady für unzählige Veranstaltungen mit dem Catering beauftragt und immer die größten Komplimente erhalten: Ihr Karottenkuchen ist einfach GÖTTLICH (und eine echte Versuchung selbst für jene von uns, die sich kohlenhydratarm ernähren).

Im Ernst, wenn diese Lady rausfliegt – wer soll sie ersetzen? Gutes Küchenpersonal wächst nicht auf den Bäumen, weißt du?

Liebe Grüße
Dolly

P.S.: Danke, dass du mir wegen dieser hässlichen kleinen Sache mit Aaron Spender aus der Patsche geholfen hast. Ist so ein liebeskranker Stalker nicht das Allerletzte? Ich bin so froh, dass er zur *Newsweek* gewechselt ist, ich kann dir gar nicht sagen, wie sehr!

>>

Von: Jen Sadler <jennifer.sadler@thenyjournal.com>
An: Kate Mackenzie <kathleen.mackenzie@thenyjournal.com>
Betreff: Dessertwagendame

Im ganzen Haus wird gemunkelt, dass die SBT Mrs. Lopez feuern will, weil sie heute Mittag Stu Hertzog keinen Kuchen geben wollte. Ist das wahr?

>>

Von: Kate Mackenzie <kathleen.mackenzie@thenyjournal.com>
An: Jen Sadler <jennifer.sadler@thenyjournal.com>
Betreff: AW: Dessertwagendame

Es ist wahr. Die SBT hat mich angewiesen, Ida die Entlassungspapiere zu geben. Noch heute. Jen, wie soll ich so eine nette alte Dame rausschmeißen? Das muss ein Irrtum sein. Vielleicht war es bloß ein Missverständnis. Schließlich ist Englisch nicht Idas Muttersprache. Ich meine, sie nennt mich immer »Kleines«, wenn wir uns im Flur begegnen, und steckt mir heimlich Schokokekse zu, obwohl ich noch in der Probezeit bin und das Casino gar nicht betreten darf. Außerdem hat hier jeder – wirklich JEDER – Ida ins Herz geschlossen.

Jeder bis auf Stuart Hertzog, wie es scheint.

Aber er ist Anwalt. ANWALT. Was sagt dir das über seine Menschenkenntnis? Hm?

O mein Gott, ich wünschte, ich hätte mich heute krankgemeldet.

Kate

Von: Jen Sadler <jennifer.sadler@thenyjournal.com>
An: Kate Mackenzie
<kathleen.mackenzie@thenyjournal.com>
Betreff: Miststück

Ich meine natürlich nicht Ida, sondern Amy. Du weißt, dass sie in Hertzog verknallt ist, oder? Tim aus der EDV sagt, er hat die beiden letzten Samstag zusammen im Il Buco gesehen, wo sie sich gegenseitig die Zunge in den Hals steckten. Ich meine, sie ist doch gedanklich schon mit der Hochzeitsplanung beschäftigt. Das ist auch der Grund, warum ihr Ida am Arsch vorbeigeht.

Ich frage mich, ob sie seinen Namen annimmt, wenn es so weit ist. Wenn es jemand verdient, Mrs. Stuart Hertzog zu sein, dann die SBT.

Weißt du, was ich gehört habe? Angeblich hat Hertzog in seinem Büro so einen Aufsteller aus dem Tabakladen – eine Indianerfigur in Lebensgröße. Wahrscheinlich denkt er, weil er ein hohes Tier in der Kanzlei seines Daddys ist – ein Familienbetrieb, ich bitte dich –, stört sich niemand an seinem politisch unkorrekten Verhalten oder an dem Umstand, dass er ein pedantischer Wichtigtuer ist.

Vielleicht ist das der Grund, weshalb Ida ihm keinen Kuchen geben will.

Ich kann nur sagen, heute hatte er einen Anzug an, der mindestens dreitausend Riesen gekostet haben muss. Von Armani.

Aber er kann sich noch so gut kleiden, er wird immer aussehen wie Barney von den Flintstones.

Hast du schon versucht, mit der SBT zu reden? Mir ist klar, dass das wahrscheinlich nichts bringt, aber manchmal kannst du ganz schön überzeugend sein, vor allem wenn du diese großen blauen Kulleraugen machst.

J

>>

Von: Kate Mackenzie <kathleen.mackenzie@thenyjournal.com>
An: Amy Jenkins <amy.jenkins@thenyjournal.com>
Betreff: AW: Ida Lopez

Amy, sind Sie sicher, dass die Kündigung von Mrs. Lopez eine gute Idee ist? Ich meine, Sie haben selbst erwähnt, dass Mrs. Lopez äußerst beliebt ist beim Personal. Ich habe heute zahlreiche Mails erhalten von Kollegen, darunter leitenden Mitarbeitern, die darum bitten, Mrs. Lopez nicht zu entlassen.

Es besteht die Möglichkeit, Mrs. Lopez erneut zu schulen. Wenn wir ihr die schriftliche Abmahnung wegen des

Vorfalls letzte Woche geben, wird sie sich in Zukunft vielleicht am Riemen reißen. In der letzten Teambesprechung haben Sie selbst gesagt, dass eine Kündigung nicht nur bedeutet, dass der Mitarbeiter versagt hat, sondern auch die Personalverantwortlichen haben Schuld!

Kate

Von: Amy Jenkins <amy.jenkins@thenyjournal.com>
An: Kate Mackenzie <kathleen.mackenzie@thenyjournal.com>
Betreff: AW: AW: Ida Lopez

Ich hoffe ernsthaft, Kathleen, dass Sie in dieser Angelegenheit nicht meine Autorität in Frage stellen. Da Sie noch kein Jahr beim *New York Journal* beschäftigt sind und Ihre Probezeit somit noch nicht um ist, würde ich vermuten, dass Ihnen nichts ferner liegt, als die Entscheidungen Ihrer direkten Vorgesetzten zu hinterfragen.

Ida Lopez fällt regelmäßig unangenehm auf, seit sie hier im Haus beschäftigt ist. Meinem Vorgänger ist es nicht gelungen, sie loszuwerden, also werde ich dafür sorgen. Diesmal ist Mrs. Lopez zu weit gegangen. Ich möchte ein schriftliches Protokoll von Ihrem Entlassungsgespräch mit Mrs. Lopez sehen, bevor Sie heute nach Hause gehen.

Amy Jenkins
Personalabteilungsleiterin
New York Journal

Diese E-Mail ist vertraulich und ausschließlich zur Kenntnisnahme des Empfängers gedacht. Sollten Sie diese E-Mail versehentlich erhalten haben, informieren Sie bitte den eigentlichen Empfänger, und löschen Sie sie anschließend aus sämtlichen Ordnern.

Von: Kate Mackenzie <kathleen.mackenzie@thenyjournal.com>
An: Jen Sadler <jennifer.sadler@thenyjournal.com>
Betreff: Hilfe!

Es hat nichts genützt, die SBT stellt sich stur. O Gott, Jen. Die arme Mrs. Lopez kommt in zehn Minuten runter. Was soll ich zu ihr sagen? Warum hat man mir ausgerechnet die Buchstaben L bis Z gegeben? WARUM???

Kate

Von: Jen Sadler <jennifer.sadler@thenyjournal.com>
An: Kate Mackenzie <kathleen.mackenzie@thenyjournal.com>
Betreff: Also gut

Wir gehen nach der Arbeit ins Lupe's auf einen Mojito. Scheiß auf die Hormone, ich brauche einen Drink.

J

Tagebuch von Kate Mackenzie

Professor Wingblade sagte im Einführungskurs Soziologie, dass es helfe, wenn wir unsere Gefühle aufschrieben, um unsere Gedanken zu sortieren und uns rational einer Problemlösung zu nähern. Aber ich denke gerade nicht rational. Was soll ich bloß tun? Ich kann Mrs. Lopez nicht rauswerfen.

Okay, ja, sie hat sich geweigert, den Justiziar des Hauses zu bedienen. Aber ich habe Stuart Hertzog live erlebt, und es ist nun einmal Fakt, dass er, wie die meisten Anwälte – jedenfalls die, die ich kenne – ein Widerling ist. Einmal musste ich zu einem Schlichtungstermin und mit ihm ein Taxi teilen. Er brüllte den Fahrer an, als dieser über die Lexington fuhr, obwohl der Mann nur die Baustelle auf der Park Avenue umfahren wollte. Als Stuart die Fahrt bezahlte, gab er dem Mann absichtlich kein Trinkgeld mit der Begründung, dass er Ausländer nicht ausstehen könne, weil sie immer dächten, sie wüssten alles, und selbst wenn der Kerl in seinem Heimatland als Chirurg gearbeitet habe, bedeute das noch lange nicht, dass er hinreichend qualifiziert sei, um Personen in einem Fahrzeug durch die Straßen Manhattans zu befördern. Und dann fragte er mich noch, warum die (er meinte die Einwanderer, nehme ich an) nicht einfach alle in ihrer Heimat bleiben könnten!

Ich hatte große Lust, ihn darauf hinzuweisen, dass Hertzog nicht gerade ein amerikanischer Name ist, was bedeutet, dass Stuarts Vorfahren auch irgendwann in dieses Land einwanderten, und, wer weiß, vielleicht arbeitete einer mal als Taxifahrer oder Busfahrer oder was auch immer. Wie würde es Stuart gefallen, wenn irgendein Anwalt im Maßanzug mit seinem Ururururgroßvater so gesprochen hätte?

Ich musste mir allerdings auf die Zunge beißen, weil Amy dabei war und mich das den Job gekostet hätte. Ich weiß zwar nicht, ob das ein echter Kündigungsgrund gewesen wäre, schließlich gibt es das Recht auf freie Meinungsäußerung, aber Amy hätte sicher einen Weg gefunden.

Ich kann nicht glauben, dass ausgerechnet ich diejenige sein soll, die sie feuern muss. Mrs. Lopez, meine ich. Warum ich? Ich habe noch nie jemanden gefeuert. Okay, abgesehen von dem Pförtner, der die siebzehnjährige Lacrosse-Spielerin befummelt hat, die mit ihrem Schulteam den Verlag besichtigte, aber der hat es wirklich verdient. Ich meine, seine Ausrede war, dass er nicht anders konnte, weil die Kleine so scharf aussah in ihrem karierten Miniröckchen. Unfassbar! Ich meine, es war mir ein Vergnügen, den Kerl rauszuschmeißen.

Aber jetzt Ida! Das ist etwas völlig anderes. Ich habe Mrs. Lopez sehr gern, und ihr Verhalten kann ich ihr nicht verübeln. Ich meine, eigentlich sollten die Stuart Hertzog feuern und nicht Ida. Einmal sah ich ihn mit einer Zigarre – einer Zigarre! – im Flur im zweiten Stock auf den Fahrstuhl warten. Mel Fuller aus dem Feuilleton, die damals hochschwanger war, bat ihn, die Zigarre auszumachen, worauf Hertzog antwortete: »Die ist aus.« Was nur die halbe Wahrheit war, da er sie zuvor in Mr. Hargraves Büro halb geraucht hatte und sie immer noch glomm. Wer macht so was – Zigarre rauchen in einem öffentlichen Gebäude? Und arme, unschuldige Taxifahrer anbrüllen? Ich meine, ist doch wahr!

Und jetzt möchte Jen nach Feierabend auch noch Cocktails trinken gehen, obwohl sie bereits schwanger sein könnte, was bedeutet, dass sie wahrscheinlich ein behindertes Kind zur Welt bringen wird, und das ist dann alles meine Schuld. O mein Gott, ich muss mir dringend eine neue Bleibe suchen, ich kann nicht ewig auf ihrer Wohnzimmercouch schlafen. Es ist wirklich lieb von den beiden, aber ich merke, dass Craig es langsam satt hat, das Bad nicht nur mit einer Frau, sondern gleich mit zweien zu teilen. Ich hätte kein schlechteres Timing finden können für die Trennung von Dale. Ich meine, Jen und Craig versuchen seit ihrer Heirat ein Baby zu bekommen, und Jen nimmt all diese Hormone. Außerdem muss sie mich nicht nur täglich auf der Arbeit sehen, sondern auch zu Hause – wir haben keine Pause voneinander. Ein Wunder, dass sie nicht schon längst ausgeflippt ist!

Wenn ich einen anständigen Untermieter finden könnte, würde ich sofort ausziehen, aber ich bezweifle, ob ich mit jemandem zusammenwohnen möchte, den ich nicht kenne. Ich meine, die eine mit der WG in der East 86th – ich bewundere ja Menschen, die Ziele haben, aber sollten Frauen in diesem Jahrtausend nicht dazu beitragen, die Welt ein klein wenig besser zu machen oder sich zumindest in ihrem persönlichen Umfeld zu engagieren, statt ihre gesamte Energie darauf zu richten, einen Ehemann zu finden? Wahrscheinlich sollte ich toleranter sein gegenüber den Lebensträumen anderer, aber im Ernst, ich glaube nicht, dass die Heirat mit einem Investmentbanker alle Probleme löst. Das bezweifle ich ernsthaft. Ich meine, es kann schon ganz hilfreich sein, langfristig betrachtet, denkt man an die Miete und so, aber man kann nicht als Frau Investmentbanker durchs Leben gehen. Man muss doch seinen eigenen Platz im Leben finden, nicht als Frau von Soundso.

Und offen gesagt spielt es keine Rolle, wie viele Bars man auf der Upper East Side an einem Samstagabend abklappert, denn es gibt keine Garantie, dass man einen anständigen Mann kennen lernt. Daran werden auch alle Brautzeitschriften dieser Welt nichts ändern. Ich meine, da meldet man sich besser als freiwillige Helferin. So tut man wenigstens etwas Gutes für die Welt und kann immer noch auf den Richtigen hoffen. Das wäre dann keine VÖLLIGE *Zeitverschwendung …*

O Gott, vielleicht bin ich ja nicht ganz gescheit! Vielleicht sollte ich einfach zu ihm zurückgehen, ich meine, so schlimm ist es doch gar nicht, mit einem Mann zusammen zu sein, der auf die Ehe pfeift. Viele Frauen würden sterben für einen Freund wie Dale. Immerhin hat er mich weder geschlagen noch betrogen. Ich glaube, er liebt mich wirklich, und es ist sowieso bloß ein alberner Gesellschaftsbrauch. Das Heiraten, meine ich.

Leider erinnere ich mich noch ganz genau, dass Professor Wingblade uns im Einführungskurs Soziologie erklärt hat, dass es in jeder menschlichen Gemeinschaft auf der Welt, selbst in Teilen Mikronesiens, wo seit hunderten von Jahren kein Außenkontakt zu fremden Kulturen besteht, eine Art Zeremonie gibt, bei der sich zwei Liebende vor den Augen ihrer Angehörigen ewige Treue schwören. Ich meine, im Grunde pfeift Dale auf eine jahrtausendealte Tradition, indem er behauptet, wir brauchten keinen Trauschein, um eine gute und liebevolle Beziehung zu führen. Aber das ist einfach nicht wahr.

Was nicht heißen soll, dass ich morgen wieder zu ihm ziehen würde, wenn er mir heute einen Heiratsantrag machte. Ich meine, ich will nicht, dass er mich nur fragt, weil es mein Wunsch ist. Ich möchte vielmehr, dass er mich fragt, weil er sich ehrlich und aufrichtig seine Zukunft nicht ohne mich vorstellen kann. Bloß hat es den Anschein, als wäre Dale nicht fähig, sich seine Zukunft vorzustellen, abgesehen von einer, in der der Kühlschrank stets bis obenhin mit Bier gefüllt ist, weshalb er nie vergisst, welches zu kaufen.

Aber ich bezweifle, dass ich in Dales Zukunft auftauche, und – ich bin mir nicht einmal mehr sicher, ob ich überhaupt in seiner Zukunft auftauchen will, denn die Wahrheit ist, nachdem ich erlebt habe, wie Craig und Jen miteinander umgehen, weiß ich, wie echte Liebe aussieht, nämlich ganz anders als zwischen Dale und mir, und ich finde, ich habe echte Liebe verdient. Ich glaube, irgendwo dort draußen wartet sie auf mich, ich weiß nicht, wo, aber irgendwo …

O Gott, sie kommt.

Aufzeichnungsprotokoll Mitarbeitergespräch

Mitarbeiter:	Ida Lopez
Personalabteilungsvertreterin:	Kathleen Mackenzie
Datum:	Mittwoch, 15:15 Uhr

KM: Äh … Sekunde noch, Mrs. Lopez. Ich muss erst das Ding hier einschalten … äh … Test … Test. Oh, Augenblick. Ups. So. Ich glaube, jetzt ist es an. Läuft es?

IL: Die kleinen Räder drehen sich.

KM: Äh … okay. Gut, hier ist Kathleen Mackenzie, und ich … führe ein Mitarbeitergespräch mit Ida Lopez. Mrs. Lopez, ich habe die Anweisung erhalten, unser Gespräch aufzuzeichnen, sowohl zu Ihrem eigenen Schutz als auch zu meinem.

IL: Ich verstehe, *Carina*.

KM: Okay. Gut. Vielen Dank, dass Sie gekommen sind, Mrs. Lopez. Ich … äh … Ich muss leider …

IL: Ach, schon gut, ich gerne mache einen Besuch bei meiner Kate. Und wie hübsch du heute wieder aussiehst, in deine rosa Top.

KM: Danke, Mrs. Lopez. Ich …

IL: Hübsch wie eine Filmstar. Und auch so schlank. Zu dünn, wenn du fragst mich. Ich weiß nicht, was ist los mit euch Mädchen von heute, dass ihr hungert, um zu werden immer dünner. Was ist schön daran, zu sein so mager? Denkt ihr, die Männer wollen haben im Bett eine Bohnenstange? Wo ist da der Spaß? Würdest du gehen ins Bett mit eine Bohnenstange? Nein, du würdest nicht. Hier hast du eine Keks, Kleines.

KM: Oh, danke, aber wirklich, ich sollte nicht …

IL: Du solltest nicht was, Kleines? Ein bisschen Fleisch bekommen auf die Rippen?

KM: Nein, ich meine, ich sollte nicht … Mrs. Lopez, Sie wissen, dass die Kekse für die Mitglieder der Geschäftsleitung reserviert sind …

IL: Ich verstehe nicht, warum ich kann nicht selbst entscheiden, wer bekommt meine berühmte Schokokeks und wer nicht, schließlich ich habe sie selbst gemacht. Und du hast verdient eine Keks. Bitte sehr.

KM: Aber Mrs. Lopez …

IL: Schau, sogar deine Lieblingssorte. Ohne Nuss. Obwohl die meisten Leute haben lieber mit Nuss. Ich kann besonders empfehlen mit Pecannuss. Mach schon. Probier, Kleines.

KM: Mrs. Lopez, wirklich, ich …

IL: Eine kleine Keks schadet niemand. Außerdem es bestimmt nicht stört dein hübsche Freund, wenn du zunimmst ein bisschen. Der, den ich habe gesehen letztes Jahr auf der Weihnachtsfeier mit dir. Er hat ausgesehen wie eine Mann, der mag, wenn eine Frau hat ein bisschen was auf die Rippen.

KM: Oh, eigentlich sind er und ich …

IL: O nein! Ihr habt euch getrennt?

KM: Nun, ja, schon vor einer Weile. Ich meine … Wir haben uns nicht richtig getrennt. O mein Gott, Mrs. Lopez. Das ist der beste Schokokeks, den ich je probiert habe.

IL: Du kennst doch sicher die Geheimnis?

KM: Hmm, Moment, lassen Sie mich raten. Sie zerlassen die Butter, bevor Sie sie hinzugeben?

IL: Nein, meine kleine *Carina*. Aber ich nehme vorher aus dem Kühlschrank die Butter. Ich habe gemeint die Geheimnis, wie man bringt eine Mann dazu, sich zu binden fest.

KM: Nein, wie denn?

IL: Finden die richtige Mann. Deiner, also der, mit der ich dich habe gesehen, ist nicht der Richtige für dich. Das ich habe gewusst vom erste Moment an, als ich ihn habe gesehen. Dieser Mann weiß nicht zu schätzen dich. Er ist zu sehr beschäftigt mit sich selbst. Das ich habe gemerkt, weil er immer wieder hat angefangen von seine Band. Es hat sich angehört, als würde seine Band ihm bedeuten mehr als du!

KM: (verschluckt sich) Entschuldigung.

IL: Oh, hier hast du Milch zum Runterspülen. Sag nicht, dass sie hat zu viel Fett. Das ist gut für dich. Das stärkt die Knochen. Bitte sehr. Das Rezept ist ganz einfach, du kannst es backen zu Hause. Hier, ich schreibe auf für dich.

KM: Oh, Mrs. Lopez! Ihr Geheimrezept? Sie können doch nicht …

IL: Und ob ich kann. Also, du nimmst eine große Rührschüssel und ein Pfund Butter du schlägst cremig. Dann du gibst dazu eine Tasse brauner Zucker, eine Vierteltasse Kristallzucker, eine große Ei und zweieinhalb Teelöffel Vanilleextrakt. Die Masse schlagen, bis alles gut ist vermischt. Dann du nimmst die Hälfte – nur die Hälfte – und hebst unter eine Mischung aus eindreiviertel Tassen plus sieben Esslöffel – das ist wichtig – Allzweckmehl, ein dreiviertel Teelöffel Backpulver, eine kleine Prise Back-Natron, eine große Prise Salz …

KM: Mrs. Lopez, das ist wirklich nicht …

IL: Dann das Ganze verrühren mit der restlichen Teigmischung – aber nicht zu viel rühren. Dann du gibst dazu die Schokoraspel und Pecannüsse. Mit Teelöffel den Teig verteilen in Abstand von fünf Zentimeter, auf Backpapier – vorher einfetten – und acht bis zehn Minuten backen. Nicht vergessen, die Kekse eine Minute lassen abkühlen, wenn sie kommen frisch aus das Ofen. Sie sollen ja behalten ihre Form. Dann du nimmst eine Spachtel – du hast doch eine, oder, Kate? – und legst die Kekse auf ein Kuchengitter zum Auskühlen. Siehst du? Kinderleicht! Gut. Solltest du nicht besser machen weiter?

KM: Was? Oh. Ja. Mrs. Lopez, der Grund, warum ich Sie zu mir gebeten habe, betrifft den Vorfall heute Mittag oben im Casino.

IL: Ja, natürlich. Señor Hertzog.

KM: Ja, genau. Mrs. Lopez, Sie wissen, dass wir beide bereits ein Gespräch hatten wegen eines ähnlichen …

IL: Ja, ich erinnere mich. Ich wollte nichts geben von meinem Peach Cobbler diese Mann aus die Rathaus. O là là, deine Chefin war richtig böse auf mich. Diese … Wie heißt sie? Ach ja, Jenkins. Amy Jenkins. Da wir gerade reden über Problem mit dem Essen, diese Frau sicher hat eins. Ich habe gesehen, wie sie hat verschlungen drei von meine Schoko-Quark-Muffins, und danach direkt ist gerannt zur Toilette …

KM: Okay, Mrs. Lopez, das ist toll, aber darum sind wir heute nicht hier. Wir sind heute hier, um über Mr. Hertzog zu sprechen.

IL: Natürlich. Ich wollte ihm nichts geben von meine Zitronenkuchen.

KM: Aber verstehen Sie, Mrs. Lopez, genau darum geht es. Wissen Sie, Sie können nicht einfach willkürlich entscheiden, wer von der Geschäftsleitung ein Dessert bekommt und wer nicht. Sie müssen jeden bedienen, der etwas haben möchte.

IL: Ja, ich weiß, was ich soll tun. Aber du kennst meine Kuchen und Desserts, *Carina*. Du weißt, sie sind gemacht speziell – mit viel Liebe – für spezielle Menschen. Ich finde nicht, dass ich sollte sie teilen mit jedem.

KM: Aber verstehen Sie doch, Mrs. Lopez, Sie müssen das tun, denn sonst kriegen wir lauter Beschwerden, und dann muss ich Sie zu mir bitten und …

IL: Oh, ich weiß, *Carina*. Ich dir gebe keine Schuld.

KM: Wissen Sie, es wäre etwas anderes, wenn Sie Ihre eigene Bäckerei betreiben würden oder ein Restaurant und es ablehnen, Rechtsan… ich meine Leute wie Stuart Hertzog zu bedienen. Aber Sie sind beschäftigt beim *New York Journal*, und die Firma kann nicht dulden, dass Sie sich weigern …

IL: … zu bedienen den Firmenanwalt mit meine Kuchen. Ich verstehe, Kleines. Wirklich. Du hast mich ja gewarnt. Darum ich nehme an, deine Chefin will, dass du mich feuerst.

KM: Mrs. Lopez, Sie wissen, ich …

IL: Schon gut, Kate. Keine Grund zu Aufregung. Sie mag Señor Hertzog. Das ich weiß.

KM: Wenn es etwas gibt, was ich tun kann … Ich meine, war Mr. Hertzog vielleicht gemein zu Ihnen? Hat er Sie unhöflich behandelt? Denn wenn Sie Amy, also meiner Vorgesetzten, einen Grund nennen können, warum Sie Mr. Hertzog nicht bedienen …

IL: Oh, er kennt das Grund.

KM: Genau das ist der Knackpunkt. Er sagt, er weiß nichts.

IL: O doch, er weiß.

KM: Nun, vielleicht könnten Sie mir sagen …

IL: Nein, ich kann nicht! So, jetzt du musst den Sicherheitsdienst rufen, damit er mich begleitet hinaus.

KM: Es tut mir so leid, Mrs. Lopez. Aber das muss ich tatsächlich …

IL: Schon gut. Bestimmt ist der Hopkins-Junge dabei. Er liebt meine Heidelbeermuffins. Ich muss nachsehen sofort, ob ich – oh, ja, hier ist noch einer. Es war sehr nett zu plaudern mit dir, *Carina*. Augenblick, du bist doch befreundet mit diese nette Señora Sadler. Hier, gib ihr das von mir. Sie ist eine große Fan von meine Ingwerplätzchen, und ich weiß, dass sie ist sehr traurig, weil es nicht klappt mit eine Baby. Aber sag ihr, sie soll sich machen keine Sorgen. Sie wird bekommen eine hübsche kleine Mädchen Ende nächstes Jahr.

KM: Mrs. Lopez …

IL: Oh, nicht weinen, meine kleine *Carina*! Ich bin sicher, du sollst nicht weinen, wenn du entlassen jemand. Hier, wir das schalten aus, damit du nicht in …

Von: Amy Jenkins <amy.jenkins@thenyjournal.com>
An: Kate Mackenzie
<kathleen.mackenzie@thenyjournal.com>
Betreff: Ihr Gespräch

Bitte melden Sie sich morgen früh als Erstes in meinem Büro. Wir müssen uns über die Aufzeichnung Ihres Gesprächs mit Ida Lopez unterhalten, die ich mir eben angehört habe.

Amy Denise Jenkins
Personalabteilungsleiterin
New York Journal

Diese E-Mail ist vertraulich und ausschließlich zur Kenntnisnahme des Empfängers gedacht. Sollten Sie diese E-Mail versehentlich erhalten haben, informieren Sie bitte den eigentlichen Empfänger, und löschen Sie sie anschließend aus sämtlichen Ordnern.

Lupe's Cantina Mexicana

Vorspeisen

Tagessuppe **$ 3.75**

O mein Gott, ich bin so was von gefeuert. Ich kann nicht glauben, wie gefeuert ich bin. Warum musste ich auch anfangen zu heulen während des

Guacamole Dip **$ 3.75**

Entlassungsgesprächs? Warum habe ich direkt losgeflennt, ohne vorher daran zu denken, das Diktiergerät auszuschalten?

Sweet Plantains **$ 2.75**

Warum kann ich nicht so sein wie die SBT? DIE würde sicher keine einzige Träne vergießen, wenn sie jemanden entließe. Aber ich WILL gar nicht sein wie

Yucca Sticks **$ 2.75**

die SBT. Ich hasse sie. Ich sollte einfach kündigen. Nun muss ich mir nicht nur eine Wohnung, sondern auch noch einen neuen Job suchen und

Nachos mit Käse **$ 3.95**

einen neuen Freund. WARUM MUSS ES GLEICH SO KNÜPPELDICK FÜR MICH KOMMEN??? Und warum

Nachos mit Jalapeños **$ 4.95**

finde ich nie mein Tagebuch, wenn ich es brauche? Was die Frage beinhaltet: Wo ist es? Was, wenn

Nachos mit Rinderhack $ 5.95

Amy oder jemand vom Reinigungspersonal es findet? Und liest? Dann werde ich mit Sicherheit gefeuert. Und

Nachos Grandes $ 6.95

wo zum Teufel bleibt Jen? Sie hat gesagt, wir treffen uns nach Büroschluss bei Lupe's, und nun bin ich hier und sie nicht, und ich

Salsa Cruda $ 1.50

sitze hier alleine und tue so, als würde ich mir wichtige Notizen auf der Speisekarte machen, damit dieser schleimige

Quesadillas $ 3.50

Typ in der Ecke nicht zu mir rüberkommt und mich anspricht. Muss wie eine viel beschäftigte

Quesadilla Grandes $ 6.95

Businessfrau wirken, die keine Zeit hat für einen Flirt in einem mexikanischen Restaurant. O mein Gott, was, wenn Jen gar nicht kommt

Mini-Quesadilla Grandes $ 5.95

und ich alleine essen muss und dieser Typ rüberkommt und meine Gesellschaft sucht und sich herausstellt,

Salat des Hauses $ 3.95

dass er der gesuchte Triebtäter ist und er mir zu Jens Wohnung folgt und mich dann mit einem Messer überfällt? Zum

Salat Mexiko **$ 5.95**

Glück habe ich den Selbstverteidigungskurs gemacht von der Firma. Sicher wird er überrascht sein, wenn

Mexikanischer Salat mit gegrillter Hähnchenbrust **$ 8.25**

ich ihm mit einem Handkantenschlag die Nase breche, sodass er die Vöglein zwitschern hört und sofort

Mexikanischer Bohnensalat **$ 6.95**

außer Gefecht ist. Im Grunde würde ich aber lieber mit Jen ein paar Cocktails trinken wie geplant.

Beilagen

O Gott, ich brauche ein Bier. Die arme Mrs. Lopez! Ich schätze, sie sucht jetzt auch einen neuen Job. Bloß dass sie

Pommes frites **$ 1.00**

weitaus bessere Chancen hat, etwas Anständiges zu finden. Ihre Kekse sind einfach sagenhaft, jeder

Spanischer Reis **$ 1.75**

wird Mrs. Lopez mit Kusshand nehmen, während ich völlig nutzlos bin. Ich schaffe gerade einmal zweihundert Anschläge in der Minute, und Gott

Jalapeños **$ 1.00**

weiß, dass ich keine Autorität habe, eine beschissene Menschenkenntnis und nicht einmal einen anständigen Freund, geschweige denn

Sour Cream **$ 1.00**

fähig bin, anderen zu sagen, wie sie ihre Arbeit zu machen haben. Es ist ein Witz, dass die Zeitung mich überhaupt eingestellt hat, und ein reines Wunder, dass ich schon

Zwiebeln **$ 1.00**

so lange dort arbeiten durfte, aber an diesem Punkt sollte ich einfach – Oh, da ist Jen, GOTT SEI DANK!!!

Liebe Kate,

sorry, dass ich einfach so einen Zettel an eure Tür klebe (hi, Jen, hi, Craig), aber du lässt mir kaum eine andere Wahl. Ich meine, wenn du wenigstens mal ans Telefon gehen würdest, wenn ich dich im Büro oder auf deinem Handy anrufe, dann müsste ich mich auch nicht so stalkermäßig verhalten. Ich muss unbedingt mit dir reden, ich drehe sonst noch durch. Du hast dich bis jetzt nicht zurückgemeldet, und immer wenn ich Jen an der Strippe habe, behauptet sie, du wärst nicht da. Ich weiß, dass du da bist, ich weiß, dass du auf der Couch sitzt und dir deine ätzende Serie reinziehst, **Charmed** oder was auch immer.

Jedenfalls, wegen meines »Eins-nach-dem-anderen«-Spruch, sieh mal, vielleicht bleiben wir ja tatsächlich für IMMER zusammen. Oder vielleicht auch nicht. Ich meine, bin ich Prophylakt? Ich kann nicht in die Zukunft sehen. Ich weiß nicht, was noch alles kommt.

Warum kann nicht alles so bleiben, wie es war? Warum müssen wir plötzlich der Sache einen offiziellen Stempel aufdrücken? Ich meine, warum ist es dir so wichtig, dass ich dir ewige Liebe schwöre? Warum kann ich nicht einfach sagen, ich liebe dich, und es auf den Moment beziehen? Warum ist das plötzlich nicht mehr genug? In den letzten zehn Jahren war dir das doch auch genug.

Kate, KOMM NACH HAUSE, ich vermisse dich. Die Jungs vermissen dich auch.

In Liebe
Dale

PS: Ich brauche dringend deinen Rat. Die Plattenfirma geht uns auf den Sack. Die wollen, dass wir unseren Namen ändern von »Ich mache nie mehr Sandwiches« in einfach nur »Sandwich«. Was ist das für ein Bandname? Wer kauft schon eine Platte von einer Band, die »Sandwich« heißt?

Hallo, dies ist der Anschluss von Kate und Dale. Wir sind im Moment nicht da. Bitte hinterlassen Sie nach dem Piep eine Nachricht, wir melden uns zurück. Danke!

(Ton)

Dale, du musst endlich die Ansage ändern. Ich wohne da nicht mehr, schon vergessen? Egal, eigentlich rufe ich wegen deines Zettels an der Tür an … O Mann, warum mache ich mir überhaupt die Mühe? Vergiss es einfach, okay? Es hat sich nichts geändert. Ich bin nur … ach, wurscht.

(Klick)

Hallo, dies ist der Anschluss von Kate und Dale. Wir sind im Moment nicht da. Bitte hinterlassen Sie nach dem Piep eine Nachricht, wir melden uns zurück. Danke!

(Ton)

Meine Güte, Dale, du musst endlich die Ansage ändern. Hier ist übrigens Jen. Du erinnerst dich doch noch an mich, oder? Die beste Freundin deiner Ex? Dale, das Wort heißt Prophet, nicht Prophylakt. Kapiert? Gut. Oh, und bitte komm nicht mehr hierher. Du ziehst Kate nur runter. Und nein, ich bin nicht betrunken, aber dafür voll auf Hormonen. Du solltest dich also besser in Acht nehmen, denn ich schwöre bei Gott, mein Freund, wenn ich dich jemals hier erwische, werde ich …

(Klick)

Hallo, dies ist der Anschluss von Kate und Dale. Wir sind im Moment nicht da. Bitte hinterlassen Sie nach dem Piep eine Nachricht, wir melden uns zurück. Danke!

(Ton)

Dieser blöde AB hat mich abgewürgt. Es ist mein Ernst, Dale. Weißt du noch, damals im Studentenwohnheim, als Kate und ich die Hausparty gaben und ich deinem Kumpel eine Tracht Prügel angedroht habe, weil er harte Drogen mitbrachte? Und es war mir egal, dass er eine Knarre hatte, ich hatte keine Angst vor ihm. Dasselbe blüht dir auch, mein Freund, wenn du nicht aufhörst … Was meinst du damit, ich soll auflegen? Nein, ich werde nicht auflegen, Craig. Zufällig geht es hier um Kate. Sie hat einen schlimmen Tag hinter sich, und ich möchte nur … Nein, ich mache nicht alles noch schlimmer, sondern ich helfe ihr. Zufällig bin ich ausgebildete Personalreferentin, und ich … Ich warne dich … Gib mir den Hörer!

(Klick)

Hallo, dies ist der Anschluss von Kate und Dale. Wir sind im Moment nicht da. Bitte hinterlassen Sie nach dem Piep eine Nachricht, wir melden uns zurück. Danke!

(Ton)

Hey Alter, hier ist Craig. Sorry wegen eben. Jen und Kate waren Cocktails trinken. Jen hatte zwar nur einen Mojito, ist aber total dicht. Weißt du, sie macht gerade eine Hormontherapie, darum verträgt sie keinen Alkohol mehr. Tut mir echt leid, Mann. Ich habe ihr das Telefon weggenommen und im Schrank versteckt. Morgen ist sie wieder normal. Hoffe ich jedenfalls.

(Klick)

Vom Schreibtisch von
Kate Mackenzie

To do:

1. *Kündigen (außer die kündigen mir, dann siehe Punkt 2)*
2. *Persönliche Sachen zusammenpacken*
3. *ASPIRIN? Vielleicht in der unteren Schublade*
4. *Einen neuen Job finden*
5. *Eine Wohnung finden*
6. *Einen neuen Freund finden*
7. *O Gott, ich weiß nicht, mein Schädel brummt ... Habe ich gestern Abend bei Dale angerufen? Gott, hoffentlich nicht.*

9. *Klamotten aus der Wäscherei abholen!!!*

Apartment Chelsea
Altbau zw. 9th und 10th
Off. Ziegelwand, hell, Aufzug
Innenhof $ 1195, provisionsfrei, 718-555-7757

Yo! Hier spricht Ron. Bitte hinterlassen Sie eine Nachricht.

(*Ton*)

Hallo, Ron? Hier ist Kate, Kate Mackenzie. Ich habe gestern schon mal auf Ihre Mailbox gesprochen. Wegen des Apartments in den East Thirties. Leider haben Sie sich nicht zurückgemeldet. Heißt das, die Wohnung ist schon weg? Können Sie mich trotzdem zurückrufen? Ich habe nämlich Ihre andere Anzeige gelesen, der Altbau in Chelsea. Den für elfhundertfünfundneunzig. Könnten Sie mich diesmal zurückrufen? Ich bin an dem Objekt sehr interessiert. Wie gesagt, bis um fünf erreichen Sie mich unter 212-555-6891, und danach unter 212-555-1324. Danke. Das wäre echt nett von Ihnen. Sie können mich jederzeit anrufen.

Sleaterkinneyfan: Tut dir dein Schädel auch so weh?

Katyperry: Weh ist gar kein Ausdruck. Du hattest schließlich nur einen einzigen Cocktail, ich sieben. Denkst du, ich werde gefeuert?

Sleaterkinneyfan: Weil du verkatert zur Arbeit erschienen bist? So weit kommt es noch! Dann müssten sie die ganze Abteilung feuern. Vor allem am Tag nach der Weihnachtsfeier.

Katyperry: Nein, weil ich geheult habe, als ich Mrs. Lopez entlassen habe.

Sleaterkinneyfan: O bitte. Du bist hier in der Personalabteilung. Von uns wird nie einer gefeuert. Außer vielleicht du ziehst in der Poststelle deine Bluse aus und singst *Everybody Wang Chung tonight.*

Katyperry: Die SBT hat mich um zehn in ihr Büro bestellt. Ich wette mit dir, dass sie mir eine Abmahnung gibt.

Sleaterkinneyfan: Würdest du damit aufhören? Die schmeißen dich nicht raus. Wenn hier jemand fliegt, dann die SBT. Hast du gesehen, wie die Leute heute Morgen vor dem Casino (vergeblich) nach Mrs. L. mit ihrem Kuchenwagen Ausschau gehalten haben? Glaub mir, das wird heute sicher ein paar Beschwerden geben, wenn sich in der Chefetage herumgesprochen hat, dass es nie wieder diese köstlichen Schoko-Quark-Muffins geben wird.

Katyperry: Dann wird eben jemand anderes eingestellt.

Sleaterkinneyfan: Ja, aber keiner kommt an die Muffins von Mrs. L. heran.

Katyperry: Stimmt. Jen, ich glaube, ich sollte kündigen.

Sleaterkinneyfan: WAS???

Katyperry: Ernsthaft. Ich meine, wie kann ich tatenlos zusehen, was die hier mit der armen Mrs. Lopez machen? Ich meine, es ist nicht richtig. Mrs. Lopez ist immerhin eine Frau von vierundsechzig Jahren.

Sleaterkinneyfan: Ja, eine Frau von vierundsechzig Jahren, die sich weigert, dem Lover der Personalabteilungsleiterin, der zufällig einer der einflussreichsten Anwälte in der Stadt ist und zudem Justiziar dieser Firma, Kuchen zu servieren. Kate, du hattest keine Wahl. Mrs. Lopez hat sich das selbst zuzuschreiben. Du hast sie schließlich gewarnt. Es ist nicht so, als wäre sie über die Konsequenzen nicht informiert gewesen.

Katyperry: Schon, aber vielleicht war ich ja nicht streng genug. Vielleicht hat sie mich nicht ernst genommen. Keiner macht das, weißt du. Mich ernst nehmen, meine ich. Warum auch? Ich bin eben ein Landei aus Kentucky, das seit der Highschool immer mit demselben Typen zusammen war. Warum habe ich eigentlich Psychologie als Hauptfach studiert? Ich meine, ernsthaft, ich habe eine beschissene Menschenkenntnis.

Sleaterkinneyfan: Weil du in allen anderen Fächern keine Zulassung bekommen hast, schon vergessen? Außerdem, wollten wir nicht ursprünglich anderen Menschen helfen?

Katyperry: WEM HELFEN WIR DENN?

Sleaterkinneyfan: Komm schon, du weißt selbst, dass du schon vielen Menschen geholfen hast. Was ist mit der jungen Frau, die du letzte Woche für das Kunstressort eingestellt hast? Die, die so glücklich darüber war, dass sie vor Freude weinte und dir Blumen geschenkt hat?

Katyperry: Da hatte ich ausnahmsweise mal einen guten Tag. Aber komm schon, Jen, im Grunde haben wir nichts bewirkt. Das war ganz anders geplant. Ich meine, kannst du dich erinnern, wir wollten mal eine Praxis aufmachen, in der sich die Menschen kostenlos behandeln lassen können.

Sleaterkinneyfan: Ja, aber das war, bevor wir nach Manhattan gezogen sind und unser halbes Gehalt für die Miete draufgeht.

Katyperry: Vielleicht hätten wir in Kentucky bleiben sollen.

Sleaterkinneyfan: Um am Wochenende beim Autorennen rumzuhängen und Schweinebraten zu essen? Nein danke.

Katyperry: Zufällig mag ich Schweinebraten. Da wir gerade von Kentucky sprechen, weißt du, ob ich gestern Abend Dale angerufen habe? Ich kann mich verschwommen an etwas erinnern.

Sleaterkinneyfan: Und wenn? Ich meine, schließlich hat der Blödmann darum gebettelt, oder nicht? Der und sein dämlicher Zettel an der Tür. Im Ernst, mit dem stimmt was nicht. Wer hinterlässt Zettel an New Yorker Türen? Und was sollte dieser Seitenhieb wegen *Charmed*? Zufällig ist das eine super Serie.

Katyperry: Ich hab's! Wir werden Hexen! Um Menschen zu helfen!

Sleaterkinneyfan: Super Idee! Und nebenher kämpfen wir gegen das Böse. Im Bustier.

Katyperry: Ich war doch nicht gemein zu ihm, oder? Als ich ihn gestern angerufen habe?

Sleaterkinneyfan: Oh, würdest du endlich damit aufhören? Wer kann sich denn in der Beziehung nicht festlegen? Ich meine, nach ZEHN JAHREN, von denen ihr drei zusammengewohnt habt, das kann ja wohl nicht wahr sein.

Katyperry: WARUM BIN ICH BLOSS SO LANGE BEI IHM GEBLIEBEN? Ich bin so ein Loser.

Sleaterkinneyfan: Du bist kein Loser. Weißt du, wer ein Loser ist? Die SBT. Hast du gesehen, was sie heute anhat?

Katyperry: O mein Gott, ja. Dasselbe wie gestern.

Sleaterkinneyfan: Die hatte wohl 'ne heiße Nacht. Hast du den Knutschfleck an ihrem Hals gesehen? Sie hat ihn zwar überschminkt, aber er ist NICHT ZU ÜBERSEHEN. Warum ist sie nicht nach Hause und hat sich umgezogen, bevor sie zur Arbeit gekommen ist? Das ist echt … heftig. Als würde sie es darauf anlegen, dass jeder hier es mitkriegt. Als würde sie es uns förmlich unter die Nase reiben.

Katyperry: Es funktioniert. Ich kann nicht fassen, dass die SBT Sex hat und ich nicht.

Sleaterkinneyfan: Und wir wissen auch, mit wem sie es treibt. Mit Mr. Der-keinen-Kuchen-bekommt persönlich. O mein Gott, warte … Hast du das gesehen?

Katyperry: Was gesehen?

Sleaterkinneyfan: Sie steht gerade am Empfang und unterhält sich mit Steph. Ist das etwa ein ECHTER DIAMANT an ihrem Finger???

Katyperry: O mein Gott!

Sleaterkinneyfan: Das ist der dickste Klunker, den ich je gesehen habe. Der ist größer als mein Bauchnabel!!!

Katyperry: Sie hat sich verlobt. Ich kann es nicht glauben. Die SBT hat sich verlobt.

Sleaterkinneyfan: MRS. STUART HERTZOG!!!

Katyperry: Ich kann nicht glauben, dass jemand der SBT einen Heiratsantrag gemacht hat. Ich kann einem Mann nicht einmal das Versprechen abringen, bis zum Sommer mit mir zusammenzubleiben, geschweige denn FÜR DEN REST SEINES LEBENS.

Sleaterkinneyfan: Und ich kann nicht glauben, dass sie noch nicht bei uns war, um uns mit dem guten Stück zu blenden. Ich meine, der hat mindestens drei Karat. Obwohl, verglichen mit meinem Miniexemplar sieht jeder Stein groß aus.

Katyperry: Hey, Craig hat das für den Ring ausgegeben, was er sich leisten konnte. Es ist nicht leicht, vom Gehalt eines Programmierers einen Verlobungsring zu kaufen. Vom *Einstiegs*gehalt eines Programmierers.

Sleaterkinneyfan: Schon gut. Ich würde meinen bescheidenen Programmierer für kein Geld der Welt eintauschen gegen diesen Angeber und Schleimer. Ich sage nur – Hey, wer ist der Typ im Anzug, der gerade ins Büro der SBT geht?

Katyperry: Vielleicht ihr Hochzeitsplaner? Mann, die verliert aber keine Zeit.

Sleaterkinneyfan: Und was hält er in der Hand? Eine gerichtliche Vorladung?

Katyperry: O Gott, das wäre schön. Hoffentlich wird sie wegen Inkompetenz verklagt.

Sleaterkinneyfan: Könnte aber auch ein Ehevertrag sein, oder was meinst du?

Katyperry: O mein Gott! Das würde Stuart Hertzog ALLERDINGS ähnlich sehen! Der lässt seine Zukünftige sicher vorher einen Ehevertrag unterschreiben! Was macht sie, kannst du das sehen? Heult sie? Falls ja, dann ist es definitiv ein Ehevertrag.

Sleaterkinneyfan: Ich kann nicht genau sehen, ob sie heult oder nicht. Sie liest noch. Ah, jetzt verlässt der Typ im Anzug wieder das Büro. Vielleicht kann ich … Hey, warum geht der jetzt zu DIR?

Katyperry: Oh, n …

Hertzog, Webber & Doyle

ANWALTSKANZLEI

444 Madison Avenue, Suite 1505
New York, NY 10022
212-555-7900

Kathleen A. Mackenzie
Personalreferentin
New York Journal
216 W. 57th Street
New York, NY 10019

Sehr geehrte Ms. Mackenzie,
laut Artikel 29, Seite 31 des Tarifvertrags zwischen dem *New York Journal* und dem Betriebsrat des *NYJ*, Bezirk 6884, hat die ehemalige Beschäftigte Ida Lopez Klage eingereicht gegen die fristlose Kündigung ihres Arbeitsverhältnisses beim *New York Journal.*

Wir setzen Sie hiermit davon in Kenntnis, dass ein Schlichtungstermin anberaumt wird, zu dem Ihre Vorgesetzte wie auch Sie persönlich eingeladen werden, um sich in der Angelegenheit zu äußern. Unsere Kanzlei leistet Ihnen Rechtsbeistand. Bitte informieren Sie meine Assistentin so bald wie möglich, wann Sie für eine erste Stellungnahme zur Verfügung stehen.

Mit freundlichen Grüßen
Mitchell Hertzog

Von: Kate Mackenzie <kathleen.mackenzie@thenyjournal.com>
An: Jen Sadler <jennifer.sadler@thenyjournal.com>
Betreff: O MEIN GOTT

Mrs. Lopez verklagt mich! MICH!!! Nach allem, was ich für sie getan habe!!!

Was nicht viel ist, schätze ich, berücksichtigt man, dass sie ihren Job los ist. Aber trotzdem. Ich meine, ICH HABE MIR MÜHE GEGEBEN. Ich habe sie oft genug gewarnt, was passiert, wenn sie weiterhin bestimmten Mitarbeitern das Dessert verweigert. Und jetzt verklagt sie mich! Ist die Klage überhaupt rechtens? Habe ich etwas falsch gemacht?

O mein Gott, was, wenn ich einen Fehler gemacht habe? Dann fliege ich auch raus!

O mein Gott, ich komme mir vor wie in einer Folge von *Charmed*: Was auch immer man in der Welt anstellt, ob gut oder schlecht, es kommt dreifach zurück. Ich habe Mrs. Lopez gefeuert, und jetzt habe ich DREIMAL so viel Pech wie zuvor.

Als wäre ich nicht schon der größte Pechvogel an der Ostküste.

Und wer zum Teifel ist Mitchell Hertzog? Ich dachte, der Lover der SBT heiße STUART!!!

Kate

Von: Amy Jenkins <amy.jenkins@thenyjournal.com>
An: Kate Mackenzie
<kathleen.mackenzie@thenyjournal.com>
Betreff: (kein)

Kommen Sie sofort zu mir.

Amy Denise Jenkins
Personalabteilungsleiterin
New York Journal

Diese E-Mail ist vertraulich und ausschließlich zur Kenntnisnahme des Empfängers gedacht. Sollten Sie diese E-Mail versehentlich erhalten haben, informieren Sie bitte den eigentlichen Empfänger, und löschen Sie sie anschließend aus sämtlichen Ordnern.

Von: Kate Mackenzie
<kathleen.mackenzie@thenyjournal.com>
An: Jen Sadler <jennifer.sadler@thenyjournal.com>
Betreff: O MEIN GOTT 2

Die SBT will mich sofort sehen!!!
Was bedeutet, dass ich etwas falsch gemacht habe!!!
HILFE!!!

Kate

Von: Amy Jenkins <amy.jenkins@thenyjournal.com>
An: Stuart Hertzog <stuart.hertzog@hwd.com>
Betreff: Mitchell Hertzog

Stuart, ich habe soeben einen Brief erhalten von jemandem, der offensichtlich mit dir verwandt ist. Wenn das ein Witz sein soll, dann ist es ein höchst fragwürdiger.

Wenn das aber kein Witz sein soll, darf ich dann fragen, warum angesichts der Tatsache, dass ich das Arbeitsverhältnis mit Ida Lopez auf deine Bitte hin beendet habe, plötzlich ein *Verwandter* von dir mich und meinen Arbeitgeber vor Gericht vertritt gegen diese Kündigungsschutzklage?

Ich habe mir geschworen, persönliche Gefühle herauszuhalten, aber es geht nicht. Nach allem, was letzte Nacht zwischen uns war, Stuart, wie konntest du so einen wichtigen Fall an einen Untergebenen delegieren … auch wenn er mit dir verwandt ist?

Amy

Amy Denise Jenkins
Personalabteilungsleiterin
New York Journal

Diese E-Mail ist vertraulich und ausschließlich zur Kenntnisnahme des Empfängers gedacht. Sollten Sie diese E-Mail versehentlich erhalten haben, informieren Sie bitte den eigentlichen Empfänger, und löschen Sie sie anschließend aus sämtlichen Ordnern.

Von: Stuart Hertzog <stuart.hertzog@hwd.com>
An: Amy Jenkins <amy.jenkins@thenyjournal.com>
Betreff: AW: Mitchell Hertzog

Amy, Liebes, es tut mir so leid. Mitch sollte mit dem Brief warten, bis ich eine Gelegenheit gehabt hätte, dich zu informieren.

Häschen, es ist leider eine Tatsache, dass ich dich bzw. den Verlag nicht vertreten darf, weil ich persönlich in den Fall verwickelt bin. Aber Mitch, mein Bruder, ist ein ausgezeichneter Anwalt und wird sich genauso gut um den Fall kümmern, wie ich es tun würde, das schwöre ich dir.

Wenn du mir eine persönliche Bemerkung erlaubst: Wie kommst du nur auf die Idee, nach allem, was zwischen uns letzte Nacht war, dass ich etwas tun könnte, was dir oder deiner Karriere schadet? Als ich heute Morgen wach geworden bin, habe ich dein Gesicht im Schlaf betrachtet, und es kam mir vor wie das Gesicht eines Engels. Ich musste mich ständig fragen, womit ich so viel Glück verdient habe. Amy, du bist mein Alles!

Ich verspreche dir, du bist in besten Händen.

Für immer dein
Stuart

Stuart Hertzog, Senior Partner
Hertzog, Webber & Doyle
Anwaltskanzlei

Von: Stuart Hertzog <stuart.hertzog@hwd.com>
An: Mitchell Hertzog <mitchell.hertzog@hwd.com>
Betreff: Ida Lopez

Mitch, du Arschloch, was hast du wieder getan? Ich habe dir doch gesagt, die Briefe gehen erst raus, wenn ich mit Amy telefoniert habe. Bist du um diese Uhrzeit schon besoffen oder einfach nur dümmer, als die Polizei erlaubt? Oder ist es dir lediglich scheißegal?

Ich warne dich: Wenn du diesen Fall verlierst, bist du ein toter Mann.

Stuart Hertzog, Senior Partner
Hertzog, Webber & Doyle
Anwaltskanzlei

Von: Mitchell Hertzog <mitchell.hertzog@hwd.com>
An: Stuart Hertzog <stuart.hertzog@hwd.com>
Betreff: AW: Ida Lopez

Stuie!

Nett, mal wieder von dir zu hören. Ist es nicht seltsam, dass zwei Menschen, die ihr Büro auf derselben Etage haben und auch noch dieselbe genetische Abstammung, es schaffen, wochenlang keine einzige Höflichkeit auszutauschen?

Um auf deine E-Mail zu antworten, ich bin weder betrunken noch, nach bestem Wissen und Gewissen, dümmer als die Polizei erlaubt. Aber es stimmt, dass es mir ziemlich egal ist. Das passt dir nicht? Sorry. Aber wenn eine ältere Dame gegen ihre Kündigung angeht und sich anlegt mit einem Verlagstitan wie Peter Hargrave, Herausgeber von New Yorks führendem Nachrichtenmagazin, fällt es mir schwer, zur Heimmannschaft zu halten, wenn du verstehst, was ich meine.

Mitch

PS: Wo warst du gestern Abend? Ich habe während des Spiels der Michigans angerufen, aber du bist nicht rangegangen. Ich weiß, du gehst abends niemals aus außer mal auf ein paar Drinks mit Webber und Doyle, und die sind gerade mit Dad in Scottsdale beim Golfturnier. Heißt das etwa, du hast jemanden abgeschleppt? Amy vielleicht?

Von: Stuart Hertzog <stuart.hertzog@hwd.com>
An: Mitchell Hertzog <mitchell.hertzog@hwd.com>
Betreff: Scheißkerl!

Mir ist schleierhaft, was Dad sich dabei gedacht hat, dich in die Kanzlei aufzunehmen. Du bist genau derselbe Nichtsnutz wie schon früher als Kind.

Und es geht dich überhaupt nichts an, wen ich abschleppe.

Stuart Hertzog, Senior Partner
Hertzog, Webber & Doyle
Anwaltskanzlei

Von: Mitchell Hertzog <mitchell.hertzog@hwd.com>
An: Stuart Hertzog <stuart.hertzog@hwd.com>
Betreff: AW: Scheißkerl

Was meine Aufnahme in die Kanzlei betrifft, du erinnerst dich sicher noch, dass Dad diese Entscheidung kurz nach seinem Herzinfarkt getroffen hat. Bestimmt war er geistig nicht auf der Höhe. Ich habe ihn gewarnt, aber er wollte nicht auf mich hören.

Okay, nun zu der Frau, die du abgeschleppt hast. Es ist die Perle vom *Journal*, stimmt's?

Stuie, Stuie, Stuie. Hast du nichts von mir gelernt? Ich dachte, ich hätte dir gesagt, dass du dich fernhalten sollst von Frauen, die in Personalbüros arbeiten. Das sind alles magersüchtige Möchtegernpsychologinnen. Oder möchtest du einer Gehirnwäsche unterzogen werden, während du dir gleichzeitig dein … äh … Ego streicheln lässt? Keine gute Idee.

Hey, wie wäre es mit Lunch im Balucchi's?

Mitch

>>

Von: Stuart Hertzog <stuart.hertzog@hwd.com>
An: Mitchell Hertzog <mitchell.hertzog@hwd.com>
Betreff: AW: AW: Scheißkerl

Lass mein Ego da raus, du Hurensohn. Mom hat Recht: Dir fehlt jeglicher Sinn für Familienzusammenhalt. Sicher, du bist eingesprungen, als Dad seinen dreifachen Bypass bekam. Aber dem alten Herrn geht es mittlerweile wieder gut. Was hast du also hier noch verloren?

Und komm mir nicht mit diesem Blödsinn, dass Dad dich in seiner Nähe haben möchte. Ich wette, du hast seit Wochen nicht mit ihm gesprochen, genau wie der Rest von uns.

Warum gehst du nicht wieder zurück und verteidigst Cracksüchtige und das andere Gesocks, mit dem du dich so gerne herumtreibst?

Außerdem ist Amy Jenkins zufällig meine Verlobte – ein Wort, das dir wohl nicht geläufig ist, da du ja nie länger mit einer Frau zusammen warst als eine Basketballsaison. Ich wäre dir dankbar, wenn du diese lächerliche Klage gegen sie und ihren Arbeitgeber nicht vermasseln würdest – schließlich ist der zufällig unser größter Klient, wenn ich deiner Erinnerung auf die Sprünge helfen darf.

Und mit dir würde ich nicht einmal in die Ecke gehen, geschweige denn in einen kitschigen indischen Fresstempel. Was zum Geier stimmt nicht mit dir? Du bist jetzt Partner, du kannst es dir leisten, in Restaurants zu speisen, die kein »All-you-can-eat«-Special für $ 6.95 anbieten, weißt du. O Verzeihung, wahrscheinlich sparst du dein Geld, um es irgend so einem wohltätigen Verein für Cracksüchtige zu spenden.

Stuart Hertzog, Senior Partner
Hertzog, Webber & Doyle
Anwaltskanzlei

Von: Mitchell Hertzog <mitchell.hertzog@hwd.com>
An: Stuart Hertzog <stuart.hertzog@hwd.com>
Betreff: Wie rührend!

Wie rührend! Eine Verlobte, hm? Du traust dich also endlich, was? Das ist eine starke Leistung, Stuie. Dir ist hoffentlich klar, wenn du tatsächlich ernst machst, musst du alles mit ihr teilen. Du weißt schon, die Fernbedienung und deinen Geländewagen – und deine Mitgliedschaft im Wein-des-Monats-Clubs und so weiter.

Gib zu, du bist immer noch sauer, weil ich für die Law Review geschrieben habe und du nicht. Komm schon, Stuie. Du hast in Yale studiert, während ich nur eine staatliche Uni besucht habe.

Meinen Glückwunsch zur Verlobung. Ich bin sicher, ihr zwei werdet glücklich miteinander. Und das mit der Magersucht war nicht so gemeint. Jedenfalls nicht ganz so.

Mitch

PS: Hast du es Mom schon erzählt? Ich kann sie nicht selbst fragen, da Mom nicht mehr mit mir spricht wegen dieser Geschichte mit Janice. Wenn du also hoffst, dass sie bereut, mich jemals geboren zu haben, indem du ihr erzählst, was für gemeine Sachen ich über deine Freundin gesagt habe, muss ich dich enttäuschen. Sie tut es bereits. Mich hassen, meine ich.

Von: Stuart Hertzog <stuart.hertzog@hwd.com>
An: Mitchell Hertzog <mitchell.hertzog@hwd.com>
Betreff: Bruderliebe

Deinen Glückwunsch nehme ich an.

PS: Hör auf, mich Stuie zu nennen!

Stuart Hertzog, Senior Partner
Hertzog, Webber & Doyle
Anwaltskanzlei

Von: Mitchell Hertzog <mitchell.hertzog@hwd.com>
An: Stacy Trent
<IH8BARNEY@freemail.com>
Betreff: Du wirst es nicht glauben …

… aber Stuie heiratet.

Mitch

PS: Nein, das ist kein Scherz.

Von: Stuart Hertzog <stuart.hertzog@hwd.com>
An: Amy Jenkins
<amy.jenkins@thenyjournal.com>
Betreff: AW: Mitchell Hertzog

Mach dir keine Sorgen, Amy, es ist alles geregelt. Ich habe mit meinem Bruder gesprochen, und er beglückwünscht uns zu unserer Verlobung. Alles wird gut. Mitch hat bloß manchmal ein Problem damit, dass ich der Älteste bin und, offen gesagt, von uns vier Geschwistern das Lieblingskind unserer Eltern. So etwas kann an jemandem nagen – du kennst das ja aus eigener Erfahrung. Meine Schwestern … Zumindest meine Schwester Stacy kann damit besser umgehen als Mitch. Er hat sein Potenzial nie richtig ausgeschöpft. Er hat einen IQ von 165, aber in der Schule schrieb er nur schlechte Noten und hatte keinen Ehrgeiz zu studieren. Stattdessen nahm er nach der Highschool ein Jahr Auszeit und reiste ziellos um die Welt, wobei es ihm gelang, seinen gesamten Erbanteil von unserem Großvater in Höhe von zweihunderttausend Dollar zu verjubeln. Ich habe den Verdacht, dass er das meiste davon dem Dalai Lama gegeben hat oder irgendeinem anderen Versager.

Er landete schließlich an der Michigan State und geriet in die falschen Kreise. Du weißt schon, was für Kreise ich meine: Schriftsteller, Künstler, Demokraten. Er war nie Mitglied einer Studentenverbindung. Ich war genauso überrascht wie alle anderen, als er beschloss, sein Examen in Jura zu machen, statt für das Friedenscorps zu arbeiten oder als Pantomime oder so.

Natürlich bot ihm Dad nach dem Studium eine Stelle in der Kanzlei an – die Familie hält schließlich zusammen. Aber Mitch hatte doch tatsächlich die Nerven abzulehnen. Er arbeitete vier Jahre als Pflichtverteidiger (!), bevor er schließlich Dads Angebot annahm – aber erst, als der alte Herr auf dem Sterbebett lag … oder das zumindest dachte, da er sich nun offenbar wieder bester Gesundheit erfreut angesichts des Umstands, dass er sich von seinem Golfplatz nicht trennen kann.

Wie auch immer, jedenfalls kann ich nicht behaupten, dass es Mitch gutgetan hat, so viel Zeit mit Mördern und Drogensüchtigen zu verbringen.

Aber er ist ein verdammt guter Anwalt. Darum brauchst du dir keine Sorgen zu machen. Wir treffen uns zum Lunch im Lespinasse, wie verabredet. Ich kann es kaum erwarten, in deine funkelnden Augen zu schauen, während du an deinem Champagner nippst … Ich hoffe, sie funkeln noch so sehr wie der Diamant an deinem Finger …

Ewig dein
Stuart

Stuart Hertzog, Senior Partner
Hertzog, Webber & Doyle
Anwaltskanzlei

Von: Amy Jenkins
<amy.jenkins@thenyjournal.com>
An: Stuart Hertzog
<stuart.hertzog@hwd.com>
Betreff: AW: AW: Mitchell Hertzog

O Stuart, wie süß von dir! Ich wusste, dass du dich darum kümmerst. Ich danke dir von Herzen!

Und mach dir keine Sorgen wegen der Sache mit deinem Bruder. Wir alle haben Verwandte, mit denen wir am liebsten nichts zu tun haben würden. Ich habe sowohl eine Schwester als auch einen Bruder, die ich dir nicht gerade mit Begeisterung vorstellen würde. Und was meine Eltern betrifft … Nun, das muss ich jetzt nicht vertiefen.

Aber ich habe auch Verwandte, die ich dir liebend gerne vorstellen möchte – meine Pi-Delta-Schwestern! Ich weiß, du wirst von ihnen begeistert sein, lauter Mädels mit Stil. Ein paar von uns treffen sich heute nach der Ar-

beit in der Monkey Bar. BITTE, komm doch auch, damit ich mit dir angeben kann. Ich kann es kaum erwarten, dich ihnen vorzustellen!
Ich freue mich auf den Lunch. Dann kann ich dir beweisen, dass meine Augen immer noch so hell funkeln wie letzte Nacht…

Amy

Amy Denise Jenkins
Personalabteilungsleiterin
New York Journal

Diese E-Mail ist vertraulich und ausschließlich zur Kenntnisnahme des Empfängers gedacht. Sollten Sie diese E-Mail versehentlich erhalten haben, informieren Sie bitte den eigentlichen Empfänger, und löschen Sie sie anschließend aus sämtlichen Ordnern.

Vom Schreibtisch von
Amy Denise Jenkins

Mrs. Stuart Hertzog

Mrs. S. A. Hertzog

Mrs. Amy Denise Hertzog

Jenkins-Hertzog

Mrs. Jenkins-Hertzog

Amy Jenkins-Hertzog

Mrs. A. D. Jenkis-Hertzog

Stuart, Amy, Heath und Annabelle Hertzog

Heath Hertzog (nein)

Connor Hertzog

Annabelle Hertzog

Connor Jenkins-Hertzog

Annabelle Jenkins-Hertzog

Mr. und Mrs. Stuart Jenkins-Hertzog

Von: Jen Sadler <jennifer.sadler@thenyjournal.com>
An: Kate Mackenzie
<kathleen.mackenzie@thenyjournal.com>
Betreff: AW: O MEIN GOTT 2

UND??? WAS WAR LOS???

J

Von: Kate Mackenzie
<kathleen.mackenzie@thenyjournal.com>
An: Jen Sadler <jennifer.sadler@thenyjournal.com>
Betreff: AW: AW: O MEIN GOTT 2

Ich weiß nicht. Es war ganz seltsam. Ich bin in ihr Büro, und die SBT hat … vor sich hin gekritzelt. Und dabei gesummt. Gekritzelt und gesummt, fast wie …

Ein menschliches Wesen!

Sie schien überrascht, mich zu sehen – als hätte sie die ganze Sache vergessen. Ich habe sie auf den Brief aus der Kanzlei angesprochen, und sie meinte nur, er sei von Stuarts Bruder. Er vertrete den Verlag im Fall Lopez. Und dann hat sie mir IHREN RING gezeigt!

Im Ernst!. Sie hat gesagt: »Ich dachte, ich sollte es Ihnen sagen, bevor Sie es von den Kollegen erfahren … Stuart Hertzog hat um meine Hand angehalten.«

Dann wedelte sie mit ihrer Hand – du hattest Recht, dieser massive Klunker hat drei Karat, sie hat es mir gesagt – vor meiner Nase herum und flötete: »O Kate! Ich bin so glücklich!« In diesem falschen Ton. Als wüsste sie, dass sie nun glücklich sein sollte. Verstehst du, wie ich das meine?

Ich wusste nicht, was ich tun sollte – auf die Knie gehen und das blöde Ding küssen oder einfach nur »Glückwunsch« sagen. Ich entschied mich für das Zweite und machte mich dann schleunigst aus dem Staub.

O mein Gott, ich fühle mich immer noch schuldig. Ich glaube, ich brauche in der Mittagspause einen Bacon-Cheeseburger, damit ich mich wieder wie ich selbst fühle.

Kate

Sleaterkinneyfan: Okay, wenn DAS mal nicht seltsam ist.

Katyperry: Bist du verrückt? Hör auf zu chatten, sie wird uns noch erwischen.

Sleaterkinneyfan: Hallooo, du hast doch gesagt, dass sie vor sich hin kritzelt. Und SUMMT. Kritzelnde, summende, frisch verlobte Chefinnen achten nicht darauf, was ihre Mitarbeiter treiben. Hast du sie gefragt, ob sie seinen Namen annimmt?

Katyperry: Nein, natürlich nicht.

Sleaterkinneyfan: Sie wird. Ich kann es gar nicht abwarten, meine erste Mail an Amy Hertzog zu schicken. O mein Gott, das wird toll. O MEIN GOTT, WENN SIE KINDER HABEN, WERDEN DIE AUCH HERTZOG HEIßEN!!!

Katyperry: Du weißt ja, wenn es ein Junge wird, heißt er Connor. Das ist im Moment der beliebteste Jungenname, und Amy springt ja bekanntlich auf jeden Trend an.

Sleaterkinneyfan: Absolut. Und wenn es ein Mädchen wird, heißt es Annabelle. ANNABELLE HERTZOG!!!

Katyperry: Hör auf. Der Mann kann nichts dafür, dass er so heißt.

Sleaterkinneyfan: Doch, kann er wohl. Denkst du etwa, Sadler ist mein richtiger Familienname? Nein, eigentlich würde ich Sadlinsokov heißen, wenn meine Vorfahren nicht irgendwann nach Ellis Island gekommen wären und ihren Namen gekürzt hätten.

Katyperry: Ich finde Sadlinsokov hübsch. Das klingt nach etwas Besonderem.

Sleaterkinneyfan: Also … gib es zu. Die Lage hier bessert sich. Du willst doch nicht mehr kündigen, oder?

Katyperry: Weil man mich gezwungen hat, Mrs. Lopez rauszuschmeißen? O doch.

Sleaterkinneyfan: Oh, verstehe. Und du willst dir diesen ganzen Spaß wirklich entgehen lassen? Ich weiß was – nach der Mittagspause fragen wir die SBT, ob das an ihrem Hals ein Knutschfleck ist. Ich wette 10 zu 1, dass sie sagt, dass sie sich beim Sport verletzt hat.

Katyperry: Abgemacht. Aber DU fragst. Ich war beim letzten Mal dran.

Sleaterkinneyfan: Einverstanden. Der Sieger bezahlt die Bacon-Cheeseburger.

Katyperry: Okay.

Sleaterkinneyfan: logged off

Katyperry: logged off

Guten Tag, Sie haben die Durchwahl von Kathleen Mackenzie gewählt. Leider kann ich Ihren Anruf im Moment nicht entgegennehmen, weil ich gerade auf der anderen Leitung spreche oder nicht an meinem Platz bin. Bitte hinterlassen Sie nach dem Signalton eine Nachricht, ich werde Sie so schnell wie möglich zurückrufen. Vielen Dank!

(Ton)

Katie, ich bin's, Dale. Hör zu, ich habe deine Nachricht erhalten. Katie, ich weiß, wir können alles wieder in Ordnung bringen, wenn du mir nur noch eine Chance gibst. Ich meine, ich will damit nicht sagen, dass ich mich ändern kann oder so, aber ich verspreche – ich meine, es ist ja nicht so, als würde es eine andere geben oder so. Ich meine, nun, du weißt ja, Gelegenheit hätte ich mehr als genug, jetzt, wo die Band berühmt ist. Wir haben viele weibliche Fans. Aber keine bedeutet mir etwas, ich meine, so wie du. Ach, komm schon, Katie. Du weißt, ich gebe mein Bestes. Ich bin einfach nicht der Typ, der 'nen Frack anzieht und vorne am Altar vor allen Leuten einer Frau ewige Liebe schwört. Das weißt du genau! Ich meine, ist das der Typ, in den du dich damals in Kentucky verliebt hast? War ich so? Bestimmt nicht. Also, sei nicht so streng mit mir, okay? Komm nach Hause. Ich vermisse dich wirklich. Außerdem kann ich mein Clash-T-Shirt nirgendwo finden. Hast du es in die Wäscherei gebracht? Es ist nämlich wie …

(Klick)

Guten Tag, Sie haben die Durchwahl von Kathleen Mackenzie gewählt. Leider kann ich Ihren Anruf im Moment nicht entgegennehmen, weil ich gerade auf der anderen Leitung spreche oder nicht an meinem Platz bin. Bitte hinterlassen Sie nach dem Signalton eine Nachricht, ich werde Sie so schnell wie möglich zurückrufen. Vielen Dank!

(Ton)

Kate, hi, hier ist Dolly. Hör zu, Schätzchen, es gab eine Art Missverständnis. Na ja, nicht gerade ein Missverständnis. Es ist nur so, dass der neue Fax Boy … Na ja, er und ich hatten das, was man wohl ein kleines Missgeschick nennt … zumindest steht es so im *Bazaar* … Ich befürchte, er hat das alles missverstanden. Die Wahrheit ist, Schätzchen, ich habe gedacht, er sei ernsthaft interessiert, aber offenbar spielt er für das andere Team. Keine Ahnung, wie mir das passieren konnte, normalerweise erkenne ich das sofort. Jedenfalls fürchte ich, er wird mich verklagen wegen … Wie heißt das noch mal, Nadine? Genau, wegen sexueller Belästigung. Aber ganz ehrlich, Schätzchen, meine Hand ist nur zufällig runtergerutscht … Wie dem auch sei, ruf mich an. Vielleicht können wir uns morgen in der Mittagspause treffen zum Quatschen. Ciao!

(Klick)

Guten Tag, Sie haben die Durchwahl von Kathleen Mackenzie gewählt. Leider kann ich Ihren Anruf im Moment nicht entgegennehmen, weil ich gerade auf der anderen Leitung spreche oder nicht an meinem Platz bin. Bitte hinterlassen Sie nach dem Signalton eine Nachricht, ich werde Sie so schnell wie möglich zurückrufen. Vielen Dank!

(Ton)

Okay, ich habe das T-Shirt gefunden. Anscheinend hat Scroggs damit sein Crash-Becken abgedeckt, damit es nicht zerkratzt. Egal. Die Sache ist die, Kate … Okay. Jetzt kommt's. Ich liebe dich wirklich, weißt du? Du hast dir einen ziemlich schlechten Zeitpunkt ausgesucht, um auszuziehen, weißt du? Wir haben doch so viele Entscheidungen zu treffen – ich und die Band … Und irgendwie bin ich es nicht gewohnt, Entscheidungen zu treffen, ohne vorher mit dir darüber zu reden. Ich habe dir ja schon gesagt, dass sie wollen, dass wir uns in *Sandwich* umbenennen. Jetzt wollen sie auch noch, dass Scroggs sich eine Glatze rasiert. Aber ich finde irgendwie … Du weißt schon, ein Drummer mit Glatze ist doch nur ein Abklatsch. Worauf die Schlipsträger von der Plattenfirma gemeint haben, ein Abklatsch wovon, aber irgendwie fiel mir kein Beispiel ein. Da hätte ich deine Hilfe dringend brauchen können, verstehst du? Tja, was soll's? ... ICH WEISS, ICH HAB'S GEHÖRT, JUNGS, ICH KOMME GLEICH ... So. Okay, Kate, vielleicht kannst du einfach, du weißt schon, dich mal melden. Aber nicht heute Abend. Wir haben einen Auftritt. Aber morgen zum Beispiel. Nein, morgen ist auch nicht gut. Also schön, ich melde mich wieder. ICH ... ICH SAGTE, ICH KOMME GLEICH! ... Ich liebe dich wirklich, Kate. Sei nicht so ein ...

(Klick)

Guten Tag, Sie haben die Durchwahl von Kathleen Mackenzie gewählt. Leider kann ich Ihren Anruf im Moment nicht entgegennehmen, weil ich gerade auf der anderen Leitung spreche oder nicht an meinem Platz bin. Bitte hinterlassen Sie nach dem Signalton eine Nachricht, ich werde Sie so schnell wie möglich zurückrufen. Vielen Dank!

(Ton)

Katie, Herzchen? Hallo, hier ist Mom. Charlie und ich haben schon mehrfach versucht, dich zu erreichen, aber scheinbar sind du und Dale nie zu Hause. Zwischen euch beiden ist doch alles in Ordnung, oder? Ach, sicher ist alles in Ordnung, sollte nur ein dummer Scherz sein. Wie auch immer, ich dachte, ich versuche es mal bei dir auf der Arbeit. Ich wollte dir nur sagen, dass wir in Taos sind. Genau, in New Mexico! Oh, Herzchen, hier ist es einfach traumhaft. Die Aussicht von unserem Stellplatz ist spektakulär. Wirklich ein unverfälschter Blick auf unser Land! Der Autohändler hat uns nicht zu viel versprochen. Okay, hab dich lieb. Wenn irgendwas ist, kannst du mich auf dem Handy erreichen. Viele Grüße!

(Klick)

Guten Tag, Sie haben die Durchwahl von Kathleen Mackenzie gewählt. Leider kann ich Ihren Anruf im Moment nicht entgegennehmen, weil ich gerade auf der anderen Leitung spreche oder nicht an meinem Platz bin. Bitte hinterlassen Sie nach dem Signalton eine Nachricht, und ich werde Sie so schnell wie möglich zurückrufen. Vielen Dank!

(Ton)

Hallo, Ms. Mackenzie, hier ist Anne Kelly, die Assistentin von Mitchell Hertzog. Mr. Hertzog hat mich gebeten, mich mit Ihnen in Verbindung zu setzen für eine Stellungnahme zu der Kündigung einer Verlagsmitarbeiterin –

Ida Lopez. Ich wäre Ihnen dankbar, wenn Sie mich zurückriefen, damit wir einen Termin vereinbaren können. Meine Nummer: 212-555-7900. Vielen Dank!

(Klick)

Von: Stacy Trent <IH8BARNEY@freemail.com>
An: Mitchell Hertzog <mitchell.hertzog@hwd.com>
Betreff: AW: Du wirst es nicht glauben …

Stuie will heiraten?

Du lügst.

Wie kommst du darauf, dass ich auf so etwas hereinfalle? Ich bin kein naives Hausmütterchen, weißt du. Ich meine, ich bin zwar Hausfrau, aber nicht naiv. Zufällig bin ich fast fünf Jahre älter als du, und außerdem kennen wir auch hier draußen in Greenwich Sarkasmus. Ich weiß, kaum zu glauben, aber es hat sich herausgestellt, dass der Sarkasmus – und sogar die Ironie – schon vor Jahren von der Stadt nach Connecticut importiert wurde.

Also, hör auf, Märchen zu erzählen! Sag mir lieber, warum du Mom an ihrem Geburtstag nicht angerufen hast. Ist es immer noch wegen der Sache mit Janice? Mitch, du musst Janice selbst kämpfen lassen. Sie ist nicht mehr unsere kleine Schwester, sondern bereits über achtzehn und laut Gesetz erwachsen.

Was ich, wenn man es genau nimmt, eigentlich Mom sagen müsste und nicht dir. Aber alles Reden nützt bei ihr ja nichts.

O Gott, ich bin genauso schlimm wie du.

Aber wenigstens verbreite ich keine Gerüchte über unseren geschätzten Bruder. Habe ich dich nicht schon einmal gewarnt, Mitch? Benutze deine beeindruckenden geistigen Fähigkeiten für Gutes statt für Schlechtes. Stuart ist dir intellektuell weit unterlegen. Sich über ihn lustig zu machen, ist zu billig, du vergeudest dein Talent.

Aber was Mom betrifft …

War ein Scherz.

Hey, kommst du jetzt am Wochenende, oder was? Die Kinder haben gefragt. Und Jason brennt darauf, dir seinen neuen Putter zu zeigen. Oder irgendwas, das mit Golf zu tun hat.

Stacy

Von: Mitchell Hertzog <mitchell.hertzog@hwd.com>
An: Stacy Trent <IH8BARNEY@freemail.com>
Betreff: Du tust mir Unrecht
Anlagen: ✉ Ida Lopez

Wie kannst du ernsthaft auch nur eine Sekunde lang glauben, dass ich Scherze mache über so eine todernste Sache wie die Hochzeit unseres Bruders? Ich habe es sogar schriftlich von ihm (siehe E-Mail in der Anlage und beachte im Besonderen folgendes Zitat):

>Außerdem ist Amy Jenkins zufällig meine Verlobte – ein Wort, das dir wohl nicht geläufig ist, da du ja nie län-

ger mit einer Frau zusammen warst als eine Basketballsaison.<

Siehst du? Ich habe es dir ja gesagt. Du weißt, ich könnte diesen selbstgefälligen Ton nicht einmal halb so gut nachmachen. *Er will tatsächlich heiraten.* Dieses Biest, das das Personalbüro beim *Journal* leitet. Du weißt schon, die eine, mit der er letztes Jahr an Thanksgiving bei dir aufgekreuzt ist. Die nach dem Essen joggen ging, während wir alle bewegungsunfähig herumsaßen.

Ja. Genau die. Die will er heiraten.

Ich persönlich finde, anstrengende Tätigkeiten nach einem Festmahl sollten gesetzlich verboten werden. Andererseits würde ich nie so einen Angeber wie Stuie heiraten, also liegt es vielleicht an mir.

Außerdem brauche ich euch nicht ständig zu besuchen. Schließlich hast du eine ständig wachsende angeheiratete Verwandtschaft, die meine Nichten und meinen Neffen unterhalten können.

Liebe Grüße
Mitch

Von: Stacy Trent <IH8BARNEY@freemail.com>
An: Mitchell Hertzog <mitchell.hertzog@hwd.com>
Betreff: Ich bin schockiert

Ich kann es nicht glauben. Stuart will heiraten. Er will tatsächlich seine ganzen Millionen mit jemand anderem teilen als nur mit seiner Haushälterin und dem Portier. Wie kommt das? Gab es einen Spalt im Raum-Zeit-Kontinuum?

Natürlich spricht es für sich, dass seine Wahl auf so eine Schreckschraube gefallen ist. Habe ich dir erzählt, dass ich Amy Jenkins zufällig zu Mom habe sagen hören, es sei ein Hohn, dass zu Ehren Martin Luther Kings ein nationaler Feiertag geschaffen worden sei?

Mom war natürlich derselben Meinung.

Und habe ich erwähnt, dass Jason mich gebeten hat, Stuart zum nächsten Thanksgiving nicht mehr einzuladen? Anscheinend hat das mit dem halbstündigen Vortrag zu tun, den Stuie ihm beim letzten Mal gehalten hat – über den Unterschied von Moltepucciano und Lungarotti. Jasons Kommentar war, wenn er sich das auch nur eine Sekunde länger hätte anhören müssen, hätte er Stu in Ramazotti ertränkt.

Was ich ziemlich geistreich fand. Jedenfalls für Jason.

Da ich gerade von Jason spreche, du hast Recht: Meine angeheiratete Verwandtschaft liegt mir sehr am Herzen.

Was kennedyeske Familienstreitigkeiten betrifft, kann niemand mit den Trents konkurrieren. Aber in puncto selbsttrügerischem Psychodrama sind wir Hertzogs ungeschlagen. Und darum stört es mich, dass du dich nicht öfter hier blicken lässt. Es macht keinen Spaß, sich alleine über Mom, Dad und Stuart lustig zu machen.

Oh, warte, ich habe eine Idee. Warum heiratest DU eigentlich nicht? Am besten eine Frau mit Humor. Dann können sie und ich gemeinsam über Mom und Dad herziehen, wenn du zu viel zu tun hast, um mich zu besuchen.

Nur so als Anregung.

Stace

>>>

Von: Mitchell Hertzog <mitchell.hertzog@hwd.com>
An: Stacy Trent <IH8BARNEY@freemail.com>
Betreff: Netter Versuch …

… aber in unserer Branche findet man bestimmt keine anständige Frau. Die einzigen Frauen, die ich kennen gelernt habe, seit ich als Anwalt arbeite, sind Anwältinnen … und natürlich die Huren, die ich verteidigt habe.

Das soll jetzt keine Beleidigung gegen Anwältinnen in deinem privaten Bekanntenkreis sein, aber irgendwie waren mir die Huren lieber. Ich meine, denen war es wenigstens egal, was für Schuhe ich anhatte.

Mitch

Katyperry: Was soll ich tun??? Auf meiner Mailbox ist eine Nachricht von Mitchell Hertzogs Assistentin! Sie möchte, dass ich mich melde wegen eines Termins für eine Stellungnahme! Es geht um Mrs. Lopez!!!

Sleaterkinneyfan: Und? Ruf sie zurück.

Katyperry: Aber… Ich bin auf der Seite von Mrs. Lopez.

Sleaterkinneyfan: Pass auf, dass die SBT das nicht spitzkriegt.

Katyperry: Keine Sorge. Die ist schon weg. Sie trifft sich mit den Frauen von Stepford in der Monkey Bar. Ich habe zufällig mitbekommen, wie sie sich vorher am Telefon verabredet hat.

Sleaterkinneyfan: Ach, du meinst ihre Sorority-Schwestern. Stimmt, die treffen sich jeden ersten Donnerstag im Monat. Unglaublich, dass sie dafür sogar *Friends* sausen lassen. Ist Jennifer Aniston nicht die ewige Superikone aller Sororitys oder so?

Katyperry: Hey, ich mag Jennifer Aniston.

Sleaterkinneyfan: Jedenfalls besser, du machst einen Termin aus. Und informier die SBT darüber. Danach lass uns von hier verschwinden. Im *Nine West* ist Sonderschlussverkauf.

Katyperry: Aber wie soll ich mit dem seelenlosen Rechtsvertreter des Verlags zusammenarbeiten, wenn sich jede Faser meines Körpers dagegen sträubt?

Sleaterkinneyfan: Du hast bereits deine Wohnung verloren. Willst du auch noch deinen Job verlieren?

Katyperry: Roger. Over and out.

Vom Schreibtisch von
Kate Mackenzie

Amy, ich habe eine Nachricht von Mitchell Hertzogs Assistentin erhalten. Sie hat mich gebeten, einen Termin für eine Stellungnahme bezüglich der Kündigungsanfechtung von Ida Lopez zu vereinbaren. Ich habe für morgen um neun einen Termin vereinbart, was bedeutet, dass ich wahrscheinlich nicht vor elf im Büro erscheinen werde.

Ich hoffe, das ist in Ordnung.

Kate

An: Paula Reznik

Kasse 2 10:46 h

Paula, ich habe eine halbe Stunde gewartet,

CVS Apotheke

dann habe ich es aufgegeben und bin gegangen. Bestimmt

Imitrex	$ 10.00

wurden Sie aufgehalten. Ich habe es auf Ihrem Handy

Levlin-21	$ 10.00

versucht, aber ohne Erfolg. Ich hoffe, Sie finden

Allegra	$ 10.00

diese Nachricht. Ich habe mich wirklich

TOTAL:	$ 30.00
MwSt:	$ 2.47

sehr darauf gefreut, die Wohnung zu

GESAMTBETRAG:	$ 32.47
GEGEBEN Bar:	$ 40.00

besichtigen. Rufen Sie mich morgen an,

RÜCKGELD:	$ 7.53

damit wir einen neuen Termin ausmachen können.

Danke! Kate

Vielen Dank für Ihren Einkauf

CVS

PS: Sorry, ich habe nichts anderes gefunden, auf das ich schreiben konnte.

Salamander Slim's
Die Nummer 1 im East Village

Heute Abend **LIVE:**

Ich mache keine Sandwiches mehr

Featuring

Dale Carter: Gitarre, Gesang
Jake Hartnett: Gitarre, Gesang
Marty Hicks: Bass
Scroggs: Schlagzeug, Gesang

Ich mache keine Sandwiches mehr™ treten auf mit freundlicher Genehmigung von Liberation Music Records

Playlist:

Kate und ich
Im Bett mit Kate
Ich liebe dich, Kate, jetzt und im Moment
Kate, warum hast du mich verlassen?
Jagd nach Kate
Komm zurück, Kate
Eiswiesel knabbern an meinem Hirn

Musik und Text von Dale Carter &
Ich mache keine Sandwiches mehr™

Warum bist du nicht bei mir, Kate?

O Kate, warum bist du nicht bei mir?
Kate, weißt du denn nicht,
was du mir bedeutest?
Mein Blick geht zu dem Berg
Geschirr in der Spüle
Und alles, was ich denken kann,
Ist Kate.
Du hast immer so schön Ordnung gehalten,
Kate, ich habe dich behandelt wie eine
Königin.

O Kate, du bedeutest die Welt für mich!
Kate, komm nach Hause zu mir.

O Kate, warum kann es nicht
So sein wie früher?
Diese Welt ist nicht für Liebende gemacht,
Nein, diese Welt ist nicht für dich und mich.
Die Bürokraten in Washington, sie schicken
Ihre Bomben, wo ist also der Sinn, Kate?
Wir werden sowieso alle sterben.
O Kate, warum bist du nicht bei mir?

Dale Carter, alle Rechte vorbehalten

Tagebuch von Kate Mackenzie

Dale hat mir schon wieder einen seiner Songs unter der Tür durchgeschoben. Diesmal auf der Rückseite einer Playlist. Craig hat sie gefunden, als er heute von der Arbeit nach Hause kam. Im Ernst, was soll ich mit ihm machen? Ich meine mit Dale, nicht mit Craig. Ich finde, acht Songs über mich sind ein bisschen viel (Ist Eiswiesel knabbern an meinem Hirn überhaupt über mich? Wahrscheinlich nicht. Ich meine, was habe ich mit Eiswieseln gemeinsam? Was sind überhaupt Eiswiesel? Gibt es die wirklich? Sind das Wiesel, die im Eis leben? Wovon ernähren die sich?)

O Gott, ich muss ins Bett. Ich muss morgen ausgeschlafen sein, schließlich habe ich diesen Termin bei dem Bruder von Stuart Hertzog. Was soll ich ihm überhaupt sagen? Was, wenn mir zufällig rausrutscht, dass ich die Kündigung von Mrs. Lopez für falsch halte und er hinterher der SBT alles erzählt? Denn das wird er – schließlich ist er der BRUDER von Stuart Hertzog, dem Verlobten der SBT. Und er ist Anwalt. Anwalt + Stuart Hertzogs Bruder = gemeiner, böser Mensch ohne Gewissen und ohne Seele. Er wird es Stuart erzählen, und der wird es Amy erzählen, und dann werde ich gefeuert. Genau wie Mrs. Lopez. Bloß dass ich nicht in der Gewerkschaft bin und keinen Rechtschutz genieße. Ich werde dann nur noch eine Nummer in der Arbeitslosenstatistik von Manhattan sein.

O mein Gott, ich hasse mein Leben. Irgendetwas MUSS sich tun. So kann es nicht weitergehen.

Eidesstattliche Erklärung
von
Kathleen Mackenzie
im Verfahren
Ida D. Lopez/Betriebsrat NYJ,
Bezirk 6884
./.
New York Journal

Anwaltskanzlei
Hertzog, Webber & Doyle
444 Madison Avenue, Suite 1505
New York, NY 10022

Anwesende:
Kathleen Mackenzie (KM)
Mitchell Hertzog (MH)
Anne Kelly (AK), Assistentin von MH
Miriam Lowe, Stenografin

Gesprächsprotokoll:

AK: Guten Morgen, Ms. Mackenzie. Vielen Dank, dass Sie gekommen sind. Bitte nehmen Sie Platz. Möchten Sie Kaffee, Tee, Wasser – was darf ich Ihnen bringen?
KM: Einen Kaffee, bitte.
AK: Gerne. Mr. Hertzog wird jeden Moment zu uns stoßen. Ich bin gleich wieder da. Nehmen Sie Ihren Kaffee mit Milch oder Zucker?
KM: Ja, beides, bitte.

(Geräusch einer Tür, die geschlossen wird)
(Geräusch einer Tür, die geöffnet wird)

MH: O Verzeihung, falsche Tür.

KM: Kein Problem.

(Geräusch einer Tür, die geschlossen wird)
(Geräusch einer Tür, die geöffnet wird)

MH: Entschuldigung, sind Sie Katherine Mackenzie?

KM: Kathleen. Oder Kate.

MH: Oh, Kathleen. Entschuldigung. Ich habe … jemanden erwartet, der …

KM: Ja?

MH: Egal. Freut mich, Sie kennen zu lernen. Ich bin Mitch Hertzog.

KM: *Sie* sind Mitchell Hertzog?

MH: So steht es zumindest in meinem Ausweis. Warum?

KM: Ich habe … jemanden erwartet, der … Ach, nichts. Ich bin nur … Sie sind nicht …

MH: Ich denke, man kann getrost zugeben, dass keiner von uns beiden dem Bild entspricht, das sich der andere von ihm gemacht hat.

KM: Es ist nur so, dass … Nun, Sie sehen Ihrem Bruder überhaupt nicht ähnlich.

MH: Ein Glück. Tut mir leid. Es ist die Krawatte, nicht?

KM: Wie bitte? Ach so, die Krawatte. Sind das nicht … Rocky and Bullwinkle?

MH: Ich fürchte, ja. Ein Geschenk von meinen beiden Nichten.

KM: Sie ist … schön bunt.

MH: Ich weiß, die meisten Menschen reagieren verblüfft, wenn wir Sinn für Humor beweisen.

KM: Wir?

MH: Wir Anwälte. Oh, ich sehe, Anne hat das Aufnahmegerät schon eingeschaltet. Wo ist sie?

KM: Sie holt Kaffee.

MH: Prima. Und hier ist ja auch die Stenografin. Dann können wir also anfangen.

KM: Sollte Mrs. Lopez nicht bei dem Gespräch dabei sein? Zusammen mit ihrem Anwalt?

MH: Es handelt sich hier nur um eine außergerichtliche Stellungnahme und keine Vernehmung. Ich habe die Erfahrung gemacht, dass es gut ist, alle Fakten zu kennen, bevor die offiziellen Termine anstehen. So muss man mit weniger Überraschungen rechnen. Ist das für Sie okay?

KM: Ja, ich glaube schon.

MH: Gut. Wie gesagt, ich bin Mitchell Hertzog, und ich vertrete das *New York Journal* gegen Ida Lopez, die, wenn ich das richtig verstanden habe …
(Papierrascheln)

MH: (Forts.) … in Ihren Zuständigkeitsbereich gehörte?

KM: Das ist richtig. Allerdings noch nicht lange. Ich meine, ich bin noch nicht so lange beim *Journal.*

MH: Ach nein? Seit wann arbeiten Sie dort?

KM: Seit letzten Herbst. Davor war ich für die städtische Jugendhilfe tätig.

MH: Wirklich? Verzeihen Sie, dass ich Sie darauf anspreche, aber Sie sind offensichtlich nicht von hier …

KM: Ach, Sie meinen meinen Akzent? Nein, ich stamme aus Kentucky. Ich bin hierhergezogen, wissen Sie, nach meinem Studium … Sozialpädagogik.

MH: Verstehe. Und New York ist für Sozialpädagogen ein gutes Pflaster?

KM: Ja, schon. Einerseits das, und dann mein Freund … Exfreund – nun, er ist Musiker.

MH: Sie brauchen nicht weiterzureden. Hatte er mehr Erfolg als Sie?

KM: Wie bitte?

MH: Ich meine, weil Sie Ihren Beruf als Sozialarbeiterin nicht mehr ausüben.

KM: Ach so. Nein, ich habe die Stelle beim *Journal* angenommen, weil, wissen Sie, im städtischen Jugendamt… Das war irgendwie deprimierend.

MH: Bestimmt.

KM: Die Leute dort bewirken nicht wirklich was und haben auch keine Ideen, damit sich nachhaltig etwas bessert. Es gibt zwar einzelne Projekte, aber – ich weiß nicht – irgendwie funktioniert das alles nicht so, wie ich dachte. Ich meine, viele Projekte wurden eingestampft, weil die Stadt kein Geld mehr dafür hat, oder manchmal wurden meine Schützlinge nicht aufgenommen aus was für Gründen auch immer… Es kam mir vor, als würde sich nie etwas ändern, egal, wie sehr ich mich bemühte. Dabei habe ich die Stelle angenommen, weil ich dachte, ich könnte anderen Menschen helfen. Aber jeden Abend kam ich nach Hause und saß heulend vor meinem Hühnchen in Knoblauchsauce, und irgendwann schien es einfach gesünder, den Job an den Nagel zu hängen.

MH: Hühnchen. In Knoblauchsauce.

KM: Das klang albern, nicht?

MH: Überhaupt nicht.

KM: Doch. Das sagen Sie nur aus Höflichkeit.

MH: Falsch. Ich schwöre, das war keine Höflichkeit. (*Geräusch einer Tür, die geöffnet wird*) Oh, da kommt Anne mit dem Kaffee.

AK: So, bitte sehr.

MH: Milch oder Zucker, Ms. …

KM: Kate. Beides, danke. Ich… ups.

MH: Tut mir leid.

KM: Nein, das war meine Schuld …

MH: So, bitte sehr, Ihr Kaffee. Okay … äh … Wo waren wir stehen geblieben? Ach ja, Sie haben also Ihren Job an den Nagel gehängt …

KM: Ja, genau. Nun, meine Freundin Jen hat gleich nach dem College beim *Journal* angefangen, und als in ihrer Abteilung eine Stelle frei wurde, hat sie mich empfohlen. Und seitdem arbeite ich dort. Ich meine, das ist nicht mein Traumberuf oder so. Schließlich helfen wir nicht wirklich den Menschen. Okay, vielleicht hin und wieder schon. Aber wissen Sie, wenigstens komme ich abends nicht mehr nach Hause und …

MH: … heulen in Ihr Hühnchen in Knoblauchsauce.

KM: Genau.

MH: Gut. Ich nehme an, Sie haben Ida von Ihrem Vorgänger übernommen.

KM: Ja. Von Amy Jenkins, sie ist unsere Abteilungsleiterin. Idas Personalakte ist mittlerweile zehn Zentimeter dick.

MH: Dann kann man also sagen, dass Ida bereits als Unruhestifterin aufgefallen war, bevor Sie im Verlag anfingen?

KM: Nein, Ida ist keine Unruhestifterin. In der Personalakte von Mrs. Lopez stehen nicht nur schlechte Sachen. Sie enthält auch ausdrückliches Lob von führenden Mitarbeitern. Mrs. Lopez ist wirklich – war wirklich – sehr beliebt!

MH: Aber offenbar nicht bei allen.

KM: Nein. Nicht bei allen. Aber die Menschen, die Mrs. Lopez nicht leiden können, sind auch bei allen anderen unbeliebt, wissen Sie. Eben Menschen wie Stuart Hertz …

MH: Sprechen Sie ruhig weiter.

KM: Äh… nein. Tut mir leid. Das war's. Mehr habe ich nicht zu sagen.

MH: Sie wollten etwas über Stuart Hertzog sagen.

KM: Nein, wollte ich nicht.

MH: Doch, wollten Sie.

KM: Nein, wirklich nicht.

MH: Kate, das Gespräch wird aufgezeichnet. Ich kann das Band zurückspulen, wenn Sie möchten. Außerdem schreibt Miriam alles mit. Miriam, könnten Sie mir bitte vorlesen, was Kate zuletzt…

KM: Nun, ich wollte sagen, dass, Sie wissen schon, dass Mr. Hertzog bei uns im Haus sehr beliebt ist. Wirklich sehr beliebt.

MH: Kate. Wir reden hier von Stuart. Niemand kann Stuart leiden. Aber was für ein Problem hatte Ida mit ihm?

KM: Das wollte sie mir nicht sagen. Wenn Mrs. Lopez der Meinung ist, irgendwer habe ihren Kuchen nicht verdient, dann ist das so. Dann hat derjenige eben Pech und kriegt keinen.

MH: Und nur die Tatsache, dass sie meinem Bruder keinen Kuchen geben wollte, hat das Fass zum Überlaufen gebracht?

KM: Na ja, sie ist bereits mehrfach mündlich verwarnt worden, und wir haben sie nachgeschult. Auch das mehrmals. Aber es hat nicht gefruchtet. Manchmal reichen ein paar Fortbildungsstunden nicht aus. Manche brauchen eben länger als andere. Es ist nicht richtig, alle Mitarbeiter in einen Topf zu werfen. Ich meine, möchten Sie mit allen anderen Anwälten auf der Welt in einen Topf geworfen werden, Mr. Hertzog?

MH: Mitch. Nennen Sie mich Mitch. Äh … Ich habe den Eindruck, dass manche das bereits tun.

KM: Was nicht heißen soll, dass ich nicht nachvollziehen kann, warum Mrs. Lopez sich so verhalten hat, denn wissen Sie, manchmal gibt man und gibt und gibt, und die anderen nehmen immer nur und nehmen und nehmen, und irgendwann hat man das Gefühl, man bekommt nie etwas zurück, obwohl man immer darauf wartet und hofft, auf irgendwas, irgendeine Form der Anerkennung, selbst wenn sie nur minimal ist, zum Beispiel: »Ja, okay, ich will wirklich für immer mit dir zusammen sein und nicht einfach nur, bis sich was Besseres findet. Und ja, ich bin ein alter Kiffer und möchte es langsam angehen lassen, aber was dich betrifft, weiß ich ganz genau, dass ich mein Leben mit dir verbringen möchte.« Bloß das kommt nie. Und bevor man sich's versieht, besichtigt man Bruchbuden in Hoboken für elfhundert kalt und wartet auf den Rückruf von Vermietern, die sich nie melden … Äh … Ich meine … Was ich meine, ist …

MH: Ich glaube, ich verstehe, was Sie meinen.

KM: Was ich sagen wollte, war, Sie wissen schon. Wegen des Kuchens.

MH: Genau. Der Kuchen.

KM: Ja. Mrs. Lopez hat ein großes Herz. Und wissen Sie, sie hat es bestimmt gern, wenn die Leute ihr Anerkennung zollen für ihre Mühe. Aber wenn sie sich nur bedienen lassen und ihren wunderbaren Kuchen hinunterschlingen, ohne wenigstens zu sagen »Hey, der schmeckt lecker«, dann …

MH: Ich verstehe, dass das ärgerlich sein kann. Ich meine, wenn man immer dafür sorgt, dass … es allen schmeckt und dann kein positives Feedback bekommt …

KM: Bingo! Ich meine, kein Wunder, dass sie die Nerven verloren hat. Mrs. Lopez, meine ich.

MH: Richtig. Mrs. Lopez.

KM: Verstehen Sie also, was ich sagen will? Es ist falsch, jemanden zu feuern, nur weil er einen schlechten Tag hatte. Und dazu ohne jede Vorwarnung. Ich meine, okay, sie war bereits auf Bewährung, aber ich finde, sie hätte zuerst eine schriftliche Abmahnung bekommen sollen. Damit Sie gewarnt gewesen wäre. Und hätte sie dann wieder versagt, hätten wir sie immer noch feuern können. Aber ihr gleich zu kündigen wegen so einer Lappalie, nur weil sie keinen Kuchen herausrücken wollte …

MH: Oh. Ja. Jetzt verstehe ich, was Sie meinen. Es gab also zuvor keine schriftliche Abmahnung?

KM: Nein, nur eine mündliche. Nicht dass ich denke, das *Journal* hat Mrs. Lopez zu Unrecht gefeuert. Ich meine, so etwas würde ich nie behaupten. Ich arbeite sehr gerne für das *Journal.* Ich würde nie etwas sagen, was das *Journal* in ein schlechtes Licht rückt.

MH: Schauen Sie nicht so ängstlich, Kate. Ihr Arbeitgeber erfährt nichts von dem, was hier besprochen wird.

KM: Ja, aber, ich meine, die SBT – Ich meine, Amy. Sie ist mit Ihrem Bruder verlobt.

MH: Sie ist nicht hier.

KM: Aber … Ach, egal.

MH: Was Sie sagen wollten, ist, dass Ihrer Meinung nach die Kündigung von Mrs. Lopez nicht rechtens war.

KM: Das habe ich so nicht gesagt. Das habe ich ganz und gar nicht gesagt. Habe ich das wirklich gesagt?

MH: Sie haben gesagt, es sei falsch, jemanden zu feuern, nur weil er einen schlechten Tag hatte.

KM: Ja, das ist auch falsch. Okay, Mrs. Lopez hatte öfter einen schlechten Tag. Aber nur, weil schlechte Menschen …

MH: … wie mein Bruder …

KM: Meine Güte, ist es schon so spät? Stimmt die Uhr? Dann muss ich jetzt los.

MH: Los?

KM: Ja. Ich habe einen Termin mit meiner Maklerin.

MH: Ihrer Maklerin?

KM: Ja. Sehen Sie, ich bin auf der Suche nach einer Wohnung, und wissen Sie, es ist ziemlich dringend, dass ich bald eine finde, weil ich im Moment bei meiner Freundin Jen – ich habe sie vorher schon erwähnt –, nun, ich schlafe auf ihrer Wohnzimmercouch, aber Jen und ihr Mann versuchen, ein Baby zu bekommen, also muss ich da raus, und eigentlich war der Besichtigungstermin schon gestern Abend, aber meine Maklerin hat mich versetzt. Dann hat sie mich allerdings angerufen und mir vorgeschlagen, den Termin auf heute Vormittag um elf zu verschieben, und darum muss ich jetzt dringend los, oder ich muss sie wenigstens anrufen und fragen, ob wir den Termin noch einmal verschieben können.

MH: Ah. Gut, okay … Ich denke, wir sind hier fertig. Vielleicht könnten Sie Anne Ihre Kontaktdaten geben, sollten sich weitere Fragen ergeben …

KM: Ja, klar. Danke. War nett, Sie kennen zu lernen. Ich hoffe, ich habe nichts gesagt … Ich meine, es war nicht meine Absicht, mich negativ über das *Journal* zu äußern. Oder über Ihren Bruder. Bestimmt ist er, Sie wissen schon, ein sehr netter Mensch.

MH: Machen Sie sich keine Sorgen. Ich bringe Sie zur Tür.

Hallo, hier ist der Anschluss von Jen Sadler. Bitte hinterlassen Sie nach dem Ton Ihren Namen und Ihre Rufnummer. Ich melde mich so bald wie möglich zurück. Tschüss!

(Ton)

Jen! Hier ist Kate! O mein Gott, du wirst es nicht glauben … Nein, tut mir leid, ich habe kein Kleingeld … Also, ich war heute Morgen bei dem Termin, du weißt schon, in der Kanzlei von Hertzog, Webber & Doyle, und ich … Nein, ich hab wirklich kein Kleingeld mehr, tut mir echt leid … Wo war ich stehen geblieben? Ach ja. Ich habe seinen Bruder kennen gelernt, du weißt schon, von dem Verlobten der SBT, also den Bruder, und o mein Gott, er ist so süß … Ich kann nicht glauben, dass ich so etwas über einen Anwalt sage, geschweige denn über einen Verwandten ersten Grades von Stuart Hertzog … Hier, nimm, das ist alles, was ich habe. Nimm es. Na, los. Nimm schon. O mein Gott, ich weiß nicht, ob das hier die beste Gegend ist, und ich weiß auch nicht, wo die Maklerin bleibt, und … Nein, tut mir leid, ich habe mein ganzes Kleingeld schon dem Mann dort drüben gegeben. Sorry. Ich … Oh, da ist ja Paula, Gott sei Dank! Ich melde mich später wieder. Sag der SBT, dass ich um Mittag da bin. Falls ich nicht vorher von einem Junkie abgestochen werde.

(Klick)

Tagebuch von Kate Mackenzie

O mein Gott, die Wohnung war ein Albtraum. Lieber schlafe ich für den Rest meines Lebens auf Jens Couch, als dass ich jemals wieder einen Fuß in so eine Absteige setze. Was STIMMT NICHT *mit dieser Stadt? Es ist, als würde man bestraft, wenn man Single ist und keine zwei Riesen im Monat für die Miete lockermachen kann. Als wäre man als Single nicht schon genug gestraft. Aber nein, stattdessen wird es einem zusätzlich schwer gemacht, da jedes Einzimmerapartment in dieser Stadt über einem Wettbüro zu liegen scheint mit Ausblick auf den Luftschacht.*

Und – o Gott, was habe ich alles zu Mitchell Hertzog gesagt? Als hätte ich Mundddurchfall gehabt oder so. Ich habe geredet wie ein Wasserfall. WAS STIMMT NICHT MIT MIR? *Ich meine, als hätte ich nicht schon genug Sorgen. Da muss ich nicht noch meinen Job gefährden, indem ich überall herumerzähle, dass die Zeitung zu Unrecht Leute rausschmeißt.*

Aber er war einfach so … süß! Warum muss er so süß sein??? Und so nett … Er trägt Krawatten, die ihm seine Nichten geschenkt haben!

Oh, warum ist er bloß kein Widerling wie sein Bruder?

Augenblick mal … Er ist einer. Er ist ein Widerling wie sein Bruder. Denn wer arbeitet schon in so einer Kanzlei, die große Unternehmen vertritt gegen arme, kleine Kuchenbäckerinnen wie Mrs. Lopez?

Was für ein Mensch tut das?

Ich weiß, dass er der SBT *alles erzählen wird, was ich gesagt habe. Na gut, vielleicht auch nicht – Außerdem weiß ich nicht mehr genau, was ich alles gesagt habe. Vielleicht war es ja gar nichts Schlimmes …*

Trotzdem wird sie irgendwann dahinterkommen, und

dann fliege ich raus, und das ist meine eigene Schuld, und o Gott, ich HASSE *Anwälte, sie machen* ALLES *nur noch* SCHLIMMER, *und … oh, warum ist er bloß so süß?*

Von: Mitchell Hertzog
<mitchell.hertzog@hwd.com>
An: Dolly Vargas
<dolly.vargas@thenyjournal.com>
Betreff: Kate Mackenzie

Ich habe ihren Namen gegoogelt. Nada. Was weißt du über sie? Raus damit. Du bist mir noch was schuldig, schon vergessen?

Mitch

Von: Dolly Vargas
<dolly.vargas@thenyjournal.com>
An: Mitchell Hertzog
<mitchell.hertzog@hwd.com>
Betreff: AW: Kate Mackenzie

Mitch, Schätzchen, was für eine Überraschung! Wie geht es DIR? Das ist ja schon eine Ewigkeit her! Ich glaube, ich habe mich noch gar nicht richtig bedankt dafür, dass du Julio geholfen hast bei diesem Malheur mit der Einwanderungsbehörde … Es zahlt sich eben aus, mit einem Anwalt befreundet zu sein, nicht?

Okay, nun zu Kate … Ist das nicht eine glückliche Fügung des Schicksals? Zufällig kenne ich Kate sehr gut. Sie ist meine Referentin im Personalbüro.

Warum kommst du nicht einfach vorbei, sagen wir um fünf? Ich habe mir gerade erst meine Nägel neu machen lassen, und diese ganze Tipperei bekommt ihnen sowieso nicht gut.
Ciao, bis später…
Dolly

PS: Sie ist bildhübsch, nicht?

Sleaterkinneyfan: Ein Glück, dass du wieder da bist. Ich dachte schon, du kämest gar nicht mehr. Los, erzähl mir von Stuarts süßem Bruder. Wie süß ist er denn? Er hat doch hoffentlich nicht auch so einen Wasserkopf? Oder hat den jeder in dieser Familie?

Katyperry: SPINNST du? Hör sofort auf zu chatten. Sie wird uns noch erwischen. Sie hängt mir schon die ganze Zeit im Nacken – seit ich wieder hier bin jedenfalls.

Sleaterkinneyfan: Ja und? Ich werde sie beobachten, und wenn ich sehe, dass sie sich einloggt, warne ich dich rechtzeitig. Also. Wir waren bei seinem Kopf, richtig? Und was hat er für einen Arsch?

Katyperry: Sein Kopf ist normal groß. Ich hab dir gesagt, er ist richtig süß. Für einen Anwalt, meine ich.

Sleaterkinneyfan: Süß wie ein Koalabär? Oder süß zum Ans-Bett-Fesseln?

Katyperry: Du bist krank. Aber den würde ich mir vielleicht sogar ans Bett fesseln. Wenn ich eins hätte. Ein Bett, meine ich.

Sleaterkinneyfan: Der Arsch, erzähl schon, bitte.

Katyperry: Darauf habe ich nicht geachtet. Was denkst du denn? Schließlich ist er ANWALT. Ich meine, was spielt es für eine Rolle, was für einen Hintern er hat, wenn es sein Beruf ist, sich auf Kosten der Entrechteten zu bereichern?

Sleaterkinneyfan: Seit wann ist Ida Lopez eine Entrechtete? Sie ist in der Gewerkschaft und verdient wahrscheinlich mehr als ich. Nun hätte ich gerne endlich eine Beschreibung von seinem Arsch.

Katyperry: Was spielt das für eine Rolle? Es ist ja nicht so, als würde er jemals an mir interessiert sein. Ich bin so ein Schwachkopf. Ich meine, bei dem Gespräch bin ich irgendwie abgeschweift und habe von Dale erzählt. Ich habe seinen Namen nicht erwähnt und auch sonst nichts – über Dale, meine ich –, aber ich weiß nicht. So eine Aussage zu machen ist SELTSAM. Es ist so… persönlich. Jeder sieht dich an. Ich meine, er saß mir genau gegenüber, auf der anderen Seite des Tisches. Ich hätte nur die Hand auszustrecken brauchen, um seine zu berühren. Unsere Hände haben sich TATSÄCHLICH berührt, als ich meinen Kaffee verschüttet habe und wir beide die Pfütze aufwischen wollten. Er hat schöne Hände. Und er trägt keinen Ehering.

Sleaterkinneyfan: WEN INTERESSIEREN SEINE HÄNDE? WAS IST MIT SEINEM ARSCH?

Katyperry: Also gut, also gut. Hier die wesentlichen Fakten: eins achtzig bis eins fünfundachtzig groß, normalgewichtig für diese Größe. Er sah ziemlich… muskulös aus. Aber im Anzug lässt sich das schwer sagen. Außerdem sieht jeder Mann muskulös aus verglichen mit Dale. Schöner Anzug, klassisch, aber kombiniert mit einer Rocky-and-Bullwinkle-Krawatte…

Sleaterkinneyfan: Du lügst.

Katyperry: Verzeihung, aber das ist die Wahrheit. Eine

Rocky-and-Bullwinkle-Krawatte, so wahr ich hier sitze und mit dir chatte, statt die Anzeige wegen sexueller Belästigung gegen Dolly Vargas zu bearbeiten. Er hat gesagt, die Krawatte hätten ihm seine Nichten geschenkt. Er hat dunkle Haare wie Stuart, trägt sie aber länger. Das weiß ich, weil uns beim Abschied Stuart über den Weg lief. Mitch ist größer als Stuart. Und er hat noch volles Haar, im Gegensatz zu Stuart. Und er hat auch noch keine grauen Haare. Außerdem hat er ein Kinngrübchen. Und grüne Augen. Im Ernst. Vielleicht auch hellbraun. Aber sie sehen aus wie grün. Habe ich schon erwähnt, dass er sehr schöne Hände hat?

Sleaterkinneyfan: Ich weiß immer noch nichts über seinen Arsch. Bitte!

Katyperry: Ich hab nicht auf seinen Hintern gesehen!!!

Sleaterkinneyfan: Du lügst.

Katyperry: Also gut. Ich habe hingesehen. Ziemlich knackig.

Sleaterkinneyfan: Hmmmmmmmmmm!

Katyperry: Hey! Du bist verheiratet! Du darfst nicht bei einem fremden Männerhintern ins Schwärmen geraten!

Sleaterkinneyfan: Das denkst du. Und, wann wirst du ihn wiedersehen?

Katyperry: GAR NICHT! ER IST EIN FIESER FIRMENANWALT. ICH VERABREDE MICH NICHT MIT FIESEN FIRMENANWÄLTEN. Oder mit sonst jemandem. Mein Leben ist kompliziert genug.

Sleaterkinneyfan: Hast du nicht gesagt, dass er schöne Hände hat?

Katyperry: Die hat er. Aber was tut das zur Sache? Du weißt doch von der Uni, wie diese Juratypen sind. Alkoholexzesse. Mokassins mit Troddeln. Bitte, wir reden hier vom Feind, schon vergessen? Er will gegen die arme Mrs. Lopez vorgehen! Ich könnte mich nie auf jemanden einlassen, der davon lebt, Leute wie Peter Hargrave zu verteidigen gegen arme Schlucker aus der Arbeiterschicht, die nur fair behandelt werden wollen. Und wenn er noch so süß ist zum Ans-Bett-Fesseln.

Sleaterkinneyfan: Lügnerin.

Katyperry: Ich lüge nicht!

Sleaterkinneyfan: Damentoilette. Sofort.

Katyperry: Nein!

Sleaterkinneyfan: Sofort. Irgendjemand muss dir etwas Verstand einprügeln, und so wie es aussieht, bleibt das mal wieder an mir hängen.

Katyperry: logged off

Sleaterkinneyfan: logged off

Von: Courtney Allington
<courtney.allington@allingtoninvestments.com>
An: Amy Jenkins <amy.jenkins@thenyjournal.com>
Betreff: Gestern Abend

Ames, der Mann ist ein Traum. Du GLÜCKLICHE! Und dein Verlobungsring – genauso traumhaft. Wir müssen uns UNBEDINGT in nächster Zeit zum Brunch verabreden, damit die Männer sich kennen lernen. Brad wird von Stuart begeistert sein. Vielleicht könnt ihr beide mit uns nach Aspen kommen im Dezember!

Wo soll es denn in den Flitterwochen hingehen? Ich kann euch WÄRMSTENS St. Bart's empfehlen. Brads Familie hat dort eine Villa. Sie vermieten sie, wenn sie nicht benutzt wird, für zwanzigtausend die Woche inklusive Hauspersonal, bestehend aus Dienstmädchen, Koch, Gärtner und Chauffeur. Es ist paradiesisch, ihr müsst unbedingt dorthin, der perfekte Ort, um deinen neuen Burberry-Bikini vorzuführen, den du letzte Woche im Schlussverkauf bei Barney's entdeckt hast. Ich werde Brad fragen, wann die Villa frei ist.

Die neue Frisur steht dir übrigens super. Gehst du immer noch zu Bumble, oder bist du zu Fekkai gewechselt?

Liebe Grüße
Courts

>>

Von: Heather van Giles Lester <h.vangileslester@vangilesltd.com>
An: Amy Jenkins <amy.jenkins@thenyjournal.com>
Betreff: Mrs. Stuart Hertzog (!!!)

O mein Gott, du und Stuart, ihr seid wie füreinander geschaffen! Ein großer, stattlicher Mann wie er und eine zierliche Frau wie du. Dieses ganze Ausdauertraining macht sich WIRKLICH bezahlt, Ames. Ich kann nicht glauben, dass du dieselbe Ames bist wie damals als Erstsemesterstudentin mit deinen ganzen Speckröllchen. Trotzdem musst du aufpassen, die Veranlagung zum Übergewicht ist bei dir erblich bedingt. Wie geht es überhaupt deiner Familie? Ich hoffe, sie sind nicht mehr beleidigt, weil du sie damals nicht zu deiner Abschlussfeier eingeladen hast, oder etwa doch? Ich meine, im Ernst, Ames, du konntest sie unmöglich einladen. Sie hätten nicht an den Tisch gepasst.

Ich muss dir gestehen, gleich als ich gestern zu Hause war, habe ich Stuart gegoogelt – ich weiß, ich bin schlimm! – und mich mal über den Hertzog-Clan informiert. Ich kann dir sagen, du brauchst dir gar keine Sorgen zu machen, die Familie ist mindestens zehn Millionen schwer, vielleicht sogar mehr, zählt man die Puppensammlung der verrückten Mutter dazu. Sie besitzen eine Ferienwohnung in Scottsdale, eine in Tahoe und ein Ferienhaus in Ojai.

Süße, das nenne ich einen VOLLTREFFER!!!

Treffen wir uns in der nächsten Woche doch mal zum Lunch. Ach, hast du schon gehört? Courts möchte eine Verlobungsfeier für dich veranstalten. Aber dann darf ich die Dessousparty organisieren!

Liebe Grüße
Heath

Von: Mary Beth Kellogg Sneed <mbsneed@sneedenterprises.com>
An: Amy Jenkins <amy.jenkins@thenyjournal.com>
Betreff: Gratuliere!

Ames, ich freue mich ja so für dich. Er ist wirklich ein Mann mit Stil – es hat mich beeindruckt, wie er den Kellner zurechtwies, weil der uns den falschen Jahrgang einschenken wollte (das Servicepersonal glaubt wirklich, es kann sich heutzutage alles erlauben, nicht wahr?). Und dein Ring ist traumhaft. Wenn du dir die passenden Ohrringe oder eine passende Halskette machen lassen möchtest, wende dich an John bei Harry Winston. John ist der BESTE.

Allerdings solltest du eines nicht vergessen: den Gentest … Du weißt schon, nur um sicherzugehen, dass keiner von euch irgendwas Hässliches vererben kann … Obwohl ich nicht glaube, dass das der Fall ist. Aber lieber auf Nummer sicher gehen.

Und zweitens: sein Name. Ich meine, HERTZOG? Versuch mal herauszufinden, ob er bereit wäre, das OG wegfallen zu lassen. Hertz hört sich gleich viel besser an, weißt du … Wie der Autoverleiher.

Nur für alle Fälle, falls du noch nicht selbst daran gedacht hast.

Hach, du wirst bestimmt eine wunderschöne Braut sein! Das Pilates-Training hat dich richtig in Form gebracht, wie ich dir gesagt habe. Ich hoffe, du genießt diese magische Zeit in deinem Leben. Jede Frau wird sich wünschen, eine so hübsche Braut zu sein wie du, Ames! Gib mir Bescheid, wenn du einen Termin bei Vera brauchst. Ich kenne ihren Cousin gut.

Bis bald
MB

New York Journal
New York City's Leading Photo-Newspaper

Feuilleton
New York Journal

Personalabteilung
New York Journal

Wir, die Unterzeichnenden, verlangen die sofortige Wiedereinstellung von Ida Lopez in ihrer Funktion als Servicekraft am Dessertwagen im Casino. Wir finden, dass die Kündigung von Mrs. Lopez sich negativ auf die Stimmung und das allgemeine Wohlbefinden der Verlagsmitarbeiter auswirkt. Zudem gab es heute Morgen zum Frühstück weder Muffins noch Scones. Einige von uns waren gezwungen, im Laden auf der anderen Straßenseite Doughnuts zu kaufen. Sollte es in Zukunft weiterhin kein Frühstücksgebäck in der Kantine geben, sodass wir gezwungen sind, das Gebäude zu verlassen, um uns woanders etwas zum Frühstück zu kaufen, könnten die Versicherungskosten schlagartig steigen – mögliche Kollisionen mit Bussen und/oder Fahrradkurieren bei dem Wagnis, die Straße zu überqueren, werden an der Tagesordnung sein.

Außerdem enthält ein einziger beim Bäcker gekaufter Doughnut mit Glasur zweiundzwanzig Gramm gesättigte Fettsäuren, doppelt so viel wie eine ganze Packung M&Ms. Ein nachhaltiger Verzehr besagter

Doughnuts könnte zu einem katastrophalen Anstieg der Gesundheitskosten führen durch eine Zunahme der Diabetes- und/oder Herzerkrankungen in der Belegschaft.

Folglich erspart die Wiedereinstellung von Ida Lopez dem Verlag nicht nur Gesundheits- und Versicherungskosten in Millionenhöhe, sondern senkt zudem den Cholesterinwert und die allgemeine Unzufriedenheit der Mitarbeiter. Bitte tun Sie alles, was in Ihrer Macht steht, damit Ida Lopez ihre alte Stelle wiederbekommt.
Vielen Dank.

Melisssa Fuller-Trent
George Sanchez
Dolly Vargas
Tim Grabowski
James Chu
Nadine Wilcock-Salerno

Von: Penny Croft <penelope.croft@thenyjournal.com>
An: Amy Jenkins <amy.jenkins@thenyjournal.com>
Betreff: Ida Lopez

Ms. Jenkins,

Mr. Hargrave war heute Morgen etwas irritiert, als er im Speiseraum der Geschäftsleitung feststellen musste, dass Ida Lopez, die Dessertwagendame, nicht da war. Seine Irritation stieg, als er sich nach dem Verbleib von Mrs. Lopez erkundigte und erfuhr, dass sie entlassen wurde. Das ist nicht wahr, oder? Womöglich ist Ihnen nicht bekannt, dass Mr. Hargrave eine große Schwäche für Süßes hat und die Zimtschnecken von Mrs. Lopez geradezu anbetet. Ich hoffe, Sie können die Angelegenheit aufklären. Bitte teilen Sie mir mit, wann wir wieder mit Mrs. Lopez und ihrem Gebäck rechnen können.

Mit freundlichen Grüßen
Penny Croft

Assistentin der Geschäftsleitung
New York Journal

>>

Von: Stuart Hertzog <stuart.hertzog@hwd.com>
An: Mitchell Hertzog <mitchell.hertzog@hwd.com>
Betreff: Ida Lopez

Ich habe gerade mit Amy telefoniert. Sie ist extrem beunruhigt. Sie sagte, sie habe eben erfahren, dass du eine ihrer Mitarbeiterinnen zu einer Stellungnahme eingeladen hast.

Du hast eine von Amys Angestellten heute Morgen befragt, ohne vorher mit mir Rücksprache zu halten? Obwohl ich dich ausdrücklich gebeten habe, mich in diesem Fall immer auf dem neuesten Stand zu halten, gehst du hin und triffst dich hinter meinem Rücken mit einer von Amys Angestellten?

Glaub nicht, dass das letzte Wort in dieser Angelegenheit gesprochen ist.

Stuart Hertzog, Senior Partner
Hertzog, Webber & Doyle
Anwaltskanzlei

Von: Mitchell Hertzog <mitchell.hertzog@hwd.com>
An: Stuart Hertzog <stuart.hertzog@hwd.com>
Betreff: Entspann dich

Stuie, du wirst noch einen Herzinfarkt bekommen, wenn du dich weiter über alles aufregst, was ich mache. Wenn du willst, kann ich dir ein paar Atemübungen zeigen, die ich von einem Yogi gelernt habe, als ich in Indien war.

Du hast mich gebeten, diesen Fall zu übernehmen, und das habe ich getan. Aber wenn du willst, dass ich ihn auf meine herausragende Art gewinne, dann musst du mich die Dinge auch auf meine Art machen lassen.

Warum machst du deswegen überhaupt so ein Theater? Okay, ich habe mit einer Verlagsangestellten gesprochen, ohne dass ihr, du oder Amy, als ihre Vorgesetzte anwesend wart. Und, geht davon die Welt unter?

Oh, und wenn du mit Dad über mich sprichst, vergiss nicht, wieder einmal die alte Geschichte zu erwähnen, als ich in der zehnten Klasse deinen BMW zu Schrott gefahren habe. Ich glaube, die hast du noch nicht bis zum Erbrechen ausgereizt.

Sag Mom liebe Grüße von mir, wenn du mit ihr sprichst. Was du vermutlich sofort machen wirst, wenn du Dad nicht erreichst. Du weißt ja, dass er nie an sein Handy geht, wenn er sich auf dem Green herumtreibt.

Mitch

Von: Margaret Hertzog <margaret.hertzog@hwd.com>
An: Stacy Trent <IH8BARNEY@freemail.com>
Betreff: Familienangelegenheiten

Stacy, ich habe soeben einen sehr beunruhigenden Anruf erhalten von deinem älteren Bruder. Offenbar spielt ihm Mitch wieder dumme Streiche. Und er sagt Gemeinheiten über Stuarts Verlobte. (Du weißt, dass Stuart sich verlobt hat? Janice behauptet, sie hat es von dir. ICH erfahre es natürlich mal wieder als Letzte, aber warum sollte man mir auch was sagen, ich bin ja nur eure Mutter. Wie dem auch sei, jedenfalls will Stuart diese nette Amy Jenkins heiraten, die er uns beim letzten Thanksgiving vorgestellt hat.)

Stacy, da du die Einzige in der Familie bist, die wenigstens ein bisschen Einfluss auf Mitchell hat, bitte ich dich – nein, ich bestehe darauf –, dass du ihm ins Gewissen redest. Er hat seinen Bruder sehr verärgert. Und nach allem, was wir in diesem Jahr mit Janice durchgemacht haben … Weißt du schon, dass sie neuerdings *grüne* Haare hat? Und dass sie darauf besteht, »Sean« genannt zu werden? Als würde etwas mit ihrem Taufnamen nicht stimmen. Ich freue mich jedenfalls sehr auf die Hochzeit von Stuart und Amy. Sollte trotz meiner Planung irgendetwas diese Feier gefährden, könnt ihr mich in die Anstalt einliefern. Bitte lass nicht zu, dass Mitchell mir die einzige Freude im Leben nimmt, die ich noch habe.

In Liebe
Mom

Liebe Carina,

ich möchte mich bedanken für alles, was du hast getan für mich. Ich weiß, es ist nicht deine Schuld, dass ich bin gefeuert. Darum ich habe gebacken eine Gugelhupf für dich. Ich hoffe, er schmeckt dir. Ich habe abgeschrieben das Rezept für dich. Da ich weiß, dass die jungen Frauen von heute nicht mehr selbst backen, habe ich es gemacht einfach für dich. Wenn du backst diesen Kuchen für eine Mann, er will dich heiraten sofort. Aber nicht für deine Ex, der ist nicht gut für dich.

Viele liebe Grüße
Ida

1 Päckchen Schokoladenpuddingpulver
½ Tasse Speiseöl
4 Eier
½ Tasse Schmant
½ Tasse warmes Wasser
½ Packung Raspelschokolade, zartbitter
1 Packung dunkle Blockschokolade

Eine Gugelhupf- oder Biskuitform einfetten und mit Kakao bestäuben (statt mit Mehl, damit es keine weiße Schicht auf dem Kuchen gibt).

Alles bis auf die Eier und die Raspel verrühren. Dann nach und nach Eier hinzugeben und zu einem lockeren Teig schlagen. Die Raspelschokolade unterrühren. Den Teig in die vorgefettete Backform füllen. Bei 180 Grad eine Stunde backen. In der Form zehn Minuten abkühlen lassen. Mit dem Messer vorsichtig den Kuchenrand von der Form lösen. Kuchen aus der Form stürzen und auskühlen lassen. Zum Dekorieren mit dunkler Kuvertüre überziehen oder mit Puderzucker bestäuben.

Ergibt 12 Portionen.

Von: Kate Mackenzie
<kathleen.mackenzie@thenyjournal.com>
An: Jen Sadler <jennifer.sadler@thenyjournal.com>
Betreff: Kuchen

ES GIBT KUCHEN! Ida hat einen Gugelhupf für mich abgegeben! Komm schnell, solange noch was davon da ist!

Kate

Von: Jen Sadler <jennifer.sadler@thenyjournal.com>
An: Kate Mackenzie
<kathleen.mackenzie@thenyjournal.com>
Betreff: Mhmmm …

… ich glaube, das ist der beste Gugelhupf, den ich je gegessen habe. Warum hast du immer so unverschämtes Glück?

O nein, da kommen die Damen vom Empfang … Schon erstaunlich, dass die Kuchen meilenweit wittern können. Wie Leichenspürhunde. Bloß dass die nicht auf Kuchen abgerichtet sind.

>>

Von: Kate Mackenzie <kathleen.mackenzie@thenyjournal.com>
An: Jen Sadler <jennifer.sadler@thenyjournal.com>
Betreff: Unglaublich

DIE HABEN MIR MEINEN GANZEN KUCHEN WEGGEGESSEN!!!

Von: Amy Jenkins <amy.jenkins@thenyjournal.com>
An: Kate Mackenzie <kathleen.mackenzie@thenyjournal.com>
Betreff: Ida Lopez

Bitte bringen Sie mir die Personalakte von Ida Lopez.

Und merken Sie sich für die Zukunft, dass Sie nicht befugt sind, mit Mitchell Hertzog oder sonst jemandem über den Fall Lopez zu sprechen, wenn ich nicht anwesend bin.

Bitte merken Sie sich ebenfalls, dass es den Mitarbeitern dieses Verlags nicht gestattet ist, Geld- und/oder Sachgeschenke wie Naturalien von derzeitigen oder ehemaligen Beschäftigten anzunehmen. Das ist einfach eine Frage des Anstands, Kate. Bitte lehnen Sie in Zukunft höflich ab, wenn Mrs. Lopez Ihnen wieder einen Kuchen schenken möchte.

Amy Denise Jenkins
Personalabteilungsleiterin
New York Journal

Diese E-Mail ist vertraulich und ausschließlich zur Kenntnisnahme des Empfängers gedacht. Sollten Sie diese E-Mail versehentlich erhalten haben, informieren Sie bitte den eigentlichen Empfänger, und löschen Sie sie anschließend aus sämtlichen Ordnern.

Katyperry: Halt dich fest! Selbst wenn Mitchell Hertzog mich nicht für geistig minderbemittelt hält und mich tatsächlich um ein Date bitten sollte, muss ich ihm eine Abfuhr erteilen. Die SBT hat mir nämlich verboten, mit ihm zu sprechen, wenn sie nicht dabei ist!!!

Sleaterkinneyfan: O bitte. Die SBT findet doch nicht einmal die Empfehlungsschreiben vom letzten Jahr für die Gehaltserhöhungen. Wie soll sie da wissen, mit wem du dich privat triffst?

Katyperry: Trotzdem. Wie kommt sie dazu? Außerdem hat sie mir verboten, Kuchen von Ida anzunehmen. Das heißt, falls sie mir wieder einen backt.

Sleaterkinneyfan: Vorhin auf dem Klo hast du gesagt, dass Mitch dich nicht besonders interessiert, also was kümmern dich ihre Verbote? Bis auf das mit dem Kuchen. Das würde mich auch aufregen.

Katyperry: Ich bin auch nicht an ihm interessiert. Ich meine, warum sollte ich? Bestimmt hält er mich für ein Landei, bei dem Unsinn, den ich verzapft habe … O mein Gott, Hühnchen in Knoblauchsauce. HÜHNCHEN IN KNOBLAUCHSAUCE!!! Warum habe ich bloß davon angefangen? Was stimmt NICHT mit mir?

Sleaterkinneyfan: Weißt du, das Erstaunliche ist nicht, dass du mit Dale zehn Jahre zusammen warst, sondern dass ihr beide überhaupt zusammengekommen seid. Du mit deinen Minderwertigkeitskomplexen und Dale mit seiner Schwäche für Drogen, da ist es ein Wunder, dass ihr euch überhaupt auf eine Beziehung eingelassen habt. Ihr seid nämlich beide beziehungsunfähig.

Katyperry: Hey! Ich muss doch bitten!

Sleaterkinneyfan: Tut mir leid. Das sind die Hormone, ich schwöre. Aber im Ernst, Kate, das ist der erste Mann, dessen HÄNDE du schön findest, seit du erkannt hast, dass Dale doch nicht dein Traumprinz ist. Das muss etwas bedeuten. Ich rate dir, trau dich.

Katyperry: WAS soll ich mich trauen? Ich habe dir schon gesagt, dass es mir ethisch gegen den Strich geht, wofür Mitchell Hertzog steht. Außerdem hält er mich sowieso für zurückgeblieben. Und Amy hat mir verboten, mit ihm zu sprechen!

Sleaterkinneyfan: Mann, wie oft soll ich es dir noch sagen? Amy Jenkins ist die SBT und nicht die CIA. Sie kann dich nicht rund um die Uhr bewachen …

AmyJenkinsDir: logged on
Meine Damen, habe ich Sie nicht neulich darauf hingewiesen, dass das Instant Messaging während der Arbeitszeit verboten ist?

Sleaterkinneyfan: logged off

Katyperry: logged off

AmyJenkinsDir: logged off

Sleaterkinneyfan: logged on

Katyperry: logged on

Sleaterkinneyfan: Ich hasse sie.

Katyperry: Wenn hier jemand Minderwertigkeitskomplexe hat, dann sie.

New York Journal
New York City's Leading Photo-Newspaper

Amy Denise Jenkins
Personalabteilungsleiterin
New York Journal
216 W. 57th Street
New York, NY 10019
212-555-6890

MITTEILUNG
Von: Amy Jenkins, Personalabteilungsleiterin
An: Alle Verlagsmitarbeiter mit Internetzugang
Betreff: Nutzungsrichtlinie für Internet und E-Mail

Zur Erinnerung
Der Zugang zu Internet und E-Mail wurde für die Beschäftigten des *New York Journal* und seine Kunden eingerichtet, um den Zugriff auf Informationsquellen zu ermöglichen und ein zusätzliches Kommunikationsmedium bereitzustellen. Die Nutzung von Internet und E-Mail dient ausschließlich geschäftlichen Zwecken und zur Klärung technischer oder fachinterner Fragen. E-Mail kann sowohl für geschäftliche Außenkontakte als auch für die interne Kommunikation genutzt werden. Jeder Mitarbeiter hat die Verantwortung, das Ansehen des Verlags in der Öffentlichkeit zu pflegen und

eine produktive und professionelle Internetnutzung zu gewährleisten.

Folgende Verhaltensrichtlinien gelten für die Nutzung von Internet und E-Mail:

Internet

Mitarbeiter mit Zugang zum Internet repräsentieren den Verlag. Jegliche private Nutzung des Internet ist verboten. (Anm.: Die Zusammenfassungen von Reality-Shows auf *Televisionwithoutpity.com* oder die Bewertungsforen auf *hotornot.com* gehören eindeutig zur privaten Nutzung.) Die Internetnutzung darf weder das interne Netzwerk beeinträchtigen noch die Arbeitsproduktivität. Den Mitarbeitern obliegt die persönliche Verantwortung für eine wirtschaftliche, ethische und rechtmäßige Nutzung des Internet.

Elektronische Kommunikation

Jeder Mitarbeiter ist verantwortlich für den Inhalt seiner Text-, Audio- und Bilddateien, die im Internet veröffentlicht oder elektronisch verschickt werden. Die Verbreitung von unwahren, diskriminierenden oder pornografischen Inhalten ist unzulässig. E-Mails müssen grundsätzlich eine Signatur enthalten. Der Gebrauch von Pseudonymen sowie verunglimpfende, profane oder anstößige Ausdrucksformen sind unzulässig. Mitarbeiter, die ihre persönlichen Ansichten per E-Mail zum Ausdruck bringen möchten, ist dies am Arbeitsplatz während der Arbeitszeit streng untersagt.

Diskriminierung
Jegliche Form von Diskriminierung in der geschäftlichen Kommunikation ist unzulässig. E-Mails mit abwertendem oder menschenverletzendem Inhalt hinsichtlich Abstammung, Religion, Herkunft, politischer Ausrichtung, körperlicher Attribute, Arbeitsleistung oder sexueller Vorlieben dürfen nicht über das interne Netzwerk versendet werden.

Verstoß
Jeder Verstoß gegen die Nutzungsrichtlinien kann zu disziplinarischen Maßnahmen führen, bis hin zu einer fristlosen Kündigung.

Von: Kate Mackenzie <kathleen.mackenzie@thenyjournal.com>
An: Jen Sadler <jennifer.sadler@thenyjournal.com>
Betreff: Nutzungsrichtlinie für Internet und E-Mail

GLAUBST DU, DIE MEINT UNS???
Ich glaub schon.

Kate

Von: Jen Sadler <jennifer.sadler@thenyjournal.com>
An: Kate Mackenzie <kathleen.mackenzie@thenyjournal.com>
Betreff: AW: Nutzungsrichtlinie für Internet und E-Mail

Na ja, Peter Hargrave meint sie damit wohl.

Kapiert die nicht, dass sie uns immer mehr den Saft aussaugt, bis wir nur noch leere, vertrocknete Hüllen sind, formerly known als Personalreferenten?

Gott, ich wünschte, sie würde vor einen Bus laufen.

J

PS: Du solltest mit ihm ausgehen. Falls er dich fragt. Vergiss das mit dem seelenlosen Firmenanwalt. Schließlich hatte er eine Rocky-and-Bullwinkle-Krawatte an. Rocky and Bullwinkle!!!

Von: Stuart Hertzog <stuart.hertzog@hwd.com>
An: Stacy Trent <IH8BARNEY@freemail.com>
Betreff: Mitch

Stacy, ich weiß, du hast etwas Einfluss auf Mitch, wenn auch nicht viel. Aber bist du die Einzige in der Familie, von der ich das behaupten kann. Außer vielleicht von Janice. Aber Mom möchte um jeden Preis verhindern, dass Janice mehr Kontakt zu Mitch hat als nötig. Hast du gewusst, dass er ihr den Tipp gegeben hat, den Teppich in ihrem Zimmer im Wohnheim mit Scotchgard zu behandeln, damit die Flecken von der Wasserpfeife wieder rausgehen? Was für ein Mensch sagt SO WAS zu seiner neunzehnjährigen Schwester?

Kein Wunder, dass sie aus dem Wohnheim ausziehen musste.

Jedenfalls würde ich es begrüßen, wenn du mit Mitch über die Kündigungsschutzklage dieser Kantinenfrau gegen das *Journal* sprechen könntest. Ich habe ihm den Fall übergeben, weil ich persönlich darin verwickelt bin. Aber es scheint… Nun, Mitch nimmt den Fall viel zu ernst. Zur Erklärung: Er hat bereits Zeugen befragt. Heute Morgen hat er eine von Amys Angestellten zum Termin gebeten, ohne Amy oder mich darüber zu informieren. Wir haben es erst hinterher erfahren! Aber es kommt noch schlimmer… Ich glaube – ich bin mir fast sicher –, dass er an ihr interessiert ist. An dieser Angestellten. Nicht an Amy.

Kannst du dich an seinen Blick erinnern, als er von Kuala Lumpur zurückkam? Weißt du noch?

Na ja, heute Morgen, als er die junge Dame, von der die Rede ist, aus Dads Konferenzraum hinausbegleitete, hatte er genau denselben Blick.

Stacy, du musst dringend etwas unternehmen. Wenn Mitch sich mit diesem Mädchen einlässt… Sagen wir es so, Amys Job ist bereits gefährdet durch diese ganze Posse. Anscheinend ist Peter Hargrave, der Herausgeber der Zeitung, ein großer Fan der Muffins dieser Kuchenbäckerin. Aber woher sollte ich das wissen? Die Frau ist völlig inkompetent und unverschämt dazu.

Aber wenn Mitch mit der Kleinen aus Amys Abteilung etwas anfängt, dann steht nicht nur Amys Job auf dem Spiel. Dad wird wieder einen Herzinfarkt erleiden. Das ist kein Spaß, Stace. Webber & Doyle werden sicher kein Verständnis dafür haben, wenn einer von Dads Söhnen seinen Du-weißt-schon-was in die Druckerschwärze steckt…

Bitte rede mit ihm, okay? Sag ihm, dass du es für keine gute Idee hältst, wenn er herumpoussiert angesichts der ungewissen Aussichten, was Janice betrifft, angesichts von Dads gesundheitlichem Zustand, meiner Hochzeit und so weiter. Erinnere ihn daran, dass er gegen die Ethik verstößt, wenn er mit einer Zeugin anbändelt. Besonders in diesem Fall! Der könnte nämlich sehr hässlich werden.

Danke, Stace. Ich weiß, ich kann mich auf dich verlassen.
Liebe Grüße
Stuart

Stuart Hertzog, Senior Partner
Hertzog, Webber & Doyle
Anwaltskanzlei

Von: Stacy Trent <IH8BARNEY@freemail.com>
An: Stuart Hertzog <stuart.hertzog@hwd.com>
Betreff: Komm runter

Erstens ist es nicht so, dass Janice aus dem Wohnheim ausziehen »musste«. Vielmehr haben Mom und Dad sie wieder nach Hause geholt, okay? Sie haben sie gezwungen, ihr Studium zu unterbrechen, unter einem Vorwand, der so lächerlich ist, dass ich gar nicht näher darauf eingehen möchte.

Zweitens werde ich mich nicht in irgendwelche Streitigkeiten zwischen Mitch und dir hineinziehen lassen. Ich bin es leid. Ich habe eigene Probleme. Zum Beispiel, dass sich mein Sohn hartnäckig weigert, aufs Töpfchen zu gehen. Oder dass ich Windeln finden muss, die groß genug sind für ein Kind von dreißig Pfund. DAS ist ein Problem. Mitch macht also der Angestellten deiner Verlobten schöne Augen? Nicht mein Problem.

Außerdem – wie kommst du darauf, dass es sich wieder so abspielen wird wie in Kuala Lumpur? Mitch war damals erst neunzehn. Das ist schon zehn Jahre her. Ich denke, er ist mittlerweile ein wenig reifer geworden. Tja … Schätze, ich sollte wohl meine Glückwünsche aussprechen zu deiner Verlobung. Also gut, Glückwunsch. Plant ihr zwei eine große Hochzeitsfeier? Wo wird sie stattfinden, in der Stadt oder hier in Greenwich? Oder bei ihrer Familie? Wo kommt sie überhaupt her?

Stacy

Von: Stuart Hertzog <stuart.hertzog@hwd.com>
An: Stacy Trent <IH8BARNEY@freemail.com>
Betreff: Denk auch mal an mich

Stacy, du weißt, dass ich nie jemandem erzählt habe, wie du mich damals im Kofferraum von Moms Mercedes eingesperrt hast.

Wenn du nichts gegen Mitch unternimmst, sehe ich mich gezwungen, schärfere Maßnahmen zu ergreifen.

Und wenn du glaubst, Mom vermacht dir immer noch ihre antike Madame-Alexander-Puppensammlung, wenn sie das mit dem Kofferraum erfährt – besonders angesichts der Tatsache, dass ich danach eine Mittelohrentzündung hatte –, nun, dann irrst du dich gewaltig.

Stuart

PS: Was die Hochzeit betrifft, stecken wir noch mitten in der Planung. Aber sie wird definitiv nicht bei ihr zu Hause stattfinden (sie ist aus Texas), da sie seit dem College den Kontakt zu ihren Eltern abgebrochen hat.

Stuart Hertzog, Senior Partner
Hertzog, Webber & Doyle
Anwaltskanzlei

>>>

Von: Stacy Trent <IH8BARNEY@freemail.com>
An: Stuart Hertzog <stuart.hertzog@hwd.com>
Betreff: Erbschaft und anderes

Ich wollte die doofen Puppen nie haben. Keine Ahnung, wie Mom überhaupt auf die Idee kommt.

Stace

PS: Wie kann jemand, der seit dem College mit seinen Eltern kein Wort mehr spricht, eine Personalabteilung leiten? Ich meine, sollte man in dieser Funktion nicht eine Art Experte für zwischenmenschliche Beziehungen sein? Als Grundvoraussetzung für so eine Position? Und deine Holde ist nicht einmal fähig, zwischenmenschliche Beziehungen mit ihrer eigenen Familie aufrechtzuerhalten?

Wer ist diese Frau? Dr. Laura?

Von: Stuart Hertzog <stuart.hertzog@hwd.com>
An: Stacy Trent <IH8BARNEY@freemail.com>
Betreff: AW: Erbschaft und anderes

Na schön, du verzichtest also auf die Puppensammlung (deren Wert auf über $ 50 000 geschätzt wird, aber gut, wer nicht will, der hat schon).

Aber ich nehme doch stark an, dass du Mom wieder gerne als Babysitterin einspannen möchtest für Haley, Brittany und Little John, wenn du nächsten Monat deinen Geburtstag feierst. Wolltest du nicht mit deinem Mann ein paar Tage in Paris verbringen? Ich frage mich, ob Mom dir die Kinder noch abnimmt, wenn sie erfährt, dass du mir wegen Mitch nicht helfen willst …

Allerdings könntest du die Kinder auch zu Jasons Eltern bringen … Oh, Moment, sein Vater sitzt im Knast, richtig? Und seine Mutter … Wo treibt die sich eigentlich zurzeit herum? In Biarritz mit ihrem dritten Ehemann? Oder ist es schon der vierte? Hat der nicht erst vor kurzem seinen fünfundzwanzigsten Geburtstag gefeiert?

Stuart

PS: Amy pflegt im Übrigen zahlreiche zwischenmenschliche Beziehungen und herzliche Freundschaften, nur eben nicht mit ihrer Blutsverwandtschaft. Sie versteht sich hervorragend mit den Familien ihrer Sorority-Schwestern, von denen ich gestern Abend einige kennen lernen durfte und die sich alle sehr über unsere Verlobung freuen. Im Gegensatz zu meiner eigenen Verwandtschaft, wenn ich hinzufügen darf, die mir bestenfalls der Form halber gratulierte. Janice hat sich nicht einmal gemeldet.

Stuart Hertzog, Senior Partner
Hertzog, Webber & Doyle
Anwaltskanzlei

>>

Von: Stacy Trent <IH8BARNEY@freemail.com>
An: Stuart Hertzog <stuart.hertzog@hwd.com>
Betreff: Familienangelegenheiten

Ich hasse dich.

PS: Janice hasst dich auch.

>>

Von: Stacy Trent <IH8BARNEY@freemail.com>
An: Mitchell Hertzog <mitchell.hertzog@hwd.com>
Betreff: Stuart = Ausgeburt der Hölle

Soso. Habe bereits von Mom und Stuart gehört, dass du heute viel zu tun hattest.

Stacy

Von: Mitchell Hertzog <mitchell.hertzog@hwd.com>
An: Stacy Trent <IH8BARNEY@freemail.com>
Betreff: AW: Stuart = Ausgeburt der Hölle

Ja, das stimmt, und es hat sich gelohnt. Es gibt Tage, an denen ich meinen Job wirklich liebe. Heute ist so ein Tag.

Mitch

Von: Stacy Trent <IH8BARNEY@freemail.com>
An: Mitchell Hertzog <mitchell.hertzog@hwd.com>
Betreff: AW: AW: Stuart = Ausgeburt der Hölle

Das habe ich gehört. Stuart hat zufällig erwähnt, dass du heute Morgen eine von Amy Jenkins Bürosklavinnen befragt hast. Ich nehme an, es lief gut. Stuart scheint jedoch zu befürchten, du findest diese Sklavin … äh … interessanter, als es deine kostbare Zeit erlaubt. Wahr oder falsch? Oder verweigerst du die Aussage?

Stace

Von: Mitchell Hertzog <mitchell.hertzog@hwd.com>
An: Stacy Trent <IH8BARNEY@freemail.com>
Betreff: O-oh

Stuart will, dass du mich aushorchst, stimmt's? Mann, er ist so leicht zu durchschauen. Also schön, richte ihm von mir aus, dass ich die Mitarbeiterin seiner Verlobten sehr reizend finde.

Das gibt ihm den Rest.

Mitch

Von: Stacy Trent <IH8BARNEY@freemail.com>
An: Mitchell Hertzog <mitchell.hertzog@hwd.com>
Betreff: AW: O-oh

O mein Gott, die letzte Frau, die du als reizend bezeichnet hast, war diese Stewardess in Kuala Lumpur. Und du weißt ja, wie die Sache ausging.

Stace

PS: Es ist nicht Stuart, um den ich mir Sorgen mache. Sondern Dad.

Von: Mitchell Hertzog <mitchell.hertzog@hwd.com>
An: Stacy Trent <IH8BARNEY@freemail.com>
Betreff: AW: AW: O-oh

Ja, aber ich bin inzwischen älter und weiser geworden und lasse mich auch nicht mehr von gelungenen Schönheitsoperationen beeindrucken.

Mitch

PS: Seit wann kümmert es Dad, wen ich reizend finde? Seit wann kümmert Dad überhaupt etwas außer sein Handicap im Golf?

Von: Stacy Trent <IH8BARNEY@freemail.com>
An: Mitchell Hertzog <mitchell.hertzog@hwd.com>
Betreff: Meine Güte

Dich hat es ja schlimm erwischt. Wie heißt sie?

Stace

PS: Äh … ein dreifacher Bypass vor acht Monaten, klingelt da was bei dir?

>>

Von: Mitchell Hertzog
<mitchell.hertzog@hwd.com>
An: Stacy Trent
<IH8BARNEY@freemail.com>
Betreff: AW: Meine Güte

Sie heißt Kate.

Sag Jason, dass ich für morgen früh um acht einen Platz für uns reserviert habe auf dem New Canaan. Vorausgesetzt, du erlaubst ihm, aus dem Haus zu gehen. Und es ist mir egal, ob es schneit, das wird uns nicht abhalten.

Mitch

PS: Sag Stuart, er soll sich um seine eigenen Angelegenheiten kümmern.

>>

Von: Stacy Trent
<IH8BARNEY@freemail.com>
An: Mitchell Hertzog
<mitchell.hertzog@hwd.com>
Betreff: Kate

Scheiß auf den Golfplatz. Erzähl mir lieber von deiner neuen Flamme. Schließlich bin ich Hausfrau und Mutter von drei Kindern, von denen eins noch nicht trocken ist. Mein Liebesleben beschränkt sich auf einen Quickie pro Woche, wenn die Kinder vor der Glotze hängen und

SpongeBob schauen. Falls ich Glück habe. Also, raus mit der Sprache. Wie ist sie? Ich dachte, du hast was gegen MBAs.

Stace

PS: Ich habe deine Worte an Stuart weitergegeben. Er droht mir damit, die Geschichte mit Moms Mercedes zu verraten.

Von: Mitchell Hertzog <mitchell.hertzog@hwd.com>
An: Stacy Trent <IH8BARNEY@freemail.com>
Betreff: AW: Kate

Nein, ich habe nur was gegen Anwälte. Außerdem ist Kate kein MBA – sie hat Sozialpädagogik studiert. Danke übrigens für dein SpongeBob-Bekenntnis. Ich wollte schon immer etwas über das Sexualleben meiner großen Schwester erfahren.

Um deine Frage zu beantworten: Soweit ich das beurteilen kann nach dem leider nur sehr kurzen Intermezzo heute Morgen in Dads Konferenzraum und nach allem, was ich von einem ehemaligen Mandanten, der Kate zufällig kennt, über sie herausfinden konnte, ist Kate eine sehr liebenswürdige Person mit einem reinen Herzen, die sich vor kurzem von ihrem nichtsnutzigen Freund, einem Rockmusiker, getrennt und die eine Schwäche für Hühnchen mit Knoblauchsauce hat.

Ach ja, und sie ist blond. Und aus Kentucky. Und wahrscheinlich das genaue Gegenteil von einer Frau, die sich mit einem Anwalt einlassen würde – besonders wenn dieser einen Mandanten wie Peter Hargrave vertritt. Hoffentlich bist du jetzt schlauer.
Sag Jason, die haben mir hoch und heilig versprochen, dass morgen auf dem siebten Green kein Schnee mehr liegt. Wenn du willst, kann ich hinterher vorbeikommen und Little John ein wenig am Ball trainieren. Damit er sich nicht blamiert, wenn er in den Kindergarten kommt und wirft wie sein Vater. Also wie ein Mädchen.

Mitch

PS: Die Geschichte mit Moms Mercedes? Schon wieder? Und hat er dir auch wieder damit gedroht, dass Mom dir ihre Puppensammlung nicht vererben wird?

>>>

Von: Stacy Trent
<IH8BARNEY@freemail.com>
An: Mitchell Hertzog
<mitchell.hertzog@hwd.com>
Betreff: Mitch, ich möchte …

… ja deine Illusionen nicht zerstören, aber Little John ist gerade einmal zwei und wird in frühestens drei Jahren in den Kindergarten kommen, okay?

Aber selbstverständlich bist du uns jederzeit willkommen. Trotzdem muss ich dich vorwarnen: Jasons Bruder – Little Johns Namensvetter – und seine Frau Mel kommen uns am Nachmittag mit ihrem Neugeborenen besuchen. Da ich weiß, dass du schnell überfordert bist, wenn mehr als ein Windelträger anwesend ist, möchte ich dir die Gelegenheit geben, dich seelisch darauf vorzubereiten.

Ich hab's – warum bringst du nicht einfach Kate mit? Sie kann wahrscheinlich nur deshalb keine Anwälte leiden, weil sie noch nie einen näher kennen gelernt hat. Bei dir wird sie sicher dahinschmelzen. Und gibt es eine bessere Möglichkeit als im Schoß unserer Familie, um ihr zu zeigen, dass Anwälte auch süß und niedlich sein können? Sie kann mit dem Zug nach Greenwich fahren, du holst sie nach eurer Partie Golf am Bahnhof ab und bringst sie mit. Zur Feier des Tages köpfen wir den teuren Wein, den Stuart oder vielmehr seine Assistentin uns zu Weihnachten geschenkt hat, und stoßen auf das Wohl des Brautpaars an. Das wird sicher lustig, weil Stuart und Amy gar nicht DABEI sind.

Komm, das ist eine tolle Gelegenheit. Lade sie ein!

Stace

PS: Ich werde dein Urteil über das Ballgefühl meines Mannes an ihn weiterleiten. Bestimmt wird er sich ungemein geschmeichelt fühlen.

PPS: Ja, was die Puppensammlung betrifft.

Von: Mitchell Hertzog <mitchell.hertzog@hwd.com>
An: Stacy Trent <IH8BARNEY@freemail.com>
Betreff: Du bist urlaubsreif

Netter Versuch, aber du brauchst wahrscheinlich mal eine Luftveränderung. Wenn du denkst, dass ein Mann eine Frau, mit der er nur ein einziges Mal beruflich zu tun hatte, nach Hause mitbringt, um sie seiner Familie vorzustellen, dann musst du wohl schon sehr, sehr lange vom Singlemarkt verschwunden sein. Ohne dir nahe treten zu wollen, Stace, aber ich finde, du solltest die Kinder zu Mom bringen und dir mit Jason ein paar Tage Urlaub gönnen – in Miami oder so. Diese SpongeBob-Quickies haben offenbar deinen Sinn für Romantik vernebelt.

Ich darf dir versichern, dass die Chancen, dass ich jemals eine Frau anschleppe, um sie dir, Jason und den Kindern vorzustellen … ganz zu schweigen von deiner angeheirateten Verwandtschaft, die sich ständig bei euch herumtreibt – selbst der ganz netten wie John und Mel …

Vergiss es einfach.

Gleich werde ich mich auf den Weg ins Büro unserer zukünftigen Schwägerin machen, um sie persönlich zu fragen, warum sie bisher sämtliche Anfragen meiner Assistentin für einen Besprechungstermin ignoriert hat.

Sollte ich dabei zufällig Kate begegnen, wirst du zweifellos alles darüber von Stuart erfahren, der es von Amy haben wird, also kann ich mir die Mühe sparen.

Bis morgen
Mitch

PS: Ernsthaft, Stace, du musst aufhören, dir von deinen Blagen auf der Nase herumtanzen zu lassen. Ich kümmere mich um die Quälgeister, wenn ihr beide nächsten Monat nach Paris fliegt. Einverstanden?

PPS: War mir klar, das mit der Standarddrohung. Mir ist nämlich durchaus bewusst, dass sie wie ein Damoklesschwert über dir schwebt. Immer locker bleiben, die Kinder sind verrückt nach mir, und wir werden bestimmt viel Spaß haben. Und was diese Sache betrifft mit Little Johns erstem Wort – wie gesagt, das ist mir leider so rausgerutscht. Außerdem, ist es dir nicht lieber, dein Sohn lernt zuerst das Wort mit den vier Buchstaben statt das langweilige Mom oder Dad? Sei ehrlich!

New-York-Journal-Störfallprotokoll

Name/Titel Protokollant:
Carl Hopkins, Sicherheitsmitarbeiter

Datum/Uhrzeit des Störfalls:
Freitag, 15:30 Uhr

Ort des Störfalls:
Lobby *NY Journal*

Beteiligte Personen:
Dale Carter, externer Besucher, 26
Mitchell Hertzog, externer Rechtsberater, 29
Kathleen Mackenzie, Personalreferentin, 25

Beschreibung des Störfalls:
D. Carter versucht, mit einem großen Rosenstrauß für K. Mackenzie in das Gebäude zu gelangen. C. Hopkins hält D. Carter an der Sicherheitsschranke auf und bittet ihn, darauf zu warten, dass K. Mackenzie herunterkommt, um ihn als Besucher anzumelden.
K. Mackenzie weigert sich am Telefon, herunterzukommen.
C. Hopkins fordert D. Carter auf zu gehen.
D. Carter weigert sich zu gehen.
D. Carter sagt, er wird so lange warten, bis K. Mackenzie herunterkommt.
C. Hopkins informiert D. Carter darüber, dass es nicht erlaubt ist, in der Lobby herumzulungern.

D. Carter weigert sich nach wie vor zu gehen.
D. Carter setzt sich mitten in der Lobby auf den Boden.
C. Hopkins kontaktiert K. Mackenzie und informiert sie über die Situation.
K. Mackenzie kommt herunter.
K. Mackenzie bittet D. Carter zu gehen.
D. Carter sagt, dass er erst geht, wenn K. Mackenzie sich seinen neuen Song anhört.
D. Carter beginnt zu singen: *Warum bist du nicht bei mir, Kate?*
M. Hertzog betritt das Gebäude.
M. Hertzog nähert sich K. Mackenzie.
M. Hertzog fragt K. Mackenzie, ob es ein Problem gibt.
D. Carter ist mit seinem Stück fertig.
K. Mackenzie sagt, netter Song, aber jetzt geh, bitte.
D. Carter sagt, dass er erst geht, wenn sie verspricht, dass sie wieder zu ihm zieht.
M. Hertzog sagt: Ich glaube, die Dame hat Sie gebeten zu gehen, also gehen Sie.
D. Carter sagt, er soll sich um seinen eigenen Kram kümmern.
M. Hertzog fragt, ob er das ernst meint.
D. Carter sagt: Komm her und find es raus, Schlipsträger.
K. Mackenzie erklärt D. Carter, dass sie, wenn er das Gebäude nicht verlässt, die Polizei ruft und ihn wegen Hausfriedensbruchs verhaften lässt.
D. Carter sagt, dass ihm das egal ist. Außerdem

droht er dem Schlipsträger (M. Hertzog) Prügel an.

K. Mackenzie weist das Sicherheitspersonal an, die Polizei zu verständigen.

Die Polizei wird verständigt durch C. Hopkins.

D. Carter beginnt, einen anderen Song zu singen: *Kate, warum hast du mich verlassen?*

Die Polizei trifft ein.

D. Carter beendet seinen Song.

Anwesende in der Lobby applaudieren.

D. Carter wird verhaftet von der Polizei.

D. Carter wird abgeführt von der Polizei.

Anwesende in der Lobby rufen laut Buh.

K. Mackenzie beantragt, D. Carter im Gebäude 216 W. 57th Street Hausverbot zu erteilen.

Antragsformular wird ausgefüllt von C. Hopkins (siehe Anlage).

Maßnahmen:

Störfall wurde A. Jenkins, Leiterin der Personalabteilung, gemeldet.

New York Journal

New York City's Leading Photo-Newspaper

Sicherheitsdienst
New York Journal
216 W. 57th Street
New York, NY 10019
212-555-6899

MITTEILUNG

Von: Leitung Sicherheitsdienst
An: Alle Mitarbeiter
Betreff: Hausverbot *New York Journal*

Bekanntmachung Hausverbot

Bitte nehmen Sie zur Kenntnis, dass die unten genannte Person mit sofortiger Wirkung und bis auf weiteres Hausverbot in der 216 W. 57th Street hat. Der Person ist es nicht erlaubt, sich in oder vor dem Gebäude aufzuhalten, bis das Hausverbot widerrufen wird.

Name: Dale C. Carter
Sozialversicherungsnummer: unbekannt
Beschreibung: (bitte Kopie des Personalausweises beifügen)

- männlich, weiß, 26 Jahre
- 1,80 m, 85 kg
- blonde Haare, blaue Augen
- sucht Kontakt zu Kathleen Mackenzie, Personalreferentin, 2. Etage

Die oben genannte Person gilt als ungefährlich, neigt jedoch dazu, den Betrieb zu stören durch lautes Singen und Sitzstreiks in der Lobby. Verständigen Sie sofort den Sicherheitsdienst, wenn Sie diese Person im Gebäude sehen.

Tagebuch von Kate Mackenzie

O mein Gott, ich kann es nicht glauben, das ist mir so PEINLICH. *Ich kann einfach nicht glauben, was Dale getan hat. Das war sicher die demütigendste Erfahrung in meinem ganzen Leben … Außer vielleicht das eine Mal, als ich zufällig in die Küche hineinplatzte und Jen und Craig überraschte … Ich muss dringend eine Wohnung finden.*

Aber das heute war echt der Hammer. Und dann auch noch vor den Augen von Stuart Hertzogs Bruder. Ich meine, er hat alles mitbekommen! Schlipsträger! So hat Dale ihn genannt! Der Mann wollte mir nur helfen, und Dale nennt ihn einen Schlipsträger!

Bestimmt hält Mitchell Stuart mich jetzt für völlig verrückt. Oder schlimmer noch, er hat Mitleid mit Dale und hält mich für ein kaltherziges Miststück: »Er schreibt extra diesen tollen Song für sie, und sie gibt ihm nicht einmal eine zweite Chance. Ich werde sicher nicht den Fehler machen, mit so einem Biest wie der auszugehen.«

O Gott! Als hätte jemals Hoffnung bestanden, dass er mich fragt. Ob ich mit ihm ausgehe, meine ich. Ich meine, seht mich an! Ich sitze in einer Telefonkabine – einer TELEFONKABINE *– in der Lobby und verstecke mich vor meinen Kollegen … und vor ihm. Wie krank muss man sein? Um sich in einer Telefonkabine zu verstecken, meine ich – abgesehen von Superman. Aber der versteckt sich ja auch nicht in Telefonkabinen, sondern zieht sich nur um darin. Fragt mich bloß nicht, wie, hier ist es so eng, dass ich kaum schreiben kann, geschweige denn in ein hautenges Kostüm schlüpfen.*

O Gott, warum kann ich mich nie normal benehmen in Anwesenheit eines netten Mannes? Warum nicht? Nun kann ich jegliche Hoffnung begraben, einen souveränen und professionellen Eindruck zu machen – obwohl ich diese Hoffnung wahrscheinlich schon bei der Besprechung verspielt habe (Hühnchen in Knoblauchsauce? Was habe ich mir bloß dabei gedacht???). Nicht dass ich jemals ernsthaft geglaubt habe, dass aus uns beiden … ich meine Mitchell und mich … Gott, seltsame Vorstellung, dass er der Bruder von Stuart Hertzog ist.

Trotzdem, es lässt sich nicht abstreiten, dass er unheimlich süß ist, und ich dachte, na ja, ich dachte, vielleicht, wenn ich ihn wiedersehe, dann …

O Gott, ich weiß nicht, was ich gedacht habe.

Aber ich habe sicherlich nicht gedacht, dass er neben mir steht unten in der Lobby meines Arbeitgebers, während mein Exfreund seinen Herzschmerz über unsere Trennung besingt.

Offen gesagt, was auch immer ich gedacht habe, ist ohnehin völlig unrealistisch. Ich meine, süße, hochkarätige Anwälte – selbst wenn sie Rocky-and-Bullwinkle-Krawatten tragen, die sie von ihren Nichten geschenkt bekommen – gehen nicht mit Frauen aus, deren Leben ein einziges und heilloses CHAOS *ist, so wie meins.*

Von: Kate Mackenzie <kathleen.mackenzie@thenyjournal.com>
An: Jen Sadler <jennifer.sadler@thenyjournal.com>
Betreff: Vorfall in der Lobby

Bitte erschieß mich.

Kate

Von: Jen Sadler <jennifer.sadler@thenyjournal.com>
An: Kate Mackenzie <kathleen.mackenzie@thenyjournal.com>
Betreff: AW: Vorfall in der Lobby

Okay, normalerweise würde ich sagen, du machst aus einer Mücke einen Elefanten, aber in diesem Fall hast du wohl wirklich ein Problem. Stimmt es, dass Dale GESUNGEN hat?

J

Von: Kate Mackenzie <kathleen.mackenzie@thenyjournal.com>
An: Jen Sadler <jennifer.sadler@thenyjournal.com>
Betreff: Allerdings …

… hat er gesungen. Jen, was soll ich jetzt tun?

Kate

Von: Jen Sadler <jennifer.sadler@thenyjournal.com>
An: Kate Mackenzie <kathleen.mackenzie@thenyjournal.com>
Betreff: Ist ja lustig

Ich meine, in gewisser Weise. Dass Mitchell Hertzog auch ausgerechnet in diesem Moment die Lobby betreten muss …

Das kann nur dir passieren.

J

Von: Kate Mackenzie <kathleen.mackenzie@thenyjournal.com>
An: Jen Sadler <jennifer.sadler@thenyjournal.com>
Betreff: AW: Ist ja lustig

Wirklich sehr lustig, ich lach mich tot. Warum gelingt es mir offenbar nie, cool und souverän zu bleiben, so wie Amy, wenn ich jemanden beeindrucken möchte? Ich meine, muss man ohne Seele geboren sein wie die SBT, um wenigstens den Anschein von Professionalität zu erwecken? Ist das so?

Kate

Von: Jen Sadler <jennifer.sadler@thenyjournal.com>
An: Kate Mackenzie <kathleen.mackenzie@thenyjournal.com>
Betreff: Du hast mich angelogen!

Ich weiß auch nicht, aber – hier ist deine nächste große Chance. ER ist gerade hereingekommen. Und wenn ich hinzufügen darf, deine Beschreibung wird ihm in keiner Weise gerecht. Ich hätte ihn nicht erkannt, wäre da nicht die Krawatte. Der Typ ist rattenscharf!

Von: Kate Mackenzie <kathleen.mackenzie@thenyjournal.com>
An: Jen Sadler <jennifer.sadler@thenyjournal.com>
Betreff: Wer, ER?

Von wem redest du?

O MEIN GOTT!!! ER ist es!!!

Was MACHT er hier – in unserer Abteilung??? Warum geht er in Amys Büro?

Von: Jen Sadler <jennifer.sadler@thenyjournal.com>
An: Kate Mackenzie <kathleen.mackenzie@thenyjournal.com>
Betreff: Mitchell Hertzog

Ich weiß nicht, was er hier macht. Wahrscheinlich spricht er mit der SBT über die Kündigungsklage. Aber das ist deine große Chance, ihm zu beweisen, dass du nicht der größte Idiot aller Zeiten bist. Steh auf und mach ein paar Kopien oder irgendwas. Wackel mit deinem Hinterteil, das du dank der Treppen in unserem Haus so perfekt in Form gebracht hast. Zum GLÜCK trägst du heute einen Rock …

LOS, SCHNAPP DIR EIN PAAR AKTEN!!! Er verlässt gerade ihr Büro …

LOS!!! SCHNELL!!!

Von: Kate Mackenzie <kathleen.mackenzie@thenyjournal.com>
An: Jen Sadler <jennifer.sadler@thenyjournal.com>
Betreff: AW: Mitchell Hertzog

O. MEIN.GOTT.

Von: Tim Grabowski <timothy.grabowski@thenyjournal.com>
An: Jen Sadler <jennifer.sadler@thenyjournal.com>
Betreff: Mitchell Hertzog

Jen, meine Spione haben mir geflüstert, dass Stuart Hertzogs Bruder IM MOMENT bei euch in der Abteilung ist. Und dass er in den Vorfall unten in der Lobby verwickelt war – die Gesangseinlage von Kate Mackenzies Ex. Wir hier in der EDV haben eine Wette am Laufen, dass Hertzogs Bruder Kate zu einem Date einlädt. Es gibt nämlich nichts Reizvolleres für einen heterosexuellen Mann (habe ich mir sagen lassen) als eine Frau, die gerettet werden muss. Und wenn es eine Frau gibt, die gerettet werden muss, dann ist das Kate.

Also, deine Meinung ist gefragt. Wie lautet das Urteil? Enttäusch mich nicht, Honey, ich hab nämlich einen Fuffi gesetzt…

Tim

Von: Jen Sadler <jennifer.sadler@thenyjournal.com>
An: Tim Grabowski <timothy.grabowski@thenyjournal.com>
Betreff: AW: Mitchell Hertzog

Wie kann man nur so schwul sein? Hertzog ist hier, weil er mit der SBT etwas zu besprechen hatte. Ihrem Gesicht nach zu urteilen, ging es um Ida Lopez. Du weißt ja, dass sie wegen der Kündigung einen Anschiss bekommen hat von ganz oben aus dem 24. Stock. Im Moment telefoniert sie gerade, wahrscheinlich mit ihrem Verlobten, um sich über die schlechten Manieren seines Bruders zu beschweren.

Hertzog hat gerade das Büro verlassen und ist Kate begegnet, die auf dem Weg zum Kopierer war. Im Moment tauschen sie Nettigkeiten aus.

Hast du deinen Fuffi jetzt gerettet? Augenblick, hast du dafür oder dagegen gewettet?

Computerfreak: RAUS DAMIT! Worüber reden die beiden?

Sleaterkinneyfan: Tim! Bist du das?

Computerfreak: Wer denn sonst? Keine Zeit für Förmlichkeiten. Und natürlich kann ich so schwul sein. Ich BIN schwul. Also, worüber reden die beiden? Hat er sie schon gefragt, ob sie mit ihm ausgeht?

Sleaterkinneyfan: O mein Gott. Ihr Computerfreaks habt echt kein Privatleben. Also gut, warte, ich muss mich ein wenig näher heranpirschen ... Sie entschuldigt sich gerade wegen der Szene in der Lobby. Er sagt: »Sie meinen, es ist bei Ihnen nicht an der Tagesordnung, dass Männer mit einem großen Rosenstrauß an Ihrem Arbeitsplatz auftauchen und Ihnen ein Ständchen bringen?«

Computerfreak: Seufz. Stimmt es, dass er über eins achtzig groß ist und volles Haupthaar hat?

Sleaterkinneyfan: Ja. Und wenn ich hinzufügen darf, er ist ziemlich muskulös. Jedenfalls für einen Anwalt.

Computerfreak: WARUM SIND DIE GUTEN MÄNNER ALLE HETERO???

Sleaterkinneyfan: Jetzt lacht Kate. Oje, sie ist total nervös. Sie wirft ständig die Haare nach hinten.

Computerfreak: Das mit den Haaren ist ein gutes Zeichen. Und jetzt?

Sleaterkinneyfan: Shit! Kates Termin um halb fünf kommt gerade herein. Dolly Vargas.

Computerfreak: NEIIIIIIIIN!!!

Sleaterkinneyfan: Doch. Dolly hat Mitchell bereits geortet wie eine wärmesuchende Rakete ... Sie fokussiert ihn ... O ja, jetzt greift sie an.

Computerfreak: Abbruch! Abbruch! Bleib nicht auf deinem Hintern kleben, Sadler! UNTERNIMM was!

Sleaterkinneyfan: Was soll ich denn tun, Tim? Dolly leitet das Moderessort. Heute trägt sie Stilettostiefel und einen raffinierten Ledermantel von Prada, und wie ich Dolly kenne, ist sie darunter nackt. Der Mann ist verloren …

Computerfreak: Unsere Kate wird siegen! Weil sie bescheiden ist und selbstlos … Herrgott, Dolly geht auf die vierzig zu, und man sieht es ihr an.

Sleaterkinneyfan: Falsch! Er haut ab. Und zwar mit Dolly.

Computerfreak: Nein!!! Hat er wenigstens ein Date mit unserer Kate ausgemacht?

Sleaterkinneyfan: Oh, Dolly hat sich bei ihm eingehakt. Sie bringt ihn zum Fahrstuhl!

Computerfreak: STEHT DAS DATE?

Sleaterkinneyfan: Kann ich dir erst sagen, wenn Dolly und Kate fertig sind … Nein … Warte … Kate sieht zu mir. Sie gibt mir ein Zeichen …

Computerfreak: WAS IST??? DU KANNST UNS HIER NICHT SO HÄNGEN LASSEN.

Sleaterkinneyfan: Negativ. Die Antwort ist negativ. Er hat sie nicht gefragt. Ich wiederhole: Er hat sie nicht gefragt.

Computerfreak: Horror. Der totale Horror.

Sleaterkinneyfan: Hey, wir haben es versucht, okay? Beim nächsten Mal gewinnen wir.

Computerfreak: Beim nächsten Mal? Das stehe ich kein zweites Mal durch. O Gott, ich brauche einen Campari. Ich bin tatsächlich feucht in den Achseln.

Sleaterkinneyfan: Dolly kommt zurück. Mit einem Gesicht wie eine Katze, die den Kanarienvogel geschluckt hat…

Computerfreak: Wundert dich das? Wir wissen doch alle, dass sie schluckt.

Sleaterkinneyfan: Bäh! Die Unterhaltung ist vorüber. logged off

Computerfreak: logged off

Von: Dolly Vargas <dolly.vargas@thenyjournal.com>
An: Kate Mackenzie <kathleen.mackenzie@thenyjournal.com>
Betreff: Du

Katie, Herzchen, es war sehr SCHÖN, dass wir mal wieder plaudern konnten. Ich wusste gar nicht, dass du Mitch Hertzog kennst. Ist er nicht ein Schatz? Er hat mir mal aus einem ganz fürchterlichen Malheur geholfen mit einem meiner Ex… Ich habe ihn auf einer Benefizveranstaltung der Herzstiftung kennen gelernt. Mitch, meine ich, nicht den Ex. Hertzog senior spendet regelmäßig für die Herzstiftung… Obwohl ich ja glaube, er macht das eher aus Eigennutz, statt anderen Herzkranken helfen zu wollen. Mitch ist das schwarze Schaf der Familie, eine große Enttäuschung für seine Eltern, soweit ich weiß. Er hat einige Jahre als Pflichtverteidiger gearbeitet und sich stark engagiert für Unterprivilegierte, die sich keinen Anwalt leisten konnten. Er wollte der Gesellschaft etwas zurückgeben.

Trotz dieser kleinen Marotte ist er unwiderstehlich. Das genaue Gegenteil von seinem abstoßenden Bruder. Habe ich dir erzählt, dass Stuart Hertzog sich bei einer Spendengala der Trents einmal beinahe mit einer Frau aus dem Stadtrat geprügelt hat? (Die Trents aus der Park Avenue, die Schwester von Stuart und Mitchell ist mit einem Trent verheiratet.) GEPRÜGELT, Schätzchen… wegen irgendeiner Meinungsverschiedenheit über das Bildungssystem, ich weiß nicht mehr, worum genau es ging. Ich habe nur mitbekommen, dass Stuart, der ja selbst keine Kinder hat, laut sein Unverständnis darüber bekundete, warum so viele Steuern in das öffentliche Bildungssystem fließen, und die Ratsfrau erwiderte, weil in den Schulen die Ärzte von morgen heranwüchsen und ob er glaube, dass er im Alter nicht auf medizinische Hilfe angewiesen sein werde, worauf Stuart antwortete, dass er nur über seine Leiche zu einem Arzt ginge, der eine öffentliche Schule besucht habe. Tja, du verstehst nun sicher, warum die Frau auf ihn losgegangen ist.

Übrigens, Schätzchen, warum hast du mir nichts davon gesagt, dass du dich von deinem kleinen Straßenmusikanten getrennt hast? Ich habe ein schlechtes Gewissen, weil ich dich tagtäglich mit den Geschichten über meine neuesten Eroberungen bombardiert habe, ohne zu ahnen, dass du mit einem gebrochenen Herzen dasitzt. Stimmt es, dass dein Troubadour heute diesen Krawall in der Lobby veranstaltet hat? Ich dachte zuerst, es handele sich um eine Bombendrohung. Aber wie ROMANTISCH (wenn das stimmt, was ich gehört habe), dass der süße Mitchell zu deiner Rettung kam! Na ja, zusammen mit dem Sicherheitsdienst.

Und was habe ich da noch gehört? Du schläfst bei anderen Leuten auf der Couch, seit du diesen Schmarotzer – ich meine Dale – verlassen hast? Herzchen, das ist doch Irrsinn! Du kannst bei mir und Peter wohnen. Wir haben genügend Platz – du kannst das Gästezimmer haben. Du brauchst dir keine Sorgen zu machen, Peter ist so gut wie nie da. Er hat das geteilte Sorgerecht für seine Kinder aus erster Ehe… Oder aus der zweiten? … Egal, jedenfalls ist er nur selten in unserem Liebesnest. Die meiste Zeit verbringt er mit seinem Nachwuchs in Scarsdale. Ich fände es SUPER, eine Mitbewohnerin zu haben. Dann können wir endlose Frauengespräche führen, uns mit ungesunden Dickmachern vollstopfen und uns den ganzen Abend erotische Frauenfilme ansehen … Bitte, sag Ja!

Du kannst gleich heute Abend bei mir einziehen. Peter ist auf irgendeiner Schulveranstaltung mit seinen Kindern. Sag mir, wann du kommst, dann kann ich Xavier (das ist der Portier, Schätzchen) Bescheid geben.

Liebe Grüße
Dolly

Von: Kate Mackenzie
<kathleen.mackenzie@thenyjournal.com>
An: Jen Sadler <jennifer.sadler@thenyjournal.com>
Betreff: Heute Abend

Hör zu, reg dich nicht gleich auf, aber Dolly Vargas hat mir angeboten, ein paar Tage bei ihr zu wohnen, und ich denke, ich nehme es an. Du und Craig habt das Recht auf eine Pause von eurem Dauergast. Seitdem ich euch letztens in der Küche gestört habe, weiß ich, dass ihr dringend mehr Privatsphäre benötigt …

Ich komme mit dir nach Hause, packe meine Sachen, und bis spätestens neun seid ihr mich los, VERSPROCHEN.

Kate

Von: Jen Sadler <jennifer.sadler@thenyjournal.com>
An: Kate Mackenzie <kathleen.mackenzie@thenyjournal.com>
Betreff: AW: Heute Abend

Hast du einen KNALL? Du willst bei DOLLY VARGAS einziehen??? Mensch, Kate, ich weiß ja, dass unsere Couch nicht die bequemste ist, aber übertreibst du nicht ein bisschen? Ich meine, die Frau hatte neulich einen echten Nerz an. IM BÜRO.

Ich kann verstehen, dass dir die Nudelsuppe zum Hals raushängt und du lieber Hummersuppe möchtest. Aber mal im Ernst, Kate, glaubst du wirklich, Dolly lässt dich *Charmed* sehen, ohne ständig dazwischenzuplappern und dich fünfhunderttausendmal zu fragen, ob sie nicht zu fett aussieht in ihrem neuen Outfit für irgendeine tolle Party, zu der sie am Abend eingeladen ist?

Wenigstens gönne *ich* dir deine tägliche Dosis Alyssa Milano ohne Unterbrechung.

Komm schon, bleib bei uns. Ich weiß, die East End Avenue klingt verlockend, aber dafür haben dich alle hier auf der West 83rd lieb.

J

Von: Kate Mackenzie
<kathleen.mackenzie@thenyjournal.com>
An: Jen Sadler <jennifer.sadler@thenyjournal.com>
Betreff: Netter Versuch

Komm schon, du weißt selbst, dass ich bei eurer Babyplanung ständig im Weg bin. Außerdem ist mir bewusst, dass die Meisterschaftsrunde im Basketball begonnen hat und Craig seine Couch zurückhaben will.

Und wenn ich nicht mehr da bin, hört Dale hoffentlich auf, jeden zu belästigen, der zu euch ins Haus will. Bei Dolly gibt es einen Portier. Selbst wenn Dale herausfindet, wo ich bin, wird er in das Gebäude nicht hineinkommen.

Wirklich, Jen, es ist besser so für alle Beteiligten.

Mit Ausnahme von Dolly vielleicht.

Flennt die SBT immer noch? Hat irgendwer rausbekommen, was Mitch zu ihr gesagt hat?

Kate

Von: Jen Sadler <jennifer.sadler@thenyjournal.com>
An: Craig Sadler <csadler@terminator.com>
Betreff: Kate

O mein Gott, Craig, du musst dringend was unternehmen!!! Kate macht ernst und will noch heute Abend ausziehen! Sie liefert sich freiwillig der Gnade unserer Moderedakteurin aus, Dolly Vargas. Dieselbe Dolly Vargas, die mit dem Gründer und Herausgeber der Zeitung schläft, für die ich arbeite. Ich würde mir zwar gerne einreden, Kate macht das nur, um an Hargrave heranzukommen und ihn geschickt zu bearbeiten, damit er Ida Lopez wieder einstellt und die SBT abserviert. Aber ich befürchte leider, sie zieht aus, weil unsere Couch so unbequem ist.

Schick ihr bitte eine Mail! Schreib ihr, dass sie uns nicht im Weg ist und dass du möchtest, dass sie bleibt.

BITTE, tust du das?

J

Von: Craig Sadler <csadler@terminator.com>
An: Jen Sadler <jennifer.sadler@thenyjournal.com>
Betreff: AW: Kate

Warum sollte ich? Kate zum Bleiben überreden, meine ich. Versteh mich nicht falsch, ich mag Kate. Von all deinen verrückten Freundinnen ist sie die EINZIGE, der ich freiwillig meine Couch überlasse.

Jen, das geht jetzt schon einen Monat so. Ich weiß, dass Kate nicht viel verdient, und die Mieten in New York sind der Wahnsinn. Ich mache es Kate KEINESFALLS zum Vorwurf, dass sie noch keine anständige Wohnung gefunden hat. Aber ich hätte wirklich sehr, sehr, sehr gerne meine Couch zurück.

Und unsere Privatsphäre.

Komm schon, Jen. Wir versuchen schließlich, ein Baby zu bekommen.

Und offen gesagt, Jen, ich bin dieses ganze Theater mit Dale allmählich leid. Ich meine, er hat meine Geduld schon damals zu Schulzeiten überstrapaziert, weil er immer und überall seine Pizzakartons herumliegen ließ und sich in der Öffentlichkeit ungeniert an den Eiern kratzte. Nur weil der Kerl Musiker ist, meint er wohl, sich nicht wie ein zivilisierter Mensch benehmen zu müssen.

Die ständigen Anrufe, die Zettel, die er unter der Tür durchschiebt, der Klingelterror bei den Nachbarn, bis ihn einer reinlässt, und dann schmettert er auch noch auf offener Straße – da warst du mit Kate im Kino – Songs wie *Eiswiesel knabbern an meinem Hirn*. Kann ich gern darauf verzichten, und wenn er als Musiker noch so begabt ist.

Lass sie gehen. Vielleicht gelingt es ihr ja, diesem Hargrave einzureden, dass er DIR den Job der SBT gibt. Kate kann sehr überzeugend sein, wenn sie das nette Mädel vom Land raushängen lässt.

Es ist GUT, dass Kate auszieht, Jenny. Glaub mir. Das ist eine GUTE Sache.

Craig

**Vom Schreibtisch von
Kate Mackenzie**

Hallo, Amy,

Sie haben Ihr Telefon offenbar auf Rufumleitung gestellt. Ich habe an Ihre Tür geklopft, aber Sie haben nicht reagiert. Ich wollte Sie nur darüber informieren, dass ich mit Dolly Vargas wegen der Sache mit Hector Montaya ein Gespräch hatte. Sie hat sich bereit erklärt, erneut die Schulung über sexuelle Belästigung am Arbeitsplatz mitzumachen. Aller guten Dinge sind drei, vielleicht bleibt ja dieses Mal was hängen!

Ich wünsche Ihnen ein schönes Wochenende. Wir sehen uns am Montag. Außerdem möchte ich mich entschuldigen für den Vorfall heute Nachmittag in der Lobby. Ich verspreche, das kommt nicht wieder vor. Zumindest glaube ich das. Oder ich hoffe es.

Kate

Kathleen A. Mackenzie
Personalsachbearbeitung L-Z
New York Journal

Von: Dolly Vargas <dolly.vargas@thenyjournal.com>
An: Mitch Hertzog <mitchell.hertzog@hwd.com>
Betreff: Kate

So, Schätzchen, es ist alles geregelt. Sie kommt heute Abend zu mir. Ich muss mir selbst ein Kompliment aussprechen, wie schnell mir das gelungen ist. Aber es war auch nicht schwer. Das Mädchen wünscht sich nichts sehnlicher als acht Stunden Schlaf am Stück.

Ich schätze, ein Monat auf einer fremden Wohnzimmercouch kann einen so weit bringen.

Also, sag mir die Wahrheit. Das bist du mir schuldig. Schließlich lade ich nicht alle Tage eine unserer Personalreferentinnen ein, bei mir zu wohnen, auch wenn sie ein richtiger Schatz ist mit ihrem süßen Dialekt und ihrer Hilfsbereitschaft («Ich kann auch für uns kochen.«). Hast du dich in sie verknallt? Denn wenn ich das richtig verstanden habe, kennt ihr euch noch nicht lange. Das geht alles ein bisschen schnell, selbst für meine Begriffe, stimmt's?

Aber ich verstehe, was dich an ihr fasziniert. Es gibt nichts, dem ein großer, starker Mann wie du schwerer widerstehen kann als einem süßen kleinen Mädel in Not wie unserer Miss Kentucky. Da ich gerade von stark spreche … Du hast fleißig trainiert, nicht, Schätzchen? Versuch nicht, es abzustreiten. Spielst du immer noch Basketball mit den doppelseitig Gelähmten oder was die waren? Ich meine die Jungs, die wirklich im Rollstuhl sitzen, während du für das Spiel nur simulierst. Wenn ich sagen darf, das Training tut dir gut, du hast richtig tolle Muskeln unter deiner Tweetie-Krawatte oder was du da heute anhattest. Ich wünschte, du würdest Peter fragen, ob er bei euch mitspielen will. Der Arme braucht dringend ein Hobby.

Außerdem kann ihm ein bisschen Sport nicht schaden.

Gott, das macht richtig SPASS! Versprich mir aber, dass du ihr nicht das Herz brichst. Das wäre kein Spaß mehr. So, wie wenn Peter seine Kinder mitbringt.

O Gott, ich muss zur Prada-Show. Bis später.

Liebe Grüße
Dolly

>>

Von: Mitch Hertzog <mitchell.hertzog@hwd.com>
An: Dolly Vargas <dolly.vargas@thenyjournal.com>
Betreff: AW: Kate

Meine Bitte an dich, Ms. Mackenzie eine Bleibe anzubieten, hat nichts mit irgendwelchen unseriösen Hintergedanken zu tun. Sie macht einfach den Eindruck, als könnte sie eine helfende Hand brauchen. Und welche Hände wären besser geeignet als deine, Dolly?

Nochmals danke
Mitch

Von: Stuart Hertzog <stuart.hertzog@hwd.com>
An: Mitch Hertzog <mitchell.hertzog@hwd.com>
Betreff: Amy

Was spielst du eigentlich für ein Spiel? Du hattest kein Recht, Amy einfach so in ihrem Büro zu überfallen und einzuschüchtern. Sie ist eine nette junge Frau und keine von deinen Kleinkriminellen, mit denen du Umgang pflegst. Wann sie eine eidesstattliche Erklärung abgibt, entscheide immer noch ich … Nämlich erst dann, wenn sie dazu bereit ist, und nicht eher.

Und was soll das mit der schriftlichen Abmahnung, von der du gefaselt hast? Amy hält ihre Ablage tadellos in Ordnung, und was auch immer für ein Schreiben du vermisst, ich bin sicher, es ist in der Personalakte dieser Kantinenfrau.

Mitchell, du bist so ein Arschloch. Ich habe gehofft, dass Stacey dir ein wenig Vernunft einreden kann, aber wie ich sehe, ist bei dir Hopfen und Malz verloren.

Ein Jammer. Du hast nämlich durchaus Potenzial.

Aber jetzt weiß ich, dass du genauso verkommen bist wie die Zuhälter und Mörder, die dank dir wieder frei herumlaufen.

Stuart Hertzog, Senior Partner
Hertzog, Webber & Doyle
Anwaltskanzlei

Von: Mitchell Hertzog <mitchell.hertzog@hwd.com>
An: Stuart Hertzog <stuart.hertzog@hwd.com>
Betreff: AW: Amy

Schon komisch. Und ich dachte immer, du wärest der Verkommene von uns beiden. Oder bist du nicht derjenige, der seine Verlobte dazu veranlasst hat, eine Servicekraft zu feuern, nur weil sie dir keinen Kuchen geben wollte?

Ms. Jenkins macht einen nervösen Eindruck, was die Klage von Mrs. Lopez betrifft. Wenn ich richtig verstanden habe, gab es zwar eine mündliche Abmahnung, aber keine schriftliche. Ich glaube, laut Arbeitsvertrag von Mrs. Lopez ist eine schriftliche Abmahnung zwingend, bevor eine fristlose Kündigung ausgesprochen werden kann.

Mrs. Lopez sagte, sie habe nie eine schriftliche Abmahnung erhalten. Seltsam, dass ihr trotzdem fristlos gekündigt wurde, oder nicht?

Ohne deine Illusionen zerstören zu wollen, Sportsfreund, aber deine »nette junge Frau« kann sich selbst wehren. Sie ist wahrlich nicht auf den Mund gefallen. Sie hat mich einen Wichser genannt, wenn mich meine Erinnerung nicht trügt … Oh, sie trügt mich nicht, weil ich unser kurzes, aber dafür höchst aufschlussreiches Gespräch in ihrem Büro heimlich aufgenommen habe.

Hey, wäre es nicht lustig, Mom das Band vorzuspielen? Super Idee! Am besten, ich ruf sie gleich an!

Liebe Grüße
Mitch
alias Der Wichser

Hallo, dies ist der Privatanschluss von Margaret und Arthur Hertzog. Wir sind momentan verhindert. Bitte hinterlassen Sie eine Nachricht, und wir melden uns gerne zurück.

(Ton)

Mom? Hallo, hier ist Stuart. Hör zu, ich will dir nur sagen … Mitch wollte sich bei dir melden, und ich möchte sichergehen, dass du weißt, dass das Band, das er dir vorspielen möchte … Nun, es handelt sich um eine Fälschung. Die Aufnahme wurde manipuliert, und …

(Klick)

»Hallo?«
»Mom?«
»Nein. Hier ist Sean. Bist du das, Stuart?«
»Ja. Janice, hol mir Mom ans Telefon.«
»Mom ist nicht da. Außerdem habe ich dir schon gesagt, du sollst mich nicht Janice nennen. Ich heiße Sean.«
»Okay, *Sean*, von mir aus. Richte Mom aus, wenn sie nach Hause kommt …«
»Hey, ist das wahr?«
»Ist was wahr?«
»Das mit dieser Amy.«
»Du meinst, dass ich sie heiraten werde? Ja, das ist wahr. Und ich hoffe, Janice, dass du diesen besonderen Tag mit uns …«
»Nein, ich meine, dass sie Mitch einen Flachwichser genannt hat.«

»Janice, zeichnet der Anrufbeantworter noch auf?«
»Ja, glaub schon.«
»Leg sofort auf, Janice.«
»Mann, kapier's endlich, ich heiße Sean.«

(Klick)

Von: Kate Mackenzie <katyperry@freemail.com>
An: Jen Sadler <sleaterkinneyfan@freemail.com>
Betreff: Paradies

Hey, ich bin's. Ich maile dir privat, und das am Wochenende. Ich sitze nämlich an Dollys Laptop, der hat DSL. O mein Gott, du und Craig, ihr würdet sterben, wenn ihr die Wohnung hier sehen könntet. Dolly bewohnt ein Penthouse mit einem fantastischen Ausblick auf den East River. Man kann die Schiffe beobachten. SCHIFFE.

Und das ist noch nicht alles. Es gibt drei Bäder – DREI – zu jedem Schlafzimmer eins, also auch drei Schlafzimmer, jedes einzelne so groß wie euer Wohnzimmer, und ein Wohnzimmer so groß wie eure ganze Wohnung und eine Terrasse – eine *Terrasse* – so groß wie das Dach von eurem Haus. Hier lässt es sich wirklich aushalten.

Ich meine, nicht dass es bei euch nicht schön gewesen wäre. Sogar richtig schön. Schön gemütlich und lauschig. Ich meine, ganz im Ernst, euer Sitzsack ist weitaus bequemer als irgendeiner von Dollys Designerstühlen.

Aber das Coole ist, dass ich hier niemandem im Weg bin. Nicht einmal Dolly. Sie ist nämlich nie da.

Okay, im Moment ist sie da. Sie steht gerade unter der Dusche. Aber ich habe keine Ahnung, wann sie nach Hause gekommen ist. Sie war gestern Abend auf irgendeiner großen Feier. Sie hat mich gefragt, ob ich mitkommen möchte, aber um ehrlich zu sein, ihr Fernseher hat mich mehr interessiert. Jen, sie hat einen 50-Zoll-Plasmafernseher mit Full HD und dreihundert Kanälen! Und das ist nur der eine im Wohnzimmer! In meinem Zimmer steht ein 36 Zoll, zwar ohne HD, aber auch ein Flatscreen. Ich habe Sender entdeckt, von denen ich noch nie zuvor gehört habe.

Ich weiß, was du jetzt sagen wirst. Dass ich mit Dolly zu der Party hätte gehen sollen. Ich meine, sie hat sogar angeboten, mir Klamotten zu leihen. Sie hatte mir auch schon ein Ledertop rausgelegt. Genau so eins, wie Alyssa Milano mal anhatte, weißt du noch?

Aber ich hatte irgendwie keine Lust, zu einer Party zu gehen, wo ich niemanden kenne. Ich weiß, Moderedakteurinnen tun das ständig, aber Personalreferentinnen? Eher nicht. Also habe ich mir Hühnchen in Knoblauchsauce bestellt und den Travel Channel geschaut. Die berichten dort über nichts anderes als über Reisen in fremden Ländern. Hast du gewusst, dass man in Thailand auf offener Straße die Busse anhalten kann so wie hier in New York die Taxis? Das geht wirklich. Man braucht nur die Hand zu heben, und schon hält der Bus vor dir. Stell dir mal vor, wir würden das hier ausprobieren. Bestimmt würde kein einziger Busfahrer für die Leute bremsen.

Ups, Dolly kommt aus ihrem Schlafzimmer. Ich habe eine große Schüssel Pfannkuchenteig vorbereitet, damit ich ihr ein Frühstück machen kann. Das ist das Mindeste, was ich tun kann, wo sie so nett zu …

Augenblick. Das ist gar nicht Dolly …

>>

Von: Jen Sadler <sleaterkinneyfan@freemail.com>
An: Kate Mackenzie <katyperry@freemail.com>
Betreff: AW: Paradies

O mein Gott, so kannst du mich nicht hängen lassen. WER IST ES?

Auch wenn du uns offensichtlich nicht vermisst, aber wir vermissen dich. Craigs erste Worte heute Morgen nach dem Aufstehen waren »Wie? Keine Pfannkuchen?«

Siehst du? Du fehlst uns.

Also, sag schon, frühstückst du gerade mit PETER HARGRAVE, dem Gründer und Herausgeber der angesehenen Zeitung, für die wir arbeiten?

Sag mir die Wahrheit: Boxershorts oder Slip?

J

>>

Von: Kate Mackenzie <katyperry@freemail.com>
An: Jen Sadler <sleaterkinneyfan@freemail.com>
Betreff: AW: AW: Paradies

Äh … nein, ich frühstücke nicht mit Peter Hargrave. Weil es nicht Peter Hargrave war, der aus Dollys Schlafzimmer kam, sondern jemand, den ich nicht kenne. Ungefähr in unserem Alter, mit richtig breiten Schultern, wahrscheinlich der attraktivste Mann, den ich seit einer Weile zu Gesicht bekommen habe. Ein richtiges Model. Was, wenn man darauf steht, sehr nett sein kann. Nehme ich an. Obwohl ich persönlich ja keinen Mann haben möchte, der hübscher ist als ich.

Er sagte einfach »Ah … hi«, als er mich gesehen hat …

UND DANN GING ER. EINFACH SO!!!

Ich will ja nicht Dollys Ruf schädigen, aber ich glaube, dass Peter Hargrave Konkurrenz bekommen hat.

Ups, Dolly kommt. Hoffe auf eine Erklärung.

Katie

Von: Jen Sadler <sleaterkinneyfan@freemail.com>
An: Kate Mackenzie <katyperry@freemail.com>
Betreff: AW: AW: AW: Paradies

WER WAR DER KERL?

Ich möchte mich übrigens dafür entschuldigen, dass Craig und ich dir keinen Plasmafernseher, keinen Travel Channel, kein eigenes Bad und keinen Panoramablick auf den Fluss bieten können. Ganz zu schweigen von breitschultrigen Männern, die samstagmorgens durch Dollys Wohnung wandern.

Also, WER WAR DAS???

>>

Von: Kate Mackenzie <katyperry@freemail.com>
An: Jen Sadler <sleaterkinneyfan@freemail.com>
Betreff: Du wirst es nicht glauben

Dolly scheint seinen Namen nicht zu kennen. Sie nennt ihn Skiboy. Er ist nämlich Skilehrer.

Sie hat ihn gestern Abend kennen gelernt. GESTERN ABEND!!! UND SPRINGT DIREKT MIT IHM IN DIE KISTE!!!

Ich möchte nicht altmodisch klingen, aber Entschuldigung, was ist aus dem Sich-näher-Kennenlernen geworden, bevor man sich gemeinsam in die Horizontale begibt? Sie hätte zumindest mal nach seinem NAMEN fragen können, Menschenskind.

Aber als ich Dolly darauf angesprochen habe, meinte sie nur: »Schätzchen, wen kümmert es, wie er heißt, bei dem Körperbau?«

Also bleibt es wohl bei »Skiboy«.

Ich habe Dolly gefragt, was mit Peter Hargrave ist, und sie hat gesagt, dass sie mit ihm, seit seine dritte Ehe geschieden wurde, eine offene Beziehung führt.

Dolly schmecken meine Pfannkuchen sehr. Nachher gehen wir eine Runde um den See joggen (!), damit wir schön schlank bleiben. Heute Abend wollen wir zu einer

Vernissage ins Kunstmuseum. Möchtest du mit uns joggen gehen?

Katie

PS: Im Ernst, bei euch ist es viel schöner als bei Dolly. Im Kühlschrank hat sie nur Champagner und Joghurt. Echt. Ich musste für die Pfannkuchen fettarme Butter verwenden, darum sind sie etwas dünn geworden.

Von: Jen Sadler <sleaterkinneyfan@freemail.com>
An: Kate Mackenzie <katyperry@freemail.com>
Betreff: Joggen

Danke für die Einladung, aber ich versuche gerade, schwanger zu werden, schon vergessen? Das Letzte, was ich gebrauchen kann, ist, dass meine Gebärmutter herausflutscht, wovor ich immer Angst habe, wenn ich joggen gehe.

Ich wünsche dir heute Abend viel Spaß mit deiner neuen Freundin. Craig und ich gehen wahrscheinlich ins Kino. Nicht jeder von uns führt ein glamouröses Jetset-Leben mit Skiboys, die durch unser Penthouse wandern.

J

PS: Dale hat viermal auf den Anrufbeantworter gesprochen und sich schließlich entschieden, eine Dose Del-Monte-Pfirsiche, an der ein Zettel befestigt war, auf unsere Feuertreppe hochzuwerfen. Haben Del-Monte-

Dosenpfirsiche irgendeine besondere Bedeutung für euch beide? Oder denkst du, er hatte nur gerade keinen Ziegelstein zur Hand? Egal, wenn ich das richtig entziffere – er hat nämlich eine fürchterliche Sauklaue, wahrscheinlich wie alle musikalischen Genies oder so –, schreibt er:

Katie, es tut mir leid, was bei dir in der Firma passiert ist. Bitte sei nicht sauer auf mich. Ich schwöre, ich mache das nie wieder. Trotzdem würde ich eins gerne wissen: Hast du eine Ahnung, wo meine Bowlingschuhe sind? Du weißt schon, die, die ich nach dem Abend im Chelsea Piers versehentlich mit nach Hause genommen habe. Ich brauche sie dringend für einen Auftritt. Die passen nämlich astrein zu meiner Karohose.

In Liebe
Dale

PS: Wer war der Typ mit der Bugs-Bunny-Krawatte oder was das war? Er hat mich angesehen, als würde er mir am liebsten eine reinhauen. Ist das dein neuer Chef oder so? Was ist aus der SBT geworden? Egal, jedenfalls war mir der Kerl unsympathisch. Das ist alles. Dale

Charmant wie immer. Hey, vielleicht teilt Dolly ja Skiboy mit dir! Viel Spaß bei der Vernissage.

J

Bin im Moment nicht erreichbar. Hinterlassen Sie eine kurze Nachricht.

(Ton)

Mitch. O Gott. Hier ist Stace. Ich hätte nie im Leben damit gerechnet, dass er einfach so vorbeikommt. Ich meine, das hat er noch nie gemacht. Das ist bestimmt *ihr* Einfluss. Ich war echt baff. Natürlich ist es ihm nicht in den Sinn gekommen, vorher kurz anzurufen. Ich meine, wer möchte nicht durch einen Besuch des großartigen Stuart Hertzog geadelt werden? Egal. Was genau hat er denn zu dir gesagt, draußen in der Garage? Jason meinte, er wollte die Golfschläger wegräumen und platzte zufällig dazwischen, als ihr euch angegiftet habt. Jason sagt, er hat noch nie gesehen, dass jemandem so deutlich der Wunsch ins Gesicht geschrieben stand, einem anderen den Schläger über den Kopf zu ziehen. Also mit jemand meine ich Stuart. Der andere bist du. Oh… Nein, Mäuschen, ich weiß nicht, wo deine Meerjungfrau-Barbie ist. Hast du sie vielleicht wieder in der Badewanne vergessen? Sieh mal nach… Jedenfalls war es schön, dass du bei uns warst. Du siehst gut aus. Ruf mich zurück, dann können wir über sie lästern.

(Klick)

Bin im Moment nicht erreichbar. Hinterlassen Sie eine kurze Nachricht.

(Ton)

Mitchell, hier spricht deine Mutter. Ich weiß nicht, was für ein Spiel du treibst mit deinem Bruder, aber ich kann dir versichern, ich finde es nicht sehr amüsant. Stuart ist tief getroffen. Ich möchte, dass du dich bei ihm entschuldigst. Es ist schlimm genug, dass du Amys Ruf schädigst, indem du ihr unterstellst, dieser Kantinenfrau zu Unrecht gekündigt zu haben. Aber was genau hast du gemeint, als du sie heute gefragt hast – in Anwesenheit deiner Schwester und ihres Schwagers samt seiner Familie und allen anderen, wenn ich richtig informiert bin –, ob die Pi Delts eine Aufnahmezeremonie für Stuart feiern? Wolltest du damit andeuten, dass Amys Sorority eine Art Satanssekte ist? Nur weil dich keine Studentenvereinigung aufnehmen wollte, ist das noch lange kein Grund, alle anderen schlechtzumachen. Immerhin war dein Vater ein Delta Upsilon. Ich bin es leid, dass ich immer deine Unverschämtheiten ausbaden darf, Mitchell. Ich möchte, dass du deinen Bruder anrufst und dich nicht nur für deinen Affront gegen Amy entschuldigst, sondern auch für dieses alberne Gerücht, dass sie dich angeblich beleidigt haben soll. Ich möchte, dass du Stuart sagst, dass es dir leidtut. Das ist alles. Greif einfach zum Hörer, ruf ihn an und entschuldige dich bei ihm. Glaub nicht, dein Vater wird davon nichts erfahren, wenn du es nicht tust.

(Klick)

Bin im Moment nicht erreichbar. Hinterlassen Sie eine kurze Nachricht.

(Ton)

Ich bin es, Sean. Alter, du steckst ganz schön tief in der Scheiße. Mom ist tierisch angefressen. Sie sagt, das ist deine letzte Chance. Sie hat es satt, immer zwischen die Fronten zu geraten und das Gefühl zu haben, sie muss sich zwischen dir und Stuart entscheiden. Und sie stellt sich automatisch auf Stuarts Seite, weil sie dich für psychisch labil hält. Ach übrigens, hat diese Amy Jenkins wirklich »Flachwichser« zu dir gesagt? Wie süß. Melde dich mal.

(Klick)

Bin im Moment nicht erreichbar. Hinterlassen Sie eine kurze Nachricht.

(Ton)

Ich würde es begrüßen, wenn du deine Meinung über die Pi Delts und meine Verlobte in Zukunft für dich behalten könntest, Mitch, statt sie vor Stacys angeheirateter Verwandtschaft und in ganz Greenwich herumzuposaunen. Niemanden interessieren deine Ansichten zu den traditionellen Gepflogenheiten von Studentenverbindungen. Außerdem ist deine Behauptung, Amy habe gegen das Protokoll verstoßen, als sie dieser renitenten alten Zicke gekündigt hat, völlig absurd. Als Leiterin der Personalabteilung kann Amy einstellen und feuern, wen sie will. Ich glaube, du hast vergessen, welche Seite du in diesem Fall vertrittst. Du wirst von Peter Hargrave bezahlt, und NICHT von Ida Lopez. Es wäre schön, wenn du dir das merken könntest. Und wage es nie wieder, meine Verlobte in ihrem Büro zu überfallen und Akteneinsicht zu fordern, als wäre sie eine deiner Asozialen, die du früher verteidigt hast und mit denen du, wie ich erfahren habe, immer noch gelegentlich verkehrst. Amy gehört sicher nicht zu diesem Gesocks, an das du dich gewöhnt hast, sie verdient es, wie eine gesetzestreue Bürgerin behandelt zu werden und wie ein zukünftiges Mitglied unserer Familie. Verstanden?

Verflucht, ich bitte dich, einen simplen Fall zu übernehmen, und du machst aus einer Kündigungsschutzklage eine Verschwörung gegen die Arbeiterklasse. Meine Güte, Mitch! Mach einfach deinen Job und hör auf, immer alles zu hinterfragen, wie du es so gerne zu tun pflegst. Manche Menschen haben es einfach verdient, rausgeschmissen zu werden, weißt du? Wenn du nicht auch dazugehören willst, empfehle ich dir, diesen Fall zu gewinnen. Und du irrst dich gewaltig, wenn du glaubst, Dad würde dich nie rauswerfen. Wir wissen schließlich beide, wer von uns sein Lieblingssohn ist. Du bestimmt nicht, Kumpel.

(Klick)

Von: Mitchell Hertzog <mitchell.hertzog@hwd.com>
An: Stacy Trent <IH8BARNEY@freemail.com>
Betreff: Heute

Habe versucht, dich anzurufen, aber bei euch ist ständig besetzt. Das hat doch hoffentlich nichts damit zu tun, dass Haley und Brittany erfahren haben, dass es die Powerpuff Girls Hotline gibt, oder?

Jedenfalls tut es mir leid, dass ich diesen Tumult in der Finca Trent verursacht habe. Ich weiß auch nicht, warum Stuart so ausgeflippt ist. Ich wollte doch nur sagen, dass es damals auf der Uni in Michigan bei den Pi Delts Brauch war, jeden Mann, der sich mit einer der ihren verlobt hat, splitternackt auszuziehen und ihn zur Belustigung der Passanten an das Pi-Delta-Schild vor dem Haus zu ketten. Ich wollte doch nur wissen, ob Amys Pi-Delta-Schwestern etwas Ähnliches mit Stuart planen, zur Belustigung der New Yorker. Dann hätte ich nämlich vorgeschlagen, Stuart nackt vor dem Verlagshaus anzuketten in der 216 West 57th Street. Mir ist es ein Rätsel, warum sie sich darüber so aufgeregt hat. Dir auch? Ich meine, wer austeilt, muss auch einstecken können.

Sag Jason, dass ich heute viel Spaß hatte auf dem Green … nun, was davon zu sehen war, bei all dem Schnee. Vielleicht war Golfen im März nicht eine meiner besten Ideen.

Ich bin heute Abend nicht da, falls du mich anrufen willst. Ich muss Dad vertreten auf irgendeiner Wohltätigkeitsveranstaltung im Museum. Habe eigentlich keine

Lust. Leute, die vor lauter Geld nicht wissen, was sie damit anfangen sollen, sind noch schlimmer als Leute, die immer wieder davon anfangen, wie süß die kleine Taylor war, als sie bei der Taufe von Richard jr. die Babydecke vollgekotzt hat.

Ist nicht böse gemeint.

Mitch
alias Der Wichser

Willkommen zur Ausstellungseröffnung von
Gregory Shearson
Gesammelte Zeichnungen aus dem
19. Jahrhundert
Metropolitan Museum of Art

Warum bin ich bloß mitgekommen? O Gott, hier ist es sterbenslangweilig. Ich meine, es ist nicht so, als wäre ich lieber

Für die musikalische Unterhaltung sorgt
die Chamber Music Society of Lincoln Center

zu Hause bei Dolly und würde den Travel Channel schauen. So ist es nicht. Zumindest

Gregory Shearsons Sammlung berührt viele Stilrichtungen der französischen Zeichenkunst des 19. Jahrhunderts: den heroischen Neoklassizismus von David, den verfeinerten Klassizismus von Ingres, die expressive Romantik von Delacroix, die realistischen Landschaftsporträts der Schule von Barbizon, die brillanten Schwarz-Weiß-Zeichnungen von Seurat und die kostbaren Aquarelle von Paul Signac und Henri-Edmond Cross.

glaube ich das nicht. Keine Ahnung. Wenn ich noch mit Dale zusammen wäre, würde ich jetzt in irgendeiner verrauchten Kneipe im East Village sitzen und auf seinen Auftritt warten. Falsch, ich würde durch die Wohnung rennen und ihm helfen, seine Bowlingschuhe zu finden, da die Band nie vor Mitternacht auf die Bühne geht und Dale um diese Uhrzeit noch gar nicht bereit wäre. Und ich sage nicht, dass ich lieber woanders wäre, denn hier ist es immer noch besser als in einer Kneipe im East Village. Ich meine, hier wird nicht gequalmt, und keiner fragt mich, ob er mal an meinen Haaren riechen darf. Trotzdem fühle ich mich fehl am Platz, selbst in den Klamotten, die ich mir von Dolly geborgt habe.

Die Auswahl zeigt eine neue Facette der Vorlieben eines großen amerikanischen Kunstsammlers, der für sein vielseitiges und vielschichtiges Interesse an historischer Kunst aus Europa bekannt ist.

Ich meine, zunächst einmal ist da die Tatsache, dass ich die wildeste Frisur von allen habe. Dolly hat zwar gesagt, die Locken stünden mir, aber ich hätte sie glattföhnen sollen. Und zweitens denke ich, dass ich die Einzige bin, die weniger als zehntausend auf ihrem Sparkonto hat. Vielleicht bin ich sogar die Einzige, die überhaupt ein Sparkonto hat – abgesehen von Dolly, meine ich. Zumindest scheine ich die Einzige zu sein, die hier alleine herumsteht. Ich meine, Dolly hat keinen Ton davon gesagt, dass sie hier mit Skiboy verabredet ist. Aber da stand er und wartete auf sie, direkt neben dem roten Teppich. Und wenn ich hinzufügen darf, in Abendgarderobe sehen seine Schultern noch BREITER aus.

Diese Ausstellung wurde ermöglicht
durch eine Spende der
Gregory Shearson Stiftung.

Okay, noch ein letztes Glas Champagner, und danach verschwinde ich. Wo ist der Ober? Wo – GROSSER GOTT! O MEIN GOTT, WAS MACHT *DER* DENN HIER?
UND WER IST DAS NEBEN IHM? OGottoGott, Mitchell Hertzog ist hier, in weiblicher Begleitung. EINE FRAU! O Gott, und was für eine. Seht sie euch an. Sie trägt die Haare offen. Sie hat sich nicht an den Ratschlag der Moderedaktion des *New York Journal* gehalten. Sie sieht toll aus. Nun, wenn man ein Körpergewicht von hundert Pfund bei einer Größe von knapp zwei Metern als »toll« bezeichnen kann. Sie erinnert an eine Gottesanbeterin, wenn ihr mich fragt.
O Gott, warum habe ich den ganzen Rest Sesamnudeln verdrückt, der vom Abendessen übrig war?

Programm
der
Chamber Music Society of Lincoln Center

Vielleicht kann ich mich hinausschleichen, bevor er mich mit dieser Frisur sieht. Wenn ich mich hinter dieser Säule verstecke

Quintett in A-Dur K 581 für Klarinette und Streicher
Mozart

und dann heimlich zur Garderobe schleiche, könnte ich es schaffen. Bitte, lieber Gott, mach, dass es klappt.

Sextett für Klarinette, Streichquartett und Klavier
Copland

NEIIIIIIN! Er hat mich entdeckt! Was soll ich …

Quintett für Klavier und Streichquartett F-Moll op. 34
Brahms

Tagebuch von Kate Mackenzie

Warum schaffe ich es jedes Mal, mich zum absoluten Volltrottel zu machen, wenn ich Mitchell Hertzog sehe? Entweder ich fasele dummes Zeug über Hühnchen in Knoblauchsauce oder ich muss mir meinen gestörten Exfreund vom Leib halten oder so tun, als würde ich mich mit Kunst und klassischer Musik auskennen, was DEFINITIV NICHT *der Fall ist.*

Und er sah mal wieder umwerfend aus. Ich meine, wirklich, total umwerfend in seinem Smoking. Mindestens so umwerfend wie Skiboy. Im Ernst, Skiboys Schultern waren nichts im Vergleich zu Mitchell Hertzogs.

Er verhielt sich auch umwerfend. »Was machen SIE *denn hier? Ich hätte gedacht, dass eine Frau wie Sie etwas Besseres zu tun hat, als auf so einer Feier herumzuhängen.«*

Als wäre ich zu edel für die Veranstaltung oder so. Ha, ich wünschte es. Ich antwortete ihm, dass ich nur da sei, um Dolly Gesellschaft zu leisten. Daraufhin hielt er nach Dolly Ausschau, aber natürlich war sie mit Skiboy verschwunden. Die beiden hatten sich hinter dem Cellisten versteckt, um in Ruhe aneinander herumfummeln zu können.

Und dann, dämlich wie ich bin, konnte ich es nicht dabei belassen. O nein, ich musste mal wieder weiterplappern.

Ich: O ja, Dolly und ich kennen uns schon lange. Zurzeit wohnen wir sogar zusammen, können Sie das glauben?

Er: Sie wohnen zusammen? Wirklich? Wie kommt das?

Ich: Na ja, Sie wissen ja, ich bin im Moment auf Wohnungssuche, und Dolly hat dieses riesige Penthouse Ecke East 80th und East End Avenue, und, keine Ahnung, aber sie hat mich gefragt, und ich habe die Gelegenheit einfach ergriffen …

Langweilig, langweilig, langweilig. Ich bin mir sicher, die Gottesanbeterin ist eine interessantere Gesprächspartnerin. Jedenfalls bis sie ihm den Kopf abbeißt bei der Paarung (das machen Gottesanbeterinnen doch so, oder?).

Dann meinte er: »Nun, es ist wahrscheinlich gut, dass Sie bei Dolly sind. So hat es Ihr musikalischer Freund etwas schwerer, zu Ihnen vorzudringen. Zumal Sie an seinen Ständchen offenbar nicht so sehr Gefallen finden.«

Dale! O Gott! Die Sache mit Dale hatte ich glatt verdrängt. Einen Moment lang hatte ich komplett vergessen, dass ich bei meiner letzten Begegnung mit Mitchell die New Yorker Polizei gebeten habe, ihre Schlagstöcke gegen meinen psychopathischen Ex nicht einzusetzen.

»Oh«, sagte ich und versuchte ganz – wie sagt man? Je ne sais quoi, glaube ich – zu klingen. Die Gottesanbeterin kennt bestimmt den richtigen Ausdruck. »Ach so, das. Ja. Übrigens vielen Dank für Ihre Hilfe. Äh … Dale und ich, wir, na ja, wir haben uns getrennt, und er, äh … kommt nicht so gut damit klar.«

Worauf er sagte: »Das dachte ich mir. Hören Sie, wenn Sie irgendetwas brauchen, jede Art von rechtlicher Unterstützung, zum Beispiel eine gerichtliche Schutzanordnung oder so …«

O mein Gott! Er will mir helfen, eine einstweilige Verfügung zu erwirken! Gegen Dale! Ich meine, eigentlich sollte ich das tun. Aber ich will nicht, dass Dale ins Gefängnis muss. Er soll sich einfach nur von mir fernhalten.

Trotzdem, selbst wenn ich eine Schutzanordnung bräuchte, würde ich bestimmt nicht zu IHM *gehen! Ich meine, Hertzog, Webber & Doyle nehmen für die Stunde fünfhundert Dollar oder so. Vielleicht sogar mehr. Meine gesamten Ersparnisse würden gerade einmal für drei Stunden reichen.*

Trotzdem, ich schwöre bei Gott, ich stand da und dachte, wenn ich sein Angebot nicht annehme, denkt er vielleicht, mir ist es mit der Trennung von Dale nicht ernst, und dann geht er nie mit mir aus.

Mitchell Hertzog, meine ich.

Ja. Genau das dachte ich. Über Mitch Hertzog. Während ich dastand und mich mit ihm unterhielt – auf einer Vernissage, zu der er eine langbeinige blonde Schönheit mitgebracht hatte. Die dann zu mir herüberstarrte, während sie vor einer Zeichnung von Ingres stand (dessen Porträt sie gar nicht unähnlich sah, wenn Sie verstehen, was ich meine. Ich frage mich, ob Ingres Gottesanbeterinnen als Modell genommen hat)!

O Gott, ich bin erbärmlich. Gebt mir einen Mann in einem Smoking – selbst einen, der offenkundig schon vergeben ist –, und ich kann an nichts anderes denken, als mit ihm die Sunday Times *zu teilen und durch den Central Park zu spazieren.*

Und dann, um die ganze Sache NOCH *peinlicher und verkrampfter zu machen, lachte ich fröhlich und sagte: »Tja, wissen Sie, ich bin eine einfache Angestellte. Ich glaube nicht, dass ich mir Sie leisten kann.«*

Dann sagte Mitchell was total Nettes. Ich meine, wirklich total nett. Er sagte: »Für Sie mache ich es auch gerne umsonst. Warum treffen wir uns am Montag nicht in der Kanzlei? Dann gehen wir zum Lunch in ein Restaurant, und wir besprechen das Ganze. Sagen wir um eins?« Und dann fügte er hinzu: »Ich weiß, wo man lecker Hühnchen in Knoblauchsauce essen kann.«

Ich muss zugeben, einen Moment lang war ich so scho-

ckiert, dass ich einfach nur dastand und ihn anstarrte, wahrscheinlich mit offenem Mund. Ich überlegte, was ich tun sollte – auf dem Absatz kehrtmachen und schnurstracks zum Ausgang gehen oder ihm vorher noch sagen, er könne mich mal –, als er bemerkte, dass ich nicht lachte. Er stupste mich in die Seite und sagte: »Ha ha, reingefallen. Das war ein Scherz. Oder macht man mit einfachen Angestellten keine Scherze?«

Es ist so: Das Letzte, was ich will, ist, mich in einen Anwalt zu verlieben. Und ich möchte keine einstweilige Verfügung gegen Dale beantragen. Ich meine, er ist keine Bedrohung für mich – außer vielleicht für mein Ego.

Aber Mitch hat so süß gelächelt, und er scheint mir aufrichtig helfen zu wollen, und außerdem hat er mich gestupst. Es war ein freundschaftlicher Stups. Wie viele Anwälte geben anderen Menschen einen freundschaftlichen Stups? Ich meine, ernsthaft?

Ich gebe zu, das alles zusammen – und der Umstand, dass die Gottesanbeterin so böse zu mir herüberstarrte – war vielleicht der Auslöser für … keine Ahnung, dafür, dass ich plötzlich den Verstand verlor. Ich weiß nur noch, dass ich ihm versprach, mich am Montag mit ihm zum Lunch zu treffen, obwohl er Anwalt ist und sein Bruder der widerlichste Mensch auf der ganzen Welt und obwohl er bereits eine knapp zwei Meter große und hundert Pfund leichte Freundin hat und obwohl die SBT MIR EXPLIZIT VERBOTEN HAT, MIT MITCHELL HERTZOG ZU SPRECHEN, WENN SIE NICHT DABEI IST!

Aber wir treffen uns ja nicht wegen Mrs. Lopez. Sondern wegen Dale. Das hat mit der Arbeit überhaupt nichts zu tun. Okay, außer dass Dale an meinem Arbeitsplatz aufgekreuzt ist – mit einem Blumenstrauß und einem neuen Song über mich. Aber egal.

Ich fand es einfach unheimlich süß von ihm. Ich meine, ein Spitzenanwalt wie er, der anbietet, mir gratis bei meinem albernen, langweiligen Problem zu helfen …

Tja, ich wäre fast in Tränen ausgebrochen. Hätte er mir ein Apartment angeboten für neunhundertfünfzig im Monat inklusive Nebenkosten, in Fußnähe zum Büro, hätte meine Rührung nicht größer sein können.

Und dann natürlich musste ich den Moment ruinieren. Weil er nämlich noch dastand und ich noch dastand und die Gottesanbeterin in ihrem Wickelkleid von Dior noch dastand und das Ganze verfolgte – dass ihr Date ein Date mit mir ausmacht, obwohl es ja nicht wirklich ein Date ist, sondern nur ein Mittagessen und rein geschäftlich, jedenfalls für ihn –, konnte ich es nicht dabei belassen, sondern fragte: »Möchten Sie mich nicht mit Ihrer Freundin bekannt machen?«

Mitchell wirkte ein wenig erschrocken, als hätte er glatt vergessen, dass sie auch noch da war, und antwortete: »Oh, natürlich. Clarissa, das ist Kate Mackenzie. Wir arbeiten zusammen in einer arbeitsrechtlichen Auseinandersetzung. Kate, das ist Clarissa Doyle.«

Daraufhin kam die Gottesanbeterin angeschlichen, streckte mir ihre unheimlich lange, Ingres-hafte Hand entgegen und sagte: »Freut mich, Sie kennen zu lernen. Sie arbeiten also in der Ölbranche?« Ich antwortete: »Äh … nein, für das New York Journal. *Mitchell – ich meine Mr. Hertzog – ich meine Mitchell – hilft uns bei einer unrechtmäßigen Kündigung.«*

Was die Gottesanbeterin veranlasste, mich kühl zu mustern und zu sagen: »Sie meinen eine Kündigungsschutzklage. In New York gibt es keine unrechtmäßigen Kündigungen.« Und dann sah sie mich unter ihren langen Wimpern an – sie muss ein Vermögen im Kosmetikstudio ausgeben, weil sie wirklich superlang waren ... ihre Wimpern, meine ich. Und dann entstand so ein unangenehmes Schweigen, während ich mir ausrechnen konnte, dass Mitch mit Clarissa beruflich zu tun hatte.

Und dann zählte ich zwei und zwei zusammen, weil mir einfiel, dass Mitchs Kanzlei Hertzog, Webber & Doyle heißt, und Clarissa war Doyle. Oder zumindest eine Doyle. Und dann dachte ich, wie sehr sich bestimmt alle freuen würden, wenn Clarissa und Mitch heirateten, dann könnten sie ein kleines Anwaltsimperium gründen wie Frankreich oder so, und dann, keine Ahnung, die bloße Vorstellung ließ mich bereuen, so viel Champagner getrunken zu haben, denn plötzlich bekam ich ganz schlimme Kopfschmerzen, was Mitch wohl auffiel, da er fragte: »Geht es Ihnen gut, Kate?«

Ich sagte Ja, weil, wisst ihr, in solchen Situationen muss man schwindeln, und dann, um von mir abzulenken, fragte ich ihn, wie seine Familie Amy finde – beinahe wäre mir »die SBT« herausgerutscht.

»Oh, alle finden sie nett«, antwortete Mitch. »Sind Sie sicher, dass alles in Ordnung ist?«

»Alles prima«, sagte ich. Ich konnte nicht glauben, dass diese Worte aus meinem Mund kamen. Aber raus waren sie und schwebten wie in einer Cartoonblase über meinem Kopf. Es war, als würde selbst Clarissa ihren Gottesanbeterinnenhals lang machen, um genauer hinzusehen.

Und natürlich machte das meine Kopfschmerzen noch unerträglicher, und der verdammte Brahms war auch keine große Hilfe.

Dann fühlte es sich an, als würde eine Atombombe in meinem Kopf explodieren, denn wen entdeckte ich plötzlich keine fünf Meter von mir entfernt? Stuart Hertzog und die SBT!!!

Ich hätte fast meine Zunge verschluckt. Ich meine, wenn die SBT mich beim Plaudern mit Mitch erwischt hätte, obwohl sie es mir ausdrücklich verboten hat, wäre ich schneller zum Botenjungen degradiert worden, als ich Personalberatungsstelle sagen kann …

Ich glaube, Mitchell hat sie nicht bemerkt, aber dafür meinen Gesichtsausdruck, denn plötzlich meinte er: »Kate, Sie sehen geschafft aus. Ich hole Ihren Mantel und rufe Ihnen ein Taxi. Clarissa kann Dolly sagen, dass Sie beschlossen haben, ohne Sie nach Hause zu gehen.«

Worauf Clarissa sagte – und dabei erinnerte sie mehr denn je an eine Gottesanbeterin: »Ja, kann ich machen.«

Und obwohl ich beteuerte »Nein, ist schon gut«, nahm er mir die Garderobenmarke ab. Ich muss sagen, ich habe keinen großen Widerstand geleistet, als er mich hinausgeleitete, im Gegenteil. Es gelang uns, an der SBT vorbeizukommen, ohne dass sie uns bemerkte (sie war gerade mit einem Horsd'oeuvre beschäftigt, und ich überschlug im Kopf, wie lange sie dafür auf ihrer Tretmühle strampeln muss, um die Kalorien zu verbrennen).

Jedenfalls weiß ich dann nur noch, dass Mitch und ich draußen vor dem Museum im Nieselregen standen und auf ein Taxi warteten.

»Das muss an dem Champagner liegen«, sagte ich matt, weil ich nicht zugeben wollte, dass der Anblick meiner Chefin mich blass um die Nase hatte werden lassen. Wisst ihr, schließlich ist meine Chefin seine zukünftige Schwägerin, und selbst wenn er irgendwann dahinterkommt, wie ätzend sie ist, braucht er es nicht gerade von mir zu erfahren. »Ich bin einfach keinen Alkohol gewohnt. Außerdem waren Dolly und ich vorhin eine Runde joggen, was ich auch nicht gewohnt bin, und … das muss aber auch an dem Champagner liegen.«

Darauf meinte Mitch: »Wirklich? Ich dachte, es sind die Leute. Ich kann dieses ganze Getue nämlich nicht leiden.«

Und dann hielt ein Taxi, und Mitch öffnete die Tür, verfrachtete mich in den Wagen und nannte dem Fahrer die Adresse. Dann sah er mich an und sagte: »Bis Montag, Kate.«

Ich konnte gerade noch sagen: »Bis Montag und danke«, bevor er die Tür zuschlug. Und dann brachte das Taxi mich nach Hause.

Und jetzt liege ich hier – Dolly und Skiboy sind noch nicht da. Vielleicht kommen sie gar nicht. Vielleicht gehen sie heute mal zu ihm. Obwohl ich mir nicht vorstellen kann, dass Skiboy eine schönere Wohnung hat als Dolly, wobei ich mich frage …

Woher kennt Mitch Hertzog eigentlich Dollys Adresse? Er kannte sie, er hat sie dem Taxifahrer genannt.

Ich frage mich, ob er hier jemals im Slip herumgelaufen ist.

Nein. Sicher nicht. Er ist definitiv ein Boxershortstyp.

>>

Von: Clarissa Doyle <clarissa.doyle@hwd.com>
An: Mitchell Hertzog <mitchell.hertzog@hwd.com>
Betreff: Dein kleines Aschenputtel

Tja, Sir Galahad ist nichts gegen dich. Aber deine kleine Lady Elaine ist auch wirklich bezaubernd. Trotzdem solltest du ihr sagen, dass es kein guter Stil ist, den Ball vor Mitternacht zu verlassen. So hat sie das Beste verpasst – nämlich, als zwischen dir und Stuart die Fetzen flogen. Worüber hat sich der Gute denn so echauffiert?

Ich kann nicht viel über dieses Geschöpf sagen, das er heiraten will. Sie sieht aus, als hätte ihr jemand einen Manolo Blahnik in den Hintern geschoben.

Falls du dich mal einen Moment von deiner Cinderella losreißen kannst, süßer Prinz, könntest du mich anrufen wegen des Brinker-Hoffman-Falls?

C

>>>

Von: Brittany und Haley
<WELUVBARNEY@freemail.com>
An: Mitchell Hertzog <mitchell.hertzog@hwd.com>
Betreff: Du

Hallo, Onkel Mitch!
Wir hatten gestern viel Spaß mit dir. Du solltest öfter kommen. Wir fanden es toll, wie du es hingekriegt hast,

dass Onkel Stuarts Gesicht knallrot anlief, als er dich in der Garage anbrüllte. Kannst du das bei deinem nächsten Besuch wieder machen?

Onkel Stuart will diese Frau heiraten. Mom sagt, das wird unsere neue Tante Amy. Sie ist okay, außer dass sie nicht unsere selbst gemachten Erdnussbutterkekse mit Karamellfüllung und M&Ms drin probieren wollte. Die waren lecker. Du hast gleich fünf gegessen, weißt du noch? Aber sie hat gesagt, sie macht gerade eine Diät und darf keine Kohlehydranten oder so essen. Wir haben ihr gesagt, dass wir keine Kohlehydranten in die Kekse getan haben, bloß M&Ms. Aber sie hat gesagt, M&Ms sind Kohlehydranten.

Onkel Mitch, was sind Kohlehydranten?

Okay, das war's. Danke für die Barbie-DVD. Wir haben sie heute Morgen angeschaut und die Lautstärke VOLL aufgedreht, wie du gesagt hast. Du hast Recht. Daddy sieht wirklich lustig aus, wenn er schimpfend die Treppe herunterrennt und seine Haare in alle Richtungen abstehen.

Liebe Grüße
Haley und Brittany
(und Little John, der noch zu klein ist für den Computer)

Von: Stacy Trent <IH8BARNEY@freemail.com>
An: Mitchell Hertzog <mitchell.hertzog@hwd.com>
Betreff: Beziehungen

Habe heute Morgen von Stuie gehört. Er meinte, er habe dich gestern Abend bei der Vernissage mit Clarissa Doyle gesehen. Sag nicht, zwischen euch beiden läuft wieder was. Ich dachte, ihr hättet schon damals in der neunten Klasse gemerkt, dass ihr nicht zusammenpasst, als sie dich hinter dem Poolhaus entjungfert hat.

Wie unanständig.

Stace

Hallo, dies ist der Anschluss von Kate und Dale. Wir sind im Moment nicht da. Bitte hinterlassen Sie nach dem Piep eine Nachricht, wir melden uns zurück. Danke!

(Ton)

Hallo, Katie! Hier ist noch mal Mom! Du hast dich immer noch nicht zurückgemeldet. Ich wollte dir nur sagen, dass Charlie und ich in Santa Fe sind. New Mexico ist zauberhaft, du und Dale müsst uns unbedingt mal besuchen kommen. Die Luft ist so …

»H-hallo?«

»Hallo? Dale? Bist du das? Hier ist Carol, Dale.«

»Oh. Mrs. Mackenzie. Hey. Wie geht's denn so?«

»Habe ich dich geweckt, Dale? Das tut mir leid. Ich habe nicht an die Zeitverschiebung gedacht. Mal sehen, hier ist es eins, das bedeutet, bei euch ist es … drei Uhr nachmittags. Dale, was machst du um drei Uhr nachmittags noch im Bett?«

»Wir hatten gestern einen Auftritt. Ich bin erst um fünf nach Hause gekommen.«

»Oh, ich verstehe. Nun gut. Ist Katie da? Hol sie bitte ans Telefon, dann kannst du dich wieder hinlegen.«

»Mrs. Mackenzie, Katie ist ausgezogen.«

»Was?«

»Ja. Ungefähr vor einem Monat.«

»Katie ist AUSGEZOGEN?«

»Ja. Ich dachte … Wollen Sie sagen, Sie haben so lange schon nicht mehr mit ihr gesprochen?«

»Nein. Nicht mehr seit Colorado. Richtig, Charlie? Haben wir nicht mit Katie telefoniert, als wir in Denver waren? Aber das war erst letzte Woche, und da hat sie nichts davon erwähnt …«

»Wahrscheinlich wollte sie Sie nicht beunruhigen.«

»Oh. Ja, wahrscheinlich hast du Recht. Was ist denn passiert, Dale? Habt ihr euch gestritten?«

»Ja. Kann man so sagen. Keine Ahnung. Sie hat plötzlich immer wieder vom Heiraten angefangen und dass sie die besten Jahre ihres Lebens vergeudet und dass sie einen Trauschein will und den ganzen Scheiß. Aber wissen Sie, Mrs. Mackenzie, ich sage immer: eins nach dem anderen.«

»Ja, sicher, Dale. Du willst dich nicht fest binden, genauso wenig wie ich mich fest binden will oder Charlie. Darum reisen wir kreuz und quer durchs Land und bleiben nie lange an einem Ort. Aber du weißt ja, Katie war schon immer etwas altmodisch. Ihr hat es nie gefallen zu verreisen, nicht mal der Kurztrip nach Disneyworld.«

»Ja. Sie hat gesagt, sie würde niemals mit uns auf Tour gehen. Falls wir jemals eine Tour machen, meine ich.«

»Mhm. Das klingt ganz nach Kate. Ich sag dir was, Dale. Gib mir ihre Nummer. Wohnt sie bei Jen? Ich rufe sie an …«

»Sie *war* bei Jen, aber dort wohnt sie nicht mehr. Ich habe keine Ahnung, wo sie untergekommen ist.«

»Augenblick. Du weißt nicht, wo Kate ist?«

»Nein. Jen will es mir nicht sagen. Weil ich letztens Mist gebaut habe. Ich dachte, ich tu Kate einen Gefallen mit diesem romantischen Scheiß und so. Aber ich glaube, sie fand es nicht romantisch, weil sie nämlich die Bullen gerufen hat ...«

»Dann gib mir die Nummer von Jen, Dale. Ich bin sicher, mir sagt sie, wo Kate sich aufhält. Und Dale, du darfst das nicht persönlich nehmen. Du und Katie, ihr seid füreinander bestimmt. Ich meine, ihr seid nicht umsonst seit der elften Klasse zusammen, oder?«

»Tja, schätze, Sie haben Recht. Okay, Jens Nummer lautet 555-1324. Die Vorwahl ist 212. Und – Mrs. Mackenzie?«

»Ja, Dale?«

»Wenn Sie mit Kate sprechen, sagen Sie ihr ... Sagen Sie ihr, dass ich sie liebe. Ich meine, ich kann nicht so sein, wie sie mich haben möchte – ich kann schließlich nur ich selbst sein. Verstehen Sie? Aber ich liebe sie noch immer.«

»Ja, ich sage es ihr, Dale. Das ist wirklich süß.«

»Und können Sie sie auch fragen, wo sie die Kaffeefilter hingetan hat? Ich kann sie nämlich nirgendwo finden. Wir haben stattdessen eine Socke von Scroggs genommen, aber wie sich

herausgestellt hat, sind Socken kein guter Kaffeefilterersatz.«
»Ja, ich werde sie fragen, Dale. Liebe Grüße. Tschü-hüss!«
»Tschüss.«

(Klick)

Von: Jen Sadler <sleaterkinneyfan@freemail.com>
An: Kate Mackenzie <katyperry@freemail.com>
Betreff: Deine Mutter

Schlechte Neuigkeiten: Deine Mom hat gerade angerufen. Sie hat mit Dale telefoniert, und der hat ihr erzählt, dass ihr euch getrennt habt. Sie klang ziemlich besorgt. Ich habe ihr gesagt, dass ich deine neue Nummer nicht habe, aber dass ich sie besorgen kann. Ich habe behauptet, ich hätte sie im Büro vergessen. Eine kleine Notlüge, aber erstens schadet sie keinem, und zweitens gewinnst du dadurch Zeit.

Also, was soll ich tun? Ich habe versucht, dich anzurufen, aber es ist ständig besetzt. Was macht ihr zwei? Telefoniert ihr alle begehrten Junggesellen in New York ab?

J

Von: Kate Mackenzie <katyperry@freemail.com>
An: Jen Sadler <sleaterkinneyfan@freemail.com>
Betreff: AW: Deine Mutter

Mist! Ich wusste, früher oder später kommt sie dahinter. Sie LIEBT Dale. Das wird sie mir bis an mein Lebensende vorwerfen.

Ich habe das Telefon von der Gabel genommen, weil Dolly und Skiboy noch schlafen. Jedenfalls sind sie noch in ihrem Schlafzimmer. Und die Tür ist geschlossen.

Egal, jedenfalls darfst du ihr die Nummer nicht geben. Sie kann mich morgen im Büro erreichen. Ich meine, jetzt, wo die Katze aus dem Sack ist.

Und, hattest du mit Craig ein schönes Wochenende ohne mich?

Von: Kate Mackenzie <katyperry@freemail.com>
An: Jen Sadler <sleaterkinneyfan@freemail.com>
Betreff: Peter-H.-Alarm!!!

Peter ist gerade gekommen! Ohne Scheiß! Und Dolly liegt im Bett mit Skiboy! Ich tue mein Bestes, um Peter abzulenken – er schien ein wenig überrascht, mich zu sehen –, aber allmählich gehen mir die Ideen aus. Ich habe ihm bereits »Slave for U« vorgespielt auf Dollys kleinem Flügel.

Jetzt läuft er in der Wohnung umher und sucht die Post. Er wird jeden Moment in Dollys Schlafzimmer platzen, und dann haben wir einen toten Skiboy! Oder zumindest eine peinliche Situation. Was soll ich …

Zu spät.

Von: Jen Sadler <sleaterkinneyfan@freemail.com>
An: Kate Mackenzie <katyperry@freemail.com>
Betreff: AW: Peter-H.-Alarm!!!

LASS MICH NICHT SO HÄNGEN!!! WAS IST PASSIERT???

Von: Kate Mackenzie <katyperry@freemail.com>
An: Jen Sadler <sleaterkinneyfan@freemail.com>
Betreff: AW: AW: Peter-H.-Alarm!!!

Tja, dreimal darfst du raten. Es hat sich herausgestellt, dass Skiboy MEIN Lover ist. Wer hätte das geahnt?

Jedenfalls ist das Dollys Version, und sie scheint daran festzuhalten.

Was MEIN Lover in DOLLYS Dusche zu suchen hatte, bleibt jedoch ein Rätsel – aber offenbar keines, dem Peter Hargrave auf den Grund gehen möchte. Im Moment kuschelt er mit Dolly auf der Couch, und sie amüsieren sich über die Artikel in der *Sunday Times*. Skiboy wirft ihnen immer wieder finstere Blicke zu. Irgendwann habe ich gesagt, dass ich jetzt in meinen Pilates-Kurs muss (!), und mich mit einem Küsschen von ihm verabschiedet.

Ich weiß nicht, wie lange ich da noch mitspielen kann. Ich meine, Peter Hargrave GEHÖRT die Firma, für die ich arbeite. Darf ich ihn wirklich so anlügen?

Aber ich schätze, das ist ein kleiner Preis dafür, dass ich hier umsonst wohnen darf. Trotzdem habe ich mir vorhin die Immobilienanzeigen aus der *Sunday Times* geschnappt. Ich werde gleich mal ein bisschen an die frische Luft gehen. Es gibt nämlich scheinbar jede Menge freie Apartments, die ich mir leisten kann … in NEW JERSEY!!!

Bis später
Kate

East 94th St. – Apartment
mietpreisgebunden, keine Maklergeb.,
keine Anmeldegeb.
Nähe Central Park
Altbau, hohe Decken,
Fenster in Küche & Bad (Dusche)
$ 1395 inkl. Hausmeister
212-555-9966

Schon weg. Natürlich.

1st AVE ECKE HOUSTON
HELLES, FREUNDL. APARTM. $ 1095
Marmorbad, Parkettboden,
Einr. neu, Videotürsprechanl.
Imm. Armand 212-555-1790

Maklercourtage.

27th St. East, hübsches Apartm. $ 1395
renov., hohe Decken, gr. Einbauschrank
Parkett, Einr. neu
BESICHTIGUNG HEUTE
Terminvereinb. unter 646-555-0650

Schon vergeben.

Ave. A Ecke Houston, 1 MM Court.
500 m² Loft, $ 1300
Parkett, sep. Küche mit Gesch.spül.
Tel 212-555-0003

LÜGEN! ALLES LÜGEN!!!
O Gott, ich hasse alle. Ich wünschte, ich wäre tot.

Von: Dale Carter <ichmacheniemehrsandwiches@freemail.com>
An: Kate Mackenzie <katyperry@freemail.com>
Betreff: Wir

Hey. Scroggs Bruder hat mich an seinen PC gelassen. Ich darf dir wohl mailen, oder? Ich meine, ich weiß ja, dass du auf meine Anrufe nicht reagierst. Und ich schätze, du hast auch was dagegen, dass ich zu dir ins Büro komme.

Aber es ist so, Kate, ich muss dringend mit dir reden. Ich meine, es ist das totale Chaos. Ich bin es nicht gewohnt, ohne dich zu sein. Das ist … echt seltsam.

Okay, ich weiß, ich habe Bockmist gebaut, aber ich finde es ein wenig hart von dir, direkt auszuziehen. Ich meine, komm schon, Kate. Du bist mein – wie heißt es noch? – mein Fixum. Ich kann an nichts anderes denken als an dich. Echt zum Kotzen. Ich meine, weißt du noch, als wir in Luxor waren und davon geträumt haben, nach New York zu ziehen und wie toll das alles sein würde? Mir ist klar geworden, dass nicht alles ganz so toll war, aber das kann sich ändern, Kate. Morgen werden die Jungs und ich den Plattenvertrag unterschreiben. Dann sind wir REICH, Kate. Aber irgendwie kickt mich der ganze Luxus nicht, wenn du nicht da bist, um ihn mit mir auszugeben.

Ich weiß, Kate, ich kann dir nicht geben, was du willst, aber trotzdem könnten wir eine echt gute Zeit miteinander haben. Ich meine, die Plattenfirma hat ein Haus auf Baha. BAHA, Baby. Denk darüber nach.

Okay, das war's. Bis dann, und lass dich nicht von den Typen verarschen.

Dale

Von: Kate Mackenzie <katyperry@freemail.com>
An: Dale Carter <ichmacheniemehrsandwiches@freemail.com>
Betreff: AW: Wir

Es heißt Fixstern, nicht Fixum. Und Baja, nicht Baha. Und man kann Luxus nicht ausgeben. Man kann nur sein Geld *für* Luxus ausgeben.

Dale, vertrau mir einfach. Ich bin zu dem Schluss gekommen, dass ich nicht geeignet bin als Freundin eines Rockmusikers. Ich bin mir nicht sicher, wofür ich stattdessen geeignet bin. Aber dafür weiß ich ziemlich sicher, dass ich nichts in der Baja California verloren habe. Es tut mir leid, aber so ist es nun einmal. Je eher du das akzeptierst und dich auf neue Dinge konzentrierst, desto glücklicher wirst du sein, Dale.

In Liebe
Kate

Von: Amy Jenkins <amy.jenkins@thenyjournal.com>
An: Devon Hildenbrandt <devonhildenbrandt@hildenbrandtindustries.com>
Betreff: Ohrringe

Devon, du bist ein richtiger Schatz. Vielen Dank, dass du mir gestern Abend deine Saphirohrringe geborgt hast. Sie passten perfekt zu meiner ärmellosen Bluse von Barney's.

Sorry, dass wir uns auf der Soiree verpasst haben, aber es war so voll. Hast du gesehen, WER da war? Vivica, das Supermodel! Obwohl ich persönlich ja fand, dass sie in dem Kleid etwas unvorteilhaft aussah, du nicht?

Jedenfalls habe ich mich gut amüsiert… Abgesehen von der Tatsache, dass ich eine meiner Angestellten dort gesehen habe. Anscheinend ist sie dick befreundet mit Dolly Vargas, unserer Moderedakteurin. Was ein wenig ärgerlich ist… Schließlich arbeite ich nun schon seit fünf Jahren beim *Journal*, und mich hat noch nie jemand aus der Redaktion eingeladen, geschweige denn sonst jemand im Verlag, nicht einmal auf eine Tasse Kaffee. Na ja, ich nehme an, das zeigt lediglich, dass man sich zwar seine Freunde aussuchen kann, nicht jedoch seine Kollegen. Trotzdem ärgert mich das. Sie arbeitet gerade einmal ein knappes Jahr für mich und kennt jetzt schon mehr Leute als ich.

Aber was soll's. Wie gesagt, danke für die Ohrringe. Ich muss dich warnen: Ich möchte von Stuart ein ähnliches

Paar zu unserem ersten Hochzeitstag haben. Es soll zu dem Saphirring passen, den ich mir zur Geburt von Stuart jr. wünsche, LOL!

Wir sehen uns nächste Woche zum Cocktail – diesmal downtown, im Pop, richtig? Dann gebe ich dir deine Ohrringe wieder.

Liebe Grüße
Amy

Amy Denise Jenkins
Personalabteilungsleiterin
New York Journal

Diese E-Mail ist vertraulich und ausschließlich zur Kenntnisnahme des Empfängers gedacht. Sollten Sie diese E-Mail versehentlich erhalten haben, informieren Sie bitte den eigentlichen Empfänger, und löschen Sie sie anschließend aus sämtlichen Ordnern.

>>

Von: Mitchell Hertzog <mitchell.hertzog@hwd.com>
An: Stacy Trent <IH8BARNEY@freemail.com>
Betreff: Clarissa

Was Clarissa und ich im Poolhaus getrieben haben oder nicht, geht dich gar nichts an. Ich bin mit ihr zu der Vernissage, weil Clarissas momentaner Lover – irgendein Investmentbanker – verreist ist und sie mich gebeten hat, sie zu begleiten, und da die Michigans nicht gespielt haben, dachte ich mir, warum nicht? Ich mag Kunst.

Du kannst also Mom sagen, sie soll sich keine Hoffnungen machen. Es wird keine Doppelhochzeit geben von Stuart und mir.

Wenn du mich jetzt entschuldigst, ich will mir noch die Aufzeichnungen vom Travel Channel der vergangenen Woche ansehen.

Der Wichser

Von: Amy Jenkins
<amy.jenkins@thenyjournal.com>
An: Kate Mackenzie
<kate.mackenzie@thenyjournal.com>
Betreff: Kleiderordnung

Kate, wie Sie sicher wissen, legen wir hier beim *Journal* Wert auf ein seriöses Auftreten.

Allerdings habe ich nicht den Eindruck, als würde der Rock, den Sie heute tragen, eine angemessene Länge haben für das Büro. Bitte stellen Sie sicher, dass dieses Kleidungsstück aus Ihrer beruflichen Garderobe aussortiert wird.

Amy

Amy Denise Jenkins
Personalabteilungsleiterin
New York Journal

Diese E-Mail ist vertraulich und ausschließlich zur Kenntnisnahme des Empfängers gedacht. Sollten Sie diese E-Mail versehentlich erhalten haben, informieren Sie bitte den eigentlichen Empfänger, und löschen Sie sie anschließend aus sämtlichen Ordnern.

Katyperry: Die SBT sagt, mein Rock sei unpassend fürs Büro!

Sleaterkinneyfan: NEIN! Was soll mit dem Rock sein? Na ja, er ist ein bisschen kurz, aber er steht dir super! Die SBT ist bloß neidisch, weil sie nicht den Mumm hat – beziehungsweise die Fantasie – kürzer als knielang zu tragen.

Katyperry: Entweder das, oder sie hasst mich ganz einfach. Dolly hat mir den Rock geliehen. Der ist von Dolce und Gabbana! Aus echtem Wildleder!

Sleaterkinneyfan: Ich kenne deine Schwäche für Wildleder. Und hurra, es hat noch keiner draufgepinkelt. Außer Skiboy … Nein, das geht zu weit. Gibt es einen besonderen Grund, warum du in Dollys Klamotten herumläufst? Hat sie dich etwa in deinen Sachen nicht aus der Wohnung gelassen?

Katyperry: Ich bin doch verabredet zum Lunch mit Mitch Hertzog. Aber es ist bloß ein geschäftliches Treffen.

Sleaterkinneyfan: Ich habe schlechte Neuigkeiten für dich: Das ist kein geeigneter Rock für ein Geschäftsessen. Bist du sicher, dass Dolly dich richtig verstanden hat?

Katyperry: Ich habe ihr erklärt, dass ich mich mit Mitch treffe, um über eine einstweilige Verfügung gegen Dale zu sprechen.

Sleaterkinneyfan: Oh. Na ja, in diesem Fall ergibt das einen Sinn. Das ist genau der richtige Rock für so eine Besprechung, passender geht es nicht. Aber noch mal zu diesem Lunch. Wie kam es denn dazu?

Katyperry: Oh. Wir sind uns am Samstag auf der Vernissage begegnet.

Sleaterkinneyfan: Erzähl.

Katyperry: Da gibt's nichts zu erzählen. Er war in weiblicher Begleitung. Eine sehr schöne Frau. Sie hat mich an eine Gottesanbeterin erinnert. Und sie ist eine Doyle, wie in Hertzog, Webber & Doyle.

Sleaterkinneyfan: Oh. Aber trotzdem trifft er sich mit dir zum Lunch und nicht mit ihr.

Katyperry: Es ist ein GESCHÄFTSessen.

Sleaterkinneyfan: Ja, und der Rock ist wie dafür gemacht.

Katyperry: SEI STILL! Sieht das vielleicht zu nuttig aus? Können wir die Röcke tauschen?

Sleaterkinneyfan: Willst du mich verarschen? Dann muss ich eine einstweilige Verfügung gegen Rob, unseren Laufburschen beantragen. Hey, sind dir schon die Ohrringe der SBT aufgefallen?

Katyperry: Ja. Die blenden richtig. Ein Geschenk von Stuart?

Sleaterkinneyfan: Du sagst es. Ich kann nicht glauben, dass er ihr solche Geschenke macht, wo sie doch noch gar nicht verheiratet sind. Sie hat nicht mal Geburtstag! Willst du wissen, was Craig mir zuletzt geschenkt hat? Eine Waage. Nett, was?

Katyperry: Hey, mein letztes Geschenk von Dale war ein Drumstick. Er meinte, er sei von Flea. Aber ich bin mir nicht so sicher.

Sleaterkinneyfan: Wie lief's bei der Wohnungssuche?

Katyperry: Na ja, hätte ich zehntausend auf der hohen Kante für zwei Monatsmieten plus Kaution, hätte ich freie Wahl. Aber da ich keine zehntausend habe, wird es wohl vorerst bei mir, Dolly, Peter und Skiboy bleiben. Jedenfalls so lange, bis ich meine Steuererstattung bekommen habe und der Mietvertrag für die alte Wohnung ausläuft und ich meinen Kautionsanteil zurückbekomme. Außerdem könnte ich ein paar vollgepinkelte Wildlederstiefel ins Pfandhaus bringen und meine wertvolle CD-Sammlung von den Bangles.

Sleaterkinneyfan: Weia. Du weißt ja, *chez Sadler* bist du immer willkommen.

Katyperry: Danke. Du bist die Beste. Ich … Oh, ein Anruf. Bis gleich.

>>>

Von: Kate Mackenzie
<kathleen.mackenzie@thenyjournal.com>
An: Jen Sadler <jennifer.sadler@thenyjournal.com>
Betreff: Meine Mutter

Und ich dachte immer, Mütter hätten ein weiches Herz und gäben ihren Kindern bedingungslose Liebe und Unterstützung. Ich kann mich noch genau erinnern, dass Professor Wingblade einmal gesagt hat, dass Mütter die EINZIGEN Menschen seien, von denen man bedingungslose Liebe erwarten könne.

Wie kommt es dann, dass MEINE Mutter, anstatt mich zu bemitleiden, weil mein Freund ein Eheverweigerer ist, MIR LAUTSTARK VORWIRFT, dass ich zu viel Druck auf ihn ausübe? Ich schwöre bei Gott, meine eigene Mutter hat für meinen Exfreund mehr übrig als für mich.

Kate

>>

Von: Jen Sadler <jennifer.sadler@thenyjournal.com>
An: Kate Mackenzie
<kathleen.mackenzie@thenyjournal.com>
Betreff: AW: Meine Mutter

Das ist nur, weil sie dich in dem Rock noch nicht gesehen hat.

Nein, im Ernst, deine Mutter tourt in einem Caravan durch das Land mit einem Mann, der zehn Jahre jünger ist als sie und Vogelpfeifen schnitzt. Okay? Wie kannst du also von dieser Frau Verständnis dafür erwarten, dass du dich von deinem Freund und zukünftigen Rockstar getrennt hast? Hat sie dir auch gesagt, du hättest nur »versehentlich« schwanger zu werden brauchen, um versorgt zu sein? Ich wette zehn zu eins, dass sie das gesagt hat. Ist das nicht der Beweis dafür, dass diese Frau nicht mehr alle Tassen im Schrank hat?

Von: Kate Mackenzie <kathleen.mackenzie@thenyjournal.com>
An: Jen Sadler <jennifer.sadler@thenyjournal.com>
Betreff: AW: AW: Meine Mutter

JA! O mein Gott, hat dich der Blitz getroffen oder so? Du hast nämlich hellseherische Kräfte.

Als würde ich auf DIESE Art heiraten wollen. Oder als wäre es so wichtig für mich, einen Ehemann zu haben. Ich meine, man ist auch ein vollwertiger Mensch, ohne verheiratet zu sein. Weißt du noch, dass Professor Wingblade uns mal erzählt hat, Singles seien mit ihrem Leben zufriedener als Ehepartner? Was sagt dir DAS?

Oh, tut mir leid, ich habe kurz vergessen, du bist ja selbst verheiratet.

Ich möchte nur klarstellen, dass ich mich nicht von Dale getrennt habe, weil er mich nicht heiratet. Wenn er mich nicht genug liebt, um mich zu heiraten, dann liebt er mich nicht richtig.

Oder so ähnlich. Verstehst du, was ich meine? O Mann, ich HASSE Gespräche mit meiner Mutter. Sie bringt mich immer ganz durcheinander.

Kate

>>

Von: Jen Sadler <jennifer.sadler@thenyjournal.com>
An: Kate Mackenzie <kathleen.mackenzie@thenyjournal.com>
Betreff: AW: AW: AW: Meine Mutter

Ich verstehe, was du meinst. Hey, hast du nicht gleich eine Verabredung zum Lunch? Es ist fast halb eins.

J

>>

Von: Kate Mackenzie <kathleen.mackenzie@thenyjournal.com>
An: Jen Sadler <jennifer.sadler@thenyjournal.com>
Betreff: Verdammt

Ich komme zu spät!!!!!!!!!!

Wu Liang Palace

Echte sichuanesische Küche

O Gott, ich wusste es, ich hätte mit Jen die Röcke tauschen sollen, bestimmt sehe ich total nuttig aus, kein Wunder, dass er den Anruf auf seinem Handy entgegengenommen hat und in der Lobby

Haifischflossen Südsee
für 2 Personen 19.95

seit einer Ewigkeit telefoniert, wahrscheinlich ist es ihm peinlich, mit mir gesehen zu werden, und wer kann es ihm verübeln – ich sehe nämlich aus wie Alyssa

Krebsfleischsuppe mit Spargel
für 2 Personen $ 8.95

Milano in *Charmed*. Wahrscheinlich mache ich ihm Angst, o Gott, warum habe ich bloß

Fish Maw Chowder $ 8.95

Ja gesagt zu dem Lunch? Ich meine, er ist schließlich ANWALT, und ich habe mir geschworen …

Fischfiletsuppe für 2 Personen $ 7.95

Aber er ist so nett, und das Huhn in Knoblauchsauce ist hier wirklich gut, und bestimmt ist der Anruf

Chengdu Wonton Suppe $ 3.50

wichtig, denn er sah wirklich beunruhigt aus, als er ranging.

Scharfe Suppe, sauer $ 3.50

Wahrscheinlich ein dringender Fall oder so. Ich hoffe bloß, es ist nicht diese Clarissa, aber ich glaube

Eierblumensuppe mit Hühnerfleisch
und Mais $ 3.50

nicht, dass er dann rangegangen wäre. Wer weiß, vielleicht doch? Seltsam, aber ich habe nicht den Eindruck, als könnte er Amy besonders gut leiden. Er sagt, Leute, die so viel Sport treiben, machen ihm Angst, was gut ist,

Gebratene Teigtaschen
mit Füllung $ 4.95

weil mir gestern nämlich alle Muskeln wehtaten, nachdem ich am Tag davor joggen war.

Gedünstete Teigtasche
mit Gemüse $ 4.95

Obwohl wir eigentlich nicht viel gelaufen sind, da Dolly alle sechzig Sekunden stehen blieb, um mit

Spareribs $ 6.95

irgendwem zu quatschen. O Mann, sie kennt wirklich Gott und die Welt. Außerdem mag er den

Fantail Shrimps $ 6.95

Travel Channel, was bedeutet, dass wir etwas gemeinsam haben, auch wenn wir die Reisereportagen nicht aus demselben

Gebratene Ente
kantonesische Art $ 5.95

Grund schauen. Er schaut sie, weil er schon an all diesen Orten, von denen sie berichten, gewesen ist, ich schaue sie, weil ich jetzt nicht mehr dorthin muss, nachdem ich

Shanghai Frühlingsrolle $ 2.50

sie im Fernsehen gesehen habe. Aber trotzdem, das ist mehr, als ich mit Dale gemeinsam habe, abgesehen von

Kalte Nudeln
mit scharfer Sauce $ 4.50

dem Umstand, dass wir zusammen aufgewachsen sind und beide gerne, ihr wisst schon, Sex haben. Und er war der netteste Junge in der Schule

Gedünstete Hühnerbrust
auf Salatblatt $ 6.95

und der Einzige, der sich noch für andere Dinge interessierte als Fußball. Und er ist

Teigtasche mit Schweinefleisch
und Chilisauce $ 4.50

kein Businesstyp (ich meine Dale), ich weiß nämlich nicht, ob ich mit jemandem zusammen sein könnte, der

Gebratener Taro Toast $ 3.95

immer gewinnorientiert denkt oder so. Wenigstens hat Dale einen kreativen Beruf. Nicht dass ich hier ein richtiges Date mit Mitch Hertzog hätte. Ich WÜNSCHTE, es wäre eins. Aber es ist nur ein Lunch, um Himmels willen. Um über eine einstweilige Verfügung gegen Dale zu sprechen.

Hühnchen in Knoblauchsauce $ 7.50

Es ist bloß … Er ist einfach SO NETT – Mitch, meine ich –, und er riecht gut, und heute trägt er eine Spiderman-Krawatte. Er meinte, die hätten ihm auch seine Nichten geschenkt. O Gott, ich hoffe bloß, das ist nichts Ernstes zwischen Mitch und dieser Gottesanbeterin. GROSSER GOTT

IST DAS SCROGGS???

Von: Kate Mackenzie <kathleen.mackenzie@thenyjournal.com>
An: Mitchell Hertzog <mitchell.hertzog@hwd.com>
Betreff: Lunch

Ich möchte mich nochmals bei Ihnen entschuldigen. DAS MIT IHREM ANZUG TUT MIR WIRKLICH SEHR LEID. Ich weiß nicht, was in Dale gefahren ist, wirklich nicht. Wahrscheinlich hat er gedacht, wir hätten ein Date oder so, LOL! Sie wissen ja, dass er ein wenig labil ist. Aber er ist nicht gewalttätig. Außer gegen Anzüge, wie es scheint.

BITTE schicken Sie mir die Rechnung für die Reinigung.

Kate

Von: Jen Sadler <jennifer.sadler@thenyjournal.com>
An: Kate Mackenzie <kathleen.mackenzie@thenyjournal.com>
Betreff: Du

Was ist passiert??? Du siehst aus wie ein Gespenst. Hat dich so ein Videovoyeur auf der Treppe aufgenommen, als du mit deinem kurzen Rock herausgekommen bist? Wir können den Kerl ausfindig machen und ihm eine ordentliche Abreibung verpassen, wenn du willst. Ich kenne Leute, die so was erledigen.

J

Von: Kate Mackenzie <kathleen.mackenzie@thenyjournal.com>
An: Jen Sadler <jennifer.sadler@thenyjournal.com>
Betreff: Was passiert ist

Och, nur das Übliche. Ich habe mich mal wieder bis auf die Knochen blamiert. Warum gelingt es mir nicht, das Bild einer souveränen, selbstständigen Frau zu vermitteln? WARUM NICHT???

SICHER, alles war gut – abgesehen davon, dass er während des Essens einen Anruf bekam, wahrscheinlich irgendein millionenschwerer Fall, an dem er gerade arbeitet, oder so –, bis plötzlich DALE auf der Bildfläche erschien, zusammen mit seinen Bandkollegen von »Ich mache nie mehr Sandwiches«, und eine Riesenshow abzog, als er mich entdeckte, von wegen Kismet und so, obwohl er immer »Kissnet« gesagt hat, und dann kam Mitch zurück und meinte »Entschuldigung, dass es so lange gedauert hat« und setzte sich wieder an unseren Tisch, und dann erinnere ich mich nur noch daran, dass Dale die Platte mit dem Huhn in Knoblauchsauce nahm und …

Ich habe also versucht, Mitchs Anzug zu retten, wozu ich ihn natürlich berühren musste, wenn auch mittels einer Serviette, und ich kann nur sagen, einfach göttlich! Ich meine, unter dem gebratenen Reis konnte ich seine Muskeln fühlen. Wie kommt es, dass ein Anwalt so trainiert ist? Ich meine, Dale spielt Gitarre, aber sein Oberkörper wölbt sich praktisch nach innen, und er sieht irgendwie so blutarm aus …

Aber egal.

Es war einfach nur peinlich. Was soll ich TUN??? Ich habe Dale gezwungen, sich bei Mitch zu entschuldigen, aber man konnte sehen, dass er es nicht aufrichtig meinte. Und ich kann es ihm nicht einmal übel nehmen, schließlich wollten wir über eine Verfügung gegen ihn sprechen, aber trotzdem ist alles Dales Schuld. Ich meine, eine Pfirsichdose? Wer macht denn SO WAS?

Was meinst du, was soll ich jetzt tun? Ihm Blumen schicken? Oder Pralinen? Scheint mir irgendwie ... unpassend. Für einen Mann, meine ich. Was würdest du tun? Ich meine, wenn es Craig passiert wäre. Und ihr beide wärt noch nicht verheiratet. Aber du wärst scharf auf ihn und wolltest ihm gefallen. Obwohl er ein seelenloser Anwalt für Reiche wäre. Und ein Fan von Spiderman.

Ich meine, ich habe ihm eine Entschuldigung gemailt, aber das ist irgendwie nicht genug. Verstehst du, was ich meine?

Ich wünschte wirklich und wahrhaftig, ich wäre tot.

Kate

Von: Jen Sadler <jennifer.sadler@thenyjournal.com>
An: Kate Mackenzie <kathleen.mackenzie@thenyjournal.com>
Betreff: AW: Was passiert ist

Du hast das Richtige getan. Glaub mir, wenn er an dir interessiert ist, wird er dir verzeihen.

Aber was ist mit Dale? Beantragst du jetzt eine einstweilige Verfügung oder nicht? Andererseits solltest nicht DU den Antrag stellen, sondern Mr. Muscle.

Konntest du fühlen, ob er ein Sixpack hat?

J

Von: Kate Mackenzie <kathleen.mackenzie@thenyjournal.com>
An: Jen Sadler <jennifer.sadler@thenyjournal.com>
Betreff: Oje

Die Verfügung! Die habe ich glatt vergessen!

Ja, definitiv ein Sixpack. Der Mann ist absolut durchtrainiert.

O mein Gott, hab ich das wirklich geschrieben?

Kate

Von: Jen Sadler <jennifer.sadler@thenyjournal.com>
An: Kate Mackenzie <kathleen.mackenzie@thenyjournal.com>
Betreff: AW: Oje

Verdammt. Es stimmt also, Blondinen haben wirklich mehr Spaß.

J

Von: Mitchell Hertzog <mitchell.hertzog@hwd.com>
An: Kate Mackenzie <kathleen.mackenzie@thenyjournal.com>
Betreff: AW: Lunch

Sie sind mir gar nichts schuldig. Wirklich, machen Sie sich keine Gedanken. Woher sollten Sie ahnen, dass die Plattenfirma den Vertragsabschluss ausgerechnet in diesem Restaurant feiern würde? Es liegt nun einmal mitten in Manhattan, wo es auch viele Plattenfirmen gibt.

Die Flecken von der Knoblauchsauce gehen wieder raus.

Wenn sich hier jemand entschuldigen muss, dann ich. Es tut mir sehr leid, dass ich Sie wegen dieses Anrufs so lange habe warten lassen. Es ist nur so, dass meine jüngere Schwester wieder zu Hause wohnt und es immer wieder Probleme mit meiner Mutter gibt, und irgendwie gerate ich ständig dazwischen …

Egal. Wenn Sie das Gefühl haben, mir doch etwas schuldig zu sein, lassen Sie uns einen zweiten Anlauf nehmen. Wie wäre es mit einem Dinner am Freitagabend?

Geben Sie mir Bescheid.

Mitch

PS: Angesichts des heutigen Vorfalls halte ich es für sicherer, wenn wir nicht auswärts essen gehen. Sagen wir bei mir? Ich kann uns ein einfaches Shrimps-Omelett machen.

PPS: Können Sie mir verraten, warum die Band von Ihrem Ex »Ich mache nie mehr Sandwiches« heißt? Nicht dass ich es kaum erwarten könnte, das neue Album zu kaufen. Ich bin nur neugierig.

Von: Kate Mackenzie <kathleen.mackenzie@thenyjournal.com>
An: Mitchell Hertzog <mitchell.hertzog@hwd.com>
Betreff: Dinner

Ich nehme Ihre Einladung sehr gerne an, falls es Ihnen nicht zu viel Mühe macht. Aber ich möchte etwas dazu beisteuern. Ich bringe das Dessert mit, einverstanden? Danke für die Einladung … und für Ihr Verständnis wegen Dale.

Der Grund, warum seine Band »Ich mache nie mehr Sandwiches« heißt, ist folgender: Dale hat damals in Luxor, Kentucky, wo wir aufgewachsen sind, in einem Bagel Shop gearbeitet. Die Leute kamen in den Laden und bestellten Bagel Sandwiches – Sie wissen schon, Bagels mit Schinken und Käse oder mit Erdnussbutter und Marmelade –, und Dale gefiel das nicht, weil er fand, dass Bagels sich nicht als Sandwich eignen, weil sie so dick sind und man nicht davon abbeißen kann, ohne sich das Zahnfleisch zu verletzen oder so, weshalb er in eine Art Streik trat und die Bagels nur noch mit traditionellen Zutaten belegte wie Räucherlachs oder Cream Cheese, bis sein Chef wütend wurde und ihn fragte, was er da mache, und Dale brüllte: »Ich mache nie mehr Sandwiches!« Und dann wurde er gefeuert, zu Unrecht, wie er fand.

Wie dem auch sei, jedenfalls bekam die Lokalpresse Wind davon und berichtete auf ihrer Titelseite über den Vorfall, neben einem großen Foto von Dale. Die Überschrift lautete *Ich mache nie mehr Sandwiches.* Das wurde in der Gegend bald zum geflügelten Wort, und so beschlossen die Jungs von der Band, aus Dales lokaler Berühmtheit Kapital zu schlagen und sich umzubenennen, und seitdem heißen sie so.

Würde liebend gerne länger chatten, aber ich habe ein Personalmeeting. Bis später!

Kate

New York Journal
Internes Meeting Personalabteilung

Tagesordnung:

O Gott, gibt es was Langweiligeres als Personalmeetings? Unglaublich, dass ich *dafür* meinen kleinen Chat mit Mitch unterbrechen musste.
K

Auffrischung in Richtlinien gegen Diskriminierung

Der Verlag ist verpflichtet, seine Angestellten vor Mobbing und anderen Formen von Diskriminierung am Arbeitsplatz zu schützen.

Ach, sind wir schon bei Mitch? Du hast dich in ihn verknallt!
J

Der Verlag duldet keine Diskriminierung aufgrund von Geschlecht (inbegriffen sexuelle Belästigung, Benachteiligung von Frauen wegen Schwangerschaft, Entbindung oder ähnlicher medizinischer Gründe) …

Halt die Klappe.

Doch. Gib es zu.

… sowie aufgrund von Rasse, Religionszugehörigkeit, Hautfarbe, Herkunft oder Abstammung, körperlicher oder …

Er will mich am Freitagabend bekochen.

... geistiger Behinderung, gesundheitlicher Verfassung, Familienstand, Parteizugehörigkeit, Alter, sexueller Ausrichtung ...

Im ERNST? Heiß. Das hast du sicher Dollys Rock zu verdanken und nicht der Knoblauchsauce auf seiner Hose, stimmt's?

... oder anderen gesetzlich geschützten Persönlichkeitsrechten. Diskriminierungen dieser Art werden strafrechtlich verfolgt. Dazu gehören unter anderem folgende Verhaltensweisen:

Halt endlich die Klappe. Gott, wie mich das Meeting anödet. Ich habe ihm übrigens versprochen, ein Dessert mitzubringen. Kannst du mir das Rezept für deine Zitronenmousse geben?

Glaubst du wirklich, Mitch ist der Zitronenmoussetyp? Ich denke eher, er steht auf Tiramisu.

Verbales Fehlverhalten in Form von Beschimpfungen, abfälligen Bemerkungen oder Witzen, Beleidigungen oder sexistischen Sprüchen.

Tiramisu ist zu mächtig.

Wieso zu mächtig? Als kleine Stärkung hinterher, nachdem ihr ...

Visuelles Fehlverhalten durch die Verbreitung von diskriminierenden und/oder sexistischen Darstellungen in Form von Aushängen, Fotografien, Zeichnungen oder Bildern sowie deren Versenden und Empfangen als Datei.

SCHLUSS!

Woher weißt du, was ich schreiben wollte?

Physisches Fehlverhalten wie körperliche Gewalt, unerwünschte Körperkontakte, aufdringliches Verhalten und sonstige, den normalen Arbeitsbetrieb störende Belästigungen aufgrund von Geschlecht, Rasse und allen anderen gesetzlich geschützten Persönlichkeitsrechten.

Weil ich dich kenne. O Mann, das ist so was von stinklangweilig!

Wem sagst du das. Warum hat die SBT eine braune Strumpfhose an? Will sie uns weismachen, dass sie das Wochenende auf Aruba verbracht hat und nur an den Beinen braun geworden ist?

Erpressung oder Erzwingen sexueller Beziehungen, Versprechen von Vorteilen im Austausch gegen sexuelle Gefälligkeiten beziehungsweise Androhen von Nachteilen, zum Beispiel …

Offenbar sind ihr die fleischfarbenen ausgegangen. Und ich weiß ganz sicher, dass sie am Wochenende nicht auf Aruba war.

… Vergeltungsmaßnahmen bei schriftlicher oder mündlicher Anzeige von sexueller Belästigung.

Ich habe sie nämlich am Samstag im Museum gesehen.

Sollten Sie oder einer Ihrer Klienten sexuell belästigt worden sein, melden Sie den Vorfall/die Vorfälle bitte schriftlich oder mündlich an die Beschwerdestelle inklusive einer detaillierten Beschreibung, der Namen der …

Glaubst du, die SBT und Stuart sind danach zusammen nach Hause gegangen und hatten wilden Sex?

Igitt! Was für eine schreckliche Vorstellung.

… Beteiligten sowie der Namen eventueller Zeugen. Der Verlag wird umgehend eine …

Tja, das wird wohl der einzige Grund sein, warum er sie leiden kann. Schließlich hat sie keine anderen Qualitäten. Ich meine, sie ist ein machthungriges, hinterhältiges, megafalsches Miststück.

… effektive, gründliche und objektive Untersuchung der Anschuldigungen veranlassen. Bestätigt sich ein Fehlverhalten, werden den Umständen angemessene …

Du darfst dieses Wort nicht auf ein internes Protokoll schreiben! Mein Gott, was stimmt nicht mit dir, Jen???

… Maßnahmen und Sanktionen eingeleitet. Jeder Mitarbeiter, dem ein diskriminierendes Verhalten am Arbeitsplatz eindeutig nachgewiesen wird, muss mit entsprechenden disziplinarischen …

Du weißt, dass das wahr ist. Es muss der Sex sein. Bestimmt steht sie den ganzen Tag für BJs zur Verfügung.

… Folgen rechnen bis hin zur Kündigung. Die Geschädigten werden über die in den einzelnen Fällen ausgesprochenen Strafen …

Warte … Was sind noch mal BJs?

… informiert, und der Verlag ergreift geeignete …

Oh, meine kleine Unschuld vom Lande.
Blowjobs.

… Maßnahmen, um die betroffene Person vor weiteren Belästigungen dieser Art zu schützen. Der Verlag garantiert, …

Bäh! Würdest du damit aufhören??? Außerdem ist er ja wohl auch nicht gerade der Hit. Ich meine, er ist bestimmt kein George Clooney, was sein Aussehen betrifft, und besitzt er überhaupt eine Persönlichkeit? Oder einen Sinn für Humor? Es ist ja nicht irgendwer, dem Mrs. Lopez ihren Kuchen verweigert hat, weißt du. Sie ist da sehr wählerisch.

…dass die Anzeige keine negativen Folgen für die betroffene Person hat und wird diese weder seitens des Managements noch seitens der Belegschaft tolerieren. Alle Mitarbeiter sind aufgefordert, jegliche Form von Diskriminierung am Arbeitsplatz wie oben beschrieben sofort zu melden, damit rasch und fair reagiert werden kann.

Tja, so ist Amy nun mal. Und sie gehört nicht zu der Sorte, die sich mit einem Mann verlobt, der unter einer Million im Jahr verdient. Ich meine, bei dem Einkommen kann man über die ersten kahlen Stellen und einen ungewöhnlich kleinen Pimmel hinwegsehen.

Würdest du damit aufhören? Doch nicht mitten im Vertrauensspiel!!!

Ich hasse diese bescheuerten Vertrauensspiele. Was zum Teufel soll dabei herauskommen?

Äh… Vertrauen. Unter den Mitarbeitern.

Bitte. Ich werde Amy nie über den Weg trauen. Die würde mich doch nicht mal vor einem Bus warnen, wenn ich beim Straßeüberqueren nicht auf den Verkehr achtete. Und sie würde mich auch sicher nicht auffangen, wenn ich mich nach hinten fallen ließe.

Das Spiel machen wir heute nicht. Außerdem lernen wir diese Spiele, damit wir sie in den einzelnen Abteilungen organisieren.

Du weißt schon, in diesen kleinen Mitarbeiter-Workshops.

Bitte. Kannst du dir vorstellen, Schoßsitzen im Feuilleton zu spielen? George Sanchez wird jeden mit seiner Körpermasse erdrücken.

Als Repräsentantin der Personalabteilung solltest du keine Vorurteile gegen Personen haben, die mit ihrem Gewicht kämpfen.

Mir doch egal! George braucht bloß auf seine Doughnuts zu verzichten. Was ihm wesentlich leichter fallen würde, hätte die SBT Mrs. Lopez nicht rausgeschmissen. Moment. WAS hat sie gerade gesagt, was wir tun sollen?

O mein Gott, du musst dringend wieder von diesen Hormonen runter. Wir sollen uns in Gruppen aufteilen und uns ein Dach über dem Kopf bauen …

Schon kapiert. Sollen wir die alten Ausgaben vom ***Journal*** *benutzen, die sie dort drüben hingelegt hat?*

Ja. Aber wir dürfen weder Tesa benutzen noch eine Schere.

*Blöde Schlam**!*

JEN!

Im Ernst, das ist das dümmste …

O-oh, sie teilt uns jetzt in Gruppen auf.

Besser, ich bin in deiner Gruppe, sonst …

>>>

Von: Stuart Hertzog <stuart.hertzog@hwd.com>
An: Amy Jenkins <amy.jenkins@thenyjournal.com>
Betreff: Ida Lopez

Schnubbelchen, ich habe alles getan, was in meiner Macht stand, um es zu verhindern, aber Tatsache ist nun einmal, dass ich dir die Stellungnahme nicht ersparen kann. Mitch will es noch diese Woche durchziehen. Also dachte ich, wir machen es am besten gleich morgen ... So haben wir es schneller hinter uns. Und du brauchst dir keine Sorgen zu machen, ich werde die ganze Zeit an deiner Seite sein.

Mitch möchte, dass Kate Mackenzie bei dem Termin dabei ist. Weiß der Geier, warum. Ich habe es aufgegeben, die Motive meines Bruders zu ergründen. Er ist, um ganz offen zu sein, eine Laune der Natur. Wenn ich mich nicht daran erinnern könnte, dass meine Mutter schwanger mit ihm war, würde ich vermuten, dass er adoptiert ist. Ich verspreche dir, von den anderen Hertzogs ist keiner so wie Mitch.

Außer vielleicht meine Schwester Janice. Aber sie ist hoffentlich noch jung genug, um ihre Charakterschwächen in den Griff zu bekommen.

Wie gesagt, Mitch ist ein guter Anwalt. Vergiss nicht, ich liebe dich, und ich würde es nie zulassen, dass dir jemand Schaden zufügt.

Nach der Stellungnahme lade ich dich zum Essen ein, wohin du willst.
In inniger Liebe
Stuart

Stuart Hertzog, Senior Partner
Hertzog, Webber & Doyle
Anwaltskanzlei

Von: Jen Sadler <jennifer.sadler@thenyjournal.com>
An: Kate Mackenzie <kathleen.mackenzie@thenyjournal.com>
Betreff: Vertrauensspiele

Ich hab dir ja gesagt, dass wir diese Loser schlagen.

J

Von: Kate Mackenzie <kathleen.mackenzie@thenyjournal.com>
An: Jen Sadler <jennifer.sadler@thenyjournal.com>
Betreff: AW: Vertrauensspiele

Ja, Jen, aber wir kennen uns auch seit dem College. Das Empfangspersonal wechselt alle sechs Monate. Hast du wirklich geglaubt, die könnten ihr Haus schneller bauen oder dass es stabiler würde als unseres?

Kate

Von: Jen Sadler <jennifer.sadler@thenyjournal.com>
An: Kate Mackenzie <kathleen.mackenzie@thenyjournal.com>
Betreff: AW: AW: Vertrauensspiele

Komm schon! Die sind viel jünger als wir! Und trotzdem haben wir sie besiegt! Obwohl Amy dir sogar die Augen mit einem Tuch verband, haben wir sie HAUSHOCH geschlagen. Mit einem BLINDEN Teammitglied!

Und was ist mit den Leuten aus der Buchhaltung? Manche davon arbeiten schon seit JAHREN zusammen, und trotzdem sind wir Sieger. WIR SIND DIE BESTEN!!!

Von: Kate Mackenzie <kathleen.mackenzie@thenyjournal.com>
An: Jen Sadler <jennifer.sadler@thenyjournal.com>
Betreff: Mach mal langsam

Ich habe ganz vergessen, wie ehrgeizig du sein kannst. Ist wohl schon eine Weile her, dass wir zusammen gescrabbelt haben. Das ist kein netter Charakterzug, Jen.

Kate

Von: Jen Sadler
<jennifer.sadler@thenyjournal.com>
An: Kate Mackenzie
<kathleen.mackenzie@thenyjournal.com>
Betreff: AW: Mach mal langsam

Wen kümmert es? WIR HABEN GEWONNEN!!! Ich sage dir, es ist nur eine Frage der Zeit, bis wir diesen Laden hier übernehmen. Oder wir eröffnen unsere eigene Freie Beratungsstelle! Das geht schneller, als du denkst!

J

Von: Kate Mackenzie
<kathleen.mackenzie@thenyjournal.com>
An: Jen Sadler <jennifer.sadler@thenyjournal.com>
Betreff: Unser Projekt

Äh … ja, okay, CALIGULA.

Amy hat mich gerade angerufen. Sie will mich in ihrem Büro sehen, und zwar ZACK, ZACK. Das waren genau ihre Worte. Für wen hält die sich, für einen Feldwebel? Plant die da drinnen ein Gefecht, oder macht sie nur die Lohnabrechnungen?

Ich hoffe, unsere Freie Beratungsstelle eröffnet bald.

Kate

Von: Amy Jenkins
<amy.jenkins@thenyjournal.com>
An: Kate Mackenzie
<kathleen.mackenzie@thenyjournal.com>
Betreff: Termin

Wie wir gerade besprochen haben, werden Sie und ich uns morgen Vormittag um 9:00 Uhr in der Kanzlei von Hertzog, Webber & Doyle einfinden, um in dem Rechtsstreit Lopez/*New York Journal* eine Stellungnahme abzugeben. Sie werden in angemessener Kleidung zu dem Termin erscheinen. Sie werden alle Fragen wahrheitsgemäß beantworten. Sie werden allerdings nichts sagen, was Ihren Arbeitgeber in ein schlechtes Licht rücken könnte.

Es handelt sich um eine ernste Angelegenheit, Kate, und ich verlasse mich auf Sie und darauf, dass Sie sich in Ihrem Urteilsvermögen nicht von persönlichen Gefühlen leiten lassen, die Sie womöglich der Klägerin entgegenbringen.

Amy

Amy Denise Jenkins
Personalabteilungsleiterin
New York Journal

Diese E-Mail ist vertraulich und ausschließlich zur Kenntnisnahme des Empfängers gedacht. Sollten Sie diese E-Mail versehentlich erhalten haben, informieren Sie bitte den eigentlichen Empfänger, und löschen Sie sie anschließend aus sämtlichen Ordnern.

Von: Sean <psychodramabeautyqueen@freemail.com>
An: Mitchell Hertzog <mitchell.hertzog@hwd.com>
Betreff: Mom

Okay, es tut mir leid, dass ich dein wichtiges Geschäftsessen unterbrochen habe oder was das auch immer war, aber im Ernst, ich weiß nicht, wie lange ich das noch aushalte. Sie ist KRANK, okay? Total krank.

Rate mal, was sie NUN wieder getan hat. Na los, rate. Ich bin gerade einmal eine beschissene Stunde aus dem Haus, um zu sehen, ob die in der Mall den neuen X-Men-Comic haben, und was macht sie? WAS MACHT SIE?

Sie sprüht mein ganzes Zimmer ein mit so 'nem Zeug, das Drogenrückstände sichtbar macht.

Das ist kein Witz. Du kennst doch dieses Spray aus der TV-Reklame für $ 19.95 oder so? Das auf winzige Drogenspuren reagiert und sie verfärbt?

Sie hat mein GANZES Zimmer mit dem Scheiß eingesprüht.

Und NATÜRLICH habe ich keine Drogen gebunkert – jedenfalls nicht zu HAUSE, bin ja nicht BESTUSST. Darum hat sich auch nichts verfärbt.

Aber weißt du, was? DAFÜR KLEBT JETZT DAS GANZE ZIMMER. Im Ernst. Als wären Stacys freche Zwillinge hier gewesen. Ich meine, sogar meine Lederjacke fühlt sich klebrig an! Genau die, auf die ich MONATELANG gespart habe, denn du weißt ja, dass Mom mich nicht an das Geld heranlässt, das Grandpa mir vererbt hat. Ich meine, ich habe in dem Skaterladen Nachtschichten geschoben, um mir die Jacke leisten zu können.

Und jetzt fühlt sie sich an wie ein Fliegenfänger. Ohne Witz. Es klebte sogar eine Motte darauf, als ich nach Hause kam.

Ich habe Mom damit konfrontiert, und sie hat gesagt – halt dich fest –, STUART hätte sie darum gebeten. STUART. Mr. Sag-Nein-zu-Drogen persönlich.

Ich halte es hier nicht mehr aus, Mitch. Es besteht akute Gefahr, dass ich komplett durchdrehe und mir ihre verfluchten Puppen schnappe, um sie dorthin zu verfrachten, wo sie hingehören, nämlich in die MÜLLTONNE!!!

Findest du, dass ich überreagiere? Aber vergiss nicht, Mitch: Sogar meine UNTERWÄSCHE ist klebrig. Und nicht, weil ich darin Spaß hatte!!!

Sean

Von: Mitchell Hertzog <mitchell.hertzog@hwd.com>
An: Sean <psychodramabeautyqueen@freemail.com>
Betreff: AW: Mom

Danke für die erhellenden Worte über deine Unterwäsche. Das interessiert einen als großen Bruder nicht die Bohne.

Ich habe dir gesagt, dass du jederzeit bei mir wohnen kannst. Aber vergiss nicht, die einzige Möglichkeit, Mom und Dad zu überzeugen, dass du wieder aufs College zurückkannst, ist, ein paar Monate nach ihrer Pfeife zu tanzen. Wenn du dich ein bisschen zurücknimmst mit dem Haarefärben und den Hasstiraden auf den Kapitalismus am Tisch, dürften sie dir aus der Hand fressen, bis die Anmeldefrist für das Herbstsemester beginnt.

Kopf hoch, und lass deine Sachen reinigen … Auf Moms Kosten, natürlich.

Mitch

Von: Dolly Vargas
<dolly.vargas@thenyjournal.com>
An: Kate Mackenzie
<kathleen.mackenzie@thenyjournal.com>
Betreff: Du

Schätzchen, es war so süß von dir, dass du gestern Skiboy als deinen Lover ausgegeben hast. Als Mitbewohnerin bist du wirklich von UNSCHÄTZBAREM Wert. Nicht auszudenken, was ich ohne dich tun würde.

Heute Abend wird es spät werden – du weißt ja, die Herbstshows. Wenn es dir also nichts ausmacht, würdest du Skiboy hereinlassen? Er kommt wahrscheinlich so um neun. Das wäre echt lieb von dir. Er hat irgendein Problem mit seinem Vermieter – keine Ahnung, was genau, ich höre nie hin, wenn er spricht, er langweilt mich. Aber diese Schultern, oh!

Er wird dich auch nicht stören. Und wegen Peter brauchst du dir keine Sorgen zu machen, der hat heute Abend Golfunterricht auf dem Chelsea Piers, das heißt, wir werden ihn frühestens am Mittwoch wieder zu Gesicht bekommen.

Ciao!
Liebe Grüße
Dolly

Von: Dale Carter <ichmacheniemehrsandwiches@freemail.com>
An: Kate Mackenzie <kathleen.mackenzie@thenyjournal.com>
Betreff: Restaurant

Okay, ich weiß, ich schulde dir eine Entschuldigung für die Sache im Restaurant. Es tut mir wirklich leid. So leid, dass ich sogar einen Song darüber geschrieben habe. Er heißt *Hühnchen à la Kate*. BITTE, würdest du heute Abend kommen, wenn ich ihn auf der Bühne singe? Wir spielen im Bryant Park auf der Herbstmodenschau, für einen Designer. Das ist unser erster offizieller Auftritt für unser neues Label.

Und egal, was Scroggs sagt, es ist nicht so, dass wir uns verkauft haben, weil wir auf einer Modenschau auftreten. Ich meine, so ist das Leben, oder nicht? Eine einzige Modenschau.

Dann ist dieser Kerl, auf den ich die Platte mit Hühnerfleisch geleert habe, also wirklich dein Anwalt? Oder ist er dein neuer Macker? Auf mich machte er nämlich den Eindruck, als möchte er dich mehr als, du weißt schon, jemand, den er bloß veranwaltet.

Dale

Von: Kate Mackenzie <kathleen.mackenzie@thenyjournal.com>
An: Dale Carter <ichmacheniemehrsandwiches@freemail.com>
Betreff: AW: Hühnerfleisch

Mandanten. Die Leute, die »veranwaltet« werden, nennt man Mandanten. Und genau das bin ich. Eine Mandantin von Mitch Hertzog. Das ist alles.

Dale, du musst ernsthaft aufhören mit dieser Ich-will-dich-zurückhaben-Nummer. Ich komme nicht zurück. Ich will nicht behaupten, dass ich dich nicht mehr liebe – ein Teil von mir wird dich wahrscheinlich immer lieben. Aber seit wir getrennt sind, ist mir etwas klar geworden, nämlich dass ich in dich nicht mehr *ver*liebt bin. Und das schon seit längerem, glaube ich.

Und das liegt nicht allein daran, dass du dich nicht fest binden willst. Mir ist jetzt erst bewusst geworden, dass du und ich völlig unterschiedliche Wertvorstellungen und Ziele im Leben haben. Ich meine, im Ernst, Dale, was soll ich tun, wenn du mit der Band auf Tour gehst? Dir die ganze Zeit hinterherreisen? Ich bin kein Groupie. Das würde mich nicht glücklich machen. Was mich glücklich macht, ist, anderen zu helfen.

Sag jetzt nicht, DU brauchtest meine Hilfe genauso dringend, und das sollte mir reichen. Ich rede nicht davon, deine Bowlingschuhe zu suchen oder dafür zu sorgen, dass immer Kaffeefilter im Haus sind. Ich rede davon, anderen bei beruflichen und privaten Entscheidungen behilflich zu sein. Ich weiß, manchmal mag es nicht so aussehen, aber wenn alles so läuft, wie es sollte, dann ist das genau das, was ich beim *Journal* mache. Und es macht mir wirklich großen Spaß.

Selbst du musst zugeben, dass unsere Berufe nicht zusammenpassen. Ich meine, wie viele Rockstars kennst du, die mit einer Personalreferentin verheiratet sind? Sicher keinen einzigen.

Darum bitte ich dich, Dale, orientiere dich neu. Ich komme nicht zurück, niemals, und ich weiß, dass du irgendwann erkennen wirst, dass es so am besten ist.

In Liebe
Kate

Tagebuch von Kate Mackenzie

Laut Professor Wingblade besitzt jeder Mensch einen Wert und Würde. Ich frage mich, ob er das auch von der SBT behauptete. Ich meine, sie führt sich unmöglich auf. Vorhin am Empfang in der Kanzlei von Hertzog, Webber & Doyle taxierte sie mich und meinte: »War auch höchste Zeit, dass Sie sich professioneller kleiden.« Vor der Empfangsdame und Stuart und allen anderen!

Zum Glück war Mitch noch nicht da. Trotzdem. Die glaubt wohl, dass sich jeder teure Designerklamotten leisten kann. Würde ich siebzig Riesen im Jahr verdienen wie sie, dann wäre das kein Problem, aber ich verdiene nur fünfundvierzig. Das reicht gerade mal für Anne Tailor Loft, aber nicht für mehr.

Und dann war sie so gemein zu Mrs. Lopez! Ich muss zugeben, ich war selbst überrascht, Mrs. Lopez zu sehen – in Mitchs Büro, meine ich. Ich schätze, ich hatte vergessen, dass es hier eigentlich um Mrs. Lopez geht und nicht um die SBT. Sie schafft es immer wieder, dass alle das Gefühl haben, es ginge nur um sie – die SBT, meine ich.

Wie zum Beispiel als Mrs. Lopez sich unheimlich freute, mich zu sehen, und mir direkt ein Stück von dem Karottenkuchen gab, den sie zufällig dabeihatte, und die SBT mich ganz böse ansah. Weil ich den Kuchen annahm, meine ich. Vielleicht war sie bloß neidisch, weil Mrs. Lopez ihr keinen Kuchen anbot … Wahrscheinlich macht sie aus der Sache ein Riesending, weil ich angeblich die ganze Abteilung blamiere, indem ich mich auf die Seite des Personals stelle anstatt auf die Seite des Managements. Bestimmt muss ich jetzt bis zu meiner Pensionierung Vertrauensspiele machen.

Mir doch egal. Der Kuchen war himmlisch. Könnte ich doch nur so ein tolles Dessert hinkriegen für die Einladung bei Mitch. Mrs. L. hat mir netterweise das Rezept abgeschrieben. Es heißt ja immer, Liebe ginge durch den Magen …

Heute trägt er eine Wonder-Woman-Krawatte. Ich liebe Wonder Woman. SIE *würde sich nie von einer schrecklichen Bürotyrannin ein schlechtes Gewissen machen lassen, nur weil sie gern Kuchen isst.*

Seltsam ist allerdings, dass Mrs. Lopez IHM *auch einen Kuchen gab. Ich meine nicht Stuart. Stuart bekam natürlich keinen. Aber sein Bruder schon.*

Was bedeutet, dass der Konflikt zwischen Mrs. Lopez und Stuart (was auch immer dahinterstecken mag) jedenfalls NICHT *damit zusammenhängt, dass er ein Hertzog ist.*

Keine Ahnung, warum ich das tröstlich finde. Aber aus irgendeinem Grund lindert die Tatsache, dass Mrs. Lopez Mitch sympathisch findet, mein schlechtes Gewissen, weil ich ihn auch sympathisch finde.

Ups, da kommt seine Assistentin. Schätze, jetzt bin ich dran.

Ida Lopez' Karottenkuchen

Backofen vorheizen auf 180° C. Zwei Backformen mit Butter einfetten und mit Mehl bestäuben.

In eine Extraschüssel sieben:
2 Tassen Mehl
2½ Teelöffel Backpulver
2 Teelöffel Zimt
1 Teelöffel Salz

In einer Rührschüssel 1 Tasse Rapsöl und 1½ Tassen Zucker vermischen. Masse mit drei Eiern verquirlen und anschließend die Mehlmischung hineinrühren. Dann hinzufügen:

1 Tasse ungesüßtes Apfelmus
3–4 Tassen geraspelte Karotten
(den Saft mit einem Geschirrtuch auswringen)
1 Tasse Walnüsse

Vorsichtig unterheben (nicht zu viel rühren). Teig in die beiden Backformen verteilen. 40 bis 50 Minuten backen. Backformen alle 15 Minuten im Ofen drehen.

Für die Glasur 350 g Frischkäse (Raumtemperatur), 150 g Butter (Raumtemperatur), 1½ Tassen Puderzucker und 1 Esslöffel Zitronensaft cremig rühren.

Eidesstattliche Erklärung
von Kathleen Mackenzie
im Verfahren
Ida D. Lopez/Betriebsrat NYJ,
Bezirk 6884
./.
New York Journal

Anwaltskanzlei
Hertzog, Webber & Doyle
444 Madison Avenue, Suite 1505
New York, NY 10022

Anwesende:

Kathleen Mackenzie (KM)
Mitchell Hertzog (MH)
Amy Jenkins (AJ)
Stuart Hertzog (SH)
Ida Lopez (IL)
Jeri Valentine (JV), Rechtsanwältin der Klägerin
Anne Kelly (AK), Assistentin von MH
Miriam Lowe, Stenografin

MH: Ms. Mackenzie, es freut mich, Sie in unserer Runde begrüßen zu dürfen. Die Anwältin von Mrs. Lopez und ich haben gerade Ihre Vorgesetzte Ms. Jenkins zu dem Fall befragt. Offenbar gibt es einige Widersprüche, die Sie aufklären können, falls Sie dazu bereit sind.

SH: Einspruch.

MH: Stuart, du kannst keinen Einspruch erheben. Wir sind hier nicht vor Gericht.

SH: Na ja, beim letzten Mal hast du nicht zugehört, als ich dich unterbrochen habe.

MH: Vielleicht, weil du mich nicht unterbrechen solltest.

SH: Wenn es um den Schutz meiner Mandanten geht, darf ich dich sehr wohl unterbrechen, und zwar so oft, wie ich es für nötig halte, wenn es der Wahrheitsfindung dient.

JV: Verzeihen Sie die Unterbrechung, Gentlemen. Aber vertreten Sie nicht beide denselben Mandanten?

SH: Sollte man eigentlich meinen. Wir sind hier, um die Wahrheit herauszufinden, Mitch. Für *unseren* Mandanten.

MH: Aber das versuche ich ja. Die Wahrheit herauszufinden.

SH: Indem du Ms. Mackenzie nach einem Brief fragst, an den sie sich sicher nicht mehr erinnern kann?

MH: Ich besitze mehr Vertrauen in Ms. Mackenzies Erinnerungsvermögen als du. Ich denke, sie kann sich durchaus an offizielle Dokumente erinnern, die sie selbst erstellt hat. Das können die meisten Menschen.

SH: Ja, aber die meisten Menschen betreuen nicht mehrere hundert Mitarbeiter wie Ms. Mackenzie und erstellen täglich eine Vielzahl von Briefen.

MH: Aber sicher nicht mehrere hundert. Oder, Ms. Mackenzie?

KM: Nein.

JV: Sehen Sie mich nicht so an, Stuart. Ich werde nicht widersprechen.

SH: Mitch …

MH: Ms. Jenkins, würden Sie behaupten, dass Ms. Mackenzie mehrere hundert Briefe am Tag schreibt?

AJ: Nein, sicher nicht. Aber ich behaupte, dass das fragliche Dokument vielleicht…

MH: Lassen Sie uns Ms. Mackenzie einfach selbst fragen, einverstanden? Ms. Mackenzie, ich möchte Sie zu einem Dokument befragen, das offenbar von Ihnen erstellt wurde. Bitte sagen Sie mir alles, was Sie darüber wissen.

KM: Okay, ich werde mich bemühen.

MH: Gut. Bei dem Dokument, von dem hier die Rede ist, handelt es sich um eine schriftliche Abmahnung für Mrs. Lopez. Ms. Jenkins behauptet, Mrs. Lopez habe dieses Schreiben erhalten, bevor die Kündigung ausgesprochen wurde vergangene Woche. Können Sie sich daran erinnern, ein solches Schreiben verfasst zu haben?

KM: Ich erinnere mich, einen Entwurf für eine Abmahnung an Mrs. Lopez erstellt zu haben – nach der Sache, die sich vor dem Vorfall ereignete, der zu der fristlosen Kündigung führte.

AJ: Sehen Sie? Ich hab's Ihnen doch gesagt!

JV: Verzeihung, Ms. Jenkins. Ich glaube, Ms. Mackenzie, Sie sprachen von einem Entwurf?

KM: Ja. Den ich nie fertig gestellt habe.

AJ: Das ist eine Lüge!

JV: Ich muss doch bitten, Ms. Jenkins. Mr. Hertzog, würden Sie Ihre Mandantin bitte zur Räson bringen?

MH: Hey, Amy, bleiben Sie cool.

SH: Das ist doch lächerlich! Ms. Jenkins ist verständlicherweise beunruhigt. Das fragliche Schreiben wurde zweifelsohne erstellt und rausgegeben.

Schließlich haben wir hier eine Kopie, die Mrs. Lopez mit ihren Initialen gegengezeichnet hat als Empfangsbestätigung ...

IL: Ich habe nie unterschrieben so eine Brief!

KM: Mrs.Lopez hat Recht. Sie kann nichts unterschrieben haben, weil ich die Abmahnung nie fertig gestellt habe. Zuerst ist irgendwas dazwischengekommen, und dann wurde ich von der SBT – ich meine von Amy – angewiesen, sofort die Kündi...

AJ: Das stimmt nicht!

KM: ... gung von Mrs. Lopez vorzubereiten. Amy, was reden Sie da? So war es.

AJ: Das ist alles komplett erfunden. Es handelt sich um den Rachefeldzug einer inkompetenten Mitarbeiterin, die versucht, ihren Arsch zu retten, nachdem sie völlig versagt hat!

KM: Wovon reden Sie? Sie haben doch selbst gesagt ...

AJ: Sie lügt! Stuart, es ist doch offensichtlich, dass sie lügt. Wie sollte es sonst sein, schließlich existiert eine Kopie des Schreibens mit der Unterschrift von Mrs. Lopez ...

IL: Ich habe nichts unterschrieben! Ich habe nie bekommen diese Brief!

MH: Diese Unstimmigkeit lässt sich schnell aufklären, meinen Sie nicht auch, Jeri? Warum zeigen Sie Ms. Mackenzie nicht einfach die Kopie des Schreibens ...

AJ: Das ist ungeheuerlich! Stuart, wie kannst du das zulassen? Willst du einer, die ihrem Arbeitgeber in den Rücken fällt, mehr Glauben schenken als mir?

JV: Ms. Mackenzie hat keinen Grund, ihrem Arbeitgeber zu schaden. Oder, Ms. Mackenzie?

KM: Nein, natürlich nicht.

JV: Gut. Okay, wenn Sie nun einen Blick auf dieses Schreiben werfen würden, das in der Personalakte von Mrs. Lopez abgeheftet war …

SH: Mitch, kann ich dich kurz draußen vor der Tür sprechen?

MH: Augenblick, Stuie. Ich möchte hören, was Ms. Mackenzie dazu sagt.

SH: Mitch. Nur kurz. Jetzt.

JV: Mr. Hertzog, könnten Sie bitte ruhig sein? Ms. Mackenzie versucht, sich zu konzentrieren.

SH: Sie wollen mich wohl auf den Arm nehmen, Jeri.

JV: Ich bitte um Verzeihung, aber nein, das war nicht meine Absicht. Die Klage meiner Mandantin beruht zum Teil darauf, dass die – laut Tarifvertrag – notwendigen Formalitäten bei einer Kündigung nicht eingehalten wurden. Und plötzlich taucht auf wundersame Weise dieses Schreiben in der Personalakte auf, das meine Mandantin nie zu Gesicht bekommen hat. Ich möchte lediglich verifizieren, ob Ms. Mackenzie diese Abmahnung tatsächlich geschrieben und ausgehändigt hat. Ms. Mackenzie? Haben Sie dieses Schreiben verfasst, das Sie gerade in den Händen halten, und Mrs. Lopez gegeben?

AJ: Sie können nicht erwarten, dass sie sich an jedes einzelne Schreiben erinnert, das über ihren Tisch geht. Sie ist schließlich lediglich eine Sachbearbeiterin …

JV: Mitch, ich möchte Sie noch einmal bitten, Ihre Mandantin zur Räson zu bringen.

MH: Amy, reißen Sie sich zusammen.

SH: Siehst du das, Mitch?

MH: Miriam, würden Sie bitte im Protokoll festhalten,

dass der Verteidiger der Beklagten seinem Co-Verteidiger das gezeigt hat, was man umgangssprachlich den »Stinkefinger« nennt?

ML: Ja, Sir.

SH: Miriam, streichen Sie das wieder.

MH: Zu spät. Oder, Miriam?

ML: Ja, Sir.

JV: Ms. Mackenzie.

KM: Ja?

JV: Das Schreiben, das Sie in der Hand halten. Stammt das von Ihnen?

KM: Äh … na ja, ich kann mich erinnern, dass ich es angefangen habe … oder jedenfalls so ein ähnliches.

AJ: Sehen Sie? Sehen Sie, ich habe ja gleich gesagt, dass sie sich nicht erinnert. Kann ich jetzt gehen?

JV: Bitte, Ms. Jenkins. Ms. Mackenzie?

KM: Aber das hier stammt nicht von mir.

AJ: Sie lügt!

SH: Sagen Sie, Jeri, merken Sie nicht, was hier gespielt wird? Diese junge Frau ist verbittert, weil sie gestern von Ms. Jenkins zurechtgewiesen wurde wegen ihrer für das Büro unangemessenen Kleidung, und jetzt versucht sie …

JV: Stimmt das, Ms. Mackenzie?

KM: Na ja, ja, was den Rock betrifft. Ich meine, Amy hat mich deswegen abgemahnt.

MH: Meinen Sie den, den Sie gestern im Restaurant anhatten? Den schwarzen Wildlederrock?

KM: Äh … ja.

MH: Mir hat der Rock gefallen. Was stimmt denn nicht damit?

SH: Würdest du BITTE beim eigentlichen Thema bleiben, Mitchell? Wir reden hier von Dokumentenfälschung. Denn wenn diese junge Frau behauptet, dass das Schreiben nicht von ihr stammt, ist das eine sehr ernste Anschuldigung!

MH: Ist das Ihre Unterschrift auf dem Brief, Kate?

KM: Sie sieht ziemlich echt aus. Aber ich habe diesen Brief weder geschrieben noch unterschrieben.

AJ: Das ist unmöglich!

MH: Und Sie haben dieses Schreiben auch nicht Mrs. Lopez gegeben und sie gegenzeichnen lassen?

KM: Ich habe Mrs. Lopez keinerlei Schreiben gegeben zum Gegenzeichnen.

JV: Vielen Dank, Ms. Mackenzie. Mr. Hertzog, Ms. Jenkins, wir sehen uns wohl vor Gericht wieder. Kommen Sie, Ida, lassen Sie uns gehen.

SH: Augenblick! Jeri, legen Sie sofort Ihre Aktentasche wieder hin. Wir sind noch nicht fertig.

MH: Nein? Ich denke schon.

SH: Verzeihung, Ms. Mackenzie, aber ist Ihnen die Tragweite Ihrer Aussage bewusst?

MH: Sind wir fertig, Jeri?

JV: Ja, das sind wir, Mitch.

SH: Sie unterstellen damit, dass irgendjemand ein wichtiges Dokument gefälscht hat, Ms. Mackenzie.

KM: Nun, darüber weiß ich nichts. Ich weiß nur, dass dieses Schreiben nicht von mir stammt. Und dass ich es nicht Mrs. Lopez gegeben habe zum Gegenzeichnen.

MH: Ich danke Ihnen sehr, Ms. Mackenzie. Sie dürfen jetzt gehen.

SH: Nein, verflucht, sie darf nicht gehen, Mitch.

JV: Doch, verflucht, meine Mandantin und ich gehen jetzt auch.

SH: Niemand geht hier irgendwohin. Ms. Mackenzie, wie lange sind Sie beim *New York Journal* beschäftigt?

JV: Stuart, Ms. Mackenzie hat ihre Aussage bereits gemacht. Ich habe kein Interesse daran …

SH: Aber Jeri, Sie selbst haben doch darum gebeten, dass sie heute dabei ist, um zur Aufklärung beizutragen. Das waren doch Ihre Worte, oder?

JV: Ja, aber …

SH: Nun, ich versuche nichts anderes, als ein paar Dinge aufzuklären. Also, Ms. Mackenzie, Sie arbeiten noch kein Jahr für die Zeitung, ist das richtig?

MH: Stuart, das ist mein Fall, wenn ich mich nicht irre, nicht deiner.

KM: Äh … ja?

SH: Gut. Und gehe ich recht in der Annahme, dass Sie auf die Empfehlung Ihrer Freundin, Ms. Jennifer Sadler, eingestellt wurden?

KM: Jen hat mir erzählt, dass in ihrer Abteilung eine Stelle frei ist, und ja, daraufhin habe ich mich beworben …

MH: Ich glaube, Stuart, du wolltest ursprünglich außen vor bleiben, weil du persönlich in den Fall verwickelt bist. Hast du selbst gesagt …

SH: Und daraufhin wurden Sie eingestellt, ist das richtig, Ms. Mackenzie? Und Sie und Jen, wie Sie Ms. Sadler nennen … Würden Sie sagen, Sie sind beste Freundinnen?

MH: Stuart, worauf zum Teufel willst du hinaus?

SH: Verzeihung, Mitchell, aber ich darf wohl dieselbe Höflichkeit erwarten, die ich euch gewährt habe. Ms. Mackenzie, haben Sie nicht noch bis vor kurzem bei Ms. Sadler gewohnt?

KM: Nun, ich … Ich meine, ich habe Mühe, eine Wohnung zu finden, darum habe ich vorübergehend bei Ms. Sadler gewohnt, bis sich etwas Passendes ergibt …

SH: Und trifft es zu, dass Sie und Ms. Sadler – mit der Sie seit dem College befreundet sind, wenn ich recht informiert bin – im Büro häufig tratschen?

MH: Stuart, also wirklich. Was soll das?

SH: Oh, das wirst du gleich sehen. Trifft es zu, Ms. Mackenzie, dass Sie und Miss Sadler während der Arbeitszeit sich Zettel schreiben, miteinander chatten und hin und her mailen?

KM: Nun, Jen und ich … Ich meine, wir arbeiten eng zusammen, und sie hilft mir bei vielen Projekten beruflicher Art …

SH: So so, beruflicher Art. Sind Ihre Kommentare über die Kleidung Ihrer Vorgesetzten, Ms. Jenkins, etwa beruflicher Art?

KM: Na ja, offenbar war Ms. Jenkins' Kommentar zu meiner Kleidung gestern beruflicher Art – also ja.

MH: Touché.

SH: Und was ist mit der Bezeichnung für Ms. Jenkins als … Wie war das noch gleich? Ach ja, die SBT. Ist das beruflicher Art?

KM: Woher wissen Sie …

MH: Stuart, Schluss jetzt.

JV: Ich stimme Mitch zu. Was hat das alles damit zu tun, dass Ihre Mandantin – beziehungsweise jemand aus ihrer Abteilung – die Initialen meiner Mandantin gefälscht hat auf einem Dokument, das sie nie zu Gesicht bekommen hat?

SH: Darauf komme ich gleich zu sprechen. Was bedeutet SBT, Ms. Mackenzie?

KM: Äh ... Es bedeutet ... Es bedeutet **S**treng **B**ei **T**rödlern. Amy ist nämlich immer sehr streng zu Leuten, die, äh ... herumtrödeln.

SH: Streng bei Trödlern.

KM: Mhm.

SH: Ihnen ist klar, dass Sie hier die Wahrheit sagen müssen, Ms. Mackenzie?

KM: (unhörbar)

SH: Was sagten Sie, Ms. Mackenzie?

KM: Nichts.

SH: Entspricht es nicht der Wahrheit, dass Sie und Ms. Sadler eine Abneigung haben gegen Ms. Jenkins und sich gerne über sie lustig machen?

KM: Nein, das entspricht nicht der Wahrheit.

SH: Und ist es nicht wahr, dass Sie befreundet sind mit einigen Mitarbeitern des *New York Journal*, die nichts lieber sehen würden, als dass Mrs. Lopez wieder eingestellt wird?

KM: Na ja, ja. Ich meine, alle lieben Mrs. Lopez, und wir vermissen sie alle sehr ...

SH: Diese Aussage ist nicht richtig. Nicht alle beim *New York Journal* lieben Mrs. Lopez, und nicht jeder findet, dass sie wieder eingestellt werden sollte. Und es ist auch nicht jeder der Meinung, dass sie den besten Zitronenkuchen backt in der ganzen Stadt!

MH: Stuart, es ist gut jetzt. Allmählich wird es persönlich, und ich denke nicht ...

SH: Nur IHRE Freunde denken das, nicht wahr, Ms. Mackenzie? Wie zum Beispiel die Redakteurin, bei der Sie zurzeit wohnen, Ms. Dolly Vargas. Die rein zufällig persönliche Beziehungen hat – ich meine das in romantischem Sinn – zu dem Herausgeber des *New York Journal*, Peter Hargrave, der EBENFALLS sein Bedauern ausgedrückt hat über den Verlust von Mrs. Lopez' Backwaren. Ist das nicht so, Ms. Mackenzie?

KM: Ist was nicht so? Dass ich bei Dolly wohne, oder dass Peter für Mrs. Lopez' Zimtschnecken schwärmt?

SH: Ist es nicht wahr, Ms. Mackenzie, dass Sie und das gesamte Personal des *New York Journal* so süchtig nach dem Gebäck dieser Frau sind, dass Sie lügen, indem Sie behaupten, dass die Abmahnung nicht von Ihnen stammt, in der Hoffnung, Ms. Lopez dadurch ein Hintertürchen zu öffnen, durch das sie wieder hineinschlüpfen kann?

KM: Nein!

MH: Stuart. Es reicht.

SH: Ist es nicht wahr, dass Ihre Abneigung gegen Amy Jenkins so stark ausgeprägt ist, dass Sie alles tun würden, um Ihre Vorgesetzte in Misskredit zu bringen – zum Beispiel indem Sie bestreiten, dieses Dokument verfasst zu haben, das, wie Sie selbst zugegeben haben, Ihre Unterschrift trägt, die ziemlich echt aussieht?

KM: Nein! Ich meine, ja, das sieht aus wie meine Unterschrift, aber das ist sie nicht. Ich kam nicht dazu, die Abmahnung fertig zu schreiben. Amy hat mich per Mail angewiesen …

SH: Das ist alles. Keine weiteren Fragen.

KM: Aber das ist nicht wahr. Mit dem Schreiben. Ich meine …

SH: Ich sagte, keine weiteren Fragen, Ms. Mackenzie.

MH: Aber ich habe eine Frage an dich, Stuart. Kannst du nachts eigentlich ruhig schlafen?

SH: Jedenfalls besser als du, wenn Dad das erfährt. Komm, Amy, wir sind hier fertig.

Tagebuch von Kate Mackenzie

Ich sitze in der Patsche. TIEF *in der Patsche.*

O mein Gott. O mein Gott, ich verstehe das alles nicht. Mitch meint, es ist nichts, ich soll mir keine Gedanken machen, aber ich glaube, das sagt er nur, um mich aufzuheitern. Es ist nicht nichts. Es ist definitiv nicht nichts. Ich meine, meine Chefin bezichtigt mich als Lügnerin. Das ist doch nicht nichts?

Allerdings kann ich nachvollziehen, dass es aus Amys Sicht besser ist, wenn ich als Lügnerin dastehe und nicht … sie. Was sie nämlich ist. Ich meine, EINE *von uns beiden lügt, und wenn ich es nicht bin, dann muss sie es sein. Weil ich hundertprozentig nie diesen Brief geschrieben habe und hundertprozentig nie Mrs. Lopez habe gegenzeichnen lassen.*

Wer dann?

Wenigstens habe ich Mrs. Lopez auf meiner Seite. Auch sie bestreitet, dass das ihre Unterschrift ist.

Es sei denn …

Mrs. Lopez ist zwar unheimlich nett, aber sie ist leider nicht die verlässlichste Zeugin. Ich meine, schließlich verfolgt sie ein Ziel, nämlich ihren Job wiederzubekommen. Mein Ziel ist offenbar, mich an Amy zu rächen, aber wofür? Ich meine, es stimmt, ich halte sie für eine absolut hohle Nuss, und es stimmt auch, dass wir sie die SBT *nennen, aber woher weiß sie das? Jen wird ausflippen, wenn sie erfährt, dass Amy Bescheid weiß, und das Letzte, was ich will, ist, Jen zum Ausflippen zu bringen, sie hat schon genug Probleme mit ihrer Hormontherapie und …*

OH!!! *Ich muss mich unter Kontrolle halten. Denk an etwas anderes als an Stuart Hertzog. Denk an kleine Kätzchen und an einen Regenbogen. Mist, es funktioniert nicht.*

Denk an den Travel Channel. Ja, der Travel Channel, türkisfarbenes Meer und endlos blauer Himmel, Pfahlhütten im Wasser, wie auf Bali …

O mein Gott, ich kann nicht fassen, dass meine Chefin mich eine Lügnerin genannt hat – vor den Augen von Mitch Hertzog, dem einzigen Menschen auf der Welt, den ich mit meiner souveränen Professionalität beeindrucken möchte. Bis jetzt habe ich dummes Zeug geschwafelt über Hühnchen in Knoblauchsauce, mein Exfreund hat ihn mit Hühnchen in Knoblauchsauce beworfen, ich hätte mich fast übergeben in seiner Anwesenheit, mein Ex hat Liebesballaden gesungen in seiner Anwesenheit, und nun nennt mich meine Chefin auch noch eine Lügnerin in seiner Anwesenheit …

Mitch meint, alles, was ich tun muss, ist, ins Büro zu gehen und die E-Mail von Amy auszudrucken – die, in der sie schrieb, dass wir auf die Abmahnung verzichten –, und sie anschließend ihm zu übergeben. Zusammen mit dem unvollendeten Entwurf der Abmahnung für Mrs. Lopez. Offenbar denkt er, dann wird alles wieder gut.

Aber wie soll dann alles wieder gut werden? Sicher, es würde beweisen, dass ich mit der Abmahnung nichts zu tun habe. Aber es wird dem Journal *sicher nicht helfen, um gegen Mrs. Lopez zu gewinnen. Und sollte Mitch nicht auf der Seite des Verlags sein, statt auf der von Mrs. Lopez? Ich meine, bezahlt nicht das* Journal *sein Honorar?*

Aber es ist, als ob … als ob er möchte, dass Mrs. Lopez gewänne. Als hätte er das Ganze arrangiert, um Amy als die eiskalte Lügnerin zu outen, die sie ist.

Was gut ist, es sei denn …

Amy WEISS, *dass wir sie die* SBT *nennen. Sie* WEISS *es.*

Ich meine, das wird die Zusammenarbeit mit ihr nicht wirklich angenehmer machen …

Oh, WARUM *haben wir bloß damit angefangen? Ich*

meine, Amy IST *eine schreckliche Bürotyrannin, aber das hätten wir für uns behalten müssen. Es ist nicht nett, jemandem so einen Spitznamen zu geben, selbst wenn er ihn verdient hat. Alle Menschen besitzen einen Wert und Würde, hat Professor Wingblade immer gesagt, daran kann man sich nicht oft genug erinnern. Alle Menschen. Außer vielleicht die Nazis. Und Al-Kaida. Und schreckliche Bürotyrannen …*

STOP! *Amy ist sicher nicht so schlimm wie Hitler. Sie hat schließlich keinen umgebracht.*

SOWEIT MAN WEISS.

Ich werde sie nie wieder als SBT *bezeichnen. Ich werde sie nie wieder als* SBT *bezeichnen. Ich werde sie nie wieder als* SBT *bezeichnen. Ich werde …*

O Gott, das Taxi ist nur noch einen Block entfernt. Bitte, lieber Gott, mach, dass Amy nicht da ist. Bitte, lass mich einfach an meinen Schreibtisch gehen, die E-Mail und den Entwurf holen, meine Sachen schnappen und mich dann für den restlichen Tag krankmelden … Bitte, bitte, bitte, bitte, bitte …

$ 4.50, plus $ 1.00 Trinkgeld für den Fahrer. Vergiss nicht, der SBT *eine Spesenabrechnung zu schicken!*

Moment … Warum steht denn Carl Hopkins vor der Tür?

New York Journal

New York City's Leading Photo-Newspaper

Sicherheitsdienst
New York Journal
216 W. 57th Street
New York, NY 10019
212-555-6899

MITTEILUNG

Von: Leitung Sicherheitsdienst
An: Alle Mitarbeiter
Betreff: Hausverbot beim *New York Journal*

Bekanntmachung Hausverbot

Bitte nehmen Sie zur Kenntnis, dass die unten genannte Person mit sofortiger Wirkung bis auf weiteres Hausverbot in der 216 W. 57th Street hat. Der Person ist es nicht erlaubt, sich in oder vor dem Gebäude aufzuhalten, bis das Hausverbot widerrufen wird.

Name: Kathleen A. Mackenzie
Sozialversicherungsnummer: 3164-000-6794
Beschreibung: (Foto beigefügt)
- weiblich, weiß, 25 Jahre
- 1,60 m, 60–65 kg
- blonde Haare, blaue Augen

Verständigen Sie sofort den Sicherheitsdienst, wenn Sie diese Person im Gebäude sehen.

Cc: Amy Jenkins, Leiterin Personalabteilung

Hallo, Sie sind mit der Mailbox von Jennifer Sadler verbunden. Leider kann ich Ihren Anruf im Moment nicht entgegennehmen. Bitte hinterlassen Sie Ihren Namen und Ihre Rufnummer. Ich werde mich möglichst rasch zurückmelden.

(Ton)

Jen? Jen, wo steckst du? Ich bin's, Kate. Ich bin unten im Empfangsbereich. Die lassen mich nicht rauf. Die sagen, ich hätte Hausverbot. Ich habe denen erklärt, dass das ein Missverständnis sein muss, aber die haben Nein gesagt und es mir sogar schriftlich gegeben. In dem Schreiben steht, ich würde zwischen sechzig und fünfundsechzig Kilo wiegen. Sehe ich wirklich so kräftig aus? Ich wiege doch nur achtundfünfzig. Das stammt bestimmt von Amy! Das wäre zumindest eine Erklärung dafür … Weißt du denn, was los ist? Ich bin … Oh, Moment, da kommt Amy. Sie trägt … O mein Gott, sie trägt einen Karton mit meinen Sachen. Da ist meine Schneekugel aus Disneyland, die auf meinem Monitor stand. Warum hat die SBT meine Schneekugel? O … mein … Gott …

(Klick)

New York Journal
New York City's Leading Photo-Newspaper

Amy Denise Jenkins
Personalabteilungsleiterin
New York Journal
216 W. 57th Street
New York, NY 10019
212-555-6890

Kathleen A. Mackenzie
Personalreferentin
New York Journal
216 W. 57th Street
New York, NY 10019

Hiermit teilen wir Ihnen mit, dass Ihr Arbeitsverhältnis beim *New York Journal* fristlos gekündigt ist. Ihr Arbeitsplatz wurde geräumt, Ihre persönlichen Sachen werden Ihnen übergeben. Der Sicherheitsdienst wird Sie hinausgeleiten. Vom heutigen Tag an ist es Ihnen untersagt, das Gebäude zu betreten. Sollten Sie Rückfragen zu Ihrer Kündigung haben, müssen Sie sich telefonisch an uns wenden. Bitte quittieren Sie mit Ihrem Namenszeichen den Empfang dieses Schreibens.

Amy Jenkins
Personalabteilungsleiterin
New York Journal

Tagebuch von Kate Mackenzie

So, nun ist es passiert. Ich bin gefeuert. Die haben mich tatsächlich rausgeschmissen.

Ich bin noch nie irgendwo rausgeflogen. Selbst damals in Luxor nicht, als die Managerin vom Rax Roast Beef, Peggy Ann, zu mir sagte, dass ich die schlechteste Servicekraft sei, die sie jemals an der Salattheke hatten, weil ich immer den Blumenkohl aus den Dressingbehältern fischte, statt ihn nach unten zu rühren. Aber selbst da wurde ich nicht gefeuert.

Bis jetzt.

Wie konnte das passieren? Ich begreife nicht, wie es so weit kommen konnte. Heute Morgen hatte ich noch einen Job. Heute Morgen hatte ich keinen festen Freund und keine Wohnung. Aber ich hatte noch einen Job. Einen, der mir sogar Spaß machte.

Und jetzt habe ich keinen mehr. Ich habe keinen Freund, keine Wohnung und keinen Job.

O mein Gott. Ich bin OBDACHLOS!

Das ist wahr! Abgesehen von dem Umstand, dass ich gerade in einem Penthouse sitze (das nicht mir gehört), bin ich nur eine weitere Nummer in der Statistik – eine von vielen arbeitslosen Obdachlosen in New York.

O Gott! Bestimmt muss ich bald in einem Karton auf der Straße leben! In Alphabet City (bloß dass Alphabet City mittlerweile ein begehrtes Wohnviertel ist; ich wette, selbst ein Karton kostet dort $ 1200 im Monat… Und wahrscheinlich verlangen die zwei Monatsmieten im Voraus zuzüglich Kaution).

Was soll ich machen? Ich meine, ernsthaft. Ich habe keine Arbeit mehr, keine Wohnung… WAS SOLL ICH TUN???

Ich schätze, ich könnte Dale fragen, ob er mir Geld leiht.

Schließlich verdient er jetzt Millionen. Oder wie viel eine Band auch immer bekommt, die gerade bei einer großen Plattenfirma unterschrieben hat.

Aber wenn ich Dale um Geld bitte, muss ich mit ihm reden. Und ich will nicht mit ihm reden. Nicht nach der Hühnchen-mit-Knoblauchsauce-Nummer. Außerdem bildet er sich dann was darauf ein – in Richtung: Aha, sie kann also doch nicht ohne mich.

Dasselbe gilt für Mom. Ich meine, sie rührt keinen einzigen Cent an von dem Geld, das ihr Dad nach seinem Tod vermacht hat – jedenfalls nicht das, was auf der Bank liegt. Außerdem würde sie mir ohnehin nur sagen, ich solle zu Dale zurückgehen. Ich schwöre, sie wäre stolzer auf mich, wenn ich mit Dale und der Band durch die Gegend touren würde mit nichts am Leib außer einem handgewebten Poncho, als darauf, dass ich einen Job habe oder eine eigene Wohnung.

Jen? Nein, ich kann nicht zu Jen gehen, sie hat ihre eigenen Probleme. Ich kann nicht jedes Mal zu Jen rennen, wenn ich einen finanziellen oder emotionalen Rückschlag erleide.

Mitch? Mitch? Wie komme ich überhaupt darauf, an Mitch zu denken? Ich meine, immerhin ist das alles seine Schuld! Er hat GEWUSST, dass Amy die Abmahnung gefälscht hat! Er wusste, das sie lügt, und er wollte, dass die Anwältin der Gegenseite das mitbekommt, weil er aus irgendeinem Grund auf der Seite von Mrs. Lopez steht statt auf der des Verlags. Was mir recht sein soll, schließlich ist Mrs. Lopez eine süße, nette Dame, und sie trifft sicher keine Schuld.

BLOSS DASS ICH JETZT MEINEN JOB LOS BIN!!! Hat er das gewollt? Dass ich gefeuert werde???

Nein, Augenblick. Mitch ist ein vernünftiger Mensch.

Sogar ein anständiger Mensch. Ein vernünftiger und anständiger Mensch würde niemals wollen, dass eine junge Frau ihren Job verliert, nur weil ihr Ex mit Huhn um sich geworfen hat.

Ich hätte gleich selbst kündigen sollen, aus Protest gegen die Entlassung von Mrs. Lopez. Im Ernst, das ist wie Karma oder so. Weil ich nicht selbst gekündigt habe, obwohl es meine moralische Pflicht gewesen wäre, wurde mir nun gekündigt.

Und hey, steht mir nicht eine Abfindung zu? Oder zumindest Arbeitslosengeld? Warum habe ich nur das Personalhandbuch nicht genauer durchgelesen? Okay, ich bin in der Verwaltung, nicht in der Redaktion, was bedeutet, ich bekomme … ein halbes Monatsgehalt als Abfindung? Oder war es ein ganzes? WARUM bin ich nicht in die Gewerkschaft eingetreten? Dann hätte die SBT nicht gewagt, mich rauszuschmeißen ohne eine mündliche und eine schriftliche Abmahnung …

Mal überlegen … Das Arbeitslosengeld für jemanden mit einem Jahresgehalt von $ 45 000 beträgt …

O Gott. Skiboy ist gerade gekommen. Er sagt, er ist mit Dolly verabredet. Sie wollen zu irgendeinem Wohltätigkeitsdinner oder so. Skiboy sieht echt gut aus im Smoking. Mjam mjam. Nicht so gut wie Mitch Hertzog, aber …

O MEIN GOTT, ICH KANN NICHT GLAUBEN, DASS ICH DAS GESCHRIEBEN HABE!!! Ich werde nie wieder etwas Gutes über Mitch Hertzog denken. ER IST SCHULD, DASS ICH GEFEUERT BIN!!!

Skiboy hat mich gerade gefragt, was ich hier mache mitten am Tag. Ich habe ihm gesagt, dass mir gekündigt wurde, weil ich für meine Überzeugungen eingestanden sei. Er scheint beeindruckt. Er sagt, das muss gefeiert werden.

Und ja, wenn man genauer darüber nachdenkt, habe ich wirklich einen Grund zu feiern. Ich muss mich nicht mehr der Willkür der schrecklichen Bürotyrannin beugen! Ich weiß nicht, ob ich einen neuen Job finden werde, geschweige denn wie ich von meinem Arbeitslosengeld zwei Monatsmieten plus Kaution zusammenkratzen soll für eine eigene Wohnung, aber dafür bin ich frei! Befreit! Warum sollte ich das nicht feiern mit einem Wodka Tonic am helllichten Tag?

»Ja, darauf sollten wir wirklich anstoßen«, habe ich zu Skiboy gesagt. Worauf er direkt zu einer Flasche Grey Goose griff.

Im Ernst, SO schlimm ist es doch gar nicht, oder? Okay, ich habe keinen Job, kein Leben, keine Wohnung etc. Ich kann nicht mal zurück in mein Elternhaus, weil mein Vater tot ist und meine Mutter kreuz und quer durchs Land fährt mit einem Caravan so groß wie Dollys Terrasse.

Aber dafür habe ich etwas, was nur wenigen zuteilwird – oooh, Skiboy mixt starke Drinks –, ich habe das, was man das größte Geschenk im Leben nennt: die Gelegenheit zu einem Neuanfang. Ich habe alle Möglichkeiten der Welt. Ich könnte Ärztin werden – nun, vorausgesetzt, ich hätte das Geld für ein Studium und mir würde beim Anblick von Blut nicht schlecht werden. Ich könnte auch in die Politik gehen – im Ernst, ich wäre sicher geeignet, weil ich weiß, wie es sich anfühlt, getreten und erniedrigt zu werden, wie die Menschen in Jersey City oder wo auch immer. Ich könnte auch Anwältin werden …

O nein, würg, Anwältin, niemals! Ich möchte nie so werden wie Stuart Hertzog. Ich HASSE *ihn. Genau so wie ich Amy Jenkins hasse. Die beiden haben einander verdient. Ich hoffe, sie genießen ihre Hochzeitsfeier im Country Club und ihre luxuriösen Flitterwochen und ihr Haus in West-*

chester und ihre 2.1 Kinder ohne Hund wegen der Allergiegefahr und ihren spritfressenden, umweltschädlichen – ja, danke, Skiboy, ich nehme gerne noch ein Glas – Geländewagen und ihren zweiwöchigen Skiurlaub in Aspen und ihren Sommerurlaub in Cape Cod und ihre Designerklamotten und den Kaschmirpulli für den Zweijährigen und die Vorschule, die zehn Riesen im Jahr kostet für zwei Vormittage in der Woche, und danach eine bessere Schule, denn Gott bewahre, dass Junior nicht auf eine Spitzenuniversität kommt, um hinterher einen Spitzenjob zu bekommen und nicht so zu enden wie ICH, EINE OBDACHLOSE, ARBEITSLOSE IRRE, DIE KEINER LEIDEN KANN UND DIE ARM, VERBITTERT UND EINSAM STERBEN WIRD …

Okay, noch ein klitzekleiner Drink, dann muss ich mich mal auf die Socken machen, hicks … ups, nein, danke, nicht noch einen Drink …

Von: Jen Sadler <jennifer.sadler@thenyjournal.com>
An: Dolly Vargas <dolly.vargas@thenyjournal.com>
Betreff: Kate

Dolly, etwas SCHRECKLICHES ist passiert. Kate ist fristlos gefeuert! Amy hat sie noch vor der Mittagspause in die Wüste geschickt. Ich weiß nicht, wie diese Besprechung beim Anwalt heute Morgen gelaufen ist, aber Amy rückte danach direkt mit der SECURITY an, ließ Kates Schreibtisch räumen, beschlagnahmte ihren Rechner, und das war's dann. Ich kann Kate nicht erreichen – ich weiß nicht einmal, wo sie steckt. Sie hat mir auf die Mailbox gesprochen vor Mittag, aber seitdem …

Dolly, du musst UNBEDINGT mit Peter darüber sprechen. Kate ist eine GUTE Mitarbeiterin. Ihr Rausschmiss – und dann auch noch so – muss ein Fehler sein. Bestimmt hat es etwas mit Mrs. Lopez zu tun. BITTE, BITTE, sprich mit Peter über den Vorfall.

Und wenn du Kate siehst, kannst du ihr ausrichten, dass sie sich bei mir melden soll? Ich mache mir wirklich Sorgen um sie.

Jen

Von: Dolly Vargas <dolly.vargas@thenyjournal.com>
An: Jen Sadler <jennifer.sadler@thenyjournal.com>
Betreff: AW: Kate

Schätzchen, mach dir keine Sorgen. Ich habe gerade zu Hause angerufen. Skiboy kümmert sich um Kate. Er sagt, es ist alles in bester Ordnung.

SELBSTVERSTÄNDLICH werde ich mit Peter darüber reden. Leider ist er heute Morgen nach San Francisco geflogen, um seinen Weinberg zu besichtigen. Ich meine, ich bin froh, wenn ich unserer armen Freundin irgendwie helfen kann, aber ich weiß nicht, ob ich etwas erreichen kann, bevor Peter wieder zurück ist.

Weißt du was, wenn es dich beruhigt, rufe ich Mitch Hertzog an. Er wird wissen, was zu tun ist. Nach allem, was ich von Kate gehört habe – und sie war schwer zu verstehen, bei dem Gelalle –, ist er derjenige, der schuld ist an ihrem Rauswurf. Dann kann er auch verdammt noch mal dafür sorgen, dass sie wieder eingestellt wird.

Muss jetzt los – so viele neue Designs, so wenige Wörter, um sie zu beschreiben …

Liebe Grüße
Dolly

Hola, Schätzchen! Hier spricht Dolly! Ich bin gerade nicht zu Hause – oder ich bin es vielleicht doch, aber … verhindert. Du weißt ja, einfach eine Nachricht hinterlassen, und ich melde mich zurück, sobald ich wieder frei bin. Ciao!

(Ton)

Kate? Kate, ich bin es, Jen. Dolly hat gesagt, dass du da bist. Warum gehst du nicht ans Telefon? Komm schon, Kate, geh ran. Ich weiß, du bist nicht gut drauf – verdammt, das wäre ich an deiner Stelle auch. Aber das ist nicht das Ende, okay? Dolly und ich werden alles in Bewegung setzen, damit du deinen Job zurückbekommst. Mach dir also keine Sorgen. Wir werden nicht zulassen, dass diese verfluchte SBT damit durchkommt. Wir halten zusammen, Kate, und wir werden dir deinen Job wiederbesorgen. Hast du mich verstanden? Ruf mich bitte an, sobald du diese Nachricht abhörst. Ich mache mir ernsthaft Sorgen um dich, Kate.

(Klick)

Hola, Schätzchen! Hier spricht Dolly! Ich bin gerade nicht zu Hause – oder ich bin es vielleicht doch, aber … verhindert. Du weißt ja, einfach eine Nachricht hinterlassen, und ich melde mich zurück, sobald ich wieder frei bin. Ciao!

(Ton)

Kate? Hier ist Mitch Hertzog. Ich habe soeben erfahren, was passiert ist. Hören Sie, es ist mir so ... ich weiß nicht einmal, wie ich Ihnen mein Bedauern ausdrücken soll. Damit habe ich nicht gerechnet – Ich meine, ich habe vermutet, dass sie etwas ausheckt, aber ich hätte nie im Leben gedacht, dass sie so weit geht und ... Hören Sie, ich werde das nicht zulassen. Alles, was ich brauche, sind die E-Mail von Amy und der Entwurf der Abmahnung, dann kriegen wir sie dran, okay? Dann haben Sie sofort Ihren Job wieder. Vielleicht haben Sie einen Kollegen in der EDV, der Ihnen hilft, eine Kopie von den beiden Dokumenten auf Ihrem PC zu bekommen, dann sind wir auf der sicheren Seite. Kate? Sind Sie da? Wenn ja, nehmen Sie bitte den Hörer ab. Wenn nicht, rufen Sie mich so schnell wie möglich zurück. Sie haben ja meine Nummer. Nur ... O Mann, ich kann nicht glauben, dass sie das getan hat. Es tut mir unheimlich leid. Melden Sie sich.

(Klick)

Von: Mitchell Hertzog <mitchell.hertzog@hwd.com>
An: Stuart Hertzog <stuart.hertzog@hwd.com>
Betreff: Kate Mackenzie

Ich hoffe, du bist nun zufrieden. Deine Verlobte hat, offenbar unter deiner Anleitung, sich ihr eigenes Grab geschaufelt. O ja, Stu, denn ich werde Amy das Handwerk legen. Ein für alle Mal. Ich hoffe, damit durchkreuze ich nicht eure Hochzeitspläne. Keine Sorge, sie wird dich bestimmt heiraten, denn sie wird einen neuen NAMEN brauchen, wenn ich mit ihr fertig bin. Der Name Jenkins wird dann nämlich auf sämtlichen Gästelisten der Stadt gestrichen sein.

Oh, und richte ihr bitte von mir aus, dass sie nicht weiß, welche Bedeutung das Wort *Wichser* hat. Aber sie wird es bald herausfinden.

Mitch

Von: Mitchell Hertzog <mitchell.hertzog@hwd.com>
An: Dolly Vargas <dolly.vargas@thenyjournal.com>
Betreff: Kate

Was meintest du am Telefon mit »Skiboy kümmert sich um sie zu Hause«? Was zum Teufel ist ein Skiboy?

Mitch

Tagebuch von Kate Mackenzie

Wodka Tonic ist echt lecker. Ich liebe Wodkja Tonic!!! Ich liebbe Skiboy, weil er slecker Woka Tolniuc makt und weil err schnurbziku fü si ntd Slirooy Wokass is guuti brä scht Mliktch tor Jsen imd Skibooy werp DOlly wep uk snie anf schöne Nirgls Skibx Freund!!!

Ha, Ha!

Von: Stuart Hertzog <stuart.hertzog@hwd.com>
An: Mitchell Hertzog <mitchell.hertzog@hwd.com>
Betreff: AW: Kate Mackenzie

Hey, gib nicht MIR die Schuld, dass deine kleine Freundin den Arschtritt bekommen hat. Wenn sie die Spielregeln nicht kennt, sollte sie auch nicht bei den Großen mitspielen, oder? Außerdem bist du selbst schuld. Schließlich hast *du* von dieser bescheuerten Abmahnung angefangen, Freundchen, nicht ich oder Jeri.

Die wahre Frage lautet jedoch: Warum hast du das getan? Willst du etwa den Weißen Ritter spielen, um dieser Lopez wieder zu ihrem Job zu verhelfen? Oder wolltest du einfach nur Amy schlecht dastehen lassen? Bist du wirklich so neidisch auf mich, weil ich die perfekte Frau gefunden habe, dass du es nicht erträgst, mich glücklich zu sehen? Ist es das, Mitch?

Na ja, ich hoffe, du bist jetzt zufrieden. Die alte Lopez hat ihren Job nicht wieder, Amy wird wahrscheinlich befördert, und deine kleine Blondine darf sich in der Schlange anstellen und stempeln gehen.

Reife Leistung, Kumpel.

»Stuie«

Stuart Hertzog, Senior Partner
Hertzog, Webber & Doyle
Anwaltskanzlei

Guten Tag, hier ist die Mailbox von Arthur Hertzog. Ich bin gerade auf dem Green – oder vielleicht an der Bar – und kann Ihren Anruf nicht entgegennehmen. Hinterlassen Sie eine Nachricht, und ich melde mich zurück.

(Ton)

Dad, hier ist Stuart. Du musst nach Hause kommen. Das ist mein Ernst. Ich weiß, du amüsierst dich wahrscheinlich prächtig, und sicher hast du eine Auszeit verdient, wie wir alle. Aber Mitch ist außer Kontrolle geraten. Das meine ich ernst. Ich befürchte, er könnte mir – oder schlimmer noch, meiner Verlobten – körperlichen Schaden zufügen. Ich musste mich soeben in meinem Büro verbarrikadieren, weil er mir draußen im Flur – vor den Augen von Clarissa und unseren Empfangsdamen – einen Schwinger verpassen wollte. Ja, genau, einen Schwinger, Dad. Er hat mich körperlich attackiert. Du weißt, er war schon immer kräftiger als ich. Du MUSST etwas unternehmen. Ruf mich heute Abend an, ich bin zu Hause.

(Klick)

Guten Tag, hier ist die Mailbox von Arthur Hertzog. Ich bin gerade auf dem Green – oder vielleicht an der Bar – und kann Ihren

Anruf nicht entgegennehmen. Hinterlassen Sie eine Nachricht, und ich melde mich zurück.

(Ton)

Arthur, hier ist Margaret. Du weißt, ich würde es nie wagen, dich auf deiner unendlichen Männertour zu stören. Aber würdest du gelegentlich deine Nachrichten abhören, dann wüsstest du, dass bei uns zu Hause die Hölle ausgebrochen ist. Mitchell hat Stuart körperlich angegriffen – angegriffen! – in der Kanzlei. Soweit ich weiß, wurde keine Polizei gerufen, aber nur deshalb nicht, weil Stuart dem Ruf der Kanzlei nicht schaden möchte. Du MUSST etwas unternehmen, Arthur. Ach, und deine Tochter Janice macht mir in letzter Zeit ebenfalls wenig Freude. Vielleicht rufst du sie mal an und sagst ihr, dass Drogen tödlich sind! Genau aus diesem Grund musste ich ihre Privatsphäre verletzen. Ich möchte nämlich vermeiden, dass sie so endet wie Mitch. Du weißt, dass er Marihuana geraucht hat, als er in Thailand war, nicht? Ich schwöre, es liegt an den Drogenrückständen in seinem Körper, dass er sich so aufführt. Oh, um Gottes willen, Arthur, stell dein Whiskyglas zur Seite und komm nach HAUSE!

(Klick)

Guten Tag, hier ist die Mailbox von Arthur Hertzog. Ich bin gerade auf dem Green – oder vielleicht an der Bar – und kann Ihren Anruf nicht entgegennehmen. Hinterlassen Sie eine Nachricht, und ich melde mich zurück.

(Ton)

Dad, hier ist Sean. Ich schwöre, ich bringe sie um. Wenn sie noch einmal mein Zimmer betritt, kann ich für nichts garantieren. Außerdem ist Stuarts Freundin hohl. Das war's.

(Klick)

Guten Tag, hier ist die Mailbox von Arthur Hertzog. Ich bin gerade auf dem Green – oder vielleicht an der Bar – und kann Ihren Anruf nicht entgegennehmen. Hinterlassen Sie eine Nachricht, und ich melde mich zurück.

(Ton)

Hallo, Daddy, hier ist Stacy. Hör zu, kann sein, dass du ein paar Nachrichten erhältst… Ich verstehe zwar die ganze Aufregung nicht wirklich, aber an deiner Stelle würde ich sie einfach ignorieren. Es ist nur Stuart, der meint, sich mal wieder wie ein Idiot aufführen zu müssen. Wie ist das Wetter bei euch? Hier hat es letzte Nacht geschneit. Es liegt zwar nur eine dünne

Puderzuckerschicht, aber trotzdem, Schnee im März! Ich soll dich von den Mädchen grüßen und von Little John. Wir haben dich lieb.

(Klick)

Von: Stacy Trent <IH8BARNEY@freemail.com>
An: Mitchell Hertzog <mitchell.hertzog@hwd.com>
Betreff: Kate

Okay, okay, langsam. Ich hatte Mühe, deine Nachricht zu verstehen. Offenbar bist du nicht mehr im Büro, und da du auch nicht an dein Handy gehst, hoffe ich, du hast dein Blackberry dabei. Du hattest also heute Morgen ein Meeting mit Stuart und seiner Freundin und der überaus attraktiven Kate, und danach hat Amy Kate gefeuert, und jetzt kannst du sie (Kate) nicht finden, weil sie mit irgendeinem abgehauen ist, der Skiboy heißt?

Tja, Mitch, das klingt nicht gerade so, als wäre Kate sehr beständig, wenn sie mit Leuten herumhängt, die Skiboy heißen. Vielleicht solltest du besser die Finger von ihr lassen.

Trotzdem war es gemein von Amy, sie gleich rauszuschmeißen. Warum hat sie das getan?

Little John hat heute seinen ersten Zweiwortsatz gesagt, falls es dich interessiert. Es war »Leck mich«. Offenbar hat er ihn letzten Samstag von Onkel »Mitz« aufgeschnappt, der das zu Onkel »Ztu« gesagt hat. Vielen Dank auch.

Herzliche Grüße
Stace

Von: Mitchell Hertzog <mitchell.hertzog@hwd.com>
An: Stacy Trent <IH8BARNEY@freemail.com>
Betreff: AW: Kate

Danke für deine Nachricht. Mach dir keine Sorgen, ich habe Kate gefunden. Na ja, eigentlich haben wir sie gefunden – unten vor Dollys Haus ist mir Kates Freundin Jen begegnet. Offenbar war sie genauso besorgt um Kate wie ich, sodass wir beide zu ihr geeilt sind, jeder in seinem Taxi. Wir konnten schließlich den Pförtner überreden, uns reinzulassen, da auf unser Klingeln niemand reagierte.

Gott sei Dank hat der Pförtner ein Auge zugedrückt. Denn »Skiboy«, Dollys neuester »Freund«, nicht Kates, hat Kate mit Wodka Tonic abgefüllt. Er scheint kein Problem darin zu sehen, wahrscheinlich weil er selbst blau ist. Allerdings ist er auch nicht derjenige, den wir mit dem Gesicht nach unten auf Dollys Bärenfell fanden.

Gut, dass die beiden noch voll bekleidet sind, sonst hätte ich ihm sein schleimiges Grinsen aus der Fresse poliert.

Sein richtiger Name ist übrigens Gunther. Anscheinend weiß er selbst nicht, warum alle Welt ihn »Skiboy« nennt.

Wie auch immer, jedenfalls versuchen Jen und ich, Kate auszunüchtern, obwohl sie von diesem Plan nicht besonders angetan ist. Jen versucht gerade, sie zu überreden, Vitamin B zu schlucken.

Tut mir leid wegen meiner wirren Nachricht vorhin – ich glaube, ich brauchte einfach einen vernünftigen Menschen zum Reden. Allerdings macht auch diese Jen einen erstaunlich vernünftigen Eindruck – für eine Personalreferentin.

Ich werde deinen kleinen Seitenhieb wegen Kates angeblicher Unbeständigkeit einfach ignorieren.

Oh, und richte Jason meinen Glückwunsch aus. Ich persönlich werde stolz sein wie ein König an dem Tag, an dem MEIN Sohn lernt, »Leck mich!« zu sagen.

Der Wichser

Von: Stacy Trent <IH8BARNEY@freemail.com>
An: Mitchell Hertzog <mitchell.hertzog@hwd.com>
Betreff: AW: AW: Kate

»Gut, dass die beiden noch voll bekleidet sind, sonst hätte ich ihm sein schleimiges Grinsen aus der Fresse poliert.«

Mitch ist verlie-hiebt, Mitch ist verlie-hiebt, Mitch ist verlie-hiebt …

Sorry, einen Augenblick lang war ich wieder in der Grundschule.

Also. Du hast dich ernsthaft verliebt in diese unbeständige kleine Säuferin, nicht wahr? Schon okay, gegenüber deiner großen Schwester kannst du es ruhig zugeben. Du hattest schon immer ein ausgeprägtes Helfersyndrom – wovon vor allem hübsche junge Frauen profitieren konnten. Du liebst es eben, den Helden zu spielen.

Aber glaubst du wirklich, du kannst ihr ihren Job zurückorganisieren? Ich meine, ohne dich beleidigen zu wollen, aber du bist nicht derjenige, der mit ihrer Chefin verlobt ist.

Und oh, hier noch eine kleine Warnung: Wenn sie wieder nüchtern ist, kann es sein, dass sie nichts mehr mit dir zu tun haben will. Schließlich bist DU für ihren Rausschmiss verantwortlich, wenn ich das richtig verstanden habe.

Stace

PS: Ich werde es dir übrigens heimzahlen, wenn du mal eigene Kinder hast. Ihr erster Satz wird sein: »Ich habe meinen Onkel Stuart ganz doll lieb.«

Von: Mitchell Hertzog <mitchell.hertzog@hwd.com>
An: Stacy Trent <IH8BARNEY@freemail.com>
Betreff: AW: AW: AW: Kate

Was deine Anschuldigung betrifft, ich hätte ein Helfersyndrom, muss ich dir widersprechen. Zugegeben, es gab nicht so viele Frauen in meinem Leben, aber die, mit denen ich zusammen war, standen alle auf eigenen Beinen und hatten klare Ziele im Leben. Selbst die Stewardess, auf die du anspielst – die in Kuala Lumpur –, plante, eines Tages ihr eigenes Fitnessstudio zu eröffnen. Sie achtete sehr auf ihren Körper und trainierte fleißig, um sich fit zu halten, und sie wollte anderen Frauen helfen, genauso fit zu werden...

Sorry, dass ich das ein wenig durch den Kakao ziehe, obwohl es doch eine ernste Sache ist. Tatsache ist jedenfalls, dass Stuarts Freundin uns beiden übel mitgespielt hat. Kate und mir, meine ich. Na ja, hauptsächlich Kate. Ich hatte die Vermutung, dass Amy ein Dokument gefälscht hat – mitsamt Kates Unterschrift. Ich muss gestehen, ich habe gehofft, Amy bei ihrer Stellungnahme in die Ecke treiben zu können, bis sie es zugibt. Ich wollte wahrscheinlich Stuart die Augen öffnen, dass seine Zukünftige kein Unschuldslamm ist, wie er uns immer weismachen will. Du weißt schon, damit er endlich eingesteht, dass Amy durchaus imstande ist, mich als Wichser zu beschimpfen und so weiter. Im Grunde habe ich gehofft, dass sie vor ihm ihre Maske fallen lässt.

Aber ich will verdammt sein, wenn Amy Jenkins – mit Stuarts Unterstützung – den Spieß umdreht. Ich habe ja schon viel Abschaum in meinem Leben gesehen, aber selbst die Zuhälter, die ich früher verteidigt habe, sind nicht so kaltblütig und durchtrieben wie die beiden. Amy stellt Kate als Lügnerin dar, was zugleich die Begründung für die fristlose Kündigung ist.

Leider ist es so, dass Amy Kates Computer beschlagnahmen ließ, damit man ihr nicht das Gegenteil beweisen kann. Trotzdem habe ich ein sehr starkes Bedürfnis, der Gerechtigkeit zum Sieg zu verhelfen, wenn ich bedenke, dass das alles meine verdammte Schuld ist. Und wo ein Wille ist, ist auch ein Weg …

Du kennst ja die Typen mit Helfersyndrom. Wir können nicht anders.

Hey, hast du überhaupt schon mit Stuart gesprochen? Ich hätte ihm vorhin beinahe einen sauberen Kinnhaken verpasst, aber leider bin ich über einen der Blumentöpfe mit den Riesenfarnen gestolpert, die Dad überall im Eingangsbereich hat aufstellen lassen. Stuart hat sich in seinem Büro eingeschlossen und traut sich nicht mehr raus. Was für ein Riesenbaby.

Ich muss jetzt aufhören, mein Akku ist fast leer, und Kate scheint langsam wieder zu sich zu kommen …

Der Wichser

Von: Stuart Hertzog <stuart.hertzog@hwd.com>
An: Margaret Hertzog <margaret.hertzog@hwd.com>
Betreff: Mitch

Mom, ich habe versucht dich anzurufen, aber bei euch hebt niemand ab. Sprichst du vielleicht gerade mit Dad? Ich habe ihm eine Nachricht hinterlassen, aber er hat sich nicht zurückgemeldet. Ich hoffe, du hast mehr Glück.

Ich mache mir ernsthaft Sorgen, Mom. Ich glaube, Mitch muss in ärztliche Behandlung. Er braucht definitiv ein Antiaggressionstraining, wie sein heutiger Gewaltausbruch deutlich gezeigt hat. Ich schlage vor, wir setzen uns mal mit dem Therapeuten zusammen, zu dem du Janice geschickt hast, und fragen ihn, was man bei Mitch machen kann. Er leidet eindeutig an Wahnvorstellungen. Ich frage mich, ob es sich um ein posttraumatisches Stresssyndrom handelt aus seiner Zeit als Pflichtverteidiger. Du weißt selbst, er hat damals Schreckliches erlebt, mit Toten und Verstümmelten und Transsexuellen und wer weiß was sonst noch alles.

Aber er braucht sich gar nichts auf dieses Opfer einzubilden, schließlich hat er nur Asoziale verteidigt, die sich nicht der Gesellschaft anpassen konnten und wahrscheinlich besser nie geboren worden wären.

Vielleicht braucht Mitch auch nur Urlaub. Dad würde ihm sicher das Ferienhaus in Aspen ein paar Wochen zur Verfügung stellen. Ich denke, wenn er eine Weile weg ist vom Büro, könnte er sich wieder erholen.

Denk darüber nach, Mutter. Mitch verhält sich auch dir gegenüber seltsam, seit du Janice aus dem College genommen hast, ich meine, dass er nicht mehr mit dir spricht, außer um dir vorzuwerfen, dass du dich einmischst, obwohl deine Hilfe nicht erwünscht ist, und so weiter. Als wäre er auf JANICE' Seite.

Mitch hat sich sein eigenes Leben versaut, daher ist es kein Wunder, wenn er es gut findet, dass Janice sich ihr Leben versaut. Ein Glück für ihn, dass Dad ihm aus der Patsche half und ihn in die Kanzlei aufgenommen hat. Überleg mal, wie Mitch jetzt dastehen würde, wenn Dad nicht so großzügig gewesen wäre. Wahrscheinlich würde er dann für Amnesty International arbeiten oder noch schlimmer.

Wie dem auch sei, melde dich bei mir, Mutter, sobald du kannst. Wir müssen dringend etwas unternehmen wegen Mitch, bevor es zu spät ist.

Stuart

PS: Amy schickt dir liebe Grüße. Wir haben heute eine wunderschöne Dreizimmerwohnung besichtigt auf der Fifth Avenue, mit einem extra Zimmer für das Dienstmädchen und einer Wohnküche. Wir haben uns auch Blut abnehmen lassen für den DNA-Test, um sicherzugehen, dass keiner von uns irgendwelche Erbkrankheiten hat. Du weißt ja, Dads Familiengeschichte ist ein wenig lückenhaft. Ich meine, auf die Zeit bezogen, bevor Grandpas Dad in Ellis Island ankam. Es wäre interessant zu erfahren, ob es in unserer Ahnenreihe einen Geisteskranken gab. Das würde nämlich Mitchs Verhalten erklären.

Stuart

Stuart Hertzog, Senior Partner
Hertzog, Webber & Doyle
Anwaltskanzlei

Von: Vivica <vivica@sophisticates.com>
An: Kate Mackenzie <katyperry@freemail.com>
Betreff: DEIN EX

LIEBE KATE,

DU KENNST MICH NICHT, ABER DAFÜR HABE ICH DEINEN EXFREUND KENNEN GELERNT, ALS ICH NEULICH ABEND DIE MODENSCHAU GELAUFEN BIN. ICH MEINE DALE CARTER, DEN SÄNGER DER BAND »ICH MACHE NIE MEHR SANDWICHES« (LUSTIGER NAME FÜR EINE BAND, NICHT? DALE HAT MIR ERZÄHLT, WIE ES DAZU KAM, ECHT SÜSSE STORY).

JEDENFALLS FINDE ICH DALE ZIEMLICH GUT UND SO. ICH MEINE, ICH WOLLTE SCHON IMMER EINEN MUSIKER ALS FREUND HABEN, DAMIT ICH IN EINEM SONG VEREWIGT WERDE. WIE DIESE ALYSON IN DEM SONG VON DIESEM EINEN TYPEN, ODER WIE DIE LADY IN RED. ODER WIE LAYLA. ODER SOGAR WIE LOLA, DIE TRANSE.

ABER ES IST SO, WEGEN EINER SCHLECHTEN ERFAHRUNG MIT EINEM MANN VOR ZWEI JAHREN, DER SICH ALS EIN MÖRDER ENTPUPPTE (NUN, ZUMINDEST SITZT ER WEGEN VERSUCHTEN MORDES ZWANZIG JAHRE HINTER GITTERN), VERABREDE ICH MICH NUR NOCH MIT MÄNNERN, DIE REFERENZEN VORWEISEN KÖNNEN, AM LIEBSTEN VON IHREN EXFREUNDINNEN. ICH WÜRDE DALE GERNE NÄHER KENNEN LERNEN, WEIL ER TOLL AUSSIEHT – ICH STEHE AUF SEIN ZIEGENBÄRTCHEN! – UND WEIL ER IN EINER BAND SPIELT UND SO. ABER ICH HABE ZU IHM GE-

SAGT: »ICH GEHE ERST MIT DIR AUS, WENN DU MIR DIE TELEFONNUMMER DEINER MUTTER GIBST UND DIE NAMEN UND E-MAIL-ADRESSEN DEINER FÜNF LETZTEN FREUNDINNEN.«

NA JA, DU KANNST DIR MEINE ÜBERRASCHUNG VORSTELLEN, ALS ICH ERFUHR, DASS DALE IN DEN LETZTEN ZEHN JAHREN EINE EINZIGE FREUNDIN HATTE. ICH MEINE, SO LANGE HATTE ICH NICHT EINMAL DIESELBE HAARFARBE, GESCHWEIGE DENN DENSELBEN FREUND. ICH FINDE ES ECHT BEEINDRUCKEND, DASS DALE UND DU SO LANGE EIN PAAR WART, AUCH WENN DU, WIE DALE SAGT, IHM ZUM SCHLUSS IN DEN RÜCKEN GEFALLEN BIST MIT DEINER FORDERUNG, DICH ZU HEIRATEN, UND EINEN GEBROCHENEN MANN ZURÜCKGELASSEN HAST.

ICH DAGEGEN BIN NICHT AN EINER HEIRAT INTERESSIERT, DA ICH ERST VI … DREIUNDZWANZIG BIN UND ALS MODEL STÄNDIG ZWISCHEN NEW YORK, MAILAND UND PARIS UNTERWEGS, UND DAS LETZTE, WAS ICH GEBRAUCHEN KANN, IST EINE EISENKUGEL AM FUSS. VERSTEHST DU, WAS ICH MEINE? ICH MEINE, ICH HABE MIR ZWAR MITTLERWEILE EINEN HUND ANGESCHAFFT, ABER PEDRO IST EIN MALTESER UND PASST PRAKTISCHERWEISE IN JEDE HANDTASCHE. SCHADE, DASS MAN KEINEN MANN IM HANDTASCHENFORMAT KRIEGEN KANN, DARUM BLEIBT MIR NICHTS ANDERES ÜBRIG, ALS NACH MÄNNERN ZU SUCHEN, DIE ES NICHT STÖRT, DASS IHRE FREUNDIN OFT VERREIST IST. ABER DA DALE MIT SEINER BAND DIE NÄCHSTEN ACHTZEHN MONATE SELBST AUF TOUR GEHT, HAT ER DAMIT KEIN PROBLEM.

WENN ES DIR ALSO NICHTS AUSMACHT, KATE, KÖNNTEST DU MICH BEI GELEGENHEIT AUF MEINEM HANDY ANRUFEN? DIE NUMMER IST 917-555-4532. UND WENN DU DIE FOLGENDEN PUNKTE EINFACH NUR MIT R WIE RICHTIG ODER F WIE FALSCH BEANTWORTEN KÖNNTEST, WÄRE ICH DIR SEHR DANKBAR.

LIEBE GRÜSSE
VIVICA

1) MEIN EX HAT NIE VERSUCHT, JEMANDEN WEGEN EINER ERBSCHAFT UMZUBRINGEN.
R ODER F

2) MEIN EX MAG KUNST, BEISPIELSWEISE TREIBHOLZSKULPTUREN.
R ODER F

3) MEIN EX WÜRDE SICH NIE MIT DEM ZIMMERMÄDCHEN VERGNÜGEN, WÄHREND ICH AM STRAND LIEGE.
R ODER F

4) MEIN EX WÜRDE MIR NIE NUR VORMACHEN, DASS ER EINEN JOB HAT, UM MICH ANPUMPEN ZU KÖNNEN UND MIR DAS GELD NIE ZURÜCKZAHLEN ZU MÜSSEN.
R ODER F

5) MEIN EX HAT SICH NIE MEINEN CHRISTIAN-DIOR-STRING GELIEHEN UND TOTAL AUSGELEIERT.
R ODER F

6) MEIN EX MAG DIE EXOTISCHE KÜCHE, WIE ZUM BEISPIEL FRITTIERTE RIESENZWIEBELRINGE IM TGI FRIDAY'S.
R ODER F

7) MEIN EX MAG GERNE TIERE.
R ODER F

8) MEIN EX BEHANDELT SEINE MUTTER/SCHWESTERN/TANTEN MIT RESPEKT.
R ODER F

9) MEIN EX HAT NIEMALS EINE ANDERE PERSON GEBETEN, SICH FÜR IHN AUSZUGEBEN, UM IRGENDWO UNTERZUTAUCHEN.
R ODER F

10) MEIN EX SCHNARCHT NICHT.
R ODER F

1000 DANK!

V

>>

Von: Mitchell Hertzog <mitchell.hertzog@hwd.com>
An: Kate Mackenzie <katyperry@freemail.com>
Betreff: Hallo

Erinnern Sie sich noch an mich? Okay, blöde Frage.

Warten Sie, bevor Sie die Nachricht löschen, hören Sie mich an – beziehungsweise lesen Sie, was ich Ihnen zu sagen habe.

Es war nicht richtig, was ich getan habe. Ich kann Ihnen gar nicht sagen, wie leid es mir tut. Ich habe es total versaut. Meine Absicht, was immer man davon halten mag, war doppelgründig – wahrscheinlich kostet es mich meine Zulassung, wenn ich das zugebe, aber scheiß der Hund drauf: 1) Ich wollte Ida wieder zu ihrem Job verhelfen – jemanden, der solche Brownies backt, darf man nicht rausschmeißen, und
2) wollte ich meinem Bruder die Augen öffnen, wen er da heiraten will, indem ich meine zukünftige Schwägerin als hinterhältiges Biest entlarve.

Ich hätte wissen müssen, dass Ms. Jenkins so reagiert. Schließlich ist sie aus demselben Holz geschnitzt wie mein Bruder.

Ich weiß, dass Sie die Abmahnung nicht geschrieben haben. Ich bin sicher, dass Amy den Brief gefälscht hat, samt Ihrer Unterschrift und Idas Initialen, und ihn anschließend heimlich in die Personalakte gesteckt hat. Ich wette, das tat sie erst, nachdem Ida Klage eingereicht hat, weil ihr inzwischen klar geworden sein muss, dass ihr Umgang mit den Arbeitsvorschriften ein wenig zu lax war in ihrem Eifer, meinen Bruder in seinem verletzten Stolz zu besänftigen.

Was ich wirklich sagen möchte außer dass es mir leidtut, ist, dass Sie sich keine Sorgen zu machen brauchen, weil ich dafür sorgen werde, dass Sie Ihren Job wiederbekommen.

Und dann werden wir sehen, wie es Ihrer Chefin gefällt, zur Abwechslung einmal nicht Absender, sondern Empfänger einer Kündigung zu sein.

Hören Sie, wir sollten uns wirklich mal zusammensetzen und über alles reden, nicht erst am Freitag. Haben Sie heute Abend schon was vor? Wenn Sie sich von Ihrem Wodka-Tonic-Exzess einigermaßen erholt haben, könnten wir uns doch bei mir treffen? Das wäre sicherer, als auswärts zu essen. Wenigstens für meine Garderobe.

Bitte, sagen Sie nicht Nein. Außerdem bin ich Ihnen ein Abendessen schuldig. Das ist wohl das Mindeste.

Mitch

Tagebuch von Kate Mackenzie

Hilfe.

Schmerzen. Intensive Schmerzen, die hinter den Augenhöhlen ihren Ursprung haben und in den ganzen Kopf ausstrahlen. Kann mich kaum bewegen.

Was ist PASSIERT? *Oooh, Großbuchstaben tun mir in den Augen weh. Trotzdem … Was ist gestern Abend passiert? Langsam setzt meine Erinnerung wieder ein, aber nur bruchstückhaft. Ich weiß noch … Skiboy. Ich weiß noch, dass Skiboy sehr nett zu mir war.*

Aber warum? Warum sollte Skiboy nett zu mir sein? Er ist Dollys Lover. Da war irgendwas mit meinem Job, aber was …

Oooh. Richtig. Ich habe gar keinen Job. Jedenfalls nicht mehr. Was gut ist, denn jetzt ist es … 12:45 Uhr, was bedeutet, hätte ich noch einen Job, wäre ich bereits drei Stunden und fünfundvierzig Minuten zu spät.

Amy. Amy hat mich gefeuert. Diese blöde Kuh. Ich kann nicht glauben, dass sie das getan hat.

Jen. War Jen gestern Abend hier? Irgendwie habe ich sie dunkel in Erinnerung …

O. Mein. Gott.

Jen war tatsächlich da. Um nach mir zu sehen. Aber zusammen mit …

MITCH HERTZOG!

Mitch Hertzog war gestern Abend hier, um nach mir zu sehen. Und ich war STURZBETRUNKEN. *Und … O mein Gott. Ich glaube, ich habe auf ihn gekotzt.*

Okay. Okay, tief durchatmen. Hol dir das Telefon. Hol das Telefon und ruf Jen an, und du wirst sehen, ob du tatsächlich auf Mitch Hertzog gekotzt hast. Vielleicht war das ja nur ein schlechter Traum …

Es war kein Traum. Ich habe gerade mit Jen telefoniert. Ich habe wirklich auf Mitch Hertzog gekotzt. Auf seine Schuhe, um genau zu sein.

Oh, dabei trug er wirklich schöne Schuhe. Wingtips mit Ziernähten. Jen meint, an den Nähten klebten überall Kotzreste …

Wozu ich nur sagen kann … Gut.

O Gott, wenn ich noch etwas im Magen hätte, um mich zu übergeben, würde ich es jetzt tun.

WARUM habe ich Skiboy erlaubt, mich dermaßen abzufüllen? Warum habe ich nicht Nein gesagt? O mein Gott, jetzt bin ich nicht nur obdachlos, arbeitslos und beziehungslos, sondern auch noch Alkoholikerin. Die werden mich in die Betty Ford Clinic schicken müssen.

Bloß dass ich mir das nicht leisten kann. Schließlich bin ich nicht mehr krankenversichert ohne Job.

Jen sagt, dass Mitch sich gestern Abend rührend um mich gekümmert hat. Super. Derjenige, der für meinen Rausschmiss verantwortlich ist, hat sich also gestern Abend rührend um mich gekümmert. Und ich habe ihm auf die Schuhe gekotzt.

WARUM habe ich das nicht kommen sehen? Ich meine nicht das Besäufnis mit Skiboy. Sondern meine Kündigung. Mein Gott, ich bin direkt hineingetappt, nicht? In Amys kleine Falle.

Natürlich mit tatkräftiger Unterstützung von … Mr. Mitch Hertzog.

Hertzog. Gott. Allein bei dem Klang könnte ich einen ganzen Abend mit Wodka Tonic wieder hochwürgen. Hertzog. Hertzog. Amy Herzlos.

O Gott, ich wünschte, ich wäre tot.

An Kate von

Dolly

Guten Morgen, meine liebe Mitbewohnerin! Ich weiß, du fühlst dich wahrscheinlich merde ce matin. Keine Sorge, ich bin die Hangover-Queen persönlich. Im Kühlschrank ist Tomatensaft, und in meinem Arzneischrank ist Vitamin B.

Und mach dir keine Gedanken wegen des Badvorlegers. Hortense kommt Ende der Woche. Sie hat noch jedem Fleck den Garaus gemacht.

Skiboy sagt, er hat sich gestern Abend prächtig amüsiert. Scheinbar bist du sehr unterhaltsam, wenn du was getrunken hast. Er meinte, du hättest den Kentucky State Song gesungen. Wir sollten mal zusammen in eine Karaoke-Bar gehen – du, ich und Skiboy. Das wird bestimmt sehr lustig!

Wie auch immer, wenn UPS irgendwelche Päckchen für Skiboy abgibt, sei ein Engel und versteck sie irgendwo in der Wohnung, für den Fall, dass Peter unerwartet nach Hause kommt. Ich möchte unangenehme Überraschungen vermeiden, wenn du verstehst, was ich meine.

Gute Besserung, und du kannst ruhig meinen Whirlpool benutzen, wenn du denkst, dass dir das hilft.

Ciao,
liebe Grüße,
Dolly

Von: Jen Sadler <jennifer.sadler@thenyjournal.com>
An: Kate Mackenzie <katyperry@freemail.com>
Betreff: Du

Hey, du. Geht es dir besser? Was macht dein Kater? Jedenfalls gibt es Leute, die sich um dich Sorgen machen. Dein Schwarm, der Anwalt, scheint ein netter Kerl zu sein. Ruf mich an, wenn du reden möchtest.

J

Von: Kate Mackenzie <katyperry@freemail.com>
An: Jen Sadler <jennifer.sadler@thenyjournal.com>
Betreff: Ich

Ja, ein netter Kerl. Ein richtig netter Kerl, dem ich meine Kündigung zu verdanken habe.

Oh, und als wäre die Situation nicht schon schlimm genug, rate mal, was ich heute Morgen von ihm bekommen habe? Ich meine, abgesehen von einer Entschuldigung – die meiner Meinung nach weit davon entfernt ist, unterwürfig genug zu klingen. Hat der doch tatsächlich die Nerven und lädt mich zum Essen ein. Zum Essen! Als würde mir das helfen, meinen Job wiederzubekommen.

Ich habe auch eine Mail von VIVICA bekommen. Weißt du, dieses Supermodel. Die aus der *Victoria's-Secret*-Reklame im Fernsehen.

Genau die. Rate mal, auf wen sie ein Auge geworfen hat? Auf Dale. Aber zuerst möchte sie meine Meinung über ihn hören. Offenbar haben sie sich bei einer Modenschau kennen gelernt, wo auch »Ich mache nie mehr Sandwiches« aufgetreten sind. Sie ist sehr an ihm interessiert, aber sie will sich nur auf ihn einlassen, wenn er Treibholzskulpturen mag oder so ähnlich. Keine Ahnung. Ich war noch zu verkatert, um ihre Mail richtig zu lesen.

O Mann. Ich hätte einfach in Kentucky bleiben sollen. Ernsthaft.

Kate

Von: Jen Sadler <jennifer.sadler@thenyjournal.com>
An: Kate Mackenzie <katyperry@freemail.com>
Betreff: Du

Nein, du hättest nicht in Kentucky bleiben sollen. Wärst du dort geblieben, würdest du heute noch blauen Lidschatten tragen. Im Ernst, Kate, der stand dir überhaupt nicht.

Außerdem ... wärst du so nie Mitch begegnet.

Kate, ich weiß, du wirst es vielleicht nicht glauben, aber der Mann war gestern Abend wirklich rührend. Er fühlt sich total MIES wegen der Sache zwischen dir und Amy. Ich glaube nicht, dass er das ahnen konnte. Ich weiß nicht, was genau bei dem Gespräch in der Kanzlei schiefgelaufen ist – er hat mir ein bisschen was davon erzählt –, aber es war NIEMALS seine Absicht, dass du gefeuert wirst. Ich glaube, er steht voll auf unserer Seite, Kate. Ich denke, er wollte nur Mrs. Lopez helfen, ihren Job zurückzubekommen… Weil er dachte, das sei auch in DEINEM Sinne.

Ich glaube, er wollte zudem Amy als Lügnerin bloßstellen, aber der Schuss ging wohl nach hinten los.

Ich weiß, im Moment bist du wahrscheinlich nicht in der Stimmung zu verzeihen, aber ich bin wirklich davon überzeugt, dass der Mann es nur gut gemeint hat. Und wegen der Schuhe hat er nicht einmal gezuckt. Offenbar ekelt er sich nicht vor deiner Kotze. Das muss etwas bedeuten.

Willst du wissen, warum er so gut gebaut ist? Mitch, meine ich. Er engagiert sich ehrenamtlich in einem Sportverein. Daher die vielen Muskeln. Er spielt Rollstuhlbasketball. Mit Behinderten, verstehst du?

Würde so ein Mann es darauf anlegen, dass eine junge Frau ihren Job verliert? Nein.

Kopf hoch. Wir sorgen dafür, dass du deinen Job zurückbekommst. Versprochen.

Und sag ihm, dass du seine Einladung zum Essen annimmst.

J

>>

Von: Kate Mackenzie <katyperry@freemail.com>
An: Jen Sadler <jennifer.sadler@thenyjournal.com>
Betreff: Ich

Bist du HIGH? Ich werde die Einladung von Mitch Hertzog sicher nicht annehmen. Selbst wenn das mit dem Rollstuhlbasketball stimmt. Oder hast du das nur geschrieben, damit ich ihn sympathischer finde? Sollte ich dahinterkommen, dass das nicht stimmt …

Aber es spielt ohnehin keine Rolle. WEGEN DIESES KERLS BIN ICH MEINEN JOB LOS, JEN.

Gut, vielleicht hast du Recht, und er hat es nicht mit Absicht getan und bereut es jetzt aufrichtig. Aber Fakt ist, ICH BIN ARBEITSLOS. Und OBDACHLOS. Und … ALLES LOS.

Also, selbst wenn er mich und meine Kotze mag, was habe ich ihm denn zu bieten? Außer einer großen schwarzen Null.

Also, wozu seine Einladung annehmen? Denn was sollte ein absolut PERFEKTER, ROLLSTUHLBASKETBALL SPIELENDER MANN WIE ER AN EINER ARBEITSLOSEN PENNERIN WIE MIR FINDEN???

Ich werde jetzt den Kopf in den Backofen stecken.

Kate

Von: Jen Sadler <jennifer.sadler@thenyjournal.com>
An: Kate Mackenzie <katyperry@freemail.com>
Betreff: Du
Anlagen: Sag, dass das nicht stimmt! ✉ Kate ✉ Kate

Bevor du dich umbringst, lies die beigefügten Mails der Kollegen. Klingen die etwa, als würde man dich für eine Pennerin halten? Hm?

Von: Nadine Wilcock-Salerno <nadine.salerno@thenyjournal.com>
An: Jen Sadler <jennifer.sadler@thenyjournal.com>
Betreff: Weitergel.: Sag, dass das nicht stimmt!

Ist es wirklich wahr? Kate wurde abgesägt? Aber WARUM? Sie war die netteste Personalreferentin, die in dieser blöden Firma je beschäftigt war (anwesende Personalreferentinnen natürlich ausgeschlossen)!

Das RIECHT doch nach Amy Jenkins. Steckt sie dahinter? Ich habe geahnt, dass dieses Miststück etwas ausgefressen hat, als ich sie heute in der Kantine dabei erwischt habe, wie sie Butter auf ihr Brot geschmiert hat. Dabei hält sie sich seit zwei Jahren sklavisch an ihre Atkins-Diät … Ich hätte sofort wissen müssen, dass sie was zu feiern hat.

Kann ich was tun, damit wir Kate zurückbekommen? Denn wenn Amy glaubt, dass wir uns das bieten lassen, hat sie sich geschnitten. Sie kann uns auffordern, dass wir die Tröpfchen vom Töpfchen wischen, und sie kann uns unsere Kuchendame wegnehmen. Aber sie kann nicht Kate rauswerfen und damit ungeschoren davonkommen. No way.

Nad ☹

>>

Von: Mel Fuller-Trent <melissa.trent@trentcapital.com>
An: Jen Sadler <jennifer.sadler@thenyjournal.com>
Betreff: Weitergel.: Kate

O mein Gott, ist das wahr? Amy hat Kate gefeuert? Warum? Hoffentlich nicht wegen Zuspätkommens.

Jen, das ist schrecklich. Kate war so wahnsinnig nett zu mir, als die mir solche Probleme machten, weil ich auf Teilzeit umsteigen wollte. Wir müssen etwas dagegen UNTERNEHMEN! Was kann ich tun? Die Trents geben gerne Wohltätigkeitsveranstaltungen. Sollen wir eine organisieren? Für Kate? Gib mir Bescheid, BITTE!!!

Mel

Von: Tim Grabowski <timothy.grabowski@thenyjournal.com>
An: Jen Sadler <jennifer.sadler@thenyjournal.com>
Betreff: Weitergel.: Kate

Ich habe es eben erfahren. Das bedeutet Krieg. Die SBT ist sich dessen hoffentlich bewusst, oder? Durch die Kündigung von Kate hat sie die ganze EDV gegen sich aufgebracht. Hier gibt es nämlich keinen, der für Kate nicht über glühende Kohlen laufen würde. Sie ist die Einzige in dieser verdammten Abteilung (dich ausgenommen, Jen), die uns IT-ler mit Respekt behandelt. Ganz zu schweigen von ihrem Mitgefühl.

Und sie kam immer zu unseren *Farscape*-Videomarathons.

Was können wir tun, um sie zurückzuholen? Lass es uns einfach wissen, und wir erledigen das.

Tim

Von: Jen Sadler <jennifer.sadler@thenyjournal.com>
An: Kate Mackenzie <katyperry@freemail.com>
Betreff: Wo bleibt deine Reaktion?

Hey, antworte! Klingt das, als würden die Leute sich freuen, dass du weg bist? Nein, tun sie nicht. Du bist hier sehr beliebt, Kate. Und Mitch mag dich auch, mit oder ohne Kotze auf seinen Schuhen. Also, das ist doch ein Grund zur Freude.

Außerdem kannst du gar nicht in Dollys Backofen ersticken. Der ist nämlich elektrisch, ich habe sie gefragt. Das Schlimmste, was dir passieren kann, ist, dass du deinen Kopf backst.

J

Von: Kate Mackenzie <katyperry@freemail.com>
An: Jen Sadler <jennifer.sadler@thenyjournal.com>
Betreff: Frust

Danke für die Post. Schätze, es geht mir besser. Ein wenig.

Ich hole mir jetzt eine Zeitung. Ich muss einen neuen Job finden. Und eine neue Wohnung. Aber eins nach dem anderen.

Habe ich erwähnt, dass ich jeden im gesamten Universum hasse?

Kate

Kurierbote
(auch Anfänger)
gesucht
BREAKAWAY COURIER!
Bietet Ihr Arbeitgeber
Krankenversicherung, Rentenversicherung und
eine betriebliche Altersvorsorge?
Wir schon! Gute Verdienstmöglichkeiten
($ 250–600 o. mehr/Wo.)
Gute Ortskenntnisse erwünscht. VZ/TZ
Terminvereinbarung unter 212-555-6773

Ich besitze nicht einmal ein Fahrrad.

BÜROASSISTENT/IN – VZ/TZ
gesucht
Abwechslungsreiche Aufgaben in angenehmem
Arbeitsumfeld, Kundenbetreuung
sehr gute Kenntnisse in Excel u. Word
Bez. nach Berufserf.
Lebenslauf u. Gehaltsvorstellungen per Fax an:
212-555-4052

Ich habe bestimmt nicht studiert, um Tippse zu werden und Ablage zu machen …

SPORTLICHE TEILNEHMER/INNEN FÜR UMWELTPROJEKT
Der NY
Verbraucherschutz sucht kurzfristig
Studenten und Hochschulabsolventen (m/w)
für eine Kampagne zum Schutz von
Luft u. Wasser in NY City. VZ/TZ
$ 300–1000/Woche,
gute Aufstiegsmöglichkeiten und Zusatzleistungen
Kontakt: Angie 212-555

… oder um hausieren zu gehen.

Gemeinnützige Organisation
für
LESBEN, SCHWULE, BISEXUELLE u.TRANSSEXUELLE
sucht erf. Berater
Pers. mit Geschlechtsumwandlung bevorz.
Bewerbungsunterlagen inkl. Gehaltswunsch
per Fax an:
212-555-2657

Super. Um für diese Stelle qualifiziert zu sein, muss ich mich in eine Transe verwandeln.

Erf. Elektriker
gesucht
Kenntnisse in Planung und Installation von
Schalttafeln, Stromanschlüssen, Klimaanlagen,
Kühlsystemen, Niedrigstromanlagen Sprechanlagen,
Sicherheitssystemen und Feueralarm
Inspektion und Instandhaltung von Motoren,
Ventilatoren und Pumpen
$ 1000/Woche. Fax an: 212-555-1460

Warum bin ich nicht Elektriker geworden???

AUSHILFSKRAFT FÜR BIOLADEN VZ/TZ
Verkaufshilfe/Servicekraft für Saftbar u. Kasse ges.
mit Erf. im Naturkostbereich
Bewerbung bitte schriftlich an
Yoga Yogurt, 229 W. 13th St.
(zw. 7. u. 8. Ave.)

Eine Saftbar. Dann kann ich auch gleich zurück nach Kentucky gehen und wieder im Rax Roast Beef arbeiten.

RETTUNGSSCHWIMMER GESUCHT!
Freie Ausbildung zum Rettungsschwimmer
in den Sommermonaten an den Stränden von NYC
Einstellung nach erfolgreich absolviertem Lehrgang
mit Prüfung
Bewerbung mit Führungszeugnis
Mindestalter 16 J. m/w.
212-555-7880

Ha! Ich WÜNSCHTE!

Von: Mitchell Hertzog <mitchell.hertzog@hwd.com>
An: Jen Sadler <jennifer.sadler@thenyjournal.com>
Betreff: Kate

Hallo, Jen, ich habe versucht, Sie telefonisch zu erreichen, habe aber nur Ihre Mailbox erwischt.

Haben Sie heute schon von Kate gehört? Wie geht es ihr? Ich habe ihr eine Mail geschickt, aber keine Antwort erhalten.

Mitch

Von: Jen Sadler <jennifer.sadler@thenyjournal.com>
An: Mitchell Hertzog <mitchell.hertzog@hwd.com>
Betreff: AW: Kate

Sie ist okay. Zwar schlecht drauf, aber okay.

Ich nehme an, es wird Sie nicht besonders überraschen, wenn ich Ihnen sage, dass Sie momentan nicht zu Kates Lieblingspersonen zählen. Offenbar kann sie sich nicht richtig an gestern Abend erinnern. Was machen übrigens Ihre Schuhe?

J

>>>

Von: Mitchell Hertzog <mitchell.hertzog@hwd.com>
An: Jen Sadler <jennifer.sadler@thenyjournal.com>
Betreff: AW: AW: Kate

Die Schuhe sind okay. Freut mich, dass es Kate wieder besser geht. Zwar noch nicht so gut, dass sie mich nicht mehr hasst, aber ich kann ihr das nicht verübeln.

Sagen Sie, haben Sie Zugang zu Kates Computer im Büro? Ich habe mich gefragt, ob Sie bereit wären, ein kleines Delikt für mich zu begehen. Nichts Schlimmes, Sie sollen nur in Kates E-Mail-Posteingang nachsehen, ob die Nachricht von Amy Jenkins – die, in der steht, dass Kate statt der Abmahnung die Kündigung für Ida Lopez schreiben soll – noch da ist. Würden Sie das für mich tun und mich anschließend informieren? Dafür wäre ich Ihnen sehr dankbar.

Mitch

>>

Von: Jen Sadler <jennifer.sadler@thenyjournal.com>
An: Mitchell Hertzog <mitchell.hertzog@hwd.com>
Betreff: Kleines Delikt

Tut mir leid, dass ich diejenige bin, die Ihnen das sagen muss, aber Kates Arbeitsplatz wurde geräumt und die Festplatte aus ihrem Rechner ausgebaut. Amy hat gestern umgehend dafür gesorgt, dass nichts mehr daran erinnert, dass Kate Mackenzie jemals hier beschäftigt war.

Ihre Bürounterlagen wurden ebenfalls konfisziert. Ich vermute, dass sie bereits im Papierschredder gelandet sind. Amy geht sehr gründlich vor in ihrem rücksichtslosen Streben nach absoluter Herrschaft über die Personalabteilung dieser Firma.

Wenn Kate also Amys Mail nicht ausgedruckt und mit nach Hause genommen hat – was äußerst fraglich ist, denn so wie ich Kate kenne, vermischt sie nie Berufliches und Privates –, befürchte ich leider, dass die Mail futsch ist, für immer gelöscht.

Trotzdem, netter Versuch, Romeo.

J

Von: Mitchell Hertzog <mitchell.hertzog@hwd.com>
An: Jen Sadler <jennifer.sadler@thenyjournal.com>
Betreff: AW: Kleines Delikt

So schnell gebe ich nicht auf. Würden Sie mir bitte den Namen und die Nummer Ihres Administrators geben, Jen? Danke.

Mitch

>>>

Von: Tim Grabowski <timothy.grabowski@thenyjournal.com>
An: Mitchell Hertzog <mitchell.hertzog@hwd.com>
Betreff: Kate

Habe Ihre Nachricht erhalten. Habe angerufen, aber nur Ihre Mailbox erwischt.

Egal, um Ihre Frage zu beantworten: Die einzige Möglichkeit, um an die Mails von Amy Jenkins heranzukommen, ist, ihren Rechner zu knacken. Unsere Mails werden über einen POP Server verschickt. Das Mail-Programm lädt automatisch die Mails vom Server auf die Festplatte des Empfängers, danach werden sie auf dem Server gelöscht, sodass man gesendete E-Mails nur noch auf dem Laufwerk lesen kann, auf das sie gespeichert wurden.

Also ein Ding der Unmöglichkeit, außer man hat einen Schlüssel für Amys Büro.

Ich wünschte, ich könnte eine größere Hilfe sein. Kate ist ein liebes Mädchen, und wir alle sind entsetzt über das, was passiert ist. Wenn Sie sie sehen, richten Sie ihr aus, dass der nächste *Farscape*-Videomarathon bei Raj stattfindet. Sie wird wissen, was ich meine.

Tim

Von: Tim Grabowski <timothy.grabowski@thenyjournal.com>
An: Kate Mackenzie <katyperry@freemail.com>
Betreff: Du

Hey, was läuft da zwischen dir und Dylan McDermott? Seid ihr zwei auf Annäherungskurs oder was? Das hoffe ich. Der Mann ist eine echte Augenweide. Aber was soll das mit den bunten Comic-Krawatten?

Er scheint dich wirklich gern zu haben. Zumindest will er dafür sorgen, dass deine Kündigung aufgehoben wird, was praktisch dasselbe ist. Er hat mich deswegen kontaktiert.

Bin ich zur Hochzeit eingeladen?

Vermisse dich.

Tim

Von: Kate Mackenzie <katyperry@freemail.com>
An: Jen Sadler <jennifer.sadler@thenyjournal.com>
Betreff: Mitch

Was läuft da zwischen Mitch und unserer IT-Abteilung? Tim sagte, Mitch habe ihn kontaktiert. Komm schon, du kannst sowieso kein Geheimnis für dich behalten.

Kate

PS: Als ich eben draußen war, um mir eine Zeitung zu holen, wäre ich fast von einem Taxi überfahren worden, und es hat mich völlig kalt gelassen. Im Ernst. Es war wie: Oh, sieh mal, das Taxi erwischt dich gleich. Ich hatte überhaupt keine Angst. Was würde es für einen Unterschied machen, wenn ich tot wäre? Ohne meinen Job kann ich nichts zur Gesellschaft beitragen. DANN BESSER GLEICH TOT.

Ein Rikschafahrer hat mich in letzter Sekunde vor dem sicheren Tod gerettet und auf den Bordstein zurückgezogen. Trotzdem.

>>

Von: Jen Sadler <jennifer.sadler@thenyjournal.com>
An: Kate Mackenzie <katyperry@freemail.com>
Betreff: AW: Mitch

Die Geschichte mit dem Taxi ist schrecklich, aber das wird mich nicht dazu verleiten, dir zu verraten, was Mitch vorhat.

Ich musste ihm versprechen, nichts zu sagen.

Aber ich schwöre dir, Kate, der Mann hat nur dein Bestes im Sinn. Der hat es drauf.

Vielleicht änderst du deine Meinung über diesen Beinaheselbstmord mit dem Taxi. Nur zu deiner Information.

J

Von: Kate Mackenzie <katyperry@freemail.com>
An: Jen Sadler <jennifer.sadler@thenyjournal.com>
Betreff: Der hat's drauf

Sicher, das sagen sie alle. Verzeihung, aber da kommt mir sofort wieder die Kotze hoch. Oh, Moment, es klingelt an der Tür. Bestimmt Blumen für Dolly, von Skiboy.

Hey, kriegen Blumenboten ein Trinkgeld?

Kate

Von: Jen Sadler <jennifer.sadler@thenyjournal.com>
An: Kate Mackenzie <katyperry@freemail.com>
Betreff: Blumenbote

Ja, zwei oder drei Dollar. Hat dir noch nie jemand Blumen geschickt?

Und woher weißt du, dass sie von Skiboy sind? Vielleicht sind sie ja vom großen Peter Hargrave persönlich. Beschreib mal den Strauß. Da Craig mir zuletzt zur Hochzeit Blumen geschenkt hat, habe ich ganz vergessen, wie sie aussehen.

J

East Side Floral Company
»Sag es mit Blumen!«
1125 York Avenue • New York NY 10028

An: Kate Mackenzie c/o Dolly Vargas
610 East End Aveneue, Penthouse A

Verzeihen Sie mir?
Mitch

Von: Kate Mackenzie <katyperry@freemail.com>
An: Jen Sadler <jennifer.sadler@thenyjournal.com>
Betreff: AW: Blumenbote

Rosen. Zwei Dutzend rote Rosen.

Von Mitch.

Als würde mich das vergessen lassen, dass ich meinen Job los bin.

Trotzdem, irgendwie süß von ihm, wenn man bedenkt, dass ich auf seine Schuhe gekotzt habe und so.

Kate

Von: Jen Sadler <jennifer.sadler@thenyjournal.com>
An: Kate Mackenzie <katyperry@freemail.com>
Betreff: AW: AW: Blumenbote

Und, nimmst du jetzt seine Einladung zum Essen an oder nicht?

J

Von: Kate Mackenzie <katyperry@freemail.com>
An: Jen Sadler <jennifer.sadler@thenyjournal.com>
Betreff: Einladung

Du meinst, ein paar Blumen machen alles wieder gut? Ich denke nicht daran, seine Einladung anzunehmen.

Ich bitte dich.

Ausgeschlossen.

Kate

Von: Kate Mackenzie <katyperry@freemail.com>
An: Mitchell Hertzog <mitchell.hertzog@hwd.com>
Betreff: Hallo

Hallo, Mitch. Ich habe versucht, Sie im Büro zu erreichen, aber Ihre Assistentin meinte, Sie seien außer Haus. Egal, ich wollte mich nur für die Blumen bedanken. Sie sind wunderschön.

Und danke für Ihre Hilfe gestern Abend … Das heißt, Jen hat es mir erzählt. Ich kann mich nicht mehr richtig erinnern, außer dass ich mich auf Ihre Schuhe übergeben habe. Dafür möchte ich mich entschuldigen. Komisch, immer wenn Sie in meiner Nähe sind, werden Ihre Sachen eingesaut, schon aufgefallen? Als wäre ich der Mount St. Helens oder so ähnlich.

Wie auch immer, wenn Ihre Einladung noch gilt, nehme ich Sie gerne an.

Kate

Von: Mitchell Hertzog <mitchell.hertzog@hwd.com>
An: Kate Mackenzie <katyperry@freemail.com>
Betreff: AW: Hallo

Die Einladung zum Essen gilt natürlich noch. Passt es Ihnen um sieben? Freut mich, dass Ihnen die Rosen gefallen. Machen Sie sich keine Gedanken wegen der Schuhe. Ich mochte sie sowieso nicht besonders.

Mitch

Von: Kate Mackenzie <katyperry@freemail.com>
An: Jen Sadler <jennifer.sadler@thenyjournal.com>
Betreff: Ich

Ich habe zugesagt.

WAS SOLL ICH BLOSS ANZIEHEN???

Kate

Von: Jen Sadler <jennifer.sadler@thenyjournal.com>
An: Kate Mackenzie <katyperry@freemail.com>
Betreff: Du

Wusste ich's doch.

Zieh einen Rock an.

Und vergiss nicht, auch wenn er ein süßer, Rollstuhlbasketball spielender Anwalt mit vollgekotzten Schuhen ist, kannst du nie wissen, wo er sich vorher überall rumgetrieben hat. Denk also an Kondome, Miss »Ich war in meinem ganzen Leben bisher nur mit einem einzigen Mann zusammen«.

J

Von: Kate Mackenzie <katyperry@freemail.com>
An: Jen Sadler <jennifer.sadler@thenyjournal.com>
Betreff: Ich

Ach, halt doch die Klappe!!!

Kate

Tagebuch von Kate Mackenzie

Was mache ich bloß? Ich meine, warum zerbreche ich mir den Kopf darüber, was ich heute Abend anziehen soll? Eigentlich sollte ich nicht hingehen. Ich habe keinen Job, keine Wohnung, ich bin geschädigt, beziehungstechnisch. Bis jetzt hat dieser Kerl mir nur Ärger eingebrockt, und außerdem haben wir beide nichts gemeinsam außer unserer Vorliebe für Mrs. Lopez' Brownies und den Travel Channel. Ich meine, er ist ANWALT.

Soll ich einen Miederslip anziehen oder nicht? Die zeichnen sich leider immer so ab unter der Kleidung. Aber sie machen einen flachen Bauch.

O mein Gott, ich kann nicht glauben, dass ich über so etwas nachdenke.

Reicht die Zeit, um noch einen Kuchen zu backen? Nein … Entweder Gugelhupf oder gestylte Haare … VERDAMMT!!!

D'Agostino Supermarkt #6
1507 York Avenue
New York, NY 10021

Kasse 2 18:02
Kassierer 411
Name: Dolores

1 Riesengarnelen, 500 g	$ 17.99
2 Artischocke	$ 02.99
4 Zitrone	$ 02.00
1 Irische Butter	$ 05.99
1 Fettucine	$ 03.99
1 Baguette	$ 01.99
1 El Rey Schokorieg	$ 02.52
1 Kaffee, 500 g	$ 06.99
1 Knoblauch	$ 00.59
4 Birne	$ 02.00
Summe-Netto	$ 47.05
MwSt	$ 03.88
Gesamtbetrag	$ 50.93

Kartenzahlung
Mitchell Hertzog
xxxx-xxx-xxxx-xxxx
Vielen Dank für Ihren Einkauf
D'Agostino

CVS Apotheke

Kasse 1	18:22 h
1 Einwegras.f. Dam.	$ 2.99
1 Miederstrumpfhose	$ 1.49
1 Trojan Kond. gen.	$ 7.99
1 Almay Kompaktpuder	$ 7.99
Summe-Netto	$ 20.46
MwSt	$ 1.69
Gesamtbetrag	$ 22.15

Kartenzahlung
Kathleen Mackenzie
xxxx-xxx-xxxx-xxxx
Vielen Dank für Ihren Einkauf
CVS

Von: Margaret Hertzog <margaret.hertzog@hwd.com>
An: Stacy Trent <IH8BARNEY@freemail.com>
Betreff: Dein Bruder

Stacy, ich habe bei euch angerufen, aber es geht niemand ans Telefon. Entweder seid ihr alle außer Haus, oder dein Au-pair-Mädchen telefoniert mal wieder mit ihrem schwedischen Freund auf der anderen Leitung. Ich rate dir ernsthaft, ihr ein Prepaid-Handy zu besorgen. Ich hoffe, du ziehst ihr wenigstens die Gebühren für die Dauergespräche mit diesem Jungen von ihrem Taschengeld ab.

Wie dem auch sei, ich habe soeben einen zutiefst besorgniserregenden Anruf erhalten von deinem Bruder Stuart. Er sagt, du verhältst dich äußerst unkooperativ, was seine bevorstehende Hochzeit betrifft. Wenn ich richtig verstanden habe, ist die vierte Juniwoche die einzige Gelegenheit in absehbarer Zukunft, in der Stuart und Amy sich von ihrer Arbeit freinehmen können. Aber plötzlich scheint es ein Problem zu geben – obwohl Jason den beiden zugesagt hat, am Mittsommertag euren Garten zur Verfügung zu stellen für die Zeremonie – mit – ich mag es gar nicht glauben, aber Stuart schwört, das waren deine Worte – deinem Coven?

Ernsthaft, Stacy, erwartest du wirklich von mir, dass ich dir abkaufe, du bist in einen Coven eingetreten? Und dass du jetzt eine Art praktizierende Hexe bist? Du lebst in Greenwich, um Himmels willen. In Greenwich gibt es keine Hexen.

Zudem dachte ich, die Trents wären Episkopalisten und keine Wiccas.

Wenn du beabsichtigst, in der Mittsommernacht einen Hexensabbat oder was auch immer abzuhalten, nur um Stuart zu ärgern … dann ist dir das gelungen.

Was stimmt nicht mit dir, Stacy? Warum kannst du dich mit deinem Bruder nicht vertragen? Stuart ist von euch allen der Einzige, der mit einem gesunden Menschenverstand geboren wurde. Warum müssen du und Mitch ihn immer piesacken? Stuart war schon immer sehr sensibel, wie du selbst weißt, besonders wegen der Größe seines Kopfes. Trotzdem habt ihr ihn als Kinder immer »Tweety« genannt, stimmt's? Oh, ihr wart einfach grausam.

Deine angebliche Mitgliedschaft in einem Coven ist alles andere als amüsant, Stacy. Vielmehr ist es barbarisch und taktlos von dir, besonders als dreifache Mutter. Was, wenn die Kinder es mitbekommen, Stacy? Außerdem wünsche ich, dass wir einen möglichst GUTEN Eindruck auf diese Amy Jenkins machen. Ihr wurde weiß Gott kein herzlicher Empfang in dieser Familie bereitet, da dein Vater in Scottsdale nach wie vor auf Tauchstation geht und Mitch diesen Tumult in Amys Abteilung veranstaltet und du zu den Hexen übergetreten bist und Janice … nun, weil sie eben Janice ist. Wirklich, die arme Amy muss ja denken, dass ihr alle gegen sie seid, und wer kann ihr das verübeln? Nun haben wir endlich einmal die Chance auf NORMALES Blut für den Stammbaum der Hertzogs, und du willst alles ruinieren.

Ich werde das nicht dulden. Du wirst deinem Bruder für die Hochzeit euer Anwesen zur Verfügung stellen, wie dein Mann bereits versprochen hat. Hast du verstanden, Stacy?

Und in diesem Zuge fände ich es höflich, wenn du Amys Brautparty ausrichten würdest. Das soll nicht heißen, dass sie in eurem Haus stattfinden muss. Wir können sie auch hier bei uns machen. Aber ich denke, es wäre eine nette Geste, wenn du den Abend zusammen mit Janice organisierst.

Hoffentlich ist das Grün in ihren Haaren bis dahin ganz herausgewachsen.

Das ist alles. Melde dich.

Mom

Von: Vivica <vivica@sophisticates.com>
An: Kate Mackenzie <katyperry@freemail.com>
Betreff: DALE

HALLO. BESTIMMT HATTEST DU NOCH KEINE ZEIT, MEINE FRAGEN DURCHZULESEN, DIE ICH DIR GESCHICKT HABE. DALE SAGT, DU ARBEITEST IN EINER PERSONALABTEILUNG, UND ICH WEISS, WIE WICHTIG UND ANSPRUCHSVOLL DIESER BERUF IST. IM GEGENSATZ ZUM MODELN. ICH MEINE, ALS MODEL MUSS MAN SICH LEDIGLICH STÄNDIG UMZIEHEN UND LÄCHELN UND SO. ABER ES IST SEHR SCHWER, ZU LÄCHELN MIT

EINEM GEBROCHENEN HERZEN – SO WIE MEINS. JEDENFALLS BIS ZU DEM ABEND, AN DEM ICH DALE BEGEGNET BIN. ICH WEISS, ER IST DEIN EXFREUND UND SO, UND WAHRSCHEINLICH HAST DU FÜR IHN NICHT MEHR DIESELBEN GEFÜHLE WIE AM ANFANG EURER BEZIEHUNG, ABER IHR SEID DOCH IMMER NOCH FREUNDE, RICHTIG? SAGT JEDENFALLS DALE. DARUM HOFFE ICH, DASS DU DICH MELDEST, WEIL ES ECHT SCHON LANGE HER IST, DASS ICH SO EINEN NETTEN KERL KENNEN GELERNT HABE WIE DALE. DIE MEISTEN TYPEN KÖNNEN SICH NORMALERWEISE NICHT EINMAL MEINEN NAMEN MERKEN, DIE WOLLEN MICH NUR RUMKRIEGEN, DAMIT SIE AM MONTAG IM BÜRO DAMIT ANGEBEN KÖNNEN, DASS SIE EIN SUPERMODEL FLACHGELEGT HABEN.

DALE HAT GESAGT, ER WILL EINEN SONG ÜBER MICH SCHREIBEN. ER SUCHT NUR NOCH NACH EINEM WORT, DAS SICH AUF VIVICA REIMT.

ABER MACH DIR KEINEN STRESS MIT DER ANTWORT. WANN IMMER DU ZEIT HAST. ICH WEISS, DU HAST WAHRSCHEINLICH GENUG DAMIT ZU TUN, ANDEREN LEUTEN ZU HELFEN. DALE SAGT, DU WARST FRÜHER MAL SOZIALARBEITERIN. ICH FINDE DAS ECHT BEWUNDERNSWERT. ICH MEINE, DIE MENSCHEN SIND UNSER GRÖSSTES KAPITAL. ICH HABE MAL EINEN STRASSENHUND IN MEXIKO CITY GERETTET, ABER DAS IST NICHT DASSELBE, WIE EINEN MENSCHEN ZU RETTEN. AUSSERDEM HAT SICH HERAUSGESTELLT, DASS DER HUND HERZWÜRMER HATTE UND EINGESCHLÄFERT WERDEN MUSSTE. LEIDER WERDEN MENSCHEN NICHT EINGESCHLÄFERT, WAS SEHR SCHADE IST, WEIL MANCHE ES WIRKLICH VERDIENT HÄT-

TEN, SO WIE MEIN EX. ABER DAS IST EINE ANDERE GESCHICHTE.

OKAY. SCHICK MIR EINFACH DEINE ANTWORT, SOBALD DU DAZU KOMMST. DANKE.

TSCHÜSS

V

Tagebuch von Kate Mackenzie

Okay, atmen, Kate. Du musst atmen.

Es ist nur so, dass noch kein Mann sich so viel Mühe gegeben hat. Ich meine, Mitch hat extra für mich gekocht und alles. Dale hat nie für mich gekocht, außer ein einziges Mal Tee, als ich krank war. Allerdings hat er die Tasse mit dem Teebeutel in die Mikrowelle gestellt, und die Metallklammer hat sich erhitzt, und das Etikett fing an zu brennen, und die Feuerwehr musste kommen, um den Brand zu löschen, und wir mussten uns eine neue Küche kaufen, weshalb ich nicht einmal sicher bin, ob das eine Mal zählt.

Mitch dagegen … Mitch hat mir Garnelen serviert. Riesengarnelen.

Und es war richtig lecker. Das Essen, meine ich. Wirklich sehr lecker. Mitch hat erzählt, dass er als Kind mal in einem Kochcamp war. (Im Kochcamp! Scheinbar waren seine Eltern nicht sehr begeistert von der Idee, weil sie ihn lieber ins Fußballcamp geschickt hätten mit seinem Bruder Stuart. Aber für Mitch hatte »Torte« einen größeren Reiz als »Tore«.)

Egal, jetzt ist er gerade in der Küche und kümmert sich um das Dessert. Er wollte mir nicht verraten, was es zum Nachtisch gibt. Ich hoffe sehr, dass es was mit Schokolade ist.

Aber das ist nicht der Grund, warum ich so aufgeregt bin. Nicht wegen des Desserts, meine ich. Beziehungsweise weil mich ein Mann bekocht. Nein, vielmehr, weil er mir vorhin erzählt hat, dass er früher PFLICHTVERTEIDIGER *war.*

Tatsache. Er arbeitet erst in der Kanzlei seines Vaters, seit dieser einen Herzinfarkt hatte und danach mehrere

Bypass-Operationen und Mitch bat, für ihn einzuspringen, bis er wieder genesen ist.

Offenbar besteht Mr. Hertzogs Genesungsprozess hauptsächlich darin, mit seinen Golfkumpeln in Arizona den Schläger zu schwingen.

Aber egal. Entscheidend ist, dass Mitch kein seelenloser Firmenanwalt ist. Das große Geschäft hat ihn nie interessiert, und er sehnt sich sogar zurück ans Strafgericht. Wo er Menschen verteidigt, die sich keinen Anwalt leisten können.

Dabei könnte er überall einen Job kriegen. Er müsste nicht als Pflichtverteidiger arbeiten. Aber er möchte es – wahrscheinlich aus demselben Grund, warum ich Sozialarbeiterin geworden bin …

Um etwas zu bewirken.

WIE SOLL ICH IHN NICHT SYMPATHISCH FINDEN??? *Sogar mehr als sympathisch.*

Aber seinetwegen bin ich meinen Job los. Weil er die Freundin seines Bruders nicht leiden kann.

Und ich finde ihn unheimlich anziehend. ICH WEISS! *Mit mir stimmt was nicht.*

Ernsthaft. Weil – o mein Gott – weil er so perfekt ist. Ich meine, er kann KOCHEN, *er engagiert sich* EHRENAMTLICH, *und er möchte anderen Menschen* HELFEN … *Gott, sogar seine Wohnung ist perfekt. Ich meine, er hat eine typische Junggesellenbude, und es ist ein wenig unordentlich – in den Regalen liegen Baseballmützen auf den Taschenbüchern (Krimis), auf dem Couchtisch liegt der Basketballspielplan der Michigans, und unter der Couch ragt ein Playboy-Heft hervor, das er wahrscheinlich rasch druntergeschoben hat, als ich klingelte.*

Aber die Wohnung ist sehr schön, sein Großvater hat sie ihm vermacht. Sie hat zwei Schlafzimmer (eines davon be-

nutzt er als Arbeits- und Gästezimmer, wie er sagt, hauptsächlich für die Kinder seiner Schwester, wenn sie bei ihm zu Besuch sind) und zwei Bäder – 170 qm insgesamt, und vom Balkon blickt man auf den East River. Gut, dass es sein Eigentum ist, denn für so eine Wohnung muss man mindestens zweitausend Dollar im Monat hinblättern für die Miete. Vielleicht sogar mehr, weil es im Haus einen Fitnessclub gibt. Allein die Nebenkosten dürften mindestens fünfzehnhundert im Monat betragen.

Außerdem hat er drei Fernseher, darunter ein 42-Zoll-Monstrum (für Sportübertragungen, wie er sagt).

Okay, die Einrichtung ist braun: braune Couch, brauner Sessel, braune Tischmatten, sogar braune Bettwäsche (ich habe heimlich einen Blick auf sein Bett geworfen, als ich auf dem Weg ins Bad war).

Aber das könnte ich hinkriegen. Ich meine, ich schaue immer die Wohnengel, ich weiß, dass man mit ein paar hübschen Schonbezügen eine Wohnung richtig aufpeppen kann …

O MEIN GOTT, WAS DENKE ICH?

Professor Wingblade wäre entsetzt. Ich meine, er hat uns immer wieder gepredigt, dass eine Beziehung sich auf der Basis von Vertrauen und Harmonie entwickeln muss, bevor …

O MEIN GOTT, ER HAT EINEN FESTPLATTENREKORDER! Ich habe gerade die Fernbedienung dafür gefunden zwischen den Sofakissen. Einen Festplattenrekorder! Ich hatte noch nie einen Freund mit einem Festplattenrekorder. Ich hatte nicht einmal einen Freund mit einem eigenen Fernseher. Ich meine, den einen habe ich gekauft, den Dale und ich …

Stopp. Ich muss mich zusammenreißen. Ja, es hat tatsächlich den Anschein, als wäre Mitch – obwohl er an mei-

nem Rauswurf schuld ist – ein toller Mann. Und ja, er hat eine tolle Wohnung.

Aber auch wenn er früher als Pflichtverteidiger gearbeitet hat, nimmt er zurzeit fünfhundert Dollar die Stunde dafür, dass er große Firmen verteidigt gegen kleine Leute wie Mrs. Lopez, die keinem was getan haben (zumindest keinem, der es nicht verdient hätte).

Und dann geht er so leichtsinnig vor, dass es mich meinen Job kostet. Meinen JOB*!!!*

Außerdem habe ich genügend andere Probleme. Ich kann mich jetzt nicht in eine romantische Beziehung stürzen mit jemandem, den ich noch gar nicht richtig kenne. Ich muss zuerst eine Arbeit finden und eine Wohnung und meinem Leben einen Sinn geben. Professor Wingblade hat gesagt, man kann einen Menschen nur richtig lieben, wenn man sich selbst liebt, und wenn ich ehrlich bin, fällt es mir schwer, mich selbst zu lieben, seit ich arbeitslos bin. Nicht dass ich mich über meine Arbeit definieren würde. Es ist nur so … wer bin ich ohne Job? Was ist der Sinn meines Daseins auf diesem Planeten? Ich möchte gerne etwas bewirken und anderen Menschen helfen, aber keiner will mich das machen lassen. Wenn ich also meiner Bestimmung in dieser Welt nicht folgen kann, WAS SOLL ICH DANN NOCH HIER???

Und mal angenommen, zwischen Mitch und mir entwickelt sich tatsächlich mehr, wie soll ich ihn dann den anderen vorstellen? »Oh, das ist mein neuer Freund. Lustige Geschichte: Er ist schuld, dass ich meinen Job verloren habe.«

Äh, das wird ihm in meinem sozialen Umfeld nicht gerade Pluspunkte einbringen, schätze ich.

Aber, o Gott, diese Lippen! Die von Mitch, meine ich. Wie kommt ein Pflichtverteidiger zu so einem schönen Mund?

Das ist nicht FAIR!!! *Ich habe ihn beobachtet während des Essens, als er mir von seiner einjährigen Weltreise erzählte. Sein Mund ist wirklich sehr schön geformt. Die Lippen wirken sehr … voll. Wenn ich etwas nicht ausstehen kann, dann schmale Lippen. Aber bei Mitch besteht in dieser Hinsicht kein Grund zur Sorge. Ich habe das Gefühl, diese Lippen können eine Frau ihre Arbeitslosigkeit und Obdachlosigkeit vergessen lassen … und auch noch ein paar andere Dinge …*

Verdammt. Die Gottesanbeterin. Die hatte ich glatt verdrängt! Sind die beiden ein Paar? Oder nur Freunde? Was genau läuft zwischen den beiden? Warum habe ich vergessen, ihn beim Essen danach zu fragen? O Gott, wenn er mit ihr zusammen ist, kann ich mich gleich erhängen. Wie soll ich mit einer Ingres-Porträt-ähnlichen Gottesanbeterin in Designerkleidern konkurrieren, wo ich mir gerade mal eine Miederstrumpfhose leisten kann?

Scheiß drauf, ich will sowieso keine Beziehung mit einem Anwalt. Oder doch?

O mein Gott, ich habe gerade heimlich einen Blick in die Küche geworfen und gesehen, dass es geschmorte Birnen in Schokoladensauce zum Nachtisch gibt. Geschmorte Birnen in Schokoladensauce und dazu Häagen-Dazs-Vanilleeis …

WIE SOLL EINE FRAU SO EINEM MANN WIDERSTEHEN?

Tagebuch von Kate Mackenzie

O mein Gott! Es ist SCHRECKLICH!!! Ich hatte Recht! Absolut Recht! Wegen seiner Lippen, meine ich. Sie sind voll!

Wie grauenhaft. Seine Lippen sind so voll, dass ich praktisch mit der Couch verschmelze. Oh, WARUM habe ich ihn bloß geküsst? WARUM, WARUM, WARUM??? Ich kann es jetzt wirklich NICHT gebrauchen, mich zu verlieben – schon gar nicht in einen Anwalt!

Aber ich bin selbst schuld. Wir ließen uns gerade die geschmorten Birnen in Schokoladensauce munden, als plötzlich etwas, keine Ahnung, was, in mich fuhr. Ich glaube, Mitch hat gerade von seinen Nichten erzählt und davon, dass er ihnen Japanisch beibringt (zum Beispiel bacca, das bedeutet »dumm«), und dass die eine wissen wollte, wie die Japaner sich verständigen, wenn sie alle diese fremde Sprache sprechen, und dass die andere antwortete: »Weil sie damit zur Welt kommen, du bist wirklich bacca!«

Und da hat irgendwas in mir Klick gemacht, und ich MUSSTE mich einfach auf ihn stürzen und ihn küssen, es überkam mich einfach, Scheiß auf die Gottesanbeterin!

Und, o Gott, er wirkte so überrascht. Aber irgendwie auch glücklich.

Und ich hatte Recht. Ich hatte ja SO Recht. Er hat wirklich volle Lippen, und er küsst, als gäbe es kein Morgen mehr. Wir müssen uns mindestens eine halbe Stunde lang geküsst haben, weil das ganze Vanilleeis schmolz. Aber das war nicht das Einzige, was schmolz, denn ich schwöre bei Gott, dass ich mittlerweile das Gefühl habe, eins zu sein mit meiner Miederstrumpfhose, die ich nur angezogen habe, weil Dollys Kleid so eng ist, dass mein Bauch hervorsteht, und nun ist mir vom Küssen derart heiß geworden, dass meine Haut mit dem Nylon verschmolzen ist, und zum

Glück hat Mitch sich kurz entschuldigt, sonst hätte es wahrscheinlich eine kleine Nuklearexplosion gegeben in meinem Schoß, aber jetzt kann ich das blöde Ding schnell ausziehen, bevor er zurückkommt, vielleicht wird er den Unterschied gar nicht bemerken.

Wo ist er überhaupt hin? O mein Gott, vielleicht ist er gegangen, weil er weiß, dass es falsch ist, sich mit einer Arbeits- und Obdachlosen einzulassen. Auch wenn er mir ständig versichert, dass er mir meinen Job wiederbesorgt. Ich frage mich nur, wie, schließlich bin ich nicht in der Gewerkschaft wie Mrs. Lopez und kann gegen die Kündigung klagen, weil ich keine Abmahnung erhalten habe oder so.

Aber Entschuldigung, er lebt davon – beziehungsweise lebte davon –, die sozial Schwachen zu verteidigen. Wie kann er da auf jemanden herabsehen, der zufällig gerade arbeitslos ist – woran übrigens er allein schuld ist.

Augenblick – was, wenn das gar nicht der Grund ist? Was, wenn er sich wegen der Gottesanbeterin verkrümelt hat? Was, wenn ich mich auf ihn gestürzt habe, bevor er eine Chance hatte zu erklären, dass er mit der Gottesanbeterin verlobt ist?

Ach, zum Teufel mit ihr. Ich finde es nicht gut, einer anderen Frau den Mann wegzunehmen, aber verdammt noch mal, man kann einer Frau nicht geschmorte Birnen servieren und dann erwarten …

NEIN! Gott! Was STIMMT NICHT mit mir? Ich will im Moment KEINE Beziehung.

Moment! Was, wenn er los ist, um Kondome zu holen? Machen Männer das so? Ich meine, Dale hat nie ein Kondom benutzt, weil ich für ihn die Erste und Einzige war und umgekehrt – na ja, jedenfalls bis heute Abend, wie es scheint, außerdem, wer weiß, was zwischen Dale und dieser Vivica läuft.

Und außerdem nehme ich die Pille.

Aber das hier ist etwas anderes, das hier sind zwei erwachsene Menschen in der Großstadt, und nicht zwei Teenies, die auf dem Rücksitz von Moms Auto herumfummeln. Hätte ich was sagen sollen wie zum Beispiel »Kein Problem, ich hab welche in meiner Handtasche«, was ja auch stimmt?

Aber vielleicht sollen die Frauen so was gar nicht sagen. Vielleicht hätte das aufdringlich gewirkt. Vielleicht hätte ich ganz beiläufig in die Handtasche greifen sollen und die Packung herausholen …

VIELLEICHT SOLLTE ICH EINFACH GEHEN!!! *Denn mal im Ernst, wohin soll das führen? Ich bin nach New York gezogen, um anderen Menschen zu* HELFEN, *wie kann ich da eine Beziehung eingehen mit jemandem, der …*

Aber Pflichtverteidiger helfen auch anderen Menschen, oder?

Bloß dass er kein Pflichtverteidiger mehr ist, sondern … o Gott …

Bin im Moment nicht erreichbar. Hinterlassen Sie eine kurze Nachricht.

(Ton)

Mitchell, hier spricht deine Mutter. Mitchell, wenn du da bist, geh bitte ran. Es handelt sich um eine ernste Angelegenheit. Deine kleine Schwester ist verschwunden. Einfach abgehauen. Ich war beim Treffen der amerikanischen Puppengesellschaft, und als ich nach Hause kam, war Janice weg. Ich habe keine Ahnung, wo sie steckt, und ich mache mir große Sorgen, weil … Na ja, wir hatten einen kleinen Streit. Ist sie bei dir, Mitchell? Ich habe sonst keine Idee, wo sie sein könnte. Wenn du was von ihr hörst, Mitchell, melde dich. Ich weiß, in letzter Zeit reden wir nicht gerade viel miteinander, du und ich, aber … Nun, ich hoffe trotzdem, du informierst mich als deine Mutter, wie es meiner Tochter geht. Ich meine, das gebietet allein schon der Anstand. Unabhängig davon, wie du zu mir persönlich stehst. Also … Ich bitte dich, ruf mich an.

(Klick)

>>>

Von: Mitchell Hertzog <mitchell.hertzog@hwd.com>
An: Stacy Trent <IH8BARNEY@freemail.com>
Betreff: Wir müssen dringend reden

Sorg dafür, dass deine Kinder nicht länger die Leitung blockieren, und ruf mich sofort an.

Es ist dringend.

Mitch

>>>

Von: Stacy Trent <IH8BARNEY@freemail.com>
An: Mitchell Hertzog <mitchell.hertzog@hwd.com>
Betreff: AW: Wir müssen dringend reden

Nicht die Kinder sind schuld, Jason blockiert die Leitung. Er telefoniert mit seiner Großmutter. Ihr halbjährliches »Worin-investieren-wir-unser-Vermögen?«-Gespräch. Gibt es ein Problem?

Stacy

PS: Wie war denn der große Abend gestern? Hat es funktioniert? Ich meine, bezogen auf die aphrodisierende Wirkung von Riesengarnelen?

Ich muss dir allerdings sagen, es würde weit mehr brauchen als nur ein paar Krustentiere, damit ICH einem Kerl verzeihen würde, der mich meinen Job gekostet hat. Ich hoffe, sie hat sich nicht so billig hergegeben, anderenfalls wirst du schnell das Interesse an ihr verlieren, so wie ich dich kenne. Du liebst Herausforderungen. Vor allem solche mit Brüsten, das weiß ich.

Von: Mitchell Hertzog <mitchell.hertzog@hwd.com>
An: Stacy Trent <IH8BARNEY@freemail.com>
Betreff: AW: AW: Wir müssen dringend reden

Es geht um Sean. Sie stand gestern Abend plötzlich vor meiner Tür. In einem sehr ungünstigen Moment, auf den ich hier über mein Office E-Mail nicht näher eingehen möchte. Ich will vermeiden, dass Stuart davon erfährt. Kannst du in die Stadt kommen, und wir treffen uns zum Lunch? Es ist wichtig.

Mitch

Von: Stacy Trent <IH8BARNEY@freemail.com>
An: Mitchell Hertzog <mitchell.hertzog@hwd.com>
Betreff: Ich kann es kaum erwarten

Sicher, ich hole dich ab. Wie geheimnisvoll! Bis heute Mittag.

Stacy

PS: Ich warte unten in der Lobby. Ich will nicht riskieren, Stuart über den Weg zu laufen.

>>

Von: Jen Sadler <jennifer.sadler@thenyjournal.com>
An: Kate Mackenzie <katyperry@freemail.com>
Betreff: UND???

WIE IST ES GELAUFEN??? Ich kann nicht glauben, dass du dich gestern nicht mehr gemeldet hast. Warst du überhaupt zu HAUSE? Ich habe nämlich mit Dolly gesprochen, und sie meinte, als sie sich mit Skiboy in ihr Boudoir zurückzog – übrigens genau ihre Worte –, warst du noch nicht da.

O mein Gott, bist du immer noch bei ihm? WO steckst du? RUF MICH SOFORT AN UND ERZÄHL MIR ALLES!!!

J

PS: Schön, dass du Sex hattest. Ich meine, nicht dass ich nicht auch welchen hätte. Aber wenn man sich ein Baby wünscht, wird es immer mehr zur Routine, du tust es nur noch, wenn ein kleines Stäbchen dir das anzeigt, und nicht weil du darauf Lust hast. Egal. GLÜCKWUNSCH!

>>>

Von: Kate Mackenzie <katyperry@freemail.com>
An: Jen Sadler <jennifer.sadler@thenyjournal.com>
Betreff: AW: UND???

Sorry, ich bin gestern sehr spät nach Hause gekommen und habe ziemlich lange geschlafen. Das sind schon die ersten Anzeichen von sozialer Verwahrlosung. Ich meine, nur weil ich arbeitslos bin, muss ich mich nicht gleich so gehen lassen und mich in eine Langschläferin verwandeln. ÄTZEND!

Außerdem habe ich *Charmed* verpasst.

Egal, tut mir leid, dich enttäuschen zu müssen, aber es ist nichts gelaufen. Okay, nicht NICHTS, aber nicht das, was du denkst. Ich meine, wir haben uns geküsst. Auf seiner Couch. Ziemlich lange.

Und Jen: Er hat richtig volle Lippen.

Ich bin total durcheinander.

Lust auf einen Lunch? Aber bitte irgendwo, wo es nicht so teuer ist, ich bin nämlich fast pleite.

Kate

Von: Jen Sadler <jennifer.sadler@thenyjournal.com>
An: Kate Mackenzie <katyperry@freemail.com>
Betreff: AW: AW: UND???

Nicht böse sein, Süße, aber ich hatte meinen Lunch schon in der Mittagszeit, wie jeder normale Mensch. Du kommst zu spät.

Und was deine kurze Ausführung über den gestrigen Abend betrifft, bin ich maßlos enttäuscht, Kate. Ihr habt euch nur GEKÜSST? MEHR NICHT???

Du musst wirklich durcheinander sein, wenn ein attraktiver, rollstuhlbasketballspielender Anwalt dich bekocht, und ihr kommt nicht übers Knutschen hinaus. Ich weiß, es ist schon eine Weile her, Katie, aber ich bitte dich. Ist dir denn wirklich nichts Besseres eingefallen?

J

>>

Von: Kate Mackenzie <katyperry@freemail.com>
An: Jen Sadler <jennifer.sadler@thenyjournal.com>
Betreff: AW: AW: AW: UND???

Oh, bitte, das ist nicht der Grund, warum ich durcheinander bin. Wir hätten gerammelt wie die Karnickel, wenn es nicht unerwartet an seiner Tür geklingelt hätte. Mitch wollte es ignorieren, aber ich sagte »Und was, wenn das Haus brennt?«, woraufhin er fluchte (!!!) und aufstand und zur Sprechanlage ging, und dann meldete sich der Pförtner und sagte »Sean möchte zu Ihnen hinaufkommen, Sir«, und Mitch fluchte noch mehr (!!!) und sagte »Lassen Sie mich mit ihr reden«, und dann war eine weibliche Stimme zu hören, die schluchzend sagte »Mitch, du wirst nicht glauben, was sie mir angetan hat«.

Ich schwöre bei Gott, dass ich im ersten Moment dachte, es wäre die Gottesanbeterin, von der ich dir erzählt habe, die bei der Vernissage.

Aber dann sah Mitch mich an und sagte, es sei seine kleine Schwester. Worauf ich natürlich drängte, sie hereinzulassen, weil sie so verzweifelt klang.

Was er schließlich auch tat, aber man konnte ihm ansehen, dass es ihm widerstrebte. Gleich darauf saß dieses Mädchen mit den grünen Haaren heulend auf seinem Sofa, wo wir gerade noch herumgeknutscht hatten. (Ich kann nicht glauben, dass ich das schreibe. Aber es ist wahr. Wir haben wild rumgeknutscht! Auf seiner Couch! UND ES WAR TOLL!!! O Gott, dafür komme ich in die Hölle!)

Jedenfalls, die arme Sean – so heißt seine Schwester, beziehungsweise eigentlich ist ihr richtiger Name Janice, aber sie möchte Sean genannt werden, und wer kann es ihr verdenken? Janice ist ein ziemlich altmodischer Name für ein junges Mädchen wie Sean. Ich meine, sie ist erst neunzehn. Sie war total fertig und wollte sich bei Mitch ausheulen. Ich bot an zu gehen, da ich annahm, dass Sean nicht vor einer Wildfremden ihr Herz ausschütten wollte.

Aber bevor ich mich verkrümeln konnte, brach alles aus ihr heraus – dass ihre Mutter sie vom College genommen hatte, weil sie sich an der »Freundschaft« zwischen Janice und ihrer Mitbewohnerin störte, dass Sean versucht hatte, mit ihrer Mutter vernünftig darüber zu reden, worauf Mrs. Hertzog ihr jeglichen Kontakt zu dieser Freundin – Sarah – verbot und ihr (Sean) den PC wegnahm. Mrs. Hertzog hatte nämlich heimlich Seans E-Mails an Sarah gelesen und war so dahintergekommen, dass die beiden mehr verband als eine rein platonische Beziehung, um es mal so zu formulieren.

Der arme Mitch! Ich meine, er hat seine kleine Schwester sehr gern, und er war sehr rücksichtsvoll und lieb zu ihr. Er hat ihr sogar ein Spezialgetränk zubereitet – heiße Schokolade mit Mini-Marshmallows – und ihr angeboten, bei ihm zu übernachten.

Aber als er von Sean und Sarahs »verbotener Liebe« – ihre Worte, nicht meine – erfuhr, dachte ich, er würde jeden Moment aufspringen und die Flucht ergreifen. Ich meine, er hat – beziehungsweise hatte – tagtäglich Umgang mit Mördern und anderen Schwerverbrechern, aber die Aussicht, seiner kleinen Schwester in ihrer sexuellen Identitätskrise beizustehen, versetzte ihn in Panik. Er wirkte so hilflos, dass ich … Mir war klar, ich konnte nicht gehen. Ich meine, er BRAUCHTE mich, Jen. Er benötigte dringend meine Hilfe, um seine kleine lesbische Schwester zu trösten.

Also blieb ich sitzen und, wie Professor Wingblade uns gelehrt hat, hielt Seans Hand und hörte ihr aufmerksam zu, während sie die im Grunde normalen Sorgen einer Tochter schilderte, die ihre Familie mit ihrem Coming-out konfrontiert. Anschließend erklärte ich ihr, dass ihre Mutter sie immer noch lieben würde, aber dass sie Angst habe und unsicher sei und dass sie ihre Worte nicht so gemeint habe und dass Sean ihr ein paar Tage Zeit geben solle, um die Neuigkeit zu verdauen, und dass sie sich wahrscheinlich wieder beruhigen werde, um dann vernünftig darüber mit ihr zu reden.

Mitch machte die ganze Zeit ein belustigtes Gesicht, als würde er mir nicht glauben. Einmal hat er sogar leise gelacht, was ich nicht sehr hilfreich fand, wie ich ihm auch gesagt habe. Du weißt schon, als Sean gerade nicht richtig zuhörte, meinte Mitch, dass ich seine Mutter nicht kennen würde und dass Vernunft nicht gerade zu ihren Stärken zähle.

Aber das fällt mir schwer zu glauben. Ich meine, schließlich hat sie Mitch geboren, nicht? Und abgesehen von der Geschichte, die zu meiner Kündigung geführt hat, macht Mitch auf mich einen sehr vernünftigen Eindruck. Ich meine, nach dem ersten Schreck wurde er allmählich wieder lockerer mit Sean. Als ich mich verabschiedete – nachdem Sean sich endlich beruhigt hatte und nicht mehr weinte und sogar Scherze darüber machte, dass sie unser »Date« versaut hatte –, meinte Mitch, ich solle mir keine Sorgen wegen meiner Kündigung machen, die Sache habe bei ihm höchste Priorität, vor allem nachdem er mich »live erlebt« habe, wie er es ausdrückte.

Er meinte sogar, ich würde mein Talent vergeuden in der Personalabteilung und solle eine eigene Praxis aufmachen als Psychotherapeutin.

Was natürlich Wunschdenken ist. Eine eigene Praxis, meine ich. Außer ich hole meinen Master nach. Und wie soll ich mir ein Zweitstudium leisten, wenn ich nicht einmal einen Job habe?

Aber es war ein schönes Gefühl, jemandem helfen zu können, statt, du weißt schon, allen zur Last zu fallen, wie ich das schon seit – oh, keine Ahnung, es kommt mir vor wie eine Ewigkeit mache. Sean machte beinahe einen fröhlichen Eindruck, als ich mich verabschiedete.

Was ich von Mitch nicht gerade behaupten kann. Ich meine, er sah auch nicht so aus, als wollte er sich die

Pulsadern aufschneiden oder so, aber fröhlich ist anders.

Ich bin mir ziemlich sicher, dass er sich von dem Abend mehr versprochen hat.

Äh … Ich mir aber auch. Zum Glück tauchte Sean auf, sonst hätte ich womöglich eine Riesendummheit begangen.

Ich vermisse dich. Und das Büro. Was gibt es Neues? Hat mal wieder jemand absichtlich einen Papierstau am Kopierer verursacht, damit der süße Typ anrückt, der das Ding immer repariert?

>>

Von: Jen Sadler <jennifer.sadler@thenyjournal.com>
An: Kate Mackenzie <katyperry@freemail.com>
Betreff: BOA!!!

Und alles, was ihr erbittet, werdet ihr empfangen. Das nenne ich eine ausführliche Antwort.

Aber Verzeihung, Miss »Was-macht-der-süße-Typ-am-Kopierer?«. Ich habe den Eindruck, als hättest du bereits einen süßen Typen gefunden, der dir aus der Hand frisst. Ich meine, die kleine Schwester in ihrer sexuellen Identitätskrise zu beraten? Volle Punktzahl! Mitch hält dich jetzt bestimmt für einen zweiten Dr. Phil. Du weißt schon, bloß ohne Glatze und mit Brüsten.

Egal, genug von der kleinen Schwester. Was meinst du mit »Zum Glück tauchte Sean auf, sonst hätte ich womöglich eine Riesendummheit begangen«? Mitch ist ein netter Kerl, Kate. Warum solltest du ihm nicht an die Wäsche gehen? Weil dir sein Beruf zuwider ist? Oder weil er dich gesehen hat mit dem Kopf in Dollys Kloschüssel?

J

PS: Hat er wenigstens deine Brüste angefasst? Bitte sag Ja.

Von: Kate Mackenzie <katyperry@freemail.com>
An: Jen Sadler <jennifer.sadler@thenyjournal.com>
Betreff: Hör mal!

WEIL ICH ARBEITSLOS BIN (SEINETWEGEN, SCHON VERGESSEN)???

Ganz zu schweigen davon, DASS ICH KEINEN FESTEN WOHNSITZ HABE.

Außerdem bin ich FRISCH GETRENNT.

O Gott.

Kate

PS: Die Antwort lautet Ja.

Von: Stuart Hertzog <stuart.hertzog@hwd.com>
An: Amy Jenkins <amy.jenkins@thenyjournal.com>
Betreff: Schlimme Neuigkeiten

Ich weiß nicht so recht, wie ich es dir beibringen soll, Liebes. Es kostet mich sehr viel Überwindung. Du weißt, ich will nicht, dass irgendetwas unser Glück, unsere Liebe trübt.

Aber die Wahrheit ist, du heiratest einen Mann, der … zwar nicht unbedingt aus zerrütteten Verhältnissen stammt, da seine Eltern schon seit fast vierzig Jahren eine glückliche Ehe führen, aber dennoch aus einer Familie, die immer mehr zerstritten ist dank seiner Geschwister, die nun einmal nicht dieselben Privilegien genossen haben wie der Erstgeborene, der drei Jahre lang das einzige Kind war.

Stacy hast du ja bereits kennen gelernt, und du meintest, dass sie einen völlig normalen Eindruck macht, obwohl ich dir erzählt habe, wie grausam sie früher zu mir war und dass sie mich einmal sogar im Kofferraum einsperrte.

Und du hast auch Mitch kennen gelernt, der – tja, was soll ich sagen, was du nicht bereits über ihn weißt? Ich meine, er unterstellt dir, du hättest ihn wüst beleidigt. So tief ist das Niveau, auf das er sich herablässt.

Aber meine jüngste Schwester, Janice, kennst du noch nicht. Ich gebe zu, ich habe gehofft, dass das vorerst so bleibt – jedenfalls bis ihre gefärbten Haare herausgewachsen sind. Aber Janice' Haarfarbe scheint im Moment das kleinste Problem zu sein. Ich fürchte, ich habe schlimme Neuigkeiten, Amy, und da diese das Ergebnis meines Gentests beeinflussen könnten – man sagt, das sei vererblich –, habe ich keine andere Wahl, als dir die Wahrheit zu sagen.

Meine Schwester Janice hat mit einer Frau geschlafen.

Ich weiß, das ist schockierend. Meine Mutter hat Janice richtigerweise jeden weiteren Kontakt mit dieser Frau – ihrer Mitbewohnerin im Studentenwohnheim – untersagt. Aber diese Frau hat meiner Schwester derart den Kopf verdreht, dass die arme Janice sich nun anscheinend für lesbisch hält.

Was das Lächerlichste ist, was ich jemals gehört habe. Janice ist NATÜRLICH nicht lesbisch. Ich meine, gut, sie trug ihre Haare immer kurz, aber sie hat sich nie für Sport interessiert. Sie hat zwar nicht mit Barbie-Puppen gespielt wie meine Schwester Stacy, aber auch nie einen Daumenring getragen oder Cargo-Hosen.

Ich kann nur mutmaßen, dass ihr Zustand auf eine Gehirnwäsche seitens der Mitbewohnerin zurückzuführen ist. Mir ist es ein Rätsel, was meine Eltern sich davon versprochen haben, als sie Janice erlaubten, von allen Universitäten auf der Welt ausgerechnet nach Berkeley zu gehen. Aber … Nun, Amy, ich wollte dich nur aufklären, damit dir bewusst ist, worauf du dich einlässt, wenn du in den Hertzog-Clan einheiratest.

Ich hoffe, du rufst mich an, wenn du diese Mail gelesen hast. Ich habe es vorhin mehrmals versucht, aber man sagte mir, du seist in einer Personalbesprechung. Vergiss nicht das Wichtigste, mein Goldschatz ... Ich liebe dich.

Stuart

Stuart Hertzog, Senior Partner
Hertzog, Webber & Doyle
Anwaltskanzlei

>>

Von: Amy Jenkins <amy.jenkins@thenyjournal.com>
An: Stuart Hertzog <stuart.hertzog@hwd.com>
Betreff: AW: Schlimme Neuigkeiten

Liebster, ich finde es unglaublich, dass du dir wegen mir so viele Gedanken machst. Du bist wirklich der größte Schatz auf Erden. Bitte zerbrich dir nicht den Kopf wegen mir. Stattdessen solltest du dir lieber um deine arme Mutter Gedanken machen. Was muss diese Frau alles erleiden wegen deiner Geschwister! Mir ist es ein Rätsel, wie sie das erträgt. Bitte übermittle ihr mein tiefes Mitgefühl.

Und sag ihr, dass sie sich keine Sorgen zu machen braucht. Eine ehemalige Kommilitonin von mir – deren Mutter schon bei den Pi Delts war, stell dir vor! – ist im Hauptstudium lesbisch geworden, hat aber vor zwei Jahren damit aufgehört. Manche der am glücklichsten verheirateten Frauen Manhattans sind ehemalige Lesben, aber man würde es ihnen nie ansehen. Ich bin sicher, Janice kommt wieder zur Vernunft.

Viele Küsse

Amy

Amy Denise Jenkins
Personalabteilungsleiterin
New York Journal

Diese E-Mail ist vertraulich und ausschließlich zur Kenntnisnahme des Empfängers gedacht. Sollten Sie diese E-Mail versehentlich erhalten haben, informieren Sie bitte den eigentlichen Empfänger, und löschen Sie sie anschließend aus sämtlichen Ordnern.

Von: Amy Jenkins <amy.jenkins@thenyjournal.com>
An: Courtney Allington <courtney.allington@allingtoninvestments.com>
Betreff: Stuarts Schwester

Halt dich fest: Es geht um die jüngere Schwester! Nicht um die ältere, die sich selbst als Hexe bezeichnet und mit einem der Trents von der Park Avenue verheiratet ist (weiß der Henker, was der an ihr findet). Das Nesthäkchen macht Kummer. Anscheinend ist sie die totale Lesbe.

Was zum Teufel soll ich tun? Ich will bei meiner Brautparty keine Büchsenmasseuse dabeihaben.

Gehen wir nach der Arbeit was trinken? Ich muss mich betäuben.

Ames

Amy Denise Jenkins
Personalabteilungsleiterin
New York Journal

Diese E-Mail ist vertraulich und ausschließlich zur Kenntnisnahme des Empfängers gedacht. Sollten Sie diese E-Mail versehentlich erhalten haben, informieren Sie bitte den eigentlichen Empfänger, und löschen Sie sie anschließend aus sämtlichen Ordnern.

>>

Von: Stacy Trent <IH8BARNEY@freemail.com>
An: Mitchell Hertzog <mitchell.hertzog@hwd.com>
Betreff: Janice alias Sean

Okay, es ist ja nicht so, als wäre es eine riesengroße Überraschung.

Besser, sie erkennt es jetzt als später, wenn sie mit irgendeinem Trottel verheiratet ist und ein paar Kinder hat.

Was soll's, die Frage lautet, was machen wir jetzt mit ihr? Ich weiß, du willst sie wieder loswerden, weil sie deine Pläne durchkreuzt mit der Frau deiner Träume. Aber ich kann sie auch nicht aufnehmen, weil Jason ihre »Schrammelmusik« nicht ausstehen kann. Was wiederum MEINE Pläne durchkreuzt, von ihm flachgelegt zu werden.

Und Stuart brauchen wir gar nicht erst zu fragen, ob er sie nimmt. Abgesehen davon würde ich ihr das auch nicht antun.

Und, wer bleibt dann noch übrig? Wohl nur Mom. Auf sie läuft es letztendlich hinaus. Vielleicht kriegt einer von uns Dad an die Strippe, bevor sie mit ihm spricht, und erklärt ihm alles, damit er Mom sagt, dass sie das arme Kind in Ruhe lassen soll. Was meinst du?

Stace

PS: Schaut Mom eigentlich jemals fern? Ist etwa noch nicht zu ihr durchgedrungen, dass ein Umgangsverbot genau das Gegenteil bewirkt? Mann, manchmal kommt es mir vor, als würde sie auf einem anderen Planeten leben.

Von: Stuart Hertzog <stuart.hertzog@hwd.com>
An: Stacy Trent <IH8BARNEY@freemail.com>
Betreff: Janice

Mir ist bekannt, dass du dich heute mit Mitch getroffen hast, um über Janice zu reden. Du brauchst es gar nicht erst abzustreiten, ich habe dich gesehen, als du dich hinter der Palme in der Lobby versteckt hast.

Nun, während ihr beide euch das Maul in der Gramercy Tavern oder wo auch immer zerrissen habt, habe ich ein bisschen recherchiert und eine Lösung für unser Problem gefunden.

Es gibt eine Anzahl renommierter Einrichtungen, die auf sexuelle Umerziehung spezialisiert sind und gegen einen Preisaufschlag auch den Transport von Minderjährigen (notfalls gewaltsam) in das Rehabilitationszentrum organisieren. Die besten Therapieergebnisse erzielt eine Einrichtung in Utah, die sich *Der richtige Weg* nennt, wo Janice in einer sechswöchigen Intensivtherapie wieder umgepolt würde, bis sie ihren Fehler einsieht.

Ich habe bereits Kontakt aufgenommen zu *Der richtige Weg*, und es gibt einen freien Therapieplatz. Wenn wir Janice noch diese Woche einweisen lassen, ist sie bis zu meiner Hochzeit wieder geheilt. Ich finde, wir sollten die Möglichkeit ernsthaft in Betracht ziehen. Ich habe bereits mit Mom darüber gesprochen, und sie teilt meine Meinung: Es handelt sich um eine angemessene Lösung in dieser Situation.

Natürlich ist mir klar, dass Mitch – bei dem Abschaum, mit dem er früher verkehrte – mir wieder mit seiner alten, ultraliberalen Leier kommen wird: »Das ist genetisch bedingt, das kann man sich nicht aussuchen.« Aber in Janice' Fall ist dieses ganze Lesbengetue doch nur gespielt, weil Mom und Dad ihr als der Jüngsten zu wenig Grenzen gesetzt haben. Die waren nach Mitch dermaßen zermürbt, dass sie Janice alles durchgehen ließen.

Ich werde jedenfalls nicht untätig mit ansehen, wie meine Schwester linkspolitischen Mätzchen erliegt und in eine gesellschaftliche Randgruppe abzurutschen droht. Ich hoffe, dass du als eines der vernunftbegabteren Familienmitglieder mir in dieser Angelegenheit Recht gibst.

Um Antwort wird gebeten.

Stuart

Stuart Hertzog, Senior Partner
Hertzog, Webber & Doyle
Anwaltskanzlei

Von: Stacy Trent <IH8BARNEY@freemail.com>
An: Stuart Hertzog <stuart.hertzog@hwd.com>
Betreff: AW: Janice

Hast du Kleber geschnüffelt oder so? Ich werde sicher nicht irgendeine Klinik beauftragen, Janice zu kidnappen und nach Utah zu verfrachten, um sie auf hetero umzupolen. Herrgott, Stuart, wie würde es dir gefallen, wenn wir dich kidnappen ließen, damit du nicht diese blöde Zicke heiratest? Die mit dem Stock im Arsch?

Nicht besonders, oder?

Überlass das mit Janice Mitch und mir. Ich denke, wir schaffen es auch ohne dich.

Stacy

Von: Margaret Hertzog <margaret.hertzog@hwd.com>
An: Stacy Trent <IH8BARNEY@freemail.com>
Betreff: Janice

Stacy, Stuart hat deine letzte, außergewöhnlich unhöfliche E-Mail an mich weitergeleitet. Ich wollte es nicht glauben – bis ich es mit eigenen Augen gelesen habe –, dass du dich derart hässlich über die Verlobte deines Bruders äußerst. Amy ist eine nette junge Frau. Ich kann mir deine Taktlosigkeit mit dem »Stock« nur so erklären, dass du unter dem Einfluss von Mitch stehst. Stuart hat mir erzählt, dass Mitch offenbar ganz vernarrt ist in ein junges Ding, dem, wenn ich das richtig verstanden habe, Amy kündigen musste, weil es dreist gelogen hat – dazu noch unter Eid. Während es mich nicht wundert, dass Mitch mit so einer Person verkehrt, erstaunt mich allerdings, dass du diese Verbindung duldest, ja sogar unterstützt.

Ich will offen zu dir sein, Stacy. Ich halte es für keine gute Idee, wenn Janice in diesem entscheidenden Stadium ihrer sexuellen Orientierung bei Mitch wohnt. Er wird sie doch nur in ihren unnatürlichen Gefühlen bestätigen für diese schreckliche Sarah. Zufällig weiß ich, dass er der Regenbogenkoalition Geld gespendet hat. Wenn man damit nicht perverse Sexualpraktiken unterstützt, dann weiß ich auch nicht.

Jedenfalls möchte ich dir nahelegen, junge Dame, dass du dich bei deinem Bruder dafür entschuldigst, dass du seine Verlobte beleidigt hast. Und besser, du beeilst dich. Ich habe nämlich mit deinem Vater gesprochen. Er kommt nach Hause.

Endlich.

Allerdings musste er erst erfahren, dass seine jüngste Tochter eine lesbische Affäre hat, bevor er sich in Bewegung setzte. Er ist bald hier. Vergiss das nicht.

Mom

Von: Stacy Trent <IH8BARNEY@freemail.com>
An: Mitchell Hertzog <mitchell.hertzog@hwd.com>
Betreff: Mom

Dad kommt nach Hause. Wegen der Geschichte mit Janice. Ich dachte, das solltest du wissen.

Oh, und ich hoffe, du hast nicht vor, diese Kate zu heiraten. Ich bezweifle nämlich stark, dass Mom sie in der Familie willkommen heißt.

Natürlich, ich weiß, dich stört das nicht. Aber deine Freundin vielleicht.

S

Von: Mitchell Hertzog <mitchell.hertzog@hwd.com>
An: Stacy Trent <IH8BARNEY@freemail.com>
Betreff: AW: Mom

Kate heiraten? Ich kann praktisch keine fünf Minuten mit ihr alleine sein, ohne dass entweder ihr Ex oder jemand aus meiner Familie dazwischenfunkt.

Aber ich muss dir was gestehen … Ich habe ein gutes Gefühl. Bei Kate, meine ich.

Na schön, ich habe es geschafft, dass sie ihren Job verloren hat und in fremden Wohnungen schlafen muss, was ich nicht als ideal bezeichnen würde, da dort auch ein zwei Meter großer deutscher Skilehrer verkehrt.

Aber ich werde alles wiedergutmachen. Ich werde dafür sorgen, dass sie ihren Job zurückbekommt. Und vielleicht regelt sich das Wohnproblem dann ganz von alleine.

Allerdings muss ich zuerst meine kleine Schwester aus der Wohnung vertreiben, damit das wahr werden kann.

Eins nach dem anderen …

Mitch

Sie haben die Nummer von Ready Lock gewählt. Haben Sie sich ausgesperrt? Rufen Sie nicht einen Freund, rufen Sie Ready Lock! Neues Schloss, neue Schlüssel, kurze Wartezeit. Hinterlassen Sie Ihre Rufnummer, und Ed wird sich gleich bei Ihnen melden – garantiert.

(Ton)

Eddie, ich bin es, Mitch Hertzog. Du weißt doch, ich habe dich damals wegen der Sache in Kip's Bay verteidigt. Du hast gesagt, wenn du irgendwas für mich tun kannst, brauche ich nur Bescheid zu geben. Nun, ich denke, du könntest mir tatsächlich einen Gefallen tun. Ruf mich an.

(Klick)

Von: Mitchell Hertzog <mitchell.hertzog@hwd.com>
An: Jen Sadler <jennifer.sadler@thenyjournal.com>
Betreff: Kate

Hallo, Jen. Danke, dass Sie den Kontakt zu Ihrem Administrator hergestellt haben. Leider kann Tim mir nicht helfen, wie ich gehofft habe. Allerdings kenne ich jemanden, der sich sehr gut mit der Widerherstellung von Daten auskennt. Ich dachte, wenn Sie und ich uns zusammentun, können wir vielleicht alles wieder geradebiegen.

Wegen Kate, meine ich. Beziehungsweise wegen ihrer Kündigung.

Natürlich verlange ich von Ihnen – na ja – nichts Illegales. Aber wenn es herauskommt, könnten Sie trotzdem ziemlich viel Ärger bekommen, womöglich sogar gefeuert werden. Ich würde Sie nicht bitten, das Risiko einzugehen, sähe ich irgendeine andere Möglichkeit.

Okay, wenn Sie mit von der Partie sind, rufen Sie mich an. Sie haben ja meine Visitenkarte.

Und es wäre super, wenn Sie Kate noch nichts davon erzählen würden. Es kann nämlich sein, dass es nicht klappt, und ich möchte keine falschen Hoffnungen wecken. Danke.

Mitch

Von: Jen Sadler <jennifer.sadler@thenyjournal.com>
An: Mitchell Hertzog <mitchell.hertzog@hwd.com>
Betreff: AW: Kate

Machen Sie Witze? Sie können auf mich zählen.

Nennen Sie mir einfach Datum und Uhrzeit, und ich werde bereit sein.

J

Von: Dale Carter
<ichmacheniemehrsandwiches@freemail.com>
An: Kate Mackenzie <katyperry@freemail.com>
Betreff: Vivica

Hör mal, Viv hat mir erzählt, dass du nicht auf ihre Mails antwortest und so ’n Scheiß. Ich kann ja verstehen, dass du sauer bist, Kate. Ich meine, es kommt so rüber, als würde ich dir in der einen Sekunde in der Lobby meine unsterbliche Liebe gestehen und in der nächsten mit einem Supermodel – äh – rummachen.

Aber die Wahrheit ist, wenn ich die CHANCE hätte, dich zurückzugewinnen, würde ich Vivica sofort zu ihrem Concealer jagen. Wer immer das ist.

Aber verflucht, Kate, bei unserer letzten Begegnung hast du mir ziemlich deutlich gemacht, dass es zwischen uns ein für alle Mal aus ist. Also dachte ich, ich befolge deinen Rat und orientiere mich neu.

Falls du es dir anders überlegt hast und zu mir zurückkommen möchtest, brauchst du nur ein Wort zu sagen. Wir gehen in ein paar Tagen auf Tour, aber du kannst gerne noch als unsere Kostümbildnerin oder so mitkommen – mit uns im Caravan.

Ja, Kate, wir touren durch das Land in unserem eigenen Caravan. Genau wie deine Mom.

Versteh mich nicht falsch, Vivica ist 'ne heiße Braut, und nett ist sie auch. Aber keine Frau kann dir jemals ans Wasser reichen, Kate. Ein Wort von dir genügt, und ich gehöre wieder dir.

Dale

>>>

Von: Kate Mackenzie <katyperry@freemail.com>
An: Dale Carter <ichmacheniemehrsandwiches@freemail.com>
Betreff: AW: Vivica

DAS Wasser reichen. Nicht ans Wasser reichen.

Und ich habe Vivica nicht geantwortet, weil ich noch nicht dazu gekommen bin, Dale. Aber ich freue mich für euch beide, und ich hoffe, ihr werdet sehr glücklich miteinander. Das meine ich ernst. Ich bin froh, dass du dich neu orientiert hast, ich mache das auch.

Zumindest versuche ich es.

Pass auf dich auf, Dale. Und viel Glück bei der Suche nach etwas, das sich auf *Vivica* reimt.

Kate

Von: Sean <psychodramabeautyqueen@freemail.com>
An: Kate Mackenzie <katyperry@freemail.com>
Betreff: Gestern Abend

Hi. Ich habe deine E-Mail-Adresse auf dem Laptop meines Bruders entdeckt. Ich wollte mich nur noch mal für dein Verständnis und deinen Rat gestern Abend bedanken. Du bist richtig cool. Du hast mir das Gefühl gegeben, kein abgedrehter Freak zu sein, obwohl ich, offen gesagt, allmählich selbst geglaubt habe, dass ich einer bin.

Nochmals danke.

Und es tut mir leid, dass ich dir und meinem Bruder den Abend versaut habe. Aber falls es dich tröstet, ich glaube, er mag dich sehr, er redet nämlich ständig von dir. Er hätte mich fast umgebracht, nachdem du weg warst, weil ich ihm die Tour vermasselt habe. So hat er sich noch nie aufgeführt wegen einer Frau.

Also dann … bis bald.

Sean

Von: Kate Mackenzie <katyperry@freemail.com>
An: Vivica <vivica@sophisticates.com>
Betreff: Dale

Liebe Vivica,

sorry, dass ich mich nicht früher gemeldet habe, aber die letzte Zeit war für mich ziemlich … stressig. Ich meine, ich habe meinen Job verloren, und ich habe auch keine eigene Wohnung. Dale kann dir mehr darüber erzählen.

Wie auch immer, nun zu deinen Fragen in Bezug auf Dale. Soweit ich weiß, hat er nie versucht, jemanden umzubringen. Einmal bei einem Auftritt in Jersey City hat ein Zuschauer eine Flasche auf die Bühne geworfen, und Dale hat sich mit dem Kerl geprügelt, aber der hatte es auch provoziert. Und sein Finger konnte problemlos wieder angenäht werden.

Ich weiß nicht, wie Dale zu Treibholzskulpturen steht – ich glaube, keiner von uns beiden hat je welche zu Gesicht bekommen. Kentucky ist ein Binnenstaat, weißt du.

Aber ich bin mir sicher, dass Dale nichts gegen Treibholzskulpturen hat. Und ja, er geht gut mit Tieren um. Er hatte lange Zeit einen Hund, als wir noch zusammen waren, bis der Hund vom Huf einer Kuh am Kopf getroffen wurde (lange Geschichte).

Meine einzige Kritik an Dale – wie er dir bestimmt erzählt hat – ist, dass er sich nicht fest binden will. Ich glaube, wenn du mit jemandem so lange zusammen wärst wie ich mit Dale und dann mit den Worten »Eins nach dem anderen …« abgewimmelt würdest, weil er sich nicht sicher ist, ob er heiraten will, dann würdest du auch gehen.

Aber vielleicht reagiere auch nur ich so.

Und vielleicht läuft es ja bei dir und Dale ganz anders. Du scheinst ziemlich nett zu sein, und du siehst auch aus, als wärst du ziemlich nett. Ich habe dich auf dem Cover der aktuellen *Vogue* gesehen. Ich drücke Dale und dir ganz fest die Daumen.

Könntest du ihm bitte von mir ausrichten, wenn er die Wohnung aufgibt, bevor er auf Tour geht, hätte ich gerne meine Hälfte der Kaution zurück? Ich glaube, ich habe bereits erwähnt, dass ich arbeitslos bin, und ich kann das Geld wirklich gut gebrauchen.

Alles Gute
Kate

Von: Vivica <vivica@sophisticates.com>
An: Kate Mackenzie <katyperry@freemail.com>
Betreff: AW: DALE

O MEIN GOTT, TAUSEND DANK FÜR DEINE MAIL! DU HAST MEINEN TAG GERETTET. ICH BIN SO FROH, DASS DALE NIE VERSUCHT HAT, JEMANDEN UMZUBRINGEN. (ABER WAS IST DAS FÜR EINE GESCHICHTE MIT DEM AN-

GENÄHTEN FINGER? NA JA, ICH BIN SICHER, DALE WIRD SIE MIR ERZÄHLEN, WENN ER DAZU BEREIT IST!)

DU SCHEINST AUCH ZIEMLICH NETT ZU SEIN. TUT MIR LEID, DASS DU KEINEN JOB HAST, KEINEN FREUND UND KEINE WOHNUNG. DU WIRST ES NICHT GLAUBEN, ABER ALS ICH DAMALS IN NEW YORK ANKAM, WAR ICH IN GENAU DERSELBEN SITUATION. ICH MEINE, OHNE GELD UND EIGENE BLEIBE. BIS ICH BEI MEINER AGENTUR UNTERSCHRIEBEN HABE.

HEY, HAST DU SCHON MAL DARAN GEDACHT ZU MODELN, SO WIE ICH? DALE HAT MIR DAS FOTO GEZEIGT VON EUCH BEIDEN VOR DEM BAGEL SHOP, UND DU SIEHST DARAUF VOLL SÜSS AUS! FÜR DEN LAUFSTEG BIST DU NATÜRLICH ZU KLEIN, ABER DU KÖNNTEST IM PRINT ARBEITEN. WARUM TREFFEN WIR UNS DIESE WOCHE NICHT MAL ZUM LUNCH UND BESPRECHEN ALLES AUSFÜHRLICH? ICH HABE EIN NEUES RESTAURANT ENTDECKT, DAS IST SUPI. ICH WEISS NICHT, OB DU DIE AUSLÄNDISCHE KÜCHE MAGST. DER LADEN HEISST OLIVE GARDEN. EIN ITALIENER… WIE PIZZA HUT. NUR OHNE PIZZA.

ALSO, GIB MIR BESCHEID! ICH WÜRDE DICH ZU GERNE PERSÖNLICH KENNEN LERNEN!!!

LIEBE GRÜSSE
VIVICA

Von: Kate Mackenzie <katyperry@freemail.com>
An: Sean <psychodramabeautyqueen@freemail.com>
Betreff: AW: Gestern Abend

Vielen Dank für deine Mail, Sean, aber eigentlich habe ich gar nichts groß gemacht. Du bist schließlich diejenige, die den mutigen Schritt gegangen ist, deine wahren Gefühle deiner Familie und, wichtiger noch, dir selbst einzugestehen. Natürlich ist es bedauerlich, dass nicht jeder in deiner Familie deine Neuigkeit begeistert aufgenommen hat, aber trotzdem kannst du auf dich stolz sein, weil du so offen und ehrlich warst. Ich hoffe, du verstehst irgendwann, dass sie sich nur aus Sorge um dich so verhalten, weil sie dich lieben, und vielleicht schwingt auch ein wenig Angst mit vor etwas, das ihnen fremd ist. Es liegt an dir, ihnen diese Angst zu nehmen und zu vermitteln, dass deine Entscheidungen alles andere als selbstzerstörerisch sind, sondern ausschließlich auf deiner Liebe basieren – für deine Familie, dich selbst und Sarah.

Mitch hat etwas erwähnt, das mir erst jetzt wieder in den Sinn kommt: Stimmt es, dass euer Großvater jedem seiner Enkel jeweils zweihunderttausend Dollar hinterlassen hat, die bis zum achtzehnten Geburtstag treuhänderisch verwahrt werden?

Bist du nicht schon neunzehn?

Wenn deine Eltern es ablehnen, dein Studium zu finanzieren, kannst du dann nicht das Geld von deinem Großvater dafür verwenden?

Nur so eine Idee.

Hoffe, wir sehen uns bald wieder.

Kate

Von: Stacy Trent <IH8BARNEY@freemail.com>
An: Jason Trent <jason.trent@trentcapital.com>
Betreff: Janice

Es wäre doch bloß für ein paar Wochen. Du weißt, die Kinder lieben sie. Wo ist also das Problem? Ich werde sie bitten, Kopfhörer zu benutzen, wenn sie Tori Amos hört. Sei nicht so stur. Ich muss DEINE Verwandtschaft auch die ganze Zeit ertragen.

Stacy

PS: Die Honig-Flakes sind alle.

Von: Jason Trent <jason.trent@trentcapital.com>
An: Stacy Trent <IH8BARNEY@freemail.com>
Betreff: AW: Janice

Entschuldige, aber von MEINEN Verwandten zitiert keiner bei Tisch Ani DiFranco. Meine Verwandtschaft sitzt außerdem im Knast, wo sie hingehört.

Du verlangst zu viel, Stace. Ich meine, was willst du tun, wenn Haley und Brittany sich plötzlich auch die Haare grün färben wollen?

Jason

PS: Wir beschäftigen ein Au-pair, einen Gärtner, eine Haushälterin und eine Köchin. Kann keiner von denen die Honig-Flakes besorgen? Muss *ich* das erledigen? Wofür bezahlen wir eigentlich das Personal?

Von: Stacy Trent <IH8BARNEY@freemail.com>
An: Jason Trent <jason.trent@trentcapital.com>
Betreff: AW: AW: Janice

Verzeihung, aber dein Bruder sitzt nicht im Knast, sondern fast jede Woche bei uns mitsamt Frau und Kind.

Und wenn Haley und Brittany sich die Haare grün färben wollen, sagen wir ihnen, dass sie das machen können, sobald sie so alt sind wie Janice.

Komm schon, Jason, das ist wichtig. Nicht nur weil ich befürchte, dass Mom sonst irgendwelche Leute damit beauftragt, Janice nach Utah zu entführen, wo sie umprogrammiert werden soll, sondern auch weil Mitch endlich eine Frau kennen gelernt hat, die ihm etwas bedeutet. Er braucht seine Privatsphäre, um sich mit ihr zurückziehen zu können und – du weißt schon.

S

PS: Gott, es ist bloß eine Packung Cornflakes. Wo ist das Problem?

Von: Jason Trent <jason.trent@trentcapital.com>
An: Stacy Trent <IH8BARNEY@freemail.com>
Betreff: Ach!

Ich soll also deine Schwester bei uns aufnehmen, damit dein Bruder sich vergnügen kann? Ich sage dir was, Janice kann kommen, wenn du mir versprichst, dass SIE die Flakes besorgt. Aber sie darf nicht den Range Rover fahren!

Jason

Von: Jen Sadler <jennifer.sadler@thenyjournal.com>
An: Kate Mackenzie <katyperry@freemail.com>
Betreff: Du

Hab schon länger nichts mehr von dir gehört. Was treibst du? Hat er sich schon gemeldet?

Die SBT ist heute total mies drauf. Sie hat den Mädels am Empfang verboten, für die Ablage weiter Überstunden zu machen. Sie haben gefragt, wie sie gleichzeitig im Archiv sein sollen und das Telefon bedienen, worauf die SBT nur meinte »Lassen Sie sich was einfallen« und ihre Bürotür zuknallte. Wenn sie nicht aufpasst, werden einige hier noch anfangen, ihr Bild zu verbrennen.

Ich hab versucht, dich anzurufen. Wo steckst du?

J

Von: Kate Mackenzie <katyperry@freemail.com>
An: Jen Sadler <jennifer.sadler@thenyjournal.com>
Betreff: Ich

Ich war nur kurz draußen, um mir eine Zeitung zu holen. Du weißt schon, wegen der Stellenanzeigen.

Ist Steph …

Oh, Mist, es klingelt an der Tür, Augenblick.

East Side Floral Company

»Sag es mit Blumen!«

1125 York Avenue • New York NY 10028

An: Kate Mackenzie c/o Dolly Vargas
610 East End Avenue, Penthouse A

Danke für alles, was Sie gestern Abend getan haben.
Sie waren großartig zu Janice.
Können wir das Abendessen wiederholen?
Möglichst bald?
Mitch

Sleaterkinneyfan: Wer war das?

Katyperry: Hast du einen Knall? Du sollst doch nicht chatten am Arbeitsplatz. Du wirst noch gefeuert, genau wie ich.

Sleaterkinneyfan: Willst du mich verarschen? Seit du weg bist, muss Amy sich um die Buchstaben L–Z kümmern, bis wir einen Ersatz für dich haben. Sie hat so viel zu tun, dass sie nicht einmal dazu kommt, ihre Hochzeit zu planen. Das macht sie fertig. Mein Arbeitsplatz war noch nie so sicher wie zurzeit. Also, raus mit der Sprache. Wer war das???

Katyperry: Ach, der Blumenbote.

Sleaterkinneyfan: Schon wieder Blumen von IHM???

Katyperry: Ja.

Sleaterkinneyfan: Beschreib sie.

Katyperry: Diesmal gelbe Rosen, zwei Dutzend.

Sleaterkinneyfan: Äh… Wenn du ihn nicht haben willst, ich nehme ihn gerne.

Katyperry: Beherrsch dich! Du bist verheiratet.

Sleaterkinneyfan: Willst du tauschen?

Katyperry: Äh… Nein danke.

Sleaterkinneyfan: Biest. Und, was hast du jetzt vor?

Katyperry: Keine Ahnung. Mir einen neuen Job suchen?

Sleaterkinneyfan: ICH MEINE WEGEN DES MANNES!!!

Katyperry: Erinnerst du dich an Professor Wingblade?

Sleaterkinneyfan: Wie könnte ich nicht? Du zitierst ihn ja alle fünf Minuten.

Katyperry: Weißt du noch, dass er gesagt hat, bevor man lernt, einen anderen Menschen zu lieben, muss man erst sich selbst lieben?

Sleaterkinneyfan: Nein. Ich war nie in seiner doofen Einführung. Das war nicht nötig. Alle Fragen im Test waren Multiple-Choice-Aufgaben, die hinten im Buch standen.

Katyperry: Na ja, jedenfalls hat er das gesagt. Und die Sache ist… Ich denke, er hat Recht.

Sleaterkinneyfan: O Mann, iss Schokolade, und komm endlich darüber hinweg.

Katyperry: Das ist mein Ernst! Ich weiß, es ist falsch, sich über seine Arbeit zu definieren, aber Jen, bei mir war das so, und jetzt, wo ich keine mehr habe… Ich weiß einfach nicht, wozu ich überhaupt hier bin. Auf der Welt, meine ich.

Sleaterkinneyfan: O mein Gott. Du musst DRINGEND Schokolade essen.

Katyperry: Im Ernst. Ich möchte nicht den nächsten Fehler machen mit einem Mann. Nicht nach dem Flop mit Dale. Ich meine, ich habe wirklich geglaubt, wir würden eines Tages heiraten.

Sleaterkinneyfan: Okay, okay. Ich sage ja nicht, dass du gleich bei ihm einziehen sollst. Aber du könntest ihn wenigstens anrufen. Und dich für die Blumen bedanken.

Katyperry: Schätze, du hast Recht.

Sleaterkinneyfan: Und lade ihn direkt zu dir ein. Und dann nimmst du mit ihm ein schönes Schaumbad in Dollys Whirpool.

Katyperry: Jen!!! DAS WAR MEIN ERNST!!! Treffen wir uns nach der Abeit im Lupe's zum Reden?

Sleaterkinneyfan: Kann nicht.

Katyperry: Warum nicht?

Sleaterkinneyfan: Bin schon verabredet. Sorry. Verschieben wir es auf ein andermal?

Katyperry: O mein Gott, du hast eine andere beste Freundin gefunden. Ich bin gerade einmal wenige Tage weg aus dem Büro, und schon hast du eine neue beste Freundin!

Sleaterkinneyfan: Ja, genau, stimmt, ich gehe mit meiner neuen besten Freundin aus. Mensch, reiß dich zusammen. Hör zu, ich muss wieder, mein Halb-fünf-Termin ist hier. Wir reden später weiter.

Sleaterkinneyfan: logged off

Katyperry: logged off

Von: Kate Mackenzie
<kathleen.mackenzie@thenyjournal.com>
An: Orin Wingblade
<orin.wingblade@universityofkentucky.edu>
Betreff: Das Leben

Sehr geehrter Professor Wingblade,

wahrscheinlich erinnern Sie sich nicht mehr an mich. Mein Name ist Kate Mackenzie. Ich habe vor einigen Jahren Ihre Einführung Soziologie I und II besucht.

Ich wollte Ihnen nur mitteilen, dass ich nach meinem Studium eine Karriere im städtischen Sozialwesen einschlug. Ich wollte »etwas bewirken«, wie Sie uns immer nahegelegt haben. Ich arbeitete ein Jahr lang für das Jugendamt der Stadt New York, bevor mir klar wurde, dass es nicht funktionierte.

Professor Wingblade, es schmerzt mich, das sagen zu müssen, aber ich glaube nicht, dass ein EINZELNER Mensch etwas bewirken kann. Ich habe mich wirklich sehr bemüht. Sowohl als Sozialarbeiterin wie auch zuletzt als Angestellte der Personalabteilung einer großen New Yorker Zeitung.

Aber in beiden Berufen kam es mir vor, als würde ich mit dem Kopf gegen die Wand rennen. Kinder mussten immer noch hungrig ins Bett, während ihre Eltern sich DVDs auf dem neuen Plasma-Fernseher ansahen, und guten Menschen – die mir wirklich am Herzen lagen –

wurde aus heiterem Himmel gekündigt. Dafür schreckten die Vorgesetzten selbst vor Lügen nicht zurück – bis ich schließlich auch gehen musste.

Der Grund, warum ich Ihnen schreibe, ist… Professor Wingblade, was soll ich jetzt machen?

Ich bin hinaus in die Welt gezogen und habe versucht, etwas zu bewirken, aber ich habe kein einziges Leben verbessert, und mein eigenes Leben ist, offen gesagt, ein heilloses Chaos. Ich habe vor kurzem eine langjährige Beziehung beendet, weil mein Partner mir das Gefühl gab, dass ich ihm nicht viel wert bin.

Darum habe ich jetzt keinen festen Freund, keine Arbeit und auch keinen festen Wohnsitz.

Ich möchte meine Freunde nicht mehr mit meinen Problemen belasten – sie haben eigene Sorgen. Meine beste Freundin wünscht sich nichts sehnlicher als ein Baby, weshalb sie gerade eine Hormonbehandlung macht (und dabei werden heutzutage viele Mädchen schon im Teenie-Alter schwanger, ohne Mutter sein zu wollen), und ich will nicht bei ihr wohnen – nicht, wenn sie und ihr Mann damit beschäftigt sind, neues Leben zu zeugen.

Ich wünsche mir auch Kinder, aber scheinbar finde ich keinen Mann, der zu einer festen Bindung bereit ist, geschweige denn lange genug bleiben möchte, um ein Ei zu befruchten und zu sehen, wie daraus ein Baby wird und später ein Akademiker. Ich habe zwar einen netten Mann kennen gelernt, aber – na ja, er ist im Grunde für meine Kündigung verantwortlich, und vielleicht ist er nur aus purem Mitleid so nett zu mir. Dabei kann man von einer eindeutigen gegenseitigen sexuellen Anziehung sprechen, und er scheint mich wirklich zu mögen … Aber wie kann er das, wenn ich mich nicht einmal selbst leiden kann?

Ich sollte noch hinzufügen, dass er Anwalt ist. Ich weiß, Sie haben gesagt, jeder Mensch besitzt einen Wert und Würde. Aber sind Sie sicher, das trifft auch auf Anwälte zu?

Wie kann ich mich einer neuen Beziehung öffnen – ich bin nicht fähig, diesen Mann aus meinem Kopf zu bekommen, und das macht mich VERRÜCKT – mit einem, der nicht nur schuld ist, dass ich arbeitslos bin, sondern zudem ein ehemaliger Pflichtverteidiger, der sich in einen hochbezahlten Firmenanwalt verwandelt hat?

Hinzu kommt: Ich habe zwei seiner Geschwister kennen gelernt. Die Schwester ist sehr nett, aber der Bruder … Gott, was für ein Arsch! Die Lage ist kompliziert. Und das nicht nur, weil ich es zugelassen habe, dass ein Anwalt seine Hand unter meine Bluse schiebt.

O mein Gott, ich kann das unmöglich abschicken.

Tja, obwohl, ich kann schon, denn ich habe das Gefühl, Sie können das alles sehr gut nachvollziehen, nachdem Sie uns einmal anvertrauten, dass Ihre Frau sich einfach den Wagenschlüssel geschnappt hat und wegfuhr, ohne ein Wort zu sagen. Ich hoffe sehr, dass alles gut ausgegangen ist für Sie und Ihre Frau.

Gut, Professor, ich muss jetzt aufhören. Dollys Haushälterin möchte das Bett neu beziehen, auf dem ich gerade liege.

Ich bitte Sie, falls es Ihnen nicht zu viel Mühe bereitet, wäre ich sehr dankbar für ein paar Zeilen von Ihnen. Ich weiß nicht, an wen ich mich sonst wenden soll.

Ich danke Ihnen.

Kate Mackenzie

Von: Mitchell Hertzog <mitchell.hertzog@hwd.com>
An: Jen Sadler <jennifer.sadler@thenyjournal.com>
Cc: Tim Grabowski <timothy.grabowski@thenyjournal.com>
Betreff: Heute Abend

Seid ihr bereit?

Mitch

Von: Tim Grabowski <timothy.grabowski@thenyjournal.com>
An: Mitchell Hertzog <mitchell.hertzog@hwd.com>
Betreff: AW: Heute Abend

Donnervögel startbereit.

Tim

Von: Jen Sadler <jennifer.sadler@thenyjournal.com>
An: Mitchell Hertzog <mitchell.hertzog@hwd.com>
Betreff: AW: Heute Abend

Soll das ein Scherz sein? Ich kann es kaum erwarten.

J

Lieferung für
Kate Mackenzie
c/o Dolly Vargas
610 East End Avenue, Penthouse A

Liebe Carina,

ich habe erfahren von meine Anwältin, dass sie dich auch haben gefeuert. Nur wegen mir! Das tut mir sehr leid. Darum ich schicke dir ein paar Kekse, die du magst so gern und Jen und George. Ich hoffe, sie machen dir eine kleine Freude. Ich gebe auch ein paar Kekse der Anwalt, wegen du bist gefeuert. Der Bruder von die Hässlichen. Er ist eine gute Mann, der Bruder, auch wenn er ist schuld an deine Kündigung. Ich glaube, er wäre gut zu dir… nicht wie dieser Taugenichts, den du hattest vorher.

Hier ist die Rezept, das ich habe abgeschrieben für dich, dann du kannst sie backen für diese Mann, und er wird lieben dich.

Ida

Ida Lopez' Ingwerplätzchen

1 ½ Pfund Süßrahmbutter (weich)
1 ⅓ Tassen Zucker
1 Ei
¼ Tasse Melasse
2 Tassen Mehl
2 Tl. gemahlener Ingwer
1 Tl. Backpulver
1 Tl. Zimt
¼ Tl. gemahlene Nelken
¼ Tl. Salz

Ofen vorheizen auf 180°C. Butter schlagen und mit einer Tasse Zucker gut verrühren. Ei und Melasse hinzugeben, Teig locker schlagen.

Ingwer, Backpulver, Zimt, Nelken und Salz mit Mehl verrühren. Mischung mit Butter/Zucker-Masse verquirlen (Rührbesen, kleinste Stufe).

Jeweils einen halben Teelöffel Teig zu Bällchen formen. In restlichem Zucker rollen. Im Abstand von fünf Zentimeter auf eingefettetem Backblech verteilen. Mit der Fingerspitze einen Tropfen Wasser auf jedes Bällchen geben. Dabei nicht den Teig eindrücken.

12–15 Minuten backen, oder bis die Plätzchen aufgegangen und oben rissig sind. Zwei Minuten auskühlen lassen, dann vom Blech nehmen.

Beachte: 12 Minuten für weiche Plätzchen,
15 für knusprige.

Hi, hier ist der Anschluss von Jen und Craig. Im Moment sind wir leider nicht erreichbar, aber wenn Sie uns eine Nachricht hinterlassen, melden wir uns zurück. Versprochen!

(Ton)

Hey, ich bin's, Kate. Wo steckt ihr? Ach ja, richtig, heute ist Spieleabend. Aber das erklärt nur, wo Craig ist. Wo bist du, Jen? Du verpasst nämlich was. Mrs. Lopez hat für mich einen Korb voller Plätzchen abgegeben, nachdem sie erfahren hat, dass die mich rausgeschmissen haben. Sie hat mir bestimmt fünf Dutzend gebacken. Ida Lopez' berühmte Ingwerplätzchen. Tja, leider wirst du wohl keinen davon abbekommen. Zu schade. Ich werde sie nämlich ALLE selbst essen.

(Klick)

New York Journal

New York City's Leading Photo-Newspaper

Security-Besucherprotokoll

Name:	**Termin bei:**	**Check-in:**	**Check-out:**
Mitchell Hertzog	Jen Sadler/ HR 2.Et.	21:30 h	22:17 h
Eddie Barofsky	Jen Sadler/ HR 2.Et.	21:30 h	22:17 h

Von: Stacy Trent <IH8BARNEY@freemail.com>
An: Sean <psychodramabeautyqueen@freemail.com>
Betreff: Du

Hi. Hör zu, ich weiß, dass du leidest. Und ich möchte, dass du weißt, dass ich auf deiner Seite bin. Was mich betrifft, kannst du lieben, wen immer dein kleines Herz begehrt (außer einen verheirateten Mann, das kann ich leider nicht befürworten).

Aber wie du weißt, steht Mom solchen Dingen nicht gerade offen gegenüber. Du darfst ihr das nicht übelnehmen, ich meine, sie will nur das Beste für uns.

Oh, sorry, das war Bullshit. Keine Ahnung, was ich mir dabei gedacht habe. Mom will sicher nicht das Beste für uns, sondern dass sie vor ihren Freundinnen gut dasteht.

Egal, Jason und ich denken, es könnte ganz lustig werden, wenn du eine Weile zu uns kommst. Ich weiß, Mitch hat dich aufgenommen, aber weißt du, wir haben viel mehr Platz, du könntest das Gästehaus haben. Dann hast du deine eigene Küche und kannst dir dein makrobiotisches Essen kochen. Und Jason meint, du kannst den Audi haben, wann immer du ihn brauchst.

Ich weiß, in Greenwich tobt nicht gerade der Bär, aber wir können es uns trotzdem nett machen. Die Mädchen sind ganz wild auf ihre Tante Sean, und Mitch hat Little John ein paar Worte beigebracht, die er sehr gerne an neuen Leuten testet.

Denk darüber nach, okay? Ich weiß, dass Mitch viel arbeitet, und ich mache mir ein wenig Sorgen um dich, wenn du stundenlang alleine in seiner Wohnung hockst. Komm nach Greenwich. Wir haben ein Hundebaby. Jason hat endlich nachgegeben, und mit Haleys Allergie dürfte es nicht so schlimm werden, wenn wir sie nicht mit ihm schlafen lassen. Mit dem Hund, meine ich.

Melde dich.

Liebe Grüße
deine große Schwester

>>

Von: Sean <psychodramabeautyqueen@freemail.com>
An: Stacy Trent <IH8BARNEY@freemail.com>
Betreff: Ich

Hey, danke für die Einladung. Ich würde sie ja gerne annehmen, aber ich habe schon andere Pläne. Mach dir keine Sorgen, mir geht es gut. Ich weiß, Mitch will mich wieder loswerden, damit er seine neue Freundin (die übrigens echt nett ist) flachlegen kann. Aber das ist okay … Ich habe mir nämlich was anderes überlegt.

Und nein, ich plane nicht meinen Selbstmord, sollte irgendeiner auf diese Schnapsidee kommen (obwohl Stuart sicher eine tote Schwester lieber wäre als eine lesbische). Wir reden bald.

Liebe Grüße zurück
Sean

Von: Stacy Trent <IH8BARNEY@freemail.com>
An: Mitchell Hertzog <mitchell.hertzog@hwd.com>
Betreff: Sean

Wo steckst du? Ich habe es in der Kanzlei versucht, bei dir zu Hause, auf deinem Handy ... Bleibt also wieder nur dein Blackberry.

Egal, ich wollte dir nur mitteilen, dass ich Sean angeboten habe, bei uns zu wohnen, und sie gesagt hat, dass sie bereits »andere Pläne« hat. Ich bin nicht sicher, was das bedeutet. Aber sie sagt, sie hat nicht vor, sich umzubringen. Irgendwie beruhigt mich das trotzdem nicht, wie sie vielleicht gehofft hat.

Ruf mich an, wenn du das liest, und bring mich auf den neuesten Stand, okay? Ich mache mir ernsthaft Sorgen um sie.

Stacy

PS: Ich musste Jason alle möglichen sexuellen Versprechungen machen, bis er einverstanden war, Janice aufzunehmen. Wenn sie verzichtet, bin ich dann immer noch an meine Versprechungen gebunden? Ich benötige deinen fachlichen Rat.

>>

Von: Stuart Hertzog <stuart.hertzog@hwd.com>
An: Amy Jenkins <amy.jenkins@thenyjournal.com>
Betreff: Testergebnis

Verzeih mir, dass ich dir schreibe, statt anzurufen oder persönlich mit dir zu sprechen – aber es ist spät, und ich weiß, du trainierst.

Außerdem, wenn ich deine süße Stimme höre oder in deine Augen schaue, während ich dir sage, was ich zu sagen habe, könnte es sein, dass ich es nicht über mich bringe. Und das muss ich. Ich muss. Darum gehe ich den feigen Weg.

Liebes, ganz ehrlich … Ich weiß nicht, was ich sagen soll. Ich wünschte, ich wäre zu einem klaren Gedanken fähig gewesen vorhin in der Praxis, aber ich war wie vor den Kopf geschlagen. Betrachte es bitte aus meiner Perspektive. Wie du sicher weißt, habe ich durchaus Abnormalitäten einkalkuliert. Ich meine, jeder, der Mitch kennt – ganz zu schweigen von Janice und selbst Stacy, die manchmal unglaublich schwierig sein kann, wenn du dich an die Geschichte mit dem Kofferraum erinnerst –, muss automatisch annehmen, dass ein genetischer Defekt vorliegt in der Familie Hertzog.

Eigentlich habe ich mit so etwas gerechnet wie manische Depression oder vielleicht sogar Autismus. Aber damit … nie und nimmer.

Aus diesem Grund schreibe ich dir. Vorhin in der Praxis war ich nicht fähig, meine Gefühle zum Ausdruck zu bringen. Doch nachdem ich etwas Zeit hatte, um die Neuigkeit zu verdauen, kann ich daraus nur einen Schluss ziehen, vor dem ich mich fürchte – und zwar sehr.

Ich halte es für meine moralische Pflicht, Amy, dir freizustellen, unsere Verlobung zu lösen. Natürlich wäre ich am Boden zerstört. Aber ich hätte vollstes Verständnis dafür, weil ich keine Frau, die so jung und reizend ist wie du, so geistreich und begabt, benachteiligen möchte. Amy, es steht dir zu, einen Mann ganz nach deinen Wünschen zu heiraten – einen Mann, der ich früher einmal war … bis zum heutigen Tag, als meine Hoffnungen grausam zerstört wurden.

Aber das muss nicht für deine Hoffnungen gelten, mein süßer Engel. Du sollst die Hochzeit … und das Leben … deiner Träume haben. Ich fürchte leider nur nicht mit mir.

Für immer dein
Stuart

Stuart Hertzog, Senior Partner
Hertzog, Webber & Doyle
Anwaltskanzlei

PS: Laut New York State Law gehört ein Verlobungsring zur Vermögensmasse eines Vertrags (Ehevertrags). Wird die Verlobung aus welchen Gründen auch immer aufgehoben, muss der Ring an den Schenker zurückgegeben werden. Ich kann einen Kurierboten zu dir schicken, solltest du dich entscheiden, die Verlobung zu lösen.

Von: Amy Jenkins <amy.jenkins@thenyjournal.com>
An: Stuart Hertzog <stuart.hertzog@hwd.com>
Betreff: AW: Testergebnis

Stuart, sei doch nicht albern! NATÜRLICH werde ich die Verlobung nicht lösen. Wegen so einer Bagatelle? Offenbar hast du zu oft an dem dreißig Jahre alten Scotch genippt, den du so gerne trinkst.

Liebes, der Arzt hat gesagt, dass wir gesunde Kinder bekommen können, schon vergessen? Es wäre etwas anderes, wenn auch ich diese Krankheit vererben könnte, aber dem ist nicht so. Wie kommst du auf die törichte Idee, ich würde mich wegen so einer Lappalie von dir trennen? Das ist alles längst Vergangenheit, mein Engel. Das hat nichts mit unserer Zukunft zu tun. Dein Ring bleibt an meinem Finger, wo er hingehört.

Wenn es dir nichts ausmacht – ich muss noch eine halbe Stunde strampeln, bevor ich ins Bett gehe. Viele Küsse, und träum süß, Stuart. In weniger als zwei Monaten werde ich deine wunderschöne Braut sein.

Amy

Amy Denise Jenkins
Personalabteilungsleiterin
New York Journal

Diese E-Mail ist vertraulich und ausschließlich zur Kenntnisnahme des Empfängers gedacht. Sollten Sie diese E-Mail versehentlich erhalten haben, informieren Sie bitte den eigentlichen Empfänger, und löschen Sie sie anschließend aus sämtlichen Ordnern.

Von: Stuart Hertzog <stuart.hertzog@hwd.com>
An: Amy Jenkins <amy.jenkins@thenyjournal.com>
Betreff: AW: AW: Testergebnis

Mein Engel! Ich kann dir gar nicht sagen, wie sehr mein Herz vor Freude anschwoll, als ich deine Antwort las. Du bist wahrhaftig ein Engel, wie ich immer vermutet habe. Ein Engel, der vom Himmel gefallen ist, um unter uns zu leben.

Du hast mich aus den Tiefen der Verzweiflung in die Höhen schwindelerregender Verzückung katapultiert. Ich bin der glücklichste Mann der Welt.

Ich liebe dich mehr, als Worte vermögen, es auszudrücken. Gute Nacht, mein Liebes.

Stuart

Stuart Hertzog, Senior Partner
Hertzog, Webber & Doyle
Anwaltskanzlei

>>>

Von: Amy Jenkins <amy.jenkins@thenyjournal.com>
An: Courtney Allington <courtney.allington@allington-investments.com>
Betreff: Stuart

Halt dich fest: Wir haben doch diesen Gentest gemacht, um zu erfahren, welche Macken von Stuarts abgefuckter Familie vererbbar sind. Und rate mal, was herauskam? Stuart ist Träger des Tay-Sachs-Syndroms. Schon mal davon gehört? Bestimmt nicht. Das kriegen nämlich nur Leute jüdisch-osteuropäischer Herkunft.

Ganz richtig, in Stuarts Adern fließt JÜDISCHES Blut. Irgendwann muss einer seiner Vorfahren zum Protestantismus konvertiert sein. Aber das ändert nichts an der Tatsache, dass die Hertzogs früher einmal irgendwo in der russischen Pampa hausten und von den Kosaken abstammen.

Ich meine, der Name Hertzog kam mir von Anfang an verdächtig vor.

Und was soll ich jetzt tun? Ich meine, schlimm genug, dass die jüngere Schwester eine Lesbe ist. Aber jetzt muss ich auch noch erfahren, dass die alle jiddeln?

Wirklich, wie kann das passieren? Ausgerechnet MIR? Ich wurde damals zur Pi Delt mit den besten Heiratsaussichten gewählt.

Er hat mir angeboten zurückzutreten (von der Verlobung), aber ich habe abgelehnt, weil, hallo, Ferienhäuser in Aspen und Scottsdale, nicht zu vergessen das Haus in Ojai. Und wer wird es jemals erfahren? Dass er ein Jude ist, meine ich. Außer du natürlich, aber ich weiß, du kannst es für dich behalten.

Jetzt, nach meinem Training, frage ich mich allerdings, ob die Entscheidung richtig war. Ich meine, die meisten unserer Freundinnen würden tot umfallen, wenn sich herumspräche, dass ich einen Juden heirate. Sicher, Miriam und Ruth hätten damit kein Problem. Schließlich sind sie selbst Jüdinnen. Aber wir haben ohnehin keinen Kontakt mehr, seit wir nicht mehr mit ihnen unter einem Dach wohnen müssen.

Was meinst du, Courts, was soll ich tun? Ich meine, denkst du, ich sollte einen Rückzieher machen, weil ich was Besseres finden werde? Im Grunde denke ich das auch, aber ich werde schließlich nicht jünger – ich musste schon meine Pflegeserie von Feuchtigkeitsemulsion auf Anti-Aging-Creme umstellen, und die Wahrheit ist, ich bin es leid, auf Männersuche zu gehen. Das frisst nur Zeit, die vom Training abgeht.

Sag mir, wie du darüber denkst. Für jede Idee, ob pro oder contra, wäre ich sehr dankbar.

Ames

Amy Denise Jenkins
Personalabteilungsleiterin
New York Journal

Diese E-Mail ist vertraulich und ausschließlich zur Kenntnisnahme des Empfängers gedacht. Sollten Sie diese E-Mail versehentlich erhalten haben, informieren Sie bitte den eigentlichen Empfänger, und löschen Sie sie anschließend aus sämtlichen Ordnern.

Tagebuch von Kate Mackenzie

Ich sitze ganz unschuldig im Wohnzimmer und schaue gerade MTV *Cribs, als Dolly und Skiboy plötzlich hereintorkeln und vor meinen Augen miteinander herummachen. Ich habe nichts dagegen, wenn Paare, Sie wissen schon, miteinander herummachen. Ich mache ja auch gerne herum.*

Aber ist es unbedingt notwendig, dass die beiden sich DIREKT NEBEN MIR *auf der Couch wälzen und sich* GEGENSEITIG ABSCHLECKEN?

Denn das ist genau das, was sie gerade tun. Ziemlich krass. Ich meine, Dolly könnte auch in ihr Schlafzimmer gehen, um Skiboy ihre Zunge in den Hals zu stecken. Ich denke, das wäre für beide wesentlich bequemer.

Aber nein, sie muss es hier tun, direkt vor mir, und mir die Sicht blockieren auf Mariah Careys Luxusvilla …

Tagebuch von Kate Mackenzie

Sorry für die Unterbrechung. Bei meinem letzten Satz flog plötzlich die Wohnungstür auf, und herein stürmte Peter Hargrave, Herausgeber und Geschäftsführer des New York Journal *und Dollys Lover und zugleich der Mann, der dieses Luxusdomizil hier finanziert.*

Sein Gesicht färbte sich augenblicklich dunkelrot, als er Dolly auf Skiboy entdeckte!

Aber es ist nun mal so, obwohl ich Fremdgehen nicht befürworte – selbst nicht bei unverheirateten Paaren –, schulde ich Dolly eine Menge. Ich meine, sie lässt mich umsonst in ihrem Penthouse wohnen und ihre ganzen Cracker futtern und feinstes Tafelwasser trinken, so viel ich will. Was sehr großzügig von ihr ist, finde ich.

Als ich Peters Gesicht sah, in dem die ganzen Adern hervortraten und so, sagte ich: »Okay, okay, du hast gewonnen, Dolly. Du kannst besser küssen als ich. Kann ich jetzt meinen Freund zurückhaben? Oh, hallo, PETER.*«*

Als Dolly Peters Namen hörte, ließ sie Skiboy fallen wie eine heiße Kartoffel. Sie stand auf und rief »Daaahling!« und warf sich Peter an den Hals, als wäre er aus dem Krieg zurückgekehrt.

Dann habe ich Skiboy näher an mich herangezogen und seinen Arm um mich gelegt, damit es aussieht, als wären wir ein Paar.

Peter starrte Skiboy weiter an, als würde Osama bin Laden persönlich in seinem Wohnzimmer sitzen.

»Macht ihr hier lustige Spiele, Ladys?«, fragte er mit leicht belegter Stimme.

»Ja«, antwortete ich. »Dolly wollte mir beweisen, dass ich nicht richtig küssen kann. Nicht, Dolly?«

»O ja«, sagte Dolly. Dann sah sie Peter mit ihrem botox-

prallen Gesicht an und fügte hinzu »Katie benutzt zu wenig ihre Zunge.«

Nun, ich nehme an, nichts macht den Geschäftsführer eines großen Verlags wilder als das Wort »Zunge«, da Peter den Arm um Dolly legte und sagte, er habe sie so vermisst, bevor er seine eigene große, fette Zunge in Dollys Ohr steckte – was irgendwie igitt war, aber jedem das Seine.

Woraufhin Skiboy – der offenkundig einen Sinn für Theatralik besitzt – mir ebenfalls seine Zunge ins Ohr steckte.

Und jetzt sitzen wir alle da – ich und Skiboy, Dolly und Peter –, trinken Campari und schauen Cribs. Ich warte nur auf die richtige Gelegenheit, um meine Kündigung zu erwähnen. Dolly hat zwar gesagt, sie spricht mit Peter darüber, aber er weiß offensichtlich nichts davon. Im Moment ist er damit beschäftigt, an Dollys Haaren zu schnuppern. Mensch, ist doch nur ihr Shampoo.

Bäh, Skiboy rückt mir immer noch auf die Pelle. Er nimmt das alles ein bisschen zu ernst. Wenn er nicht aufpasst, muss ich mit ihm Schluss machen, gleich hier vor Dolly und Peter. Geh weg!

Warum klingelt es jetzt noch an der Tür, um Mitternacht?

Katyperry: Na? Was gibt es Neues?

Sleaterkinneyfan: O mein Gott. Wo bist du?

Katyperry: Ich bin oben, in Peters Büro. Penny, seine Assistentin, hat mich an den PC gelassen. Also, WAS GIBT ES NEUES???

Sleaterkinneyfan: Nichts da. No way. Du zuerst. Was ist passiert, nachdem Tim und Eddie und ich gegangen sind? Komm schon, RAUS DAMIT.

Katyperry: Du meinst, nachdem wir Skiboy überredet haben, sich ein Steak aufs Auge zu drücken?

Sleaterkinneyfan: Armer Skiboy. Er hat nicht damit gerechnet, oder?

Katyperry: Noch nie hat sich ein Mann meinetwegen geprügelt. Ich meine, einmal an Silvester hat Scroggs mich angetatscht, aber Dale fand das nur komisch.

Sleaterkinneyfan: Als wir hereinkamen und gesehen haben, dass dieser blonde Hüne auf dir draufhängt, dachte ich, er kriegt gleich einen Herzinfarkt. Mitch, meine ich. Er hat ziemlich doll zugeschlagen. Was sagt Dolly dazu?

Katyperry: Zu Skiboys blauem Auge? Oder zu ihrem Klavier?

Sleaterkinneyfan: Zu beidem.

Katyperry: Ich glaube, das mit dem Klavier hat sie mehr geärgert. Aber es war ohnehin völlig verstimmt.

Sleaterkinneyfan: Okay. Und was ist nach dem Steak passiert?

Katyperry: Na ja, Mitch hat vorgeschlagen, irgendwohin zu gehen, um darauf anzustoßen.

Sleaterkinneyfan: Um MITTERNACHT? Wo seid ihr denn hin?

Katyperry: Zu ihm.

Sleaterkinneyfan: Sag jetzt endlich, was Sache ist.

Katyperry: Nicht auf der Chatline. Was, wenn die SBT sich einloggt?

Sleaterkinneyfan: Bei der hat es sich ausgeloggt. Aber du hast Recht. Schick mir 'ne Mail. Ich will ALLE Details wissen.

Sleaterkinneyfan: logged off

Katyperry: logged off

Von: Kate Mackenzie <katyperry@freemail.com>
An: Jen Sadler <jennifer.sadler@thenyjournal.com>
Betreff: Gestern Abend

Da ich nicht sicher bin, ob ich mich gestern Abend verständlich machen konnte vor lauter Überraschung, möchte ich dir sagen, was für eine unglaublich coole, treue, großzügige und kluge Freundin du bist. So was hat bis jetzt noch NIEMAND für mich getan. Ich meine, du und Tim, ihr habt euren Job riskiert für mich. Das ist das Tollste, was jemals jemand für mich getan hat.

Das ist mein Ernst. Ich wünschte nur, ich könnte auch etwas für dich tun.

Kate

Von: Jen Sadler <jennifer.sadler@thenyjournal.com>
An: Kate Mackenzie <katyperry@freemail.com>
Betreff: AW: Gestern Abend

Ich meinte nicht *solche* Details.

Ach, sag bloß. Du bist meine beste Freundin, Kate. Beste Freundinnen helfen sich immer.

Außerdem habe ich nicht wirklich viel getan. Das war alles Mitchs Idee. Er hat Tim kontaktiert. Er hat Eddie beauftragt. Mein Part bestand lediglich darin, abends ins

Büro zu gehen, nachdem alle weg sind, und die beiden hereinzulassen. Den Rest haben sie alleine erledigt – gut, mit Tims Hilfe.

Ich weiß, du hättest dasselbe für mich getan.

So, jetzt will ich endlich die richtigen Details hören. Und vergiss nicht, ich bin eine verheiratete Frau und mit Hormonen vollgepumpt. Also gib dir Mühe.

J

Von: Kate Mackenzie <katyperry@freemail.com>
An: Jen Sadler <jennifer.sadler@thenyjournal.com>
Betreff: Also gut

Nachdem ihr gekommen seid, um die gute Nachricht zu überbringen – ich hoffe jedenfalls, dass sie sich als positiv erweist und Peter seine Ankündigung wahr macht –, und Mitch auf Skiboy losging und ich so tat, als würde ich mit ihm (SB, meine ich) Schluss machen, und wir schließlich die ganze Geschichte geklärt hatten, sagte Mitch zu mir »Lassen Sie uns gehen«, worauf ich fragte »Warum?«, und er antwortete »Darum!« und deutete auf Skiboy, der ganz deprimiert auf der Couch saß.

Und es war auch deprimierend, weil Dolly und Peter weiter ungeniert vor seinen Augen miteinander herumturtelten.

Also bin ich mit zu Mitch gegangen. Weißt du, er wohnt nur ein paar Blocks von Dolly entfernt, und wir sind die kurze Strecke zu Fuß gegangen, und wir wollten nur zusammen was trinken, bis sich die Situation bei Dolly wieder ein wenig abgekühlt hatte … Ich dachte, nicht mehr als ein, zwei Gläser, weil ich davon ausging, dass seine kleine Schwester noch bei ihm ist, weißt du.

Aber als wir in seiner Wohnung waren, habe ich ihn gefragt, wo Sean ist, und er sagte, sie habe ihm einen Zettel geschrieben, dass sie zu ihrer Schwester gezogen sei nach Greenwich …

… und da wurde mir klar, dass ich in der Bredouille stecke.

Oh, Jen, ich weiß, ich hätte das nicht tun sollen, aber er hat einfach so verführerische Lippen, und er hat für mich einen Diebstahl begangen und Skiboy verprügelt, und seine Fingerknöchel waren ganz rot, also habe ich seine Hände in der Spüle unter Wasser gehalten, und dann habe ich zufällig hochgeschaut, und da waren diese Lippen, und …

Ist es wirklich meine Schuld, was dann passiert ist?

Jen, er war so sanft und süß und STARK (er hat mich von der Küche ins Schlafzimmer GETRAGEN), und auch ohne Klamotten kann er es locker mit den Superhelden auf seinen Krawatten aufnehmen. Dieses Rollstuhlbasketball macht tolle Muskeln, kann ich dir sagen.

Ich weiß, ich hatte davor nur einen einzigen Mann und verfüge dementsprechend nicht über vielfältige und reiche Erfahrung, um Vergleiche zu ziehen, aber trotzdem, Jen, muss ich dir sagen … Anwälte können es besser.

Aber vielleicht beschränkt sich das auch nur auf Mitch.

Jedenfalls hatte ich letzte Nacht nur wenig Schlaf, aber das macht nichts, ich bin überhaupt nicht müde, sondern nur … GLÜCKLICH! Glücklich wie seit Wochen nicht mehr. Vielleicht sogar wie seit Jahren nicht. Jen, er liebt mich! Das hat er mir gesagt! Er hat sich auf den ersten Blick in mich verliebt, damals in der Kanzlei, als ich ihm diesen Unsinn mit dem Hühnchen in Knoblauchsauce erzählt habe! Kannst du dich erinnern?

Tja, da war er nun von Anfang an in mich verliebt und zerbrach sich den Kopf, wie er mein Herz erobern konnte, da er ja wusste, dass ich Anwälte nicht leiden kann, vor allem nach der Geschichte mit Mrs. Lopez. Er dachte, wenn es ihm gelänge, Amy bei ihrer Stellungnahme als Lügnerin zu entlarven, könnte er mir damit beweisen, dass er auf meiner Seite steht – beziehungsweise auf der von Mrs. Lopez –, und so vielleicht bei mir punkten. Aber dann ging das Ganze nach hinten los, und statt Amy in Schwierigkeiten zu bringen, hatte er plötzlich MICH in Schwierigkeiten gebracht, und er machte sich schreckliche Vorwürfe, und, JEN …

… ER LIEBT MICH!!!

Oh, womit habe ich so einen tollen Mann verdient?

Er möchte, dass ich bei ihm einziehe.

Du wärst stolz auf mich, Jen. Ich habe nämlich abgelehnt. Ich habe gesagt, das sei noch zu früh und dass ich zuerst meinen alten Job – oder einen neuen – wiederbekommen müsse, dann könnten wir noch mal darüber reden.

Wir haben gemeinsam gefrühstückt und sind dann mit dem Taxi in die City gefahren. GENAU WIE HARRISON FORD UND MELANIE GRIFFITH IN *DIE WAFFEN DER FRAUEN*!!!

O mein Gott, ich bin so glücklich. Ich sage dir, wenn ich meinen Job nicht wiederkriege, ist mir das auch egal. Ich habe ja IHN!

Na gut, ganz egal wär's mir wohl nicht.

Also schön, es wäre mir nicht egal. Hast du was Neues gehört?

Kate

Von: Jen Sadler <jennifer.sadler@thenyjournal.com>
An: Kate Mackenzie <katyperry@freemail.com>
Betreff: AW: Also gut

Sorry, kann grad nicht. Muss zur Toilette, mir kaltes Wasser ins Gesicht spritzen.

J

Von: Stuart Hertzog <stuart.hertzog@hwd.com>
An: Mitchell Hertzog <mitchell.hertzog@hwd.com>
Betreff: Arbeit

Du erinnerst dich an das Wort »Arbeit«, Mitch? Das ist der Ort, wo wir alle täglich erscheinen und uns an sogenannte Schreibtische setzen und auf sogenannten Computern schreiben und sogenannte RECHTSFÄLLE bearbeiten.

Auch für dich gilt, zur Arbeit zu erscheinen, die um Punkt neun beginnt und nicht um halb zehn, wie du zu denken scheinst. Du kannst nicht kommen, wann du willst, nur weil du der Sohn vom Chef bist, hörst du.

Apropos, sobald Dad wieder da ist, kannst du deine Sachen packen. Wenn er erfährt, was für eine Scheiße du in dem Lopez-Fall gebaut hast, kannst du zurück ans Strafgericht und Schläger wie die Gomez-Brüder verteidigen oder was zum Henker du dort den ganzen Tag getrieben hast.

Stuart

Stuart Hertzog, Senior Partner
Hertzog, Webber & Doyle
Anwaltskanzlei

Von: Mitchell Hertzog <mitchell.hertzog@hwd.com>
An: Stuart Hertzog <stuart.hertzog@hwd.com>
Betreff: AW: Arbeit

Versprochen?

Mitch

Von: Stuart Hertzog <stuart.hertzog@hwd.com>
An: Amy Jenkins <amy.jenkins@thenyjournal.com>
Betreff: Du

Mein Engel, ich kann dir gar nicht sagen, was deine letzte Mail mir bedeutet. Die Tatsache, dass du mich trotz meines genetischen Defekts noch haben willst, bedeutet mir mehr als alles Geld der Welt. Darf ich dich zum Lunch einladen, um das zu feiern? Ins Daniel vielleicht? Bitte gib mir Bescheid.

Stuart

Stuart Hertzog, Senior Partner
Hertzog, Webber & Doyle
Anwaltskanzlei

Von: Amy Jenkins <amy.jenkins@thenyjournal.com>
An: Stuart Hertzog <stuart.hertzog@hwd.com>
Betreff: Lunch

Daniel klingt himmlisch! Um eins?

Amy

Amy Denise Jenkins
Personalabteilungsleiterin
New York Journal

Diese E-Mail ist vertraulich und ausschließlich zur Kenntnisnahme des Empfängers gedacht. Sollten Sie diese E-Mail versehentlich erhalten haben, informieren Sie bitte den eigentlichen Empfänger, und löschen Sie sie anschließend aus sämtlichen Ordnern.

Von: Amy Jenkins <amy.jenkins@thenyjournal.com>
An: Courtney Allington <courtney.allington@allington-investments.com>
Betreff: Hallo

Du hast dich nicht mehr gemeldet. Sonst antwortest du immer ziemlich schnell. Hast du meine letzte Mail nicht erhalten, wegen Stuart und seiner jüdischen Abstammung? Ich habe bei dir im Büro angerufen, aber deine Assistentin hat gesagt, du hättest den ganzen Vormittag

Meetings. Wie wär's mit einem Drink nach der Arbeit? Melde dich.

Ames

PS: Courtney, der Umstand, dass mein Verlobter ein Jude ist – das stört dich doch nicht, oder? Ich meine, er ist ja kein praktizierender Jude. Er hat nur jüdische Vorfahren. Ich meine, er läuft ja nicht mit einem Gebetskäppchen herum oder so. Das wäre ja noch schöner!

Ames

Amy Denise Jenkins
Personalabteilungsleiterin
New York Journal

Diese E-Mail ist vertraulich und ausschließlich zur Kenntnisnahme des Empfängers gedacht. Sollten Sie diese E-Mail versehentlich erhalten haben, informieren Sie bitte den eigentlichen Empfänger, und löschen Sie sie anschließend aus sämtlichen Ordnern.

Von: Penny Croft <penelope.croft@thenyjournal.com>
An: Amy Jenkins <amy.jenkins@thenyjournal.com>
Betreff: Besprechung

Amy, Peter bittet Sie zu einem Gespräch um elf Uhr. Bitte geben Sie mir kurz Bescheid, ob Sie kommen. Wenn nicht, können wir einen späteren Termin finden? Peter will Sie unbedingt heute noch sprechen.
Penny Croft
Assistentin der Geschäftsleitung
New York Journal

Von: Amy Jenkins <amy.jenkins@thenyjournal.com>
An: Stuart Hertzog <stuart.hertzog@hwd.com>
Betreff: Beförderung

Stuart, Liebster, erinnerst du dich an die Stelle im Verlag, um die ich mich beworben habe – als Vizepräsidentin im Employee Development? Gerade habe ich eine Mail von Peter Hargraves Assistentin erhalten. Der große Boss will mich heute noch sehen. Honey, ich glaube, ich habe es geschafft! Ich werde Vizepräsidentin!

Besser, du rufst im Daniel an und lässt schon mal den Champagner kalt stellen. Es gibt einen doppelten Grund zu feiern!

Amy

Amy Denise Jenkins
Personalabteilungsleiterin
New York Journal

Diese E-Mail ist vertraulich und ausschließlich zur Kenntnisnahme des Empfängers gedacht. Sollten Sie diese E-Mail versehentlich erhalten haben, informieren Sie bitte den eigentlichen Empfänger, und löschen Sie sie anschließend aus sämtlichen Ordnern.

>>>

Von: Stacy Trent <IH8BARNEY@freemail.com>
An: Mitchell Hertzog <mitchell.hertzog@hwd.com>
Betreff: Letzte Nacht

Also, wer war bei dir, als ich letzte Nacht angerufen habe? Das klang jedenfalls nicht wie Sean. Tut mir leid, falls ich euch gestört habe. Ich wollte bloß wissen, ob du den lustigen Hund, diese Bauchrednerpuppe, in der Late Night Show von Conan gesehen hast. Er hat mal wieder über Eminem gelästert. Es war echt zum BRÜLLEN. Ich weiß, normalerweise liege ich um diese Uhrzeit schon im Bett, aber Little John hat eine Erkältung.

Also, wer war das? Etwa SIE? Was macht sie bei dir nach Mitternacht? Wie unartig.

Außerdem dachte ich, sie hasst dich, weil sie wegen dir ihren Job verloren hat.

Stace

Von: Mitchell Hertzog <mitchell.hertzog@hwd.com>
An: Stacy Trent <IH8BARNEY@freemail.com>
Betreff: Ja, es war SIE

Oder Kate, denn du solltest dich besser an ihren Namen gewöhnen, weil sie hoffentlich eine dauerhafte Bereicherung sein wird in – nun, nicht in dieser Familie, das wünsche ich niemandem –, aber wenigstens in meinem Leben. Stacy, ich muss dir gestehen, als du Jason geheiratet hast, habe ich an deinem Verstand gezweifelt. Ich meine, HEIRATEN? Das Versprechen zu geben, sein gesamtes Leben mit einem Menschen zu verbringen, bis dass der Tod einen scheidet? Wofür? Um so zu enden wie Mom und Dad, die den Anblick des anderen kaum noch ertragen können? Ein geistig gesunder Mensch würde das nicht einmal seinem ärgsten Feind wünschen.

Aber jetzt verstehe ich dich. Ich hab's kapiert. Ich möchte mit Kate zusammen sein, und nur mit ihr, für immer. Für den Rest meines Lebens. Wenn sie mich will. Was durchaus sein kann, wenn ich mich geschickt anstelle …

Ich kann es kaum erwarten, sie dir vorzustellen. Ich glaube, sie gleicht das mit Amy fast wieder aus.

Fast.

Letzte Nacht war die unglaublichste Nacht meines Lebens. Ging es dir auch so, als du und Jason zum ersten Mal … du weißt schon?

Nein, vergiss das wieder. Ich will es gar nicht wissen. Wenn ich mir vorstelle, wie ihr beide …

Muss los.

Mitch

>>

Von: Stacy Trent <IH8BARNEY@freemail.com>
An: Mitchell Hertzog <mitchell.hertzog@hwd.com>
Betreff: Raus damit!

Was? Wird dir bei der Vorstellung, wie ich es mit meinem Ehemann treibe, etwa übel?

Mach dir nichts draus. Mir auch.

War nur ein Scherz.

Also – äh – herzlichen Glückwunsch zu deiner neuen Eroberung. Offenbar ist sie etwas ganz Besonderes, wenn ausgerechnet DU bereits die Hochzeitsglocken läuten hörst. Aber ich habe gewusst, dass du irgendwann die Richtige findest.

Übrigens, kennst du schon das Ergebnis von Stuarts DNA-Test? Anscheinend ist er Träger des Tay-Sachs-Syndroms. Was bedeutet, dass unsere Vorfahren Juden waren. Nicht wirklich überraschend, oder, dass unsere Sippschaft angesichts der Pogrome schnell konvertiert ist.

Mom hatte einen totalen Anfall deswegen. Sie hat Angst, dass wir aus dem Country Club fliegen, wenn das herauskommt. Jasons Kommentar war: »Warum will sie überhaupt dazugehören, wenn die Leute im Club Rassen diskriminieren – und auch alles andere?«

Der arme Jason. Man könnte meinen, er müsste es mittlerweile begriffen haben, oder?
Und was hat Sean getrieben, während du mit deiner Traumfrau die Höhen der Ekstase in deiner braunen Bettwäsche (wir müssen unbedingt mal zusammen zu Bloomingdale's gehen und neue kaufen) erklommen hast?

Stace

Von: Mitchell Hertzog <mitchell.hertzog@hwd.com>
An: Stacy Trent <IH8BARNEY@freemail.com>
Betreff: Sean

Was meinst du damit? Sean hat mir die Nachricht hinterlassen, dass sie zu dir zieht. Ist sie nicht bei euch?

Mitch

New York Journal
New York City's Leading Photo-Newspaper

Peter Hargrave
Geschäftsleitung
New York Journal
216 W. 57th Street
New York, NY 10019
212-555-6000

Amy Jenkins
Personalabteilungsleiterin
New York Journal
216 W. 57th Street
New York, NY 10019
212-555-6890

Sehr geehrte Ms. Jenkins,

hiermit teilen wir Ihnen mit, dass Ihr Arbeitsverhältnis beim *New York Journal* fristlos gekündigt ist. Ihr Arbeitsplatz wurde geräumt, Ihre persönlichen Sachen werden Ihnen übergeben. Der Sicherheitsdienst wird Sie hinausgeleiten. Vom heutigen Tag an ist es Ihnen untersagt, das Gebäude zu betreten. Sollten Sie Rückfragen zu Ihrer Kündigung haben, müssen Sie sich telefonisch an uns wenden. Bitte quittieren Sie mit Ihrem Namenszeichen den Empfang dieses Schreibens.

Peter Hargrave
PH

New York Journal

New York City's Leading Photo-Newspaper

Sicherheitsdienst
New York Journal
216 W. 57th Street
New York, NY 10019
212-555-6899

MITTEILUNG

Von: Leitung Sicherheitsdienst
An: Alle Mitarbeiter
Betreff: Hausverbot beim *New York Journal*

Bekanntmachung Hausverbot
Bitte nehmen Sie zur Kenntnis, dass die unten genannte Person mit sofortiger Wirkung Hausverbot in der 216 W. 57th Street hat. Der Person ist es nicht erlaubt, sich in oder vor dem Gebäude aufzuhalten, bis das Hausverbot widerrufen wird.

Name: Amy D. Jenkins
Sozialversicherungsnummer: 3164-000-5001
Beschreibung: (Foto beigefügt)
- weiblich, weiß, 30 Jahre
- 1,65 m, 60–65 kg
- blonde Haare, blaue Augen

Verständigen Sie sofort den Sicherheitsdienst, wenn Sie diese Person im Gebäude sehen.

New York Journal

New York City's Leading Photo-Newspaper

Peter Hargrave
Geschäftsleitung
New York Journal
216 W. 57th Street
New York, NY 10019
212-555-6000

MITTEILUNG

Von: Peter Hargrave, CEO
An: Alle Mitarbeiter
Betreff: Leitung der Personalabteilung

Bitte nehmen Sie zur Kenntnis, dass Amy Jenkins uns verlassen hat. Die Leitung der Personalabteilung übernimmt ab sofort Jennifer Sadler. Ich bitte Sie, Ms. Sadler in Ihrer neuen Funktion willkommen zu heißen. Wir freuen uns sehr, dass Ms. Sadler sich bereit erklärt hat, eine derart verantwortungsvolle Aufgabe zu übernehmen, trotz der geringen Bedenkzeit. Vielen Dank, Jennifer!

PH

New York Journal

New York City's Leading Photo-Newspaper

Jennifer Sadler
Personalabteilungsleiterin
New York Journal
216 W. 57th Street
New York, NY 10019
212-555-6870

MITTEILUNG

Von: Jennifer Sadler, Leitung der Personalabteilung
An: Alle Mitarbeiter
Betreff: Kate Mackenzie

Meine erste Handlung als neue Leiterin der Personalabteilung wird sein, Kate Mackenzie wieder einzustellen. Ich bin sicher, Sie stimmen mir alle zu, dass Kate hier schmerzlich vermisst wird. Sie wird meine alte Stelle übernehmen. Danke, und willkommen zurück, Kate!

New York Journal

New York City's Leading Photo-Newspaper

Sicherheitsdienst
New York Journal
216 W. 57th Street
New York, NY 10019
212-555-6899

MITTEILUNG

Von: Leitung Sicherheitsdienst
An: Alle Mitarbeiter
Betreff: Aufhebung Hausverbot

Bekanntmachung Aufhebung Hausverbot
Bitte nehmen Sie zur Kenntnis, dass das Hausverbot in der 216 W. 57th Street für die unten genannte Person ab sofort aufgehoben wird.

Name: Kathleen A. Mackenzie
Sozialversicherungsnummer: 3164-000-6794
Beschreibung: (Foto beigefügt)
- weiblich, weiß, 25 Jahre
- 1,60 m, 60–65 kg
- blonde Haare, blaue Augen

Die oben genannte Person hat freien Zugang zum Gebäude.

Von: Jen Sadler <jennifer.sadler@thenyjournal.com>
An: Kate Mackenzie <kathleen.mackenzie@thenyjournal.com>
Betreff: Du

O mein Gott, bestimmt konnte man dich bis ganz oben in Peters Büro hören. Würdest du dich wieder beruhigen? Ich will es eigentlich noch geheim halten. Peter wird nämlich nicht begeistert sein, wenn er erfährt, dass er eine Frau zur Abteilungsleiterin befördert hat, die in sieben Monaten in Mutterschutz geht. Kannst du dich also ein bisschen leiser freuen, bitte?

Und ja, natürlich darfst du Patentante sein.

Jen

Von: Margaret Hertzog <margaret.hertzog@hwd.com>
An: Mitchell Hertzog <mitchell.hertzog@hwd.com>
Betreff: Ergebnis Gentest

Mittlerweile dürftest du die traurige Neuigkeit erfahren haben. Obwohl DU wahrscheinlich nichts Tragisches darin erkennen kannst. Wahrscheinlich bist du sogar STOLZ, dass du von diesem Volk abstammst. Wahrscheinlich lachst du darüber, genau wie dein Vater.

Aber glaub mir, das ist nicht zum Lachen. Und für deinen Bruder ist es die Hölle. Ich weiß, du und ich, wir hatten in letzter Zeit nicht viel Kontakt, aber vielleicht können wir uns wenigstens auf eins einigen: Dein Bruder braucht dich, Mitchell. Er leidet, und zwar sehr. Kannst du ihn nicht wenigstens einmal nach der Arbeit in die Cigar Bar einladen, wo er gerne verkehrt, oder warum nimmst du ihn nicht einfach mal mit zu deinem Basketballverein? Du weißt, Stuart fällt es nicht leicht, auf andere Menschen zuzugehen, dafür ist er viel zu introvertiert. Die wenigen Freundschaften, die er hatte, waren nie von langer Dauer – ausgenommen natürlich seine Geschäftsfreunde. Aber die können es sich auch nicht leisten, sich bei ihm unbeliebt zu machen, wenn sie an ihrem Job hängen.

Stuart braucht im Moment keine Freunde. Er braucht seine Familie. Könntest du ein einziges Mal in deinem Leben nicht immer nur an dich denken und stattdessen deinem Bruder beistehen?

Ich würde ja deine Schwester Stacy bitten, aber sie hat etwas sehr Hässliches über Stuart gesagt vorhin am Telefon. Offenbar wieder eine ihrer Launen.

Wenn du es nicht für Stuart tust, Mitch, tust du es dann für mich?

Mom

Von: Mitchell Hertzog <mitchell.hertzog@hwd.com>
An: Margaret Hertzog <margaret.hertzog@hwd.com>
Betreff: AW: Ergebnis Gentest

Mom, wenn du nur für einen kurzen Moment aufhören würdest, in Selbstmitleid zu baden, und mal die Augen aufmachtest, würde dir vielleicht etwas auffallen. Richtig. Du bist ganz alleine. Du bist ganz alleine, weil du, genau wie Stuart, es geschafft hast, alle um dich herum zu vergraulen. Wie zum Beispiel deine Tochter Janice. Wo ist Janice, Mom? Weißt du es? Du hast keine Ahnung, stimmt's? Sie ist nämlich abgehauen. Niemand weiß, wo sie steckt. Dein jüngstes Kind ist verschwunden, und alles, worüber du dir Gedanken zu machen scheinst, ist die Tatsache, dass du mit einem Juden verheiratet bist.

Du wirst es verkraften, Mom. Denk einmal in deinem Leben nicht immer nur an dich. Und tu uns allen einen Gefallen: Werde endlich ERWACHSEN.

Mitch

Von: Amy Jenkins <amy.jenkins2000@freemail.com>
An: Stuart Hertzog <stuart.hertzog@hwd.com>
Betreff: WO BIST DU???

Ich habe mehrmals angerufen. Deine Sekretärin sagt, du bist in einer Konferenzschaltung. GEH SOFORT RAUS.

Stuart, ich bin gefeuert! GEFEUERT! Dein abgefuckter Bruder – ich weiß nicht, wie er es angestellt hat –, aber irgendwie hat er eine E-Mail in die Finger gekriegt, die ich an diese dämliche Kate geschickt habe. Ich dachte eigentlich, ich hätte alles gelöscht, aber offensichtlich habe ich den »Gesendet«-Ordner übersehen, und er hat die Mail an Peter Hargrave weitergeleitet, der mich wegen Dokumentenfälschung und Verstoßes gegen die Arbeitsordnung fristlos gefeuert hat, und Stuart, JETZT BIN ICH MEINEN JOB LOS!!! ICH BIN ARBEITSLOS, und das habe ich nur diesem Bastard Mitch zu verdanken!

Melde dich. Ich versuche solange, meinen Frust auf dem Crosstrainer abzureagieren.

Wie konnten die mir das antun? Jen, Kate, alle – nach allem, was ich für sie in all den Jahren getan habe? Ich bin die beste Chefin, die sie jemals hatten! Diese undankbaren Schlangen.

Von: Stuart Hertzog <stuart.hertzog@hwd.com>
An: Mitchell Hertzog <mitchell.hertzog@hwd.com>
Betreff: Du

Amy hat mich informiert.

Dass du dich heute überhaupt ins Büro traust, wundert mich. Ach, warte, das liegt bestimmt an den beiden Dingen, die ich am wenigsten an dir mag: an deinen zwei Gesichtern.

Ich nehme an, du glaubst, du würdest damit davonkommen. Wie hast du das überhaupt bewerkstelligt? Hast du einen deiner kriminellen Exmandanten beauftragt, um in Amys Büro zu kommen und die E-Mail zu klauen? Versuch nicht, es abzustreiten, Amy sagt, dein Name steht auf der Besucherliste gestern Abend.

Was willst du eigentlich damit beweisen? Amy kann sich nicht erinnern, diese E-Mail geschrieben zu haben. Wenn doch, nun, dann handelt es sich um einen SIMPLEN FEHLER. Rechtfertigt das gleich eine fristlose Kündigung?

Du wirst diese Frage sicher bejahen, weil du Amy für eine Lügnerin hältst.

Aber ich kenne mein Herzblatt, und ich weiß, dass sie von Grund auf ehrlich ist.

Es gibt jede Menge Menschen bei diesem Käseblatt, die es auf Amy abgesehen hatten – beziehungsweise auf ihren Job. Jeder hätte dieses Dokument fälschen können, um Amy zu schaden. Inkompetente Mitarbeiter verachten gewöhnlich Führungskräfte, die ihnen ihre Unzulänglichkeiten vorhalten. Und Amy ist keine, die stillschweigt, wenn sie Fehler entdeckt, die korrigiert werden müssen. Sie nimmt ihre Arbeit sehr genau, wie ihren Anspruch, in Kleidergröße 36 zu passen.

Ich finde das beispielhaft.

Oh, allerdings besitze ich auch etwas, das dir fehlt: ein Herz.

Ich hoffe, dir ist klar, das ist das Ende zwischen uns. War es das wert? Die letzten Bande zu deinem Bruder zu kappen, nur damit deine Freundin ihren Job wiederbekommt? Damit eine alte Frau sich wieder weigern kann, bestimmte Leute zu bedienen, nur weil diese erfolgreicher sind, als sie es sich jemals erträumen kann? O ja, mit dieser Aktion hast du wirklich eine Lanze für die Menschlichkeit gebrochen. Junge, ich wette, die geben dir dafür den verdammten Nobelpreis. Mrs. Lopez darf wieder Kuchen backen in der Firma – yippie! Kate Wieauchimmersieheißt darf sich wieder um die Personalakten kümmern. Hurra!

Während eine der freundlichsten, intelligentesten und schönsten Frauen der Welt zu Hause schluchzend auf ihrer Tretmühle strampelt.

Ich hoffe, du bist jetzt zufrieden.

Aber freu dich nicht zu früh. Amy wird schnell eine neue Stelle finden. Sie wurde bereits von drei Headhuntern kontaktiert. Sie wird bald dreimal so viel verdienen wie bei diesem Käseblatt.

Und wenn du glaubst, das alles hindert mich daran, sie zu heiraten, muss ich dich enttäuschen. Das ist nämlich nach wie vor meine feste Absicht. Aber du – oder irgendwer vom *Journal* – wirst bei den Feierlichkeiten nicht erwünscht sein, nicht allein wegen deines letzten Streichs gestern Abend. Und Stacy ist ebenfalls nicht zur Hochzeit eingeladen, worüber ich sie bereits informiert habe. Nicht nach eurem unkooperativen Verhalten Janice gegenüber. Scheinbar akzeptiert ihr beide vorbehaltlos sogenannte alternative Lebensstile. (Mich graust es bei der Vorstellung, welche Werte Stacy ihren armen, unschuldigen Kindern vermittelt.) Nun, ich persönlich toleriere keine gleichgeschlechtlichen Partnerschaften, genauso wenig wie meine zukünftige Frau. Janice ist ein verwöhntes Balg und versucht mit dieser Geschichte doch nur, die Aufmerksamkeit von Mom und Dad zu gewinnen. Je früher ihr beide das erkennt, desto besser.

Es schmerzt mich zwar, das sagen zu müssen, aber mir bleibt keine andere Wahl: Mitch, ich möchte dich nie wieder sehen oder hören. Allein der Gedanke, mit dir in der Kanzlei zu arbeiten, verursacht mir Übelkeit. Sei bitte so gütig und halte dich gefälligst in Zukunft aus meinem Leben heraus.

Stuart Hertzog, Senior Partner
Hertzog, Webber & Doyle
Anwaltskanzlei

Von: Mitchell Hertzog <mitchell.hertzog@hwd.com>
An: Stuart Hertzog <stuart.hertzog@hwd.com>
Betreff: AW: Du

Gleichfalls, Kumpel.

Mitch

JIFFY-FAX Berkeley, CA

Hallo Mom, Dad, Stuart, Stacy und Mitch,

sorry, falls ihr euch Sorgen gemacht habt, weil ich seit über vierundzwanzig Stunden verschwunden bin. Mir geht es gut. Ich habe endlich eine Entscheidung für mein Leben getroffen, und die will ich nun in die Tat umsetzen, ich möchte nicht länger warten. Aber ich dachte, ich gebe trotzdem mal ein Lebenszeichen von mir. Ich bin wieder in Berkeley. Bei Sarah.

Mom, ich weiß, du hast mich von der Uni weggeholt, weil du Sarah nicht leiden kannst – beziehungsweise die Tatsache, dass ich sie liebe. Aber eine Freundin von Mitch hat mir einen Tipp gegeben – Kate. Mitch, sie ist echt cool. Du solltest an ihr festhalten. Jedenfalls hat sie mich an das Geld von Grandpa erinnert. Ich weiß, Mom, du hast immer gesagt, ich darf da nicht ran und dass ich es für schlechte Zeiten aufheben soll. Aber halt dich fest: Die Zeiten sind schlecht. Ich werde mit meinem Erbanteil mein Studium finanzieren, und dann wollen Sarah und ich einen Kajakverleih im Puget Sound aufmachen. Ihr wisst schon, die Bucht mit den Orcas. Sarah und ich lieben Wale.

Mom, ich weiß, es wird dich furchtbar ankotzen, aber Tatsache ist nun einmal, dass Grandpa bestimmt hat, dass ich über das Geld frei verfügen kann, sobald ich achtzehn bin. Offen gesagt, denke ich, dass die Investition in ein Studium und eine Existenzgründung genau dem entspricht, was Grandpa sich gewünscht hätte – so wie ich bezweifle, dass er etwas dagegen

gehabt hätte, dass Mitch seinen Anteil für eine Weltreise ausgibt und Stacy ihren für Pferde und Stuart seinen für ... Stuart, hast du überhaupt schon was von deinem Erbe ausgegeben?
Wie auch immer, jedenfalls wollte ich euch nur mitteilen, dass ich okay bin. Nichts für ungut.
Stuart, ich hoffe, ich bin nach wie vor zu deiner Hochzeit eingeladen, allerdings komme ich nur, wenn ich Sarah mitbringen darf.
Dad, ruf mich mal an. Du hast ja meine Nummer.
Mom, was auch immer.
Mitch und Stacy, danke für alles.

Hab euch lieb
Sean

>>

Von: Stacy Trent <IH8BARNEY@freemail.com>
An: Mitchell Hertzog <mitchell.hertzog@hwd.com>
Betreff: Sean

Hast du ihr Fax schon bekommen? Ich könnte platzen vor lauter Stolz. Ich hoffe doch sehr, dass sie Sarah zu Stuarts Hochzeit mitbringt, egal, ob sie eingeladen ist oder nicht. Schließlich werden sie das einzige Paar sein, mit dem man sich vernünftig unterhalten kann.

S

>>>

Von: Mitchell Hertzog <mitchell.hertzog@hwd.com>
An: Stacy Trent <IH8BARNEY@freemail.com>
Betreff: AW: Sean
Anlagen: 🖂 Du

Ich rechne nicht damit, dass einer von uns eingeladen wird. Lies mal Stuarts letzte Mail (demnach müsstest du es doch auch schon wissen).

>>>

Von: Stacy Trent <IH8BARNEY@freemail.com>
An: Mitchell Hertzog <mitchell.hertzog@hwd.com>
Betreff: Geschwisterliebe

Das ist unfair! Ich möchte auch, dass Stuart den Kontakt zu mir abbricht! Du bist echt zu beneiden.

Zu deiner Information, Seans Fax hat Mom umgehauen. Irgendjemand muss ihr neues Valium besorgen.

Ich frage mich nur eins: Wo zum Teufel bleibt Dad? Ich dachte, er käme nach Hause.

Tja.

Stace

Von: Vivica <vivica@sophisticates.com>
An: Kate Mackenzie <katyperry@freemail.com>
Betreff: UNSER LUNCH

OH, ES WAR RICHTIG NETT, DICH KENNEN ZU LERNEN! DU BIST IN ECHT GENAUSO NIEDLICH WIE AUF DIESEM EINEN FOTO. ES TUT MIR WIRKLICH LEID, DASS DALE DICH NICHT HEIRATEN WOLLTE. DU HAST NÄMLICH EINEN NETTEN EHEMANN VERDIENT – VOR ALLEM NACHDEM DU MIT MIR EINFACH TELLER GETAUSCHT HAST (WER KANN SCHON AHNEN, DASS BOCCONCINO EIN KÄSE IST?). SO EINE LAKTOSEINTOLERANZ IST NICHT WITZIG. ICH MUSS BEI MEINEN POTATO SKINS SOGAR AUF DEN SAUERRAHM VERZICHTEN!

ICH FINDE ES SCHADE, DASS DU NICHT MODELN WILLST. ES MACHT WIRKLICH RIESIGEN SPASS. UND ICH BIN MIR ZIEMLICH SICHER, DASS RICARDO DIR EINEN AUFTRAG BESCHAFFEN KÖNNTE. ICH MEINE, VIELLEICHT NICHT GERADE FÜR DIE *VOGUE*, ABER FÜR MODEKATALOGE ODER SO.

JEDENFALLS WAR ES RICHTIG LUSTIG MIT DIR, UND ICH HOFFE, WIR SEHEN UNS BALD MAL WIEDER. ICH WEISS ALLERDINGS NOCH NICHT, WANN, ICH HABE DIR JA ERZÄHLT, DASS DIE BAND MORGEN ZU IHRER TOUR AUFBRICHT UND ICH NACH MAILAND FLIEGE… ABER ICH MELDE MICH BEI DIR, SOBALD ICH WIEDER ZURÜCK BIN!!!

LIEBE GRÜSSE
VIV

Best Way Kurierdienst
Briefsendung plus Scheck für
Kate Mackenzie
New York Journal
216 W. 57th Street

Nachricht von
Dale Carter
»Ich mache nie mehr Sandwiches«
Liberation Records

Liebe Kate,

hör zu, Kate, ich weiß, im Moment bist du nicht besonders gut auf mich zu sprechen, aber ich möchte mich nur bedanken, dass du Vivica nicht erzählt hast, wie ich diesem Typen damals den Finger abgebissen habe. Ich meine, Finger abbeißen ist nicht gerade die feine Art, und ich will nicht, dass Vivica denkt, ich kämpfe mit schmutzigen Tricks. Ich meine, der Kerl hat mir seine Hand in den Mund geschoben, ich hatte also keine Wahl.
Aber Viv braucht das nicht zu wissen. Darum danke. Echt. Danke, dass du den Mund gehalten hast.
Es tut mir echt leid, dass das mit uns beiden nicht geklappt hat, aber ich glaube, du hast Recht, dass es so besser ist. Ich meine, Vivica ist eine Spitzenbraut, und ich hätte sie nie kennen gelernt, wenn du mir nicht den Laufpass gegeben hättest.
Und mach dir keine Sorgen wegen deiner Kohle. Ich habe ein richtig schlechtes Gewissen, weil du doch

deinen Job verloren hast und so. Darum sende ich dir einen Scheck, der deinen Anteil an der Kaution und ein paar andere Sachen abdeckt. Du weißt schon, den ganzen Krempel, den du für die Wohnung gekauft hast, wie den Fernseher und so weiter. Hoffe, das hilft dir, bald eine eigene Bude zu finden.
Okay, schätze, das war's. Hau rein.

Dale

PS: Was hältst du von unserem neuen Song?

Wenn nachts die Sterne am Himmel leuchten
Nenne ich sie Vivica
Und wenn der Mond so hell erstrahlt
Nenne ich ihn Vivica
Und wenn die Sonne hervorkommt und uns wärmt
Mit ihren heilenden Strahlen
Nenne ich sie Vivica
Vivica
Meine Vivica

Dale Carter
207 E. 3rd St., Apt. 10J
New York, NY 10003 Datum *23. März 2010*

Zahlen Sie gegen diesen Scheck

$ 10 000,00

Betrag in Buchstaben
Zehntausend und null US-DOLLAR
an
Kathleen Mackenzie
NY MetroBank
Park Avenue, New York

Verwendungszweck: *Kaution und Krempel*
Unterschrift
Dale Carter
ı:0003058939ı: 8597853391ı* 0002

>>>

Von: Kate Mackenzie <kathleen.mackenzie@thenyjournal.com>
An: Jen Sadler <jennifer.sadler@thenyjournal.com>
Betreff: Dale

O Gott, willst du wissen, was mein durchgeknallter Ex jetzt schon wieder getan hat? Er hat mir einen Barscheck über zehntausend Dollar geschickt.

ZEHN RIESEN.

Was soll ich tun???

Kate

>>

Von: Jen Sadler <jennifer.sadler@thenyjournal.com>
An: Kate Mackenzie <kathleen.mackenzie@thenyjournal.com>
Betreff: AW: Dale

Was meinst du mit »Was soll ich tun?«? Lös den Scheck ein!

Und komm mir nicht damit, dass du das Geld nicht annehmen kannst. Du hast all die Jahre für Dale gekocht und geputzt und geschuftet, und wofür? Für ein schnödes »Eins nach dem anderen«? Du nimmst den Scheck und gehst, nein, rennst sofort zur Bank und zahlst die Kohle auf dein Konto ein, bevor Dale wieder zu sich kommt.

Von: Kate Mackenzie <kathleen.mackenzie@thenyjournal.com>
An: Jen Sadler <jennifer.sadler@thenyjournal.com>
Betreff: Du hast Recht

Du hast Recht. Ich löse ihn gleich nach der Arbeit ein. Aber zuerst muss ich hier noch etwas erledigen.

Kate

Hola! Hier ist das automatische Anrufbeantworter von Ida Lopez. Ida kann gerade nicht an die Telefon. Sprechen Sie eine Nachricht auf Band, und Sie werden von ihr hören.

(Ton)

Hallo, Mrs. Lopez? Hier ist Kate. Kate Mackenzie vom *Journal*, wissen Sie? Ich wollte mich ganz herzlich für die Plätzchen bedanken. Sie waren absolut köstlich. Sie hätten sich nicht so viel Mühe machen dürfen. Aber ganz lieben Dank, dass Sie an mich gedacht haben. Außerdem wollte ich Sie fragen, ob Ihre Anwältin Sie schon informiert hat. Ich weiß nämlich nicht, ob Sie es schon wissen, aber ich habe meinen Job wieder, und auf meinem Tisch liegen Ihre Wiedereinstellungspapiere. Was bedeutet, dass die Zeitung auch Sie wiederhaben möchte, Mrs. Lopez. Bei vollen Sozialleistungen und Lohnausgleich für die Zeit, in der Sie nicht da waren. Oh, ich hoffe sehr, dass Sie wiederkommen, Mrs. Lopez. Wir vermissen Sie hier total. Und wissen Sie was, Stuart Hertzog ist als Justiziar des *Journal* zurückgetreten, Sie müssen ihm also nicht mehr im Haus begegnen. Er und Amy – meine Chefin, wissen Sie noch? – sind weg. Bitte, Mrs. Lopez, sagen Sie mir, ob Sie zurückkommen. Ich bete dafür!

(Klick)

Von: Tony Salerno <foodie@fresche.com>
An: Kate Mackenzie <kathleen.mackenzie@thenyjournal.com>
Betreff: Ida Lopez

Hallo Kate,
Sie kennen mich nicht, ich bin der Mann von Nadine Wilcock, der Restaurantkritikerin vom *Journal.*

Nun, ich führe das Restaurant Fresche – vielleicht ist es Ihnen ein Begriff. Und ich bin der neue Chef von Ida Lopez. Ja, Sie haben richtig gelesen. Nadine hat mir immer von Mrs. Lopez und ihren wunderbaren Keksen vorgeschwärmt, woraufhin ich neugierig wurde, mit dem Ergebnis, dass… Ida Lopez meine neue Patissière ist. Ohne euch beleidigen zu wollen, aber ich zahle ihr deutlich mehr als ihr, und ich kann verstehen, dass sie bei mir bleiben will. Haben Sie jemals Idas Pfannkuchen mit Blaubeerfüllung probiert? Eine Offenbarung.

Tja, sieht so aus, als wäre euer Verlust mein Gewinn… aber auch Idas.

Und Sie können all den hungrigen *Journal*-isten ausrichten, wenn sie Idas selbst gemachten Kuchen vermissen, sind sie im Fresche jederzeit willkommen!

Beste Grüße
Tony Salerno
Eigentümer/Chefkoch
Fresche

>>

Von: Arthur Hertzog <arthur.hertzog@hwd.com>
An: Margaret Hertzog margaret.hertzog@hwd.com
Cc: Stuart Hertzog <stuart.hertzog@hwd.com>; Stacy Trent <IH8BARNEY@freemail.com>; Mitchell Hertzog <mitchell.hertzog@hwd.com>; Janice Hertzog <janice.hertzog@hwd.com>
Betreff: Ihr alle

Aufgrund eines scheinbaren Missverständnisses über meinen Aufenthaltsort möchte ich lediglich kurz etwas richtigstellen. Ich befinde mich nicht, wie manche von euch zu glauben scheinen, auf dem Rückweg nach New York. Die Kameraden und ich sind gerade unterwegs nach Pebble Beach, um uns auf dem anspruchsvollsten Platz der Welt zu versuchen.

Ich weiß, manchen von euch wird diese Neuigkeit nicht gefallen. Vor ungefähr einem Jahr habe ich dem Tod ins Auge gesehen, und das hat mich eins gelehrt: Vergeude nicht deine Zeit mit blödsinnigem Scheiß. Offen gesagt, das meiste, was ich von manchen aus dieser Familie zu hören bekomme, ist blödsinniger Scheiß.

Stuart, es hätte für dich auch viel schlimmer kommen können, als Träger einer Erbkrankheit zu sein, die du nie haben wirst. Ich habe gehört, du hast dich mit der jungen Frau verlobt, die du an Thanksgiving dabeihattest. Mazel tov. Sag ihr, sie soll mehr essen, sie ist viel zu dürr.

Was die Streitigkeiten mit deinem Bruder betrifft, denke ich, dass die Situation sich bald bessern wird. Ich habe vorhin mit Mitch telefoniert, und er hat mir mitgeteilt, dass er genug davon hat, Firmenanwalt zu sein. Er möchte wieder als Pflichtverteidiger arbeiten, weil, wie er sagt, die Mandanten freundlicher sind und weniger abgebrüht, um einen Meineid zu leisten. Ich werde ihm nicht im Weg stehen. Stuart, ich weiß, dass sich bei Hertzog, Webber und Doyle mittlerweile jeder an meine Abwesenheit gewöhnt hat, und auch Mitchells Ausscheiden dürfte keine negativen Auswirkungen auf das Tagesgeschäft haben.

Margaret, wenn ich richtig verstanden habe, bist du böse auf Mitchell, weil er nicht nett zu Stuarts Verlobten war. Ich habe es dir schon gesagt, als unsere Söhne noch Kinder waren, und ich sage es dir jetzt wieder, da die beiden erwachsen sind: Halt dich da raus. Außerdem ist es deine eigene Schuld. Hättest du Stuart nicht so verwöhnt, wäre aus ihm nicht so ein aufgeblasener Dickschädel geworden.

Und nein, Stuart, das war kein Seitenhieb auf deine Kopfgröße.

Was die Tatsache betrifft, dass Janice ihre lesbische Neigung entdeckt hat und über ihr Erbkapital verfügen möchte, wiederhole ich: Margaret, halt dich raus. Ich weiß nichts über Lesben, und offen gesagt, will ich auch nichts darüber wissen. Dennoch kann Janice frei über die Verwendung des Geldes entscheiden. Allerdings werde ich nicht zulassen, dass sie es für ihre Ausbildung ausgibt. Das ist das Lächerlichste, was ich je gehört habe. Ich werde Janice' Studium finanzieren, wie ich das bei all meinen Kindern getan habe. Janice, deine Geschäftsidee mit den Orcas klingt verdammt bescheuert, aber es ist dein Geld, und wenn es dich glücklich macht, kannst du im Puget Sound so viel Kajak fahren, wie du willst.

Abschließend würde ich es sehr begrüßen, wenn ihr von weiteren Anrufen, E-Mails, Telegrammen, Faxschreiben oder mündlichen Nachrichten via Hotelrezeption an mich absehen könntet. Ich befinde mich im URLAUB. Ich werde euch rechtzeitig informieren, wann ich ihn beende. Allerdings kann ich euch jetzt schon sagen, dass das nicht in naher Zukunft geschehen wird.

Ich glaube, ich könnte noch neun Löcher schaffen, bevor es dunkel wird. Ich muss los.

Gruß
Dad

>>

Von: Helen Green
<helen.green@universityofkentucky.edu>
An: Kate Mackenzie
<kathleen.mackenzie@thenyjournal.com>
Betreff: Professor Wingblade

Sehr geehrte Ms. Mackenzie,

leider muss ich Ihnen mitteilen, dass Professor Wingblade zurzeit ein Sabbatjahr in Uganda verbringt. Da er seine Forschung in entlegenen Dörfern betreibt, wo es keine Elektrizität gibt, ist er nicht per E-Mail zu erreichen. Sollte Ihre Nachricht dringend sein, bleibt Ihnen nur die Möglichkeit, sie mit der guten alten »Schneckenpost« zu verschicken. Allerdings ist die Briefzustellung sehr unzuverlässig in dem Gebiet, in dem der Professor sich derzeit aufhält. Er hat mich darum gebeten, alle Anfragen, die nicht dringend sind, bis zu seiner Rückkehr zu sammeln. Bitte kontaktieren Sie uns, wenn Sie weitere Hilfe benötigen.

Mit freundlichen Grüßen
Helen Green

Sekretariat
Fakultät für Psychologie
College of Arts and Sciences
University of Kentucky

Von: Kate Mackenzie
<kathleen.mackenzie@thenyjournal.com>
An: Helen Green
<helen.green@universityofkentucky.edu>
Betreff: AW: Professor Wingblade

Liebe Helen,

wissen Sie was? Es spielt keine Rolle. Ich glaube, es wird auch so alles gut. Grüßen Sie den Professor von mir, wenn er zurückkommt.

Kate

Von: Mitchell Hertzog <mitchell.hertzog@hwd.com>
An: Kate Mackenzie
<kathleen.mackenzie@thenyjournal.com>
Betreff: Ich … du … wir …

Nachdem du nun deinen Job wiederhast, wirst du dich wahrscheinlich nach einer neuen Unterkunft umsehen.

Ich wollte nur, dass du weißt, dass bei mir im Haus was frei ist. Genauer gesagt, in meiner Wohnung. Wüsste gerne, was du davon hältst.

Mitch

Von: Mitchell Hertzog <mitchell.hertzog@hwd.com>
An: Kate Mackenzie
<kathleen.mackenzie@thenyjournal.com>
Betreff: Hmmm …

Interessanter Vorschlag. Lass uns das heute nach der Arbeit besprechen. Am besten bei dir in der Wohnung.

Kate

Danksagung

Einen Dank an die vielen Menschen, die zu diesem Buch beigetragen haben (alle Fehler gehen auf die Kappe der Autorin): Beth Ader, Jennifer Brown, Elizabeth Claypoole, Carrie Feron, Michele Jaffe, Laura Langlie, Todd Sullivan, Stephanie Vullo, David Walton, Dan Wasser.

Deutsche Erstveröffentlichung

Meg Cabot

Erste Liebe, zweite Chance

Es läuft rund für Becky: Sie führt ein gutgehendes Umzugsunternehmen in ihrer Heimatstadt Bloomville und hat mit Graham einen netten, verlässlichen Freund. Den Sommer mit ihrer ersten großen Liebe Reed hat sie verdrängt. Was auch ganz gut klappt, denn Reed hat vor zehn Jahren Bloomville – und auch Becky – überstürzt verlassen und ist mittlerweile als erfolgreicher Golfprofi in der Welt unterwegs. Doch als seine Eltern anfangen, sich seltsam zu verhalten und in einem Restaurant mit einer Briefmarke bezahlen, ist es mit Beckys Frieden vorbei. Reed kehrt zurück. Und ausgerechnet Becky wird engagiert, seine Eltern in ihren neuen Alterswohnsitz umzusiedeln.

ISBN: 978-3-95649-713-1
9,99 € (D)

Meg Cabot

Um die Ecke geküsst

Melissa ist auf den Hund gekommen – den Hund ihrer Nachbarin, die ins Krankenhaus musste. Das hat sie nun von ihrer Hilfsbereitschaft! Wie soll sie sich als berufstätige Frau in New York um die Deutsche Dogge kümmern? Hilfe muss her. Sie kontaktiert Max, den einzigen Verwandten der alten Dame. Doch der will sich im Urlaub mit seiner Supermodel-Freundin nicht stören lassen und schickt stattdessen seinen Kumpel John, der ihm noch einen Gefallen schuldet. John gibt sich als Max aus und hilft Melissa. Problem gelöst! Oder doch nicht? Denn John verliebt sich in Melissa, und Melissa liebt Ehrlichkeit ...

ISBN: 978-3-95649-715-5
9,99 € (D)